W0328599

In diesem Roman kommen türkische Namen, Orte und Dialoge vor. Deshalb findet sich am Ende des Buchs eine kleine Aussprachehilfe für türkische Schriftzeichen.

Über den Autor:

Birand Bingül, geboren 1974 im westfälischen Wickede-Wimbern (nahe dem Sauerland), begann nach diversen Spielphasen – Fußball, Tischtennis, Tennis, Mädchen, Basketball (ja, in dieser Reihenfolge) – mit 17 Jahren für die Lokalzeitung zu schreiben. Es folgten Jobs als Rechercheur bei der Radio/TV-Sendung *Domian*, freier Mitarbeiter bei *Euronews*, Artikel in der *Bild*, *taz*, *Berliner Zeitung* und ein Volontariat beim *WDR* (unter anderem bei *Monitor*). Er lebt heute in Köln und arbeitet dort als Hörfunkmoderator und -autor beim *WDR*.

Birand Bingül

PING. PONG.

Roman

Knaur Lemon

Besuchen Sie uns im Internet:
www.knaur-lemon.de
Sagen Sie uns die Meinung zu diesem Buch:
lemon@droemer-weltbild.de

Originalausgabe
Copyright © 2002 bei Droemersche Verlagsanstalt Th. Knaur Nachf., München
Alle Rechte vorbehalten. Das Werk darf – auch teilweise –
nur mit Genehmigung des Verlags wiedergegeben werden.
Umschlaggestaltung: ZERO Werbeagentur, München
Satz: Ventura Publisher im Verlag
Druck und Bindung: Clausen & Bosse, Leck
Printed in Germany
ISBN 3-426-61523-1

4 5

Annem ve babam için
Und für Stefanie

VORSPIEL

1

✪ Nach dem Spiel ist Vorspiel ✪

Heute habe ich mir Noppen geholt. Zum ersten Mal in meinem Leben. Nein, keine Pariser. *Armstrong Attack 3*, schwarz, Schwammstärke 1,5 Millimeter. Das ist nicht der neueste Schweinkram von Beate Uhse – das ist ein Noppenbelag. Für meinen Schläger. Für die Rückhand. Ja, ich bin nämlich Tischtennisspieler. Da ist es schon raus.

Der Satz hat es echt in sich: Ich bin Tischtennisspieler. Uuuh, dieser Satz kann dich vernichten: beim Kennenlernen an der Tiefkühltheke, in der Disco, danach und überhaupt. Das läuft dann ungefähr so wie zum Beispiel jetzt gerade, direkt nach dem Spiel gegen Pavel – der mir die Noppen verkauft hat – und seine Mannschaft. Ich weiß genau, wie es ausgeht.

Tatzeit: Samstagnacht. Tatort: Lahmarsch-Party mit vielen Bankazubis in *C&A*-Anzügen und den supercoolen »*Ich-bin-zu-geil-für-diese-Welt-und-um-mit-dir-zu-reden*«-Tussen. Davon lasse ich mich heute nicht schocken, bin ja voller Selbstbewusstsein, mit meinen Gedanken an Pavels Noppen im Hinterkopf. Und so finde ich schnell eine, die sich dann doch herablässt: Nina, dunkelblond, etwas zu routiniert – so wie Kathryn (Sarah Michelle Gellar) in *Eiskalte Engel* – und etwas zu stark geschminkt, was das schmale, skiurlaubsgebräunte Gesicht um die Stupsnase und die sensationell grünen Augen maßlos überzeichnet und damit verschandelt. (Frage fürs weitere Leben: Warum verschandeln sich viele Jung-Frauen mit ihrem Make-up und ihren Klamotten? Bitte später prüfen.) Sie quatscht auf mich ein, das ist ganz nett: Ihr Job, ihre Familie, ihr Ex, ihre Drogen, ihr Selbstmordversuch – was man sich auf einer Party halt so erzählt. Ihr Redeschwall, begleitet von einem süßen, viel versprechenden Lächeln, gibt mir Zeit. Viel Zeit. Immer nicken, Junge, guck ihr immer in die Augen. Direkt. Gar nicht so einfach. Die Hormone zeigen ihre Wirkung: Warum hat die auch so enge Klamotten an? Naja gut, unauffällig kannst du mal runterschielen. Aber unauffällig. Diskret. Und lächeln, wenn sie was Nettes erzählt. Wenn. Hast Zeit, viel Zeit. Die will ihren Müll loswerden. Vielleicht kann ich ja was davon recyceln? Also okay: *Nimm mich, Baby, lass mich dein Mülleimer sein. In der dunklen Anonymität der Belanglosigkeit.* Manchmal rutschen meiner inneren Stimme so Sätze raus. Wenn ich die irgendwann laut ausspreche, bin ich erledigt. (Notiz: Keine altklugen Kommentare mehr!)

Aber eigentlich wollte ich ja etwas anderes erzählen. Irgendwann kommt sie dann nämlich immer, diese eine, unausweichliche Smalltalk-Frage: »Machst du eigentlich auch Sport?« Dabei guckt Nina an mir herunter, und ich erfahre, wie sich viele Frauen fühlen müssen, die den ganzen Tag von Männern abgescannt werden. *Machst du eigentlich Sport?* – eine harmlose Kennenlernfrage eigentlich. Aber schon schrillen bei mir die Alarmglocken. Lüg, lüg, lüg! Sag *nicht* Tischtennis! Wenn ich jetzt Tischtennis sage, denkt sie noch, ich meine es ernst damit. Und so ehrlich muss ich ja nicht auf Anhieb sein. So ehrlich darf ich nicht sein, wenn ich bei ihr eine Minimalchance haben will. Also: Nicht Tischtennis sagen. Nicht wieder den alten, erfolglosen Plan A anwenden: Immer ganz ehrlich sein. Table-tennis? Njet! No! Hayır! Schnell Plan B abrufen.

»Ich, äh, ja, ich spiele Pingpong.«

Das ist Plan B: Pingpong sagen. Damit nehme ich ihr den Wind aus den Segeln. Pingpong, da ist doch klar, dass ich selbst Tischtennis nicht so richtig ernst nehme. Und das ist ja hoffentlich okay für Nina. Hätte ich jetzt aber Tischtennis gesagt, hätte sie erstaunt »Du meinst *Pingpong*?« fragen können, und das wäre es gewesen. Also ist es gar nicht dumm, sofort Pingpong zu sagen, gesprächsstrategisch gesehen. Das ist Erfahrung. Das ist vorauseilender Gehorsam.

Pingpong – das habe ich gut weggenuschelt eben, etwas mit der Lächerlichkeit dieses Hobbykeller-Sports kokettierend und zugleich mit diesem Hauch Selbstverständlichkeit in der Stimme. Gar nicht schlecht, Kleiner, gar nicht schlecht! Gut geblockt und jetzt nachsetzen.

Ich: »Und was machst du für Sport?«

Sie: »Das heißt … du spielst Tischtennis?«

Oh Jesus! Nicht der am Kreuz, sondern der aus *The Big Lebowski*: Der *»Niemand verarscht Jesus!«*-Jesus (John Turturro), den meine ich. Die ist hartnäckig! Ich muss mir schnell irgendetwas einfallen lassen, sonst ist sie gleich weg.

Ich: »Jaja. Und du?«

Sie: »Spielst du so richtig – ich meine, im Verein, oder so?«

Ninas Enttäuschung ist nicht zu überhören. Kein Fußball? Kein Extrem-Bungeespringen mit angeschnittenem Seil, wenn es so was gibt? Nicht wenigstens *Kochduell?* Da wäre ich ja immerhin im Fernsehen gewesen. Nope, Tischtennis.

Ich: »In der fünften Liga, wenn du es genau wissen willst, Nina.«

Ich höre Ninas kleine innere Stimme ganz genau *Schuldig wegen Schlappschwanzsportart!* sagen. Strafmaß: Eine schnelle, aber bestimmte Verabschiedung. Muss nicht originell sein:

a) »Ich guck mal, wer noch da ist, wir sehen uns ja noch!«

Die bevorzugte Männervariante inklusive kumpelhaftem Schulterklopfen, inzwischen gerne von Frauen kopiert, die damit so viel sagen wie: »Netter Versuch, jetzt such dir eine andere zum Spielen.«

Mit ein bisschen Glück erfahre ich aber die Gnade der subtilen Jung-Frauenvariante:

b) »Du bist echt witzig. Ich muss mal aufs Klo. Bist du gleich noch da?«

Ja klar, danke schön. Natürlich bin ich gleich nicht mehr da. Du kommst ja auch nicht wieder.

Nina wählt Methode b – »Wartest du kurz hier, ich muss mal für kleine Mädchen?« –, und ich sage: »Ja, klar!«, und denke *Natürlich nicht! Du kommst ja auch nicht wieder.* Dann wendet sie sich ab, kämpft sich Richtung Klo durch die Leute, ich starre ihr auf den Hintern, der mich in seiner wohlgeratenen Form und Verpackung (wie eng kann eine Jeans sitzen?) davon überzeugt, mich doch nicht allzu bald fortzubewegen. Vielleicht ist Nina ja anders und kommt doch wieder. Vielleicht. Wahrscheinlich ist es nicht, das muss ich mir eingestehen, aber vielleicht.

Nichts ist unmöglich. To-yo-ta!

Bis ich neunzehn war, habe ich immer gehofft, Frauen (und Männer, wobei es mir bei denen egal ist) seien tolerant: *Soll er doch Tischtennis spielen. Pingpong. Ist ja sonst ganz nett.* Hab nie so eine getroffen. Ich meine, nicht, dass ich bis jetzt immer leer ausgegangen wäre. Oder nie landen konnte. Doch, klar. Aber meine Dates waren ausschließlich dann erfolgreich, wenn das Thema Sport den ersten Abend außen vor blieb. Minimum.

Vielleicht hätte ich Nina sagen sollen: *Hey, ich bin doch ein ganz passabler Typ. Ich brauche mich nicht zu verstecken, nur wegen Ping und Pong.* Aber es ist, wie es ist: Der Tischtennisspieler in mir, der bringt mich immer wieder in Erklärungsnot. Wie Tennissocken-Slipper. Wie als Freiwilliger bei der Bundeswehr. (»Also, ich fand das echt mal schön.« Oder: »Jawohl, natürlich habe ich gedient. Das war eine gute Erfahrung fürs Leben, du.«) Aber er ist da, der Tischtennisspieler. Lange habe ich ihn bekämpft, mit allen Mitteln. Welcher Kerl von eins fünfundachtzig will sich anderen Leuten schon vorstellen mit: »Hallo, ich verbringe meine Freizeit damit, einen gummibärchenschweren Zelluloidball hin und her zu pimmeln?«

Pimmeln ist das richtige Wort, jetzt, wo ich Noppen habe. Denn ich hasse Noppen, eigentlich. Jeder Tischtennisspieler, der etwas auf sich hält, hasst es, mit Noppen zu spielen. Ich natürlich auch, aber ich habe meine Gründe, es mit ihnen zu versuchen.

In den letzten vier Meisterschaftsspielen habe ich ein Doppel gewonnen und kein Einzel, da gerade mal vier Sätze. Mehr war nicht drin. War immer schnell klar, dass ich nicht gewinnen kann. Da habe ich angefangen, gegen mich selbst zu spielen, jede Schwäche, jeden Fehler zu kommentieren: Meinen langsamen Arm, die schweren Beine, die ungenauen Aufschläge. Hab die Gegner überhaupt nicht wahrgenommen, ihre Schwächen, ihre Fehler. Habe einfach vor mich hin gespielt, rumgebrüllt, irgendwann auf Türkisch. Okay, ich bin Tischtennisspieler. Ja, wir beschimpfen uns selbst hemmungslos vor anderen Leuten. Aber wenn ich ausfallend werde und meinen Gegner meine, dann vorsichtshalber nur auf Türkisch: *Siktir! Bok gibi oynuyorsun! Şu dangalağa mı yenileceksin!* Fick dich. Du spielst wie Kacke. Gegen diesen Penner willst du verlieren? Indem ich auf Türkisch fluche, erspare ich mir jede Menge Körperkontakt, den ich gar nicht will.

Das Fass zum Überlaufen gebracht hat das letzte Einzel heute. Sieben Matchbälle hatte ich, fünf davon bei eigenem Aufschlag. Das bedeutet: Sieben Mal fehlte mir ein einziger Punkt! Und sieben Mal hab ich ihn nicht gekriegt. Ende aus. Das ist doch nicht mehr normal, oder? Es *musste* etwas passieren. Sofort! Und darum eben Noppen? Ein harter Schlag für mein Ego, denn ich hasse Noppen. Aber vielleicht auch ein kleiner Schritt in die richtige Richtung. Sie können mein Tischtennis verändern. Ja, vielleicht können sie sogar mein Leben verändern. Keine Frage: Der Noppenkauf war gut. Ohne Wenn und Aber. Und jetzt gibt es sowieso kein Zurück mehr. An mir ist nämlich keine Rewind-Taste.

Also stehe ich auf dieser Party – und doof rum. Ich bin so nervös wegen einer Frau, die ich seit einer halben Stunde kenne, dass ich zu keinem anderen Gespräch in der Lage bin, außer mit mir selbst. Klammere mich beidhändig an der Bierflasche fest wie an einem Rettungsring und warte noch ein bisschen auf Nina. Vielleicht … na ja, vielleicht hat sie ja außer Nase pudern, Kajal nachziehen und dem sonstigen Krimskrams auch ein größeres Geschäft zu erledigen. Bei dem Gedanken muss ich grinsen, weil mir dazu Parry (Robin Williams) in *König der Fischer* einfällt: *»Ich saß gerade wieder auf dem Donnerbalken und hatte einen äußerst befriedigenden Stuhlgang. Du weißt schon: einen, der fast mystisch ist.«* Ich stelle mir Nina bei einem mystischen Stuhlgang vor: Den Slip an den Knöcheln, den angespannten, stark vorgelehnten Körper und einen leicht verklärten Blick in ihren erleuchtet grünen Augen.

Moment mal – was erzähle ich hier? Ich habe manchmal echt erschreckend wirre Gedanken. Deshalb, Appell an mich, Appell an alle Titscher: Ihr – meist psychisch hilfebedürftigen – Tischtennisspieler da draußen, falls ihr es noch nicht gemerkt habt, eines eurer Probleme heißt: Tischtennis. Was euch fehlt, ist Anerkennung. Tischtennis, das ist so, als ob ihr sagt: »Hi, ich bin ein echt cooler Typ, außer dass mein Schwanz nur vier Zentimeter lang ist. Wenn er steht. Stört dich doch nicht, oder?« Doch. Stört. Das ist besonders hart für die Männer unter euch, die Tischtennisspieler sind und wirklich einen Vierer haben. Jungs, ich kann euch nicht helfen. So ist das Leben. Irgendwie kommen wir alle zu kurz dabei, oder? Ist es nicht wie ein Netzroller in der Verlängerung vom entscheidenden Satz? Für den bekackten Gegner natürlich. *www.verlierer.de.* Also, liebe kurz- und andersschwänzige Tischtennisspieler, wenn ihr dringend Anerkennung braucht, dann versucht eine Radikalkur: Sattelt um auf Triathlon. Einmal *Iron Man* mitmachen und ihr seid geheilt. Womöglich. Zumindest vorübergehend. Aber ich will ehrlich sein: Am Ende kehren die *echten* Tischtennisspieler unter euch zurück. So wie ich. Und dann werdet ihr wieder auf Partys stehen gelassen wie verschaltes Bier, in das ein anderer reingeascht hat.

Früher, als ich (eben vorübergehend, wie sich mittlerweile herausgestellt hat) mit Tischtennis aufgehört hatte und B-Ball spielte, da war ich zwanzig und alles besser. Basketball! Cool, Kaugummi, Michael Jordan. Michael *Air* Jordan.

Nein, heute spiele ich kein Basketball mehr. »Der Arzt hat's verboten – wegen der Knie, weißt du?« Das bringt in der Regel Mitleidspunkte und ist trotzdem schlichtweg gelogen. 27 und kaputte Knie von einer Saison Basketball? Lächerlich! Nein, nein, der wahre Grund ist: Ich bin Tischtennisspieler. Es hat lange gedauert, bis ich es mir selbst eingestanden habe. Aber jetzt bin ich so weit und stelle mich dieser Tatsache, später auch anderen. Vielleicht.

2

✪ Einspiel ✪

Natürlich kommt Nina nicht wieder. Natürlich nicht. Zumindest nach einer halben Stunde nicht. Nach einer ernsthaften Magen-Darm-Sache sah ihr Abgang ja nicht aus, und selbst ein mystischer Stuhlgang kann doch nicht ewig dauern, oder?

Einerseits ist das richtig. Andererseits ist da ihr sagenhafter Hintern in dieser knallengen Hose. Ob ich noch zwei Minuten warte? Wir hatten ja kein offizielles Date hier am Türrahmen. Vielleicht hat sie sich bloß irgendwo festgequatscht und erinnert sich gerade jetzt an mich. Was sind schon zwei Minuten?

Fünf Minuten später frage ich mich, ob ich Nina suchen gehen soll. Ist ja überschaubar, die Party. Vielleicht hatte sie Hunger und isst gerade etwas. In diesem Moment gibt mein Verstand seine vornehme Zurückhaltung auf und wendet ein, dass ich fünfunddreißig Minuten nach der Frage: *Wartest du kurz hier, ich muss mal für kleine Mädchen?* schon längst verloren habe und es nur noch dadurch schlimmer machen kann, dass ich sie jetzt suche. Entweder sie hat bereits einen anderen Typen zum Müllcontainer bestimmt. Oder sie lässt mich einfach noch mal stehen: »Oh, da bist du ja wieder, schön … Ach, warte mal kurz, da hinten ist noch jemand, den ich lange nicht gesehen habe.« Danke, kenne ich schon. Erspar ich mir gerne.

Kurz gesagt: Bei Nina gibt es nichts zu ernten. Wie heißt das so schön bei *Opel*? *Wir haben verstanden.* Ich auch. Okay, alles klar, ich rette mein letztes Stück Pingpongspieler-Ehre, indem ich sie jetzt nicht suchen gehe. Das war's, der Abend ist gelaufen. Pingpong besäuft sich, aber gepflegt mit Wodka-Lemon, und zwar zu Hause. Verzichte auf die minimale Aussicht, von einer der anderen Ninas hier noch mehr Geschichten über ätzende Chefs, Lieblingstalkshows im Nachmittagsprogramm und nötigende Exfreunde zu hören.

Schade. Alles lief doch so gut mit ihr.

Und dann Pingpong.

Ich verlasse die Party. Wühle mich an Körpern vorbei, ziehe die Wohnungstür hinter mir zu – und als sie ins Schloss fällt und mich von der Party abschneidet, bin ich sofort in einem anderen Film, in dem Neonröhren flimmerndes Operationssaal-Licht ins Treppenhaus werfen.

Ich bin irgendwie ständig in einem anderen Film. Drifte kurz ab, bin wieder da. Passiert mir andauernd. Das geht ganz einfach: Ich schnappe etwas auf, ein Wort, eine Formulierung, manchmal sogar nur eine Geste, und schon geht bei mir im Kopf eine Filmszene los. Zum Beispiel eben auf der Party, bevor ich mit Nina ins Gespräch kam: Da stand ich in einer Runde mit ein paar Leuten, und dann fing so eine mit einem aufgemalten Gesicht an, von ihrem Job in einem Kosmetik-Beauty-Laden zu erzählen: »Du, das ist schon besser als irgendeine Parfümerie, wir verkaufen wirklich nur High-Class-Produkte! Zurzeit haben wir zum Beispiel phantastische Lotionen, exklusiv aus Singapur und Amiland.« Bei Lotionen muss ich immer daran denken, wie der Psycho Buffalo Bill (Ted Levine) in *Das Schweigen der Lämmer* zu seiner Gefangenen sagt: »*Es muss sich mit der Lotion eincremen.*« Das sagte ich dann auch laut, weil ich es wirklich witzig fand: »Es muss sich mit der Lotion eincremen!« Alle starrten mich an, und ich konnte mir eine neue Runde zum Dabeistehen und Nicht-Auffallen suchen. So läuft das.

Oft lande ich auch in einem anderen Film, indem ich mir selbst ein Stichwort gebe. Oder meine innere Stimme. Und dann macht es *Zack*, ein harter Schnitt, und schon dreht sich die Filmspule in meinem Kopf. Plötzlich sehe ich Szenen ablaufen, Kamerafahrten, einzelne Einstellungen oder kurze Sequenzen. Ist ein Tick von mir. Dafür habe ich zum Beispiel kein großes Faible für Musik.

Ich gehe gerne ins Kino. Nicht Popcorn essen, nicht Bier trinken, nicht im Dunkeln sitzen, nicht Leute treffen, mit denen man sich bei einem Film motiviert anschweigen kann: Ich gehe gerne ins Kino, kaufe mir eine Karte, setze mich hin und sehe mir den Film an. Hollywoodfilme, fast ausschließlich. Sogar die Schlimmen sehe ich mir an, und von denen gibt es ja eine ganze Menge. Aber selbst die sehe ich noch lieber als so ziemlich alle deutschen Komödien (*Bang! Boom! Bang!* war da eine Ausnahme). Ich gucke mir aus Prinzip auch keine französischen Problemfilme mehr an, in denen immer rund um Minute 69 irgendeine Gesellschaft an einem riesigen Esstisch eines Landhauses sitzt und fünf Minuten durcheinander redet. Langweiliges Zeug. Nicht durcheinander wie bei Woody Allen. Nicht witzig durcheinander. Nein, langweilig durcheinander. Da können Juliette Binoche und die anderen noch so unerträglich schön sein, das ist nicht meine Welt. Wem es gefällt, okay, mir nicht.

Hollywood – da geht es lang. Im Kino oder auf Video. Filme im Fernsehen kann ich mir kaum angucken, die Werbung macht mich wahnsinnig. Neulich habe ich versucht, *L. A. Confidential* auf so einem Privatsender zu gucken. Ich hab mitgezählt: Neun Werbepausen. Das ist Coitus interruptus mit System! Die Folgeschäden zahlt keine Krankenversicherung. Und der Witz ist: Am anderen Morgen erinnere ich mich eher an die Werbung als an den Film. Und so gehen auch ständig Werbespots in mir los, quasi als Nebenprodukt. *Nicht immer, aber immer öfter.* So in der Art. Will sagen: Mit Filmen im Fernsehen ist es wie mit alkoholfreiem Bier: Sie bringen es nicht.

Also ziehe ich mir die Filme im Kino rein. Nur die Filme. Ab und an auch noch diese Kinozeitschriften, okay, aber keine Bücher übers Filmemachen oder über Stars. Ich surfe nicht durchs Internet auf irgendwelchen Filmzitateseiten. Ich gehe ins Kino, gucke mir den Film an, denke mir meinen Teil, behalte im

Kopf, was mir gefällt und was nicht – Figuren, Schauspieler, Sprüche, Kamera, Tricks –, und gehe wieder raus. Ende aus.

Während ich die Treppen hinuntergehe, denke ich: Schade, dass ich kein Video zu Hause habe. Aber für heute Nacht habe ich ja eigentlich auch etwas Besseres als ein Video oder diese Nina – meine Noppen nämlich. Ich meine das ernst: Frauen und Filme gab es schon vorher in meinem Leben. Die Noppen sind neu. Sie sind exklusiv. Sie geben dieser Nacht den Kick.

Auf der Straße ist es ziemlich frisch für Ende April. Bis zu mir ist es eine ganze Ecke, aber ich nehme nicht die Bahn mit zweimal umsteigen und auch nicht den Nachtbus, weil ich ganz gerne zu Fuß gehe. Auch weite Strecken. Einen Schritt nach dem anderen – da sehe ich was von meiner Stadt. Da kann ich klar denken. Bei dem Geruckel und Gebremse von Bus und Bahn kann ich das nicht, das bringt mich aus der Konzentration.

Also stecke ich mir die Hände in die Po-Taschen und gehe los. Mach ich immer so, wenn ich ein längeres Stück zu gehen habe, die Hände in die Po-Taschen stecken. Denke: Nina, ich brauche dich nicht. Ich hab Noppen. Ich hab meinen Neuanfang. So grundsätzlich. Mein Projekt, alles wieder in den Griff zu kriegen.

Ich glaube, ich nehme hier die Abkürzung durch den Park. Wird schon nichts passieren. Klar, ich gehe durch den Park, sonst muss ich außen herum laufen, das wäre ein Umweg.

Der Kies knirscht unter meinen Schuhen, die Blätter der Bäume rascheln – das reicht schon, um mich in Alarmbereitschaft zu versetzen. Merke, wie sich meine Muskeln anspannen, wie mein Blick suchend wird, unruhig auf irgendeine Gefahr lauernd.

Ach, wie nett, da vorne sind zwei Tischtennisplatten aus Stein, solche mit Metallnetzen. Ich hätte ja schon große Lust, mal eben meine Noppen zu testen. Aber die stecken natürlich in der Sporttasche, und die habe ich zu Hause abgestellt nach dem Spiel. Uups … da sitzt ein Typ auf der einen Platte. Ich gehe langsamer, aber weiter auf die Platten zu. Ich genieße diese Spannung in mir.

Diese Angstbäder. Ich liebe diese nächtlichen Angstbäder in der Großstadt. Schlage meinen Kragen hoch, stecke die Hände wieder in die Taschen und gehe weiter. Der Typ auf der Steinplatte hat kurze Hosen an. Bisschen frisch, Kollege, oder?

Ich komme noch etwas näher heran. Und dann … dann erkenne ich ihn: Ach, er ist es nur. Er mal wieder. Kein Grund zur Panik! Es ist nur Waldner. Jan-Ove Waldner. Der beste Tischtennisspieler aller Zeiten sitzt da auf dem Plattenrand und lässt seine Beine vom Tisch baumeln. Ich atme durch.

Von Zeit zu Zeit sehe ich Waldner. Ich meine, ich sehe ihn natürlich nur vor meinem geistigen Auge. Auf meiner privaten Leinwand. Er ist gar nicht da, der alte Schwede. Er schleicht sich in die Wirklichkeit. Genauer gesagt: in *meine* Wirklichkeit. Schleicht sich rein. Einfach so, unangekündigt. Das macht er schon, seitdem ich richtig Tischtennis spiele. Seit fünfzehn Jahren etwa. So lange habe ich diese Tagträume. Am Anfang habe ich mich etwas erschrocken: Von einem Mann in kurzen Hosen tagzuträumen, da sollte man sich als Zwölfjähriger schon fragen, ob man noch alle auf dem Zaun hat oder nicht. Aber seit ein paar Jahren finde ich es ganz nett, wenn er mal bei mir vorbeischaut. Vorbeischauen ist wohl das richtige Wort, denn Waldner spricht nie mit mir. Nie! Er fordert mich immer nur zum Spielen auf, Tischtennis natürlich. Die Sportart auf der Männlichkeitsskala, die zwischen Wettwichsen und Wasserpolo liegt.

Sugar (Marilyn Monroe): *»Wasserpolo? Ist das nicht sehr gefährlich?«*
Joe (Tony Curtis): *»Und ob. Zwei Ponys sind schon unter mir ertrunken.«*

Manche mögen's heiß

Halt! Einen Augenblick mal: Ich bin wirklich nicht bescheuert. Ich bin auch nicht aus der Klapsmühle entlaufen. Oder aus dem Tischtennisinternat. Nur um das mal klarzustellen. Ich bin ein Tischtennisspieler. Okay. Und ein Träumer. Auch okay. Aber das ist alles. Und das mit Waldner, das kennt man doch: Jeder möchte gern sein wie ein anderer. Jeder hat sein Idol. Genial wie Alfred Hitchcock, animalisch wie Boris Becker, unantastbar wie Paul Newman; anmutig wie Grace Kelly, ein Fußballgott wie Pelé, begabt wie Jodie Foster oder brillant wie Marie Curie. Langsam wie John Franklin. Überzeugt wie Galileo, beliebt wie Evita. Zäh wie Nelson Mandela. Barmherzig wie Mutter Teresa. Keine Ahnung. Vielleicht hat jemand auch Miss Marple als Vorbild – ich meine, noch jemand außer meiner Mutter. Und ich habe halt Waldner. Jan-Ove Waldner. Tischtennis spielen wie Waldner. Okay?

Ich fasse zusammen: Ich gehe um halb vier Uhr nachts von einer bekackten Party durch einen Park nach Hause, sehe eine Steinplatte und mir erscheint Waldner. In kurzen Hosen, etwas grobkörnig, was die Bildauflösung vor meinem geistigen Auge angeht; und in Grün wie bei einem Nachtsichtgerät. Der Regisseur meiner Tag- und Nachtträume hat da so eine cineastische Ader. Ich lasse ihn einfach machen.

Splitscreen in meinem Kopfkino, rechte Bildhälfte: Meine Steadycam hat Waldner genau im Visier. Der hüpft jetzt gerade übrigens von der Platte, wirft mir einen Schläger zu und stellt sich auf die eine Seite der Steinplatte und rollt seinen Kopf einmal im Kreis, macht eine Kniebeuge und schlägt zwei-, dreimal durch die Luft.

Gegenschnitt: Ich fange den Schläger mit einer Hand auf. Ich frage ihn: »Einspielen?« Er nickt und zeigt die Diagonale von seiner Rechtshänder-Vorhand auf meine Linkshänder-Rückhand. Im Tischtennis spielt man sich immer diagonal ein, keine Ahnung, warum. Waldner und ich machen jetzt unser Standard-Programm durch: Kontern, Schupf auf Schupf – auf das Schupfen legt Waldner immer viel Wert – und Topspin auf Block. Und dann die andere Diagonale. So gut das halt geht auf einer Steinplatte, auf der ungefähr jeder dritte Ball verspringt. Aber das macht bei diesem Tagtraum nichts.

Splitscreen, linke Bildhälfte – hier sieht die Szene etwas anders aus: Ich stelle mich an die Steinplatte und fange an, mit dem linken Arm durch die Luft zu fuchteln. Dabei habe ich meine Finger ausgestreckt. Meine Hand ist mein Schläger, den Ball denke ich mir. Spüre meine Bewegung. Gucke auf meinen Arm, auf meine Schlagtechnik. So ist gut. Sauber durchziehen. Totale auf Waldner und mich.

Hoffentlich kommt niemand durch den Park, während ich in der kühlen Nachtluft herumfuchtele. Das ist immer etwas peinlich, beim Geheimtraining ertappt zu werden. Das ist ungefähr so, als ob du laut mit dir selbst redest, so etwas wie: »Jetzt wollen wir aber mal aufs Klo gehen, hm?« – und das im Kino, an der spannendsten Stelle, an der auch der allerletzte Idiot nicht mehr mit der Popcorntüte knistert.

Tischtennislehre, Teil 1: Schlagtechniken und Spielertypen

Im Tischtennis gibt es grundsätzlich sieben Schlagtechniken, von denen Waldner und ich beim Einspielen immer drei vernachlässigen: Aufschlag, Flip, Schmetterball. Es gibt halt so Schläge, die zeigt der Pingpongspieler nicht beim Einspielen. Schon gar nicht ein Waldner. Ich richte mich da ehrlich gesagt nach ihm. Wir kontern jetzt erst mal ein bisschen.

Kontern. In einem Tischtennislehrbuch steht dazu: »Die Ausholbewegung ist durch das Zurückschwingen des leicht angewinkelten Schlagarmes (Drehpunkt = Schultergelenk) gekennzeichnet. Sie ist relativ kurz und endet spätestens in der Phase, in der Unterarm und Schultergelenk etwa eine Linie bilden. Gleichzeitig mit dieser Armbewegung erfolgt eine gleichgerichtete leichte Hüftdrehung, bei der das Körpergewicht auf das hintere Bein verlagert wird. Während der Schlagbewegung schwingt der Schlagarm nahezu waagerecht nach vorne gegen den Ball. Das Schlägerblatt ist im Treffpunkt halb geschlossen.« Ergänzend noch ein paar Anmerkungen zur Beinstellung. Ich finde, man kann es auch etwas knapper sagen: Beim Kontern haut man einfach gerade vor den Ball! Waldner kann das sehr feste, und ich habe seit Jahr und Tag meine liebe Mühe, mitzuhalten.

Nach dem Gekontere will Waldner immer schupfen. So wie jetzt auch. Schupfen, das ist im Tennis der Slice, also der Schlag, mit dem Steffi Graf mich ein Jahrzehnt lang zu Tode gelangweilt hat: Rückhand-Slice. Unter den Ball hacken, damit er Rückwärtsrotation bekommt (auch Backspin oder Unterschnitt genannt). Schupf, schupf, schupf – ich hab nie besonders viel Lust zu schupfen, aber Waldner steht da echt drauf, auch wenn er im richtigen Spiel ungefähr nie schupft. Warum nicht? Wer schupft, verliert, das ist so eine eiserne Regel. Deshalb vielleicht. Aber ich weiß es nicht – Waldner redet ja nicht mit mir.

Der Topspin ist praktisch das Gegenteil vom Schupf: Du schlägst nicht unter den Ball, sondern drüber, streichelst ihn von unten nach oben im Bogen über das Netz. Dadurch bekommt der Ball Vorwärtsrotation (auch: Topspin, Überschnitt). Waldner hat unglaublich viel Überschnitt, weil er so wunderbar leicht aus dem Handgelenk spielt. Er spielt Topspin, ich blocke.

Beim Blocken hältst du einfach den Schläger hin und lässt den Ball abtropfen, zurück auf die andere Seite. Klingt ganz einfach, aber das Frustrierende ist: Waldner macht nie einen Fehler. Nicht beim Kontern, nicht beim Schupfen, nicht beim Topspin. Ich mache die Fehler. Immer. Aber Waldner verzieht keine Miene. Waldner verzieht nie eine Miene. Nahaufnahme: Nichts rührt sich. Sein kühler Blick, seine dunkelblonden Haare, seine hohen Wangenknochen – alles wie gemeißelt. Fast unecht. Er macht mir nie Vorwürfe. Zieht nie ironisch den Mundwinkel hoch, wenn ich zwei seiner Topspins hintereinander nicht bekomme.

Ich persönlich vertrete ja die Theorie, dass sich in der Art, wie jemand Tischtennis spielt, sein Charakter widerspiegelt. Ich zum Beispiel bin Blockspieler. Ich überlasse es meinem Gegner, als

Erster anzugreifen, das Spiel zu bestimmen. Ich beobachte ihn erst einmal in aller Ruhe. Mein Gegner agiert, ich reagiere. Ich passe mich an. Spielt mein Gegner langsam, spiele ich auch langsam. Spielt er schnell, spiel ich eben auch schnell. Sein Tempo bestimmt mein Tempo. Sein Schnitt meinen. *Muss ticken!* – das ist meine Devise, die auf der fast weisen Erkenntnis beruht, dass ich ja eigentlich nicht verlieren kann, solange ich den Ball immer wieder auf den Tisch spiele. In *High Speed Money – Die Nick Leeson Story* sagt Nick Leeson (Ewan McGregor): *»Halt den Ball im Spiel – und irgendwann musst du gewinnen!«* Da hat es bei mir *Klick* gemacht. Das ist die Weisheit zum High-speed-Sport Pingpong: Der Ball muss auf den Tisch. Egal wie. *Muss ticken.* Also behalte ich einfach die Übersicht – und dann, im richtigen Augenblick, blase ich zum Gegenangriff und blocke meinen Gegner aus oder ziehe unerwartet einen vernichtenden Vorhand-Topspin, womit der Gegner nur bedingt rechnet, weil ich ja Blockspieler bin.

Wann ist der richtige Moment? Dafür gibt es keine Regel, weder im Pingpong noch im Leben, das mache ich aus dem Bauch heraus. Ob es tatsächlich der richtige Moment war, weiß ich dann erst hinterher. Hauptsache: *Muss ticken.* Zuletzt haben die Bälle nicht getickt. Sie sind eingeschlagen. In meiner Tischhälfte.

Jetzt spielen Waldner und ich die andere Diagonale: Er kontert Rückhand, ich Vorhand.

Mein bester Freund Simon ist Angreifer. Sein Spiel ist aggressiv, atemlos, brutal. Er will schnell zum Erfolg. Kompromisslos. Ohne Rücksicht auf Verluste. Angreifer wie Simon gieren danach, das Spiel am Limit zu spielen. Er genießt das, ist risikobereit, manchmal leichtfertig, spielt viel Topspin und versucht gerne die unmöglichsten Bälle. Wenn nur einer davon überraschend auf den Tisch kracht, ist einer wie Simon glücklich, selbst wenn er das ganze Spiel verliert. Heute spielen die meisten Leute Angriff. Gegen Simon werde ich auf jeden Fall meine Noppen testen.

Rückhand kontern auf Waldners Vorhand.

Abwehrspieler sind Dinosaurier. Sie sterben aus. Warum? Die jüngeren Spieler werden alle auf brutalen Angriff dressiert – von ihren Vereins- und Privattrainern, ihren Eltern und so weiter. Also wachsen keine Abwehrspieler nach. Abwehr spielen gehört ins Museum. In ein gutes.

Wir schupfen wieder. Waldner ist dabei so konzentriert, als ob er das den ganzen Tag machen wollte.

Wirklich sehr unangenehm sind für mich Allroundspieler. In dem einen Ballwechsel machen sie auf Angriff, im nächsten auf Abwehr – und dann blocken sie ein wenig. Die Allrounder, die ich kenne, wissen allerdings nicht, was sie da spielen. Und was sie spielen, ist nicht gerade hervorragend. Die Allroundspieler in der fünften Liga sind nur aus einem einzigen Grund Allroundspieler: weil sie kein System haben. Keine Idee von ihrem Tischtennis. Sie können alles ein bisschen, aber nichts richtig. Das verunsichert natürlich sie selbst, doch ich muss sagen: Mich steckt das an. Ein Gegner, der zwar gewinnen will, aber keine konkrete Vorstellung davon hat, wie – das ist mir eine Nummer zu absurd. Das ist fies. Und ich gehöre zu den Leidtragenden. Denn sobald ich gegen Leute, die so konfus spielen (weil sie nicht anders können!) etwas zurückliege, raste ich aus. Ich will gegen ein System verlieren. Gegen eine Macht. Gegen einen Mann, der weiß, was er tut. Aber mit jedem Fehler gegen einen Fünftliga-Allrounder wächst das Gefühl, doch verlieren zu können gegen dieses miese, kleine Stück Chaostheorie auf der anderen Seite des Tisches.

Ich ziehe jetzt Topspin. Waldner blockt.

Und dann sind da noch die Noppenwürste, die durch die Hallen schlurfen, so wie Noppen-Norbert: Spieler wie er versuchen streng genommen nur, dich auszutricksen. Und austricksen ist unedel. Deswegen spielt keiner, der was auf sich hält, mit Noppen. Bei mir ist es natürlich etwas anderes. Etwas ganz anderes. Mehr muss man am Anfang gar nicht wissen über Noppen.

Jetzt macht Waldner eine Bewegung, so, als ob er schnell über eine Theke wischt: Das bedeutet, das Einspielen ist vorbei. Waldner beamt sich aus dem Park. Aus meiner Phantasie. Und ich stehe allein an dieser Steinplatte in diesem Park in dieser Nacht, mache ein paar letzte Schläge durch die Luft, halte dann inne. Kann sehen, wie mein Atem ausströmt. Bin warm jetzt. Eingespielt. Bereit. Wofür auch immer.

In dem Augenblick lacht ein Mann hinter mir auf. Ziemlich laut und kehlig. Ich zucke zusammen, weil ich gar nicht abschätzen kann, wie nah er bei mir steht. Er lacht über mich, keine Frage. Wie peinlich, mich mitten in der Nacht beim Schattenboxen erwischen zu lassen! Ich bleibe in der breitbeinigen, gebeugten Grundstellung. Schaue mich vorsichtig um, über die Schulter. Aber da ist nur ein Penner, der durch den Park torkelt. Durchatmen. Das ist nicht so schlimm. Er wird morgen alles vergessen haben. Er wird es nicht weitererzählen. Die Party-Ninas werden nichts von meinem kleinen Geheimtraining erfahren. Und das ist gut so. Ich atme noch mal durch und lächle in mich hinein wegen dieses immer wiederkehrenden Waldner-Traums. Gehe aus der Grundstellung, streiche über die Steinplatte, stecke meine Hände in die Po-Taschen und mache mich auf den Heimweg, ohne mich umzusehen.

Ich mag diesen Wachtraum. Er dürfte ausreichend Einblicke in die Psyche eines Tischtennisspielers erlauben. Bis auf weiteres.

ERSTER SATZ

3

✪ Nullnull ✪

Ich habe mich noch gar nicht vorgestellt. Das ist mir echt durchgegangen – Nina, die Noppen, die Gedanken, der Aufruhr, die Suche nach den richtigen Worten …

Gestatten: Hakim Kahraman. Wie schon erwähnt, ich bin 27. Mein Geld verdiene ich damit, Geschichten zu erzählen: Ich bin Radiomoderator bei einem großen Privatsender. Jede zweite Woche habe ich Dienst, von montags bis freitags, sechs bis zehn Uhr morgens. Die Sendung heißt *Morgenstund*. Unser Slogan: *Morgenstund hat Gold im Mund*. Wie lustig, nicht? Mein Job ist simpel: Ich starte die Musik, die Jingles, Trailer, Dropper, mache ein paar Interviews von Eins dreißig, ein paar Scherze. Das ist leicht verdientes Geld. Schnelles Geld. So viel Geld, dass ich bequem davon leben kann. Aber *Morgenstund*, das ist noch gar nichts. Wenn erst mal mein *Real-Radio*-Konzept in der Chefetage einschlägt, dann … Ich weiß, dass sie schon darüber geredet haben, über *Real Radio*. Und das ist ein gutes Zeichen, wahrgenommen zu werden. Vielleicht wird das mein absoluter Durchbruch.

Verdammt? Hab ich mich jetzt verlaufen? Es ist spät genug geworden, Samstagnacht, das heißt inzwischen: Sonntagmorgen, gegen vier Uhr. Keine gute Uhrzeit, um sich zu verlaufen. Musste ich hier rechts? Oder eine später? Mit einer Großstadt ist es wie mit einer Geliebten: Im Schlafanzug sieht sie immer ganz anders aus als nackt, man erkennt sie kaum wieder, und man will sie schnell verlassen; irgendwohin, wo man sich zu Hause fühlt.

Ich glaube, ich gehe hier einfach rechts.

Ansonsten bin ich noch Teilzeitstudent. Medizin. Na ja, sagen wir mal so: Ich bin noch eingeschrieben. Aber meine Motivation ist seit geraumer Zeit bei null angekommen.

Meine Studienerfolge: Erstes Semester – drei Scheine und Isa.

Zweites Semester – vier Scheine und Kati.

Fünftes Semester – zwei Scheine und die Erkenntnis, dass Mediziner und Medizinerinnen nicht zusammengehören.

Sechstes bis zwölftes Semester – noch drei Scheine, keine Medizinerin.

Seit einem Jahr habe ich endgültig den Faden verloren. Meinen Eltern lüge ich noch was vor. Aber bald muss ich es ihnen sagen.

Meine Eltern: Mein Baba sieht aus wie Woody Allen in groß und mit Bart, ist so gesprächig wie Clint Eastwood in *Dirty Harry*, und hat wie Dean Martin ein geradezu erotisches Verhältnis zu netten, kleinen Drinks. Sie ziehen ihn magisch an. Vor allem, seit es mit der Praxis nicht mehr so gut läuft. Trotzdem könnte er nicht leben ohne seinen Job, an dem er sich aufgerieben hat in zahllosen Nachtschichten, Diensten, Notoperationen. Er trägt sogar zu Hause fast immer diese weißen Arztklamotten. Den Kittel zieht er natürlich aus, aber ansonsten das volle Programm: weißes Poloshirt, weiße Hose, weiße Socken, weiße Schuhe. Allzeit bereit.

Ach ja, hier rechts, war doch richtig. Gleich bin ich da.

Mein Baba ist ein gebrechlich wirkender Typ, recht schmal, bekommt leicht blaue Flecken, verliert schnell die Geduld. Es ist komisch: Seit meiner Kindheit habe ich Angst, dass ihm etwas passiert. Ständig. Mit sieben wäre ich fast gestorben vor Angst, als er auf eine wackelige Leiter stieg, um eine Glühbirne in unserem Wohnzimmer auszutauschen. Mit zwölf schwamm ich wie verrückt hinter ihm her, als er in einem Urlaub weit auf das Meer hinauskraulte; ich dachte, ich muss ihn retten, falls er einen Krampf kriegt oder ein Hai kommt. Am Ende kriegte ich den Krampf, und er rettete mich.

Mit siebzehn sagte ich: »Lasst mich das tragen«, wenn meine Eltern mit ihren Einkäufen nach Hause kamen, die sonst mein stolzer Baba ins Haus brachte. Ich hatte ein-, zweimal gesehen, wie er sich an die Brust griff, wenn er sich unbeobachtet fühlte, und wie seine würdevolle Haltung zusammenfiel: tonlos, das Gesicht schmerzverzerrt, der Oberkörper gebückt. Als ich neunzehn war, stellten die Ärzte fest, dass er eine komplizierte Geschichte an den Lungen hat, sich schonen muss. Und ich zog aus.

Ich weiß, dass mein Baba mich liebt. Nicht, weil ich sein einziges Kind bin, sein Stammhalter, sein Hakim. Er liebt mich, wie ich bin. Auch wenn er es nicht gerade regelmäßig zeigt, hat er mal gesagt, dass wir bestimmt Freunde gewesen wären, wenn er noch so jung wäre wie ich. Ich meine, dass ist das schönste Kompliment, das ein Baba seinem Sohn machen kann.

Irgendwie liebe ich meinen Baba auch, aber wenn drei Menschen eine Familie bilden, kommt einer immer zu kurz. Bei den Kahramans, Sektion Deutschland, war und bin das ich. Das Leben hatte meinen Baba und meine Mutter schon zusammengeschweißt, längst bevor ich in Produktion ging. Meine Mutter war von ihren beiden älteren Brüdern um ihren Erbanteil betrogen worden, der Chef einer Istanbuler Klinik meinen Baba um seine verdiente Beförderung. Seine Familie mochte weder sie noch den Gedanken, der Sohn werde im fernen Almanya leben. Und irgendwie fühlten die beiden, dass sie nichts zu verlieren hatten und beschlossen, nach Deutschland zu gehen. 1970 war das. So brach er mit seiner Familie für meine Mutter, und meine Mutter brach mit allen, und hatte nur noch meinen Baba.

Wenn zwei wie Pech und Schwefel sind, passt kein anderer mehr dazwischen. Das ist das Gefühl, das ich von den beiden mit auf den Weg bekommen habe. Das klingt jetzt bitter, aber es ist ganz unspektakulär; es ist gut, so etwas früh zu wissen. Finde ich.

In Deutschland mussten sie kämpfen: mit dem Obst, das nach nichts und rein gar nichts schmeckte; mit der Kälte; mit *der, die, das*; damit, dass ihr Hab und Gut in einen Koffer passte; mit der einsamen Zweisamkeit in einem fremden Land, das fremd blieb, und sie Fremde; mit der militanten Ordnungsliebe der Vermieterin (»Es macht Ihnen doch nichts aus, Ihre Schuhe *in* die Wohnung zu stellen?«); mit der ständigen Angst, irgendetwas nicht ordentlich, sauber oder korrekt zu machen. Diese Aufzählung klingt wie eine Liste von Kleinigkeiten, aber sie kann ein Leben lang lähmen. Ich habe es mit eigenen Augen gesehen.

Meine Mutter hat Deutsch gelernt durch *Sesamstraße* gucken. Irgendwann ist sie dann auf *Miss-Marple*-Verfilmungen umgestiegen, dann auf die Bücher, hat ihren Führerschein gemacht und bei einem Autounfall, an dem sie keine Schuld hatte, meinen kleinen Bruder oder meine kleine Schwester verloren. Seitdem ertränkt sie ihren Schmerz, indem sie Rätsel löst. Das heißt, die Wohnung meiner Eltern ist voll mit Rätseln: Rätselheften, gestapelt neben dem Klo und auf dem Nachttisch; im Esszimmer igelt Mutter sich immer wieder in ihren Fernsehsessel ein und arbeitet die *Miss-Marple*-Bücher durch, mit Textmarkern grün und gelb, Lineal und einem kleinen Notizbuch, ihrem gesammelten Wissen: »Von ihr habe ich alles gelernt, Hakim, oğlum«, sagt sie dann immer.

Im Wohnzimmer vergeht kein Tag ohne diverse Detektivserien. Dazu habe ich meine Rangliste, wie Rob (John Cusack) in *High Fidelity* zu seinen unvergesslichen Trennungen.

Die drei Lieblings-Detektivserien meiner Mutter

Platz 3: *Bella Block*
Weil Miss Marple heute genau so wäre und nicht anders.

Platz 2: *Magnum*
Weil er der einzige Mann ist, dem ein Oberlippenbart steht. (Und das aus dem Munde einer türkischen Frau, die mit Schnäuzern groß wurde. So ist meine Mutter!)

Platz 1: *Mord ist ihr Hobby*
Weil meine Mutter Beschwerdebriefe an die Fernsehsender schreibt, wenn diese Serie abgesetzt wird. Und das kommt vor. Regelmäßig.

Meine Tischtennisurkunden, meine Zeugnisse, meine erste Freundin, mein erster Kuss, mein letzter Kuss, meine Erfolge, meine Niederlagen – sie haben meine Mutter nie sonderlich bewegt, das ist ja schließlich mein Leben, und irgendwann mit sechzehn, siebzehn habe ich angefangen, ihre Einstellung zu genießen und radikalpubertär zu werden. Simon kann ein Lied davon singen.

Durch ihre langjährige investigative Arbeit hat meine Mutter sich auch äußerlich Miss Marple (Margaret Rutherford) angenähert. Ich dürfte ihr schmeicheln, wenn ich sage, dass sie weniger als dreißig Pfund zugenommen hat, seitdem ich ausgezogen bin. Sie trägt auch Hüte wie Margaret Rutherford in diesen Schwarz-Weiß-Verfilmungen aus den Sechzigern, obwohl sie gerade mal Ende vierzig ist. Exzentrisch ist wohl das richtige Wort für meine Mutter. Ihr persönlicher Feiertag: der 22. Mai. An dem Tag ist Margaret Rutherford 1972 gestorben. Und seit ich denken kann, gedenkt meine Mutter Dame Margaret (die Königin hatte sie 1967 geadelt), indem sie mit ihren Freundinnen (früher auch ihrem Sohn), alle vier *Miss-Marple*-Verfilmungen guckt. Wortlos, das ist die eiserne Regel. Und zwar immer in derselben Reihenfolge, geordnet nach Drehjahr: Um Punkt 16.50 Uhr startet *16 Uhr 50 ab Paddington* (1961), dazu gibt es ein Stück Käsekuchen, das natürlich schweigend verteilt wird. Dann *Der Wachsblumenstrauß* (1963), dazu Börek frisch aus dem Ofen (keine Ahnung, wie meine Mutter das immer hinbekommt nebenbei) und danach eine halbstündige Pause zum Beine vertreten. Etwa um halb neun Uhr abends drückt meine Mutter auf die Play-Taste für *Vier Frauen und ein Mord* (1964), dazu nehmen Mutter und ihre Freundinnen Rakı, mit Wasser verdünnt. Danach kommt natürlich *Mörder ahoi* (1964), auch mit Rakı, aber ohne Wasser; geredet wird trotzdem nicht, solange der Film läuft. Aber sobald die Filmmusik verklungen ist, streiten sich die leicht betrunkenen Damen, in welchem der vier Filme Dame Margaret am grandiosesten ist – in *Paddington*, weil sie die Rolle so frisch und mit Verve spielt, oder doch in *Mörder ahoi*, in dem sie die Figur Miss Marple vollkommen ausfüllt. Die Damen können sich nie einigen, und meine Mutter schlichtet den Streit deutlich nach Mitternacht mit einer Runde Baklava. Jahr für Jahr. Ich weiß nicht, wie oft ich dieses Ritual mitgemacht habe, von A bis Z; siebenmal? Achtmal? Kein Wunder, dass die ganzen Dame-Margaret-Details besser bei mir hängen geblieben sind als die Worte der türkischen und deutschen Nationalhymnen. Vielleicht markieren die *Miss-Marple*-Sitzungen auch den Beginn meiner Leidenschaft fürs Kino.

Es dürfte niemanden überraschen, dass meine Mutter meinen Baba ganz gerne Mr Stringer nennt und er sie Missy, und nur von ihm lässt sie sich in dieser todernsten Sache so auf den Arm nehmen. Noch heute denke ich: Zum Glück hat Miss Marple keine Kinder, die Bartholomew oder Godfrey oder so ähnlich heißen.

So leben meine Eltern als drolliges Pärchen: Woody Allen und Miss Marple in einem anderen Land. Mit einem fremden Sohn, der nur ab und an die Zweisamkeit daheim stört.

Zurzeit sind sie allerdings in der Türkei, aus zwei Gründen. Zum einen, weil die Meeresluft dort meinem Baba gefällt: »Ich will meinen Lungen noch etwas Gutes tun«, sagt er immer. Ich weiß, dass er Schmerzen hat. Aber er klagt nicht. Genauso wie mein Großvater nicht klagt. Mein Dede. Dede, der Baba meines Babas, ist seit zwei Jahren sterbenskrank. Das ist, zum anderen, auch der zweite Grund, warum meine Eltern dort sind: Sie pflegen Dede. Die Haushälterin macht Urlaub.

Dedes Krankheit. Alles begann damit, dass mein Dede üble Bauchschmerzen bekam, aber er sagte lange kein Wort, und als er etwas sagte, war es zu spät. Da hatte er schon viel Blut im Stuhl. Die Ärzte haben ein Kolonkarzinom im fortgeschrittenen Stadium festgestellt. Mein Dede hat Dickdarmkrebs. Die Metastasen sind nicht mehr aufzuhalten. Wenn es in der Türkei wie in Deutschland Untersuchungen zur Früherkennung für Leute ab 45 gäbe, hätte Dede gute Chancen gehabt. Aber so …

Einmal haben sie ihn dann doch operiert, ein Tumor führte zum Darmverschluss, da haben sie den Tumor entfernt und ihm einen künstlichen Darmausgang gelegt; mehr war nicht zu machen.

Die Ärzte geben Dede alle drei Monate noch drei Monate, aber er ist ein zäher Hund. Selbst meine Oma hat er überlebt. Vor fünf Jahren ist sie überraschend verstorben, das Herz, von heute auf morgen. Dede hat es nach einem halben Jahr in ihrer gemeinsamen Wohnung nicht mehr ausgehalten und ist weggezogen, auf die asiatische Seite, nach Kanlıca. Ich würde Dede gerne noch mal sehen. Aber im Moment bin ich hier unabkömmlich.

Ich könnte es packen, das Studium. Da bin ich mir sicher. Wenn ich mich voll darauf konzentrieren würde. Aber wozu? Da warte ich lieber auf meine Karriere als Radiomoderator. Die hat mit einem Studentenjob bei dem Sender begonnen, bei dem ich jetzt noch bin. Das war vor sieben Jahren. Ich hatte an der Uni (das heißt: als ich mal da war), gehört, dass der Sender ordentlich zahlt. Da das Geld von zu Hause knapper wurde – die verdammten Schulden! – musste ich zusehen, wo ich es herbekam. Meine Mutter hatte mich darum gebeten, mein Baba hätte sich eher die Zunge abgebissen. Aber da man einer türkischen Mutter, die einen bittet, kaum etwas abschlagen kann, bin ich zum Sender gegangen – und hatte eine halbe Stunde später einen Job an der Telefonhotline. Meine Hauptaufgabe bestand darin, mit netten einsamen Hörern zu plaudern oder lästige Leute abzuwimmeln, wofür ich eine gewisse Geschicklichkeit entwickelte. Und weil ich das mit Spaß und mehr als korrekt machte, stieg ich danach zum freien Mitarbeiter auf. Mein alter Chef, Gurkow, der immer denselben roten Pullunder anhatte, sagte, ich hätte eine angenehme Stimme und sei ein netter Kerl – also durfte ich auch moderieren. Erst als Ersatzspieler, dann regelmäßig. Seit zweieinhalb Jahren mittlerweile. Nur mein Chef ist seit einer Woche ein anderer, ein jüngerer: Alexander Wachtberg, einer, der jeden Tag geschniegelt und geschnagelt zur Arbeit kommt. Ein Nadelstreifenjournalist, der immer goldene Manschettenknöpfe trägt.

Im Sender gelten Typen wie er, Ende dreißig, noch als dynamisch und zielorientiert, mit Führungskompetenz. Im Leben gelten Typen wie er als Karriereschweine, die tierisch unentspannt und rücksichtslos sind. Ein Angriffsspieler, keine Frage. Alle nennen ihn seit dem ersten Tag nur Bugs, weil er jeden Tag *Bugs-Bunny*-Krawatten trägt, passend zu seinen Hasenzähnen, die er immer mit der Zunge umspielt, wenn er nicht gerade redet – was selten passiert, soweit ich das mitbekommen habe, als er sich der Redaktion vorgestellt hat.

Aber lassen wir Bugs ein Bunny sein. Ich frage mich: Was soll ich Medizin zu Ende studieren, mir drei Staatsexamen in den Weg legen und eine hohe Dosis Doktorarbeit, dazu so bittere Pillen wie ein PJ (Medizinerjargon für *Praktisches Jahr* = praktisch ohne Bezahlung), AiP (*Arzt im Praktikum* = mit praktikanten-, nicht arztgerechter Bezahlung und Behandlung) sowie ein paar Jahre auf einer Assistentenstelle, bis ich grauhaarig genug bin, um als richtiger Arzt durchzugehen? Ziemlich unwahrscheinlich. Aber ganz abhaken will ich es noch nicht. Deswegen bleibe ich eingeschrieben. Und wegen meiner Eltern.

Ich biege in meine Straße ein. Für eine Großstadt wohne ich in einer ganz normalen Straße. Vier-, fünfstöckige Häuser Wand an Wand, mit Schlafzimmern zum Innenhof; zwei Fitness-Studios, eins davon nur für Frauen; zwei Kioske mit Spielautomaten, die meine Landsleute bis Mitternacht geöffnet halten; dazu zwei konkurrierende Supermärkte Tür an Tür. Die Post AG hat ihre Filiale hier vor kurzem geschlossen. Dafür hängt vor ihr jetzt ein Briefkasten, nahe der Bushaltestelle, bei dem Kindergarten. Bekannte Gesichter, unbekannte Menschen.

Dank der monatlichen Überweisung des Senders kann ich mir in dieser Straße eine Zweizimmerwohnung im dritten Stock leisten, ohne Aufzug, ohne Balkon, mit praktischer *Ikea*-Ausstattung – und mit einer Haushaltshilfe. Das mag ein bisschen spleenig wirken, als Student eine Haushaltshilfe. Ich finde das ganz okay. Im Moment brauche ich alle Energie für andere Sachen als fürs Bügeln.

Özlem heißt die Jung-Frau, die das Chaos in meiner Wohnung verhindert. Kriegt gutes Geld dafür, und ich mache sie nicht blöd an, obwohl sie toll aussieht: dunkel, nicht sehr groß, aber sportlich; ein geschwungener, fester Hintern; perfekte Brüste, nicht zu klein und nicht monströs, könnte sie gerade abdecken, wenn ich meine Hände auf sie legen würde (ich habe große Hände). Die Wangenknochen geben ihrem natürlich gebräunten Gesicht die Konturen einer griechischen Göttin. Aber sie ist ja Türkin. Also passt dieser Vergleich natürlich nicht. Wo kämen wir da hin?

Özlem kommt immer ungeschminkt zu mir, in Turnschuhen, Trainingshose und Joggingpullover mit Kapuze. Das ist ihre Dienstkleidung. Zumindest habe ich sie noch nicht anders gesehen. Ach ja, manchmal hat sie noch so ein modisches Kopftuch auf, so ein gehäkeltes. Meistens aber nicht.

Ich schließe meine Haustür auf. In der Wohnung herrscht Stille. Ich finde Stille gerade ganz gut. Stille und einen Wodka-L dazu. Habe ich noch Wodka da?

Özlem hat warme braune Augen. Wenn ich in sie hineinsehe, merke ich, wie sehr Özlem in sich ruht. Beim Lachen bekommt sie Grübchen und senkt meist scheu den Kopf, um dann aus den Augenwinkeln hochzublicken. Nicht unterwürfig: erhaben. Ja, erhaben ist das exakte Wort dafür. Schon dafür mag ich sie.

Özlem hat den Ersatzschlüssel für meine Wohnung, denn wenn ich Sendewoche habe, bin ich so gut wie nie zu Hause. Mit dem Schlüssel kann sie kommen und gehen, wann sie will. Das ist praktisch so. Oft sehen wir uns nicht. Wir haben ein rein professionelles Verhältnis.

Wo ist der bekackte Wodka? Wo zum Teufel ist der bekackte Wodka? Der Dude sagt immer bekackt. Der Dude, Jeffrey Lebowski (Jeff Bridges), aus *The Big Lebowski.* Wie in der Szene, wo der Erzähler, der Cowboy, neben ihm sitzt und ihn fragt: *»Musst du* *eigentlich immer so viel fluchen?«* Und der Dude sagt: *»Was issen das für 'ne bekackte Frage?«* Ich finde, wo der Dude Recht hat, hat er Recht.

Özlem würde nie *bekackt* sagen. Aber sie hat ein sehr witziges Deutsch: Sie spricht alle Wörter ganz präzise aus, jede Silbe, jede Endung bringt sie zum Klingen. Manchmal spricht sie die Worte nicht, sie summt sie fast. Das ziemlich harte Wort *schmutzig* zum Beispiel – das ist mein absolutes Lieblingswort aus ihrem Mund in ihrem unschlagbar vorwurfsvollen Satz »Ist das hier wirklich so schmutzig oder soll das so sein, Hakim?« Ich höre das gerne: ein gedehntes, behagliches *sch* vorn, das rauhe *tz* in der Mitte irgendwie entschärft, und das *ig* am Ende ganz sanft, nicht *ich* oder *ick*: einfach *iggg*.

Außerdem übersetzt Özlem ständig türkische Redewendungen und Sprichwörter ins Deutsche, eins zu eins. Das klingt honigsüß und altklug zugleich. Über so etwas kann ich lachen. Wenn ich zum Beispiel ganz still bin und in etwas vertieft, sagt sie so Dinge wie: »Der Kluge will wissen, der Dumme will reden.« Akıllı bilmek ister, aptal söylemek. Und wenn ich dann das Buch oder die Zeitung zuklappe, um mit ihr zu reden und lachen muss, weil sie die Sprichwörter so direkt übersetzt und ungezwungen benutzt, legt sie erst den Kopf schief und lacht dann irgendwann mit. Manchmal sagt sie auch, einfach so: »Das Vogelnest baut das Weibchen.« Yuvayı dişi kuş yapar – und weil ich es nicht besser weiß, ziehe ich aus dieser Andeutung die Information, dass ich mir ein Vogelweibchen suchen soll. An dieser Stelle lache ich dann nicht.

Özlem ist etwas jünger als ich. Sie studiert; was, das habe ich vergessen. BWL oder so. Ich glaube, sie ist zufrieden mit ihrem Arbeitgeber. Wir reden meistens nicht viel.

Ich habe Özlem über eine Anzeige gefunden. Na ja, nicht ich direkt; die Anzeige in der Zeitung hat meine Damalige geschaltet, Charlotte. Vor einem halben Jahr war das etwa. Ich fand die Idee gar nicht so schlecht. Natürlich hatten wir vorher darüber geredet: »Dieser Dreck hier, Hakim, also echt, einmal in der Woche könntest du doch mal Staub saugen oder wischen!«

»Jaja.«

Das war's. Danach hat sie den Anzeigenfuzzi angerufen. Ein paar Tage später kam Özlem. Gleich zur Begrüßung, als ich noch ihre sehnige, kräftige Hand schüttelte, hat sie gesagt: »Ich bin zwar Türkin, aber keine Putzfrau.« Und ich habe gesagt: »Ich bin zwar Türke, aber kein blöder Macho.« Da hat sie gelächelt, und wir haben weiter unsere Hände geschüttelt; recht lange, recht feste, plötzlich schon vertraut, meine ich.

»Deine Stimme kommt mir irgendwie bekannt vor, Hakim«, sagte sie.

»Aus dem Radio vielleicht? Ich bin Moderator. Von *Morgenstund*. Hast du das schon mal gehört?«

»Echt? Na klar. Wie witzig!«

Ich war geschmeichelt. »Wann kannst du anfangen?«

»Sofort!«

»Okay.«

Dann haben wir uns noch mal die Hände geschüttelt und wieder gelacht. Ich habe ihr alles gezeigt. Und sie hat direkt losgelegt. Wir hatten noch nicht einmal über die Bezahlung gesprochen.

Als sie fertig war, hat sie erzählt, dass ihre Mutter sie umbringen würde, wenn sie wüsste, dass Özlem so einen Job macht, weil: Ihre Mutter ist 23 Jahre putzen gegangen, damit ihre Tochter das eines Tages nicht tun muss. Aber Özlems sentimentale Ader ist nicht so ausgeprägt, sie braucht das Geld, hat sie gesagt, und ich habe nicht weiter nachgefragt, wofür. Genau genommen geht sie bei mir auch nicht putzen: Özlem saugt Staub, das heißt sie muss nicht auf allen vieren durch meine Bude kriechen, sie muss nur den Staubsauger durch die Wohnung schieben, über das Laminat, alle zwei Wochen kurz nass durchwischen und, okay, im winzigen Bad mit einem Lappen eben über die Fliesen gehen. Das mit dem Thron regele ich selber, wobei ich da ehrlich gesagt eine ziemlich hohe Schmerzgrenze habe. Was der Thron ist? Ich nenne mein Klo den Thron, weil es etwas erhöht ist und ich praktisch eine kleine Stufe hochgehen muss, zu meinem Klo. Auf den Thron setze ich mich oft zum Nachdenken.

Özlem geht für mich auch einkaufen – in der Regel Müslijoghurt, Naturjoghurt, Milchreis, Milch, Äpfel, Bananen, Salami und Vitamintabletten (Magnesium, Kalzium, Multi), frische und kleine Sachen, die ich nicht per Internet bestelle wie den Rest: Getränke (außer Wasser vor allem Wodka und Bitter Lemon), Thronpapier, Waschpulver und so weiter.

Abzuwaschen braucht Özlem bei mir nicht, ich habe eine kleine Spülmaschine. Dafür bügelt Özlem meine Hemden, Konfektionsgröße 54, meist schwarz oder weinrot, keine Button-Down-Knöpfe. Meine langärmeligen T-Shirts. Meine Jeans, 34/34, beige oder schwarz. Meine Trikots. Meine Schuhe, Größe 44, putze ich selber.

Vor vier Monaten ist meine Damalige, Charlotte, dann gegangen. Özlem ist geblieben.

Wo ist denn der bekackte Wodka?

Kein Wodka mehr in der Küche. Nicht im Kühlschrank, nicht bei den Vorräten. Ich brauche aber noch einen Wodka-L vorm Schlafengehen. Das war alles zu aufregend heute. Ich gehe also an meine Notration: Die kleine Gorbatschow-Flasche im Kleiderschrank *Pax* von *Ikea*, bei meinen Tischtennistrikots. Ich finde, die passen gut zusammen: Die Wodkaflasche und die Tischtennissachen. Zwei Konstanten in meinem Dasein als mittelmäßiger Fünftliga-Tischtennisspieler. So, jetzt fehlt noch Lemon. Zurück in die Küche.

Im Moment bin ich Sologitarrist. Es muss sehr auffällig sein. Özlem hat es gleich gemerkt, als Schluss war mit Charlotte. Nach ihr war ich zuletzt etwas – wie soll ich sagen? – irritiert in Liebesdingen. Also nicht von wegen schwul, bi oder sonstwie. Fakt ist: Der Stimmungspfeil hinter meinem Liebeslebenslauf zeigt über die Jahre einfach nach unten.

Die Eckdaten: Mit sechzehn dachte ich, ich könnte sie alle haben und kam mit Lara zusammen. Mit siebzehn – nach Lara –

dachte ich, ich könnte nie mehr lieben, und ließ mich irgendwann von Isabelle finden und wieder verlieren; mit zweiundzwanzig, nach Kati, war ich mir ziemlich sicher, dass es keine Liebe gibt.

So abgehackt ging mein Liebesleben weiter, bis Charlotte, *all inclusive.* Ping. Pongping. Pong. Heute weiß ich, dass ich damals nichts von Liebe wusste; aber mehr auch nicht. Das heißt, vielleicht gibt es wirklich keine richtige Liebe für mich? *Liebe ist, wenn es Landliebe ist.*

Ich habe keinen Lemon mehr. Ich habe keinen bekackten Lemon mehr! Und Wodka so trinke ich nicht. Ich bin ja kein Alkoholiker. Ich hätte jetzt wirklich gerne einen Wodka-L gehabt.

Ein paar Jung-Frauen haben flüchtig versucht, mir ein besonderes Gefühl zu geben von … von ich-weiß-nicht-was: Offenheit, Ehrlichkeit, Experimentierfreudigkeit. Tati, Duygu, Cora. Keine hat es geschafft, bis heute. Ein paarmal habe ich selbst versucht, mir dieses Gefühl zu geben, habe beschlossen: Die Frau da, die ist es, vollkommen, zehn Punkte auf der nach oben offenen Richterskala. Aber Julia-Roberts-Filme im richtigen Leben nachzumachen, das bringt ungefähr so viel wie Julia-Roberts-Filme: langweilige Abende und schlechte Laune.

Sich Liebe einreden oder einreden lassen – so läuft es auf keinen Fall. Aber wie?

Ich denke, Liebe ist ein Drogentrieb, der in den Menschen eingebaut ist. In mich. In jeden. Man ist einfach drauf: Manche früher, manche später, aber dann jeden Tag, jede Nacht, rund um die Uhr. Liebe gleich Droge. Droge gleich Leid. Leider so oft. Oft ohne Grund. Das ist das eigentlich Schlimme. Ich rede von Einbahnstraßen-Verliebtsein. Von end- und sinnlos Fernsehen gucken; Briefkasten bewachen und das Telefon wie ein deutscher Schäferhund die fünf Quadratmeter Rasen diesseits vom Gartenzaun. Sie überall sehen, am Bahnhof, im Sender, in der Kneipe, in der City, in *Herzblatt.* Hinterherlaufen, manchmal weglaufen, voll laufen. Überlaufen vor Gefühlen, die sie nicht will.

Wie gesagt, jetzt bin ich solo, das ist besser so.

Ich sitze auf der Fensterbank im Wohnzimmer, gucke auf die Straße runter und fingere mir zwischen den Zehen rum. Blöde Angewohnheit, zwischen den Fußzehen rumzumachen. Zumal ich zu Schweißfüßen neige. (Notiz: Besser um Füße kümmern, später.)

Was ist los? Ich weiß nicht genau. Manchmal denke ich, ich sollte mir nichts einbilden auf die Radiogeschichte, meinen Haushalt selber schmeißen und mir außerdem eine vernünftige Frau suchen. Aber so einfach ist das nicht. Das ist nicht die Lösung. Und wenn ich das glaubte, dann wäre ich nicht ehrlich zu mir. Und ich muss versuchen, ehrlich zu mir zu sein. Sonst bringt das alles ungefähr so viel wie ein Fünftligaspieler in der Bundesliga.

Nein. Das hier ist keine Liebesgeschichte. Das ist ein Fall für sich, dass ich jetzt hier sitze und zwischen meinen Zehen herumpule, über meine Haushaltshilfe nachdenke und nach einem Wodka-L lechze. Das spüre ich. Es sitzt tiefer. Und woanders. Was ich da draußen in der Welt tue, hat mit mir hier drinnen nicht so viel zu tun.

Ist es ganz gewöhnlich oder doch grausam, wenn nichts in deinem Leben zueinander passen will? Wenn du weißt, du bist zu dick, aber du kaufst immer wieder deine Lieblingsschokolade? Wenn dein Dispo schon überzogen ist und du trotzdem in den Urlaub fliegen musst? Wenn dein Kopf sagt, du solltest keine Haushaltshilfe haben als Student, das ist dekadent und beschissen, aber in Wirklichkeit hast du trotzdem eine? Ja, gut, jeder hat seine Schwächen, denke ich, aber das trifft es auch nicht.

Ich muss Geduld haben mit mir. Wie gegen einen Abwehrspieler mit *Tackiness C* und langen Noppen auf der Rückhand: Ziehen, abstoppen, ziehen, abstoppen, ziehen, ziehen, Schuss.

4

✪ Tempowechsel ✪

Es ist noch dunkel draußen, und ich komme ein bisschen schräg drauf, hier auf der Fensterbank, gegen fünf Uhr morgens.

Ich sehe in das 24-Stunden-Fitness-Studio, das geschlossen hat. Das Schaufenster mit den Kraftfutterdosen ist blau beleuchtet. Bei *blaues Licht* fährt bei mir der größte Filmdialog aller Zeiten ab, nämlich der zwischen Sassou Gabai als Mousa und Sylvester Stallone als John Rambo:

Mousa: »*Und das? Wozu ist das?*«
Rambo: »*Das ist blaues Licht.*«
Mousa: »*Und was macht es?*«
Rambo: »*Es leuchtet blau.*«
Mousa: »*Verstehe.*«

Rambo III

Ansonsten denke ich immer wieder dasselbe: Jetzt also die Noppen. Jetzt also der Neuanfang mit *Armstrong Attack 3*. Im Tischtennis. In meinem Dasein als mittelmäßiger Fünftliga-Tischtennisspieler. Oder vielleicht überhaupt? Schließlich ändert man ja nichts, solange man zufrieden ist. *Never change a winning dream*. Oder doch?

Ich habe meinen Belag geändert. Meinen Rückhandbelag. Das ist ein Anfang. Das ist eine Entscheidung, eine wichtige sogar. Ich weiß nicht, ob sie gut ist. Ich habe noch nie mit Noppen gespielt. Ist eigentlich spät, um mit so was anzufangen, das muss eigentlich ins Auge gehen. Aber ich habe mich entschieden. Das ist, was heute Nacht zählt. Nicht die Abfuhr von dieser Nina.

Wann habe ich überhaupt zuletzt etwas Wichtiges entschieden? Ich meine, natürlich habe ich entschieden, ich entscheide ständig: *Gorbatschow* oder *Moskovskaya*; *Perwoll* oder *Weißer Riese*; rotes oder schwarzes Hemd. Diese ganz alltäglichen Dinge. Die meine ich nicht. Ich spreche von den wenigen richtungweisenden Sachen im Leben. Wann habe ich mal etwas Wichtiges entschieden? Für mich? So ganz bewusst gesagt: Junge, da geht es lang! Geh los, du Wurst! Da ist dein Ziel, da ist dein Weg ... Ich kann mich nicht erinnern. Ich kann mich wirklich nicht erinnern.

Und jetzt die Noppen. Wow, das fühlt sich gut an. *Entschieden* zu haben! Davor war es eine Tortur. Eine Odyssee, auch wenn es recht melodramatisch klingt, dass ich es so nenne.

Es ist spät geworden. Draußen wird es hell, hebt sich der Vorhang der Nacht für eine weitere Aufführung desselben Stücks. Ich bin müde.

Zehn Stunden später. Ich liege immer noch im Bett, fühle mich aber, als hätte ich die ganze Zeit kein Auge zubekommen. Eine Frage will mir nicht aus dem Kopf, verbreitet eine Mischung aus Angst, Selbstzweifel und Masochismus: Wann habe ich zum letzten Mal etwas Großes entschieden? Die ganze Zeit habe ich darüber nachgedacht, mir den Kopf zermartert in den vergangenen Stunden. Meine Gehirnmasse von rechts nach links gewälzt – und zurück. Aber: nada, nichts, sıfır.

Warum will ich jetzt unbedingt wissen, wann ich etwas entschieden habe? Vielleicht ist das wichtig. Vielleicht geht da meine Noppengeschichte weiter. Mein Kampf mit ... mit mir selbst. Seltsamer Gedanke, ein Kampf mit mir selbst – wo ist da das Schlachtfeld? Und wo hält sich der Feind versteckt? Wahrscheinlich überall und nirgends, doch immer in meiner Nähe. Es ist, als ob ich ein Kind wäre, das die Welt durch eine große Seifenblase betrachtet: Ich kriege es einfach nicht schärfer im Moment.

Was hat das Entscheiden oder Nichtentscheiden jetzt damit zu tun? Ich weiß es nicht. Die Frage hat mich einfach nicht losgelassen. Hat sich festgebissen in meinem Kopf, so unnachgiebig wie ein Hai sich in seinem Opfer festbeißt mit seinen fünf Zahnreihen. Ich habe dagelegen, zu verkrampft, um mich in den Schlaf zu wichsen. Ging nicht. Milch und Kekse haben auch nichts gebracht. Keine Schäfchen. Außerdem ist es ein harter Gedanke, Haifutter zu sein. Und so sind die Erinnerungen hochgekommen. Nein, ich habe sie heraufbeschworen, um mir zu beweisen, dass ich doch meinen Weg gegangen bin: trotz Misserfolgen, trotz Tischtennis, trotz Flucht in die Welt der Noppen.

Ich weiß nicht warum, ich weiß nicht woher, aber als Erstes kam eine Geschichte aus meiner Grundschulzeit in mein Gedächtnis. Vielleicht war sie auch immer dort, verhüllt, verborgen, verdrängt. Wie ein Kameramann habe ich alles gesehen: Wie mein Grundschulrektor höchstpersönlich mit suchendem Blick durch die Klassentür fegt, zielstrebig auf mich zurauscht, seinen großen roten Kopf über mich lehnt und mit einer tiefen, scharrenden Stimme, die in meinem Kopfkino heute Nacht in Dolby-Surround-Digitalqualität in mich gedrungen ist, sagt: »Du kleiner Türkenjunge bist also die Linkspfote.«

»Ich, ich heiße …«

Bevor ich mich sammeln kann und an meinen Namen erinnere, reißt er mir den hellblauen *Pelikan*-Füller (der immer so schmierte) aus der Linken. Packt mein rechtes Handgelenk, drückt den Füller zwischen meine Finger und beschmiert dabei meinen Handteller. »Hier wird mit rechts geschrieben. Verstanden?«

Heute Nacht habe ich meinen flehenden Blick gesehen, zur Klassenlehrerin, die sich an den gelockten Haaren zupft und sich abwendet, um etwas an die Tafel zu schreiben, was sie aber gleich wieder wegwischt; eine Prozedur, die lang genug dauert, bis der Direktor grußlos und hastig das Klassenzimmer verlassen hat, ohne zurückzuschauen auf das Häufchen Elend, das er produziert hat. Jahre später sollte er sich totsaufen. Er war cholerisch und Alkoholiker. Damals wusste ich das natürlich nicht, ich wusste noch nicht einmal, was die Worte *cholerisch* und *Alkoholiker* bedeuten. Und so entschied er für mich, dass ich fortan mit rechts schreiben sollte, denn ich hatte eine zu unbändige Angst vor ihm, um mich zu widersetzen; eine so erschütternde Angst, die ich sonst nur aus jenen Momenten kannte, die ich auf den Rücken meines Babas geklammert auf unserem Sofa – in unserer Mittagsschlafstellung – verbrachte, in dem Glauben, mein Baba würde aus dem Schlaf nicht mehr erwachen. Ich bin noch Jahre später zusammengezuckt, wenn ich einen Stift versehentlich in die linke Hand nahm. Dass der Direktor gestorben war, erfuhr ich zufällig. Leid hat es mir nicht getan.

Solche Geschichten habe ich in den vergangenen Stunden zu Hauf aus mir hervorgekramt: Wie meine Mutter beim Mittagessen erklärt, dass ich mit Tennis spielen aufhören würde, um sich dann ein wenig Salat auf den Teller zu häufen. Habe noch einmal durchlebt, wie Lara in ihrem kleinen Zimmer, mit dem Rücken zu mir, Schluss macht und ich wortlos ihr Zimmer verlasse, ohne um das, was ich damals Liebe nannte, zu kämpfen. Dabei war ich sogar bereit gewesen, ihr zu verzeihen. Ihr zu verzeihen, dass sie bei meinem allerersten Spiel in der Herrenmannschaft einfach gegangen war. Schon beim Einspielen, bevor das Spiel überhaupt richtig angefangen hatte.

Sie sei gelangweilt gewesen, hatte sie mir ein paar Tage später gesagt. Und noch viel später gestanden, dass sie damals eine Verabredung mit einem anderen hatte, während meines Spiels. Dieses kleine, brutale Detail, das ich ihr niemals verziehen hätte, erfuhr ich zum Glück erst, als es keine Rolle mehr spielte und wir wieder miteinander sprachen und es nur noch ein bisschen wehtat. Ich will nicht wissen, wie sehr ich mit sechzehn ausgetickt wäre.

Ich habe mich im Halbschlaf auch erinnert, wie mein Baba in den Fernseher starrend beschließt – nein, verkündet, beschlossen hatte er es schon, als ich gar nicht dabei war –, dass ich Medizin studieren werde. Dann könnte ich seine Praxis übernehmen, sagte Baba, und die Schulden, die sich damals schon anhäuften (mein

Baba ist ein guter Arzt, aber kein gerissener Geschäftsmann) gleich mit. Das sagte er natürlich nicht, aber ich wusste es schon von Mutter. Und weil man einem türkischen Baba nicht so schnell widerspricht, und weil mir nichts Besseres einfiel als Medizin, fing ich wirklich damit an. So war das. So erinnere ich mich heute daran.

Und so ging es weiter, Stunde um Stunde im Zeitraffer: Ich wollte mich an Situationen erinnern, in denen ich für mich eine wichtige Entscheidung getroffen habe, aber: *File not found*. Stattdessen immer wieder die Erkenntnis: Andere haben für mich bestimmt.

An Schlaf war nicht mehr zu denken.

Habe ich wirklich nichts entschieden? Laufen lassen, treiben lassen, einfach alles sein lassen? Ping. Pong. Pingpongpingpongping. Pong.

Heißt entscheiden leben?

Was für ein Sonntag.

Früher, mit 15, 16, da ließ sich der Depri leicht überwinden. Wenn ich mich nicht mehr mochte oder Weltschmerz verspürte, habe ich mich einen Nachmittag hingesetzt und mir eine neue Schrift angewöhnt. Mit Druckbuchstaben schreiben statt mit Schreibschrift. Oder alle Buchstaben groß. Manchmal hat es auch schon gereicht, den Füller auszuwaschen und eine neue Patrone mit andersfarbiger Tinte einzulegen – statt blau schwarz. Oder grün. Einmal sogar lila, aber nie rot, das erlaubten sie in der Schule nicht. Andere Tinte – hat immer gewirkt. Und irgendwann habe ich mir mal einen schwarzen Mantel gekauft, da war ich auch ein neuer Mensch. Damals ging das so einfach – glaube ich heute.

Diagnose: Das hier ist kein simpler Fall von Weltschmerz. Etwas anderes ist mit mir los, aber ich weiß nicht was. In mir ist etwas. Ich spüre, wie es wächst. Langsam, ganz langsam …

Hallo? Erde an Hakim. Noch alles ganz okay bei dir?

Ich freue mich, dass es draußen dunkel wird: Auch dieser Sonntag geht vorbei. Jetzt erst mal frühstücken. Und morgen, morgen muss ich die Noppen testen. Ja, morgen sehen wir weiter.

5

✪ Der Gott der fünften Liga ✪

Bekackt noch mal! Wieso bekomme ich Simon nicht ans Telefon? Bei ihm zu Hause habe ich es schon ein Dutzend Mal probiert seit heute Morgen. Er hat sich ein Büro in seiner Wohnung eingerichtet, verkauft Handys bei freier Zeiteinteilung. Netter Job. Sein Handy habe ich natürlich auch schon probiert, aber es ist ausgeschaltet. Freunde sind manchmal wie Polizisten: Wenn man sie braucht, sind sie nicht da.

Aber Simon muss da sein. Sonst habe ich niemanden zum Spielen an einem Montag. Es ist jetzt schon sechzehn Uhr, und eins weiß ich: Ich *muss* heute meine Noppen testen. Von heute an muss alles anders werden. Drücke also noch mal die Wahlwiederholungstaste.

»Simon Krenz.«

»Hey, du Titscher, wo warst du die ganze Zeit?«

»Ach, hi, Hakim. Ich war ...«

»Hattest du wieder ein Auswärtsspiel bei irgendeiner Schönheit?«

»Äh, ja, also ... so ähnlich ...«

»Klar, was sonst. Sag mal, hast du nachher Zeit? Ich muss trainieren.«

»Wenn du meinst, dass es dir noch was bringt? Ich an deiner Stelle würde mir langsam einen Psychiater suchen, du Wurst.«

»Sehr witzig.«

»Nee, das ist eher traurig. Du hast dich also dieses Wochenende wieder von irgendwem panieren lassen.«

»Wer hat dir denn das schon wieder erzählt?«

»Noppen-Norbert, wer sonst.«

Connecting People. Nein, nicht *Nokia*: Noppen-Norbert, der elende Freak. Hat wahrscheinlich wieder mal den ganzen Sonntagabend im Internet Tischtennis-Ergebnisse gewälzt, die Wurst. »Der bekackte Noppen-Norbert. Na super … Also, was ist jetzt? Hast du Zeit oder nicht?«

»Heute ist schlecht.«

»Warum?«

»Hab 'ne Verabredung.«

»Ja, und?«

»Da will ich nicht zu spät kommen.«

»Simon, du kommst seit fünfzehn Jahren zu spät zu deinen Verabredungen.«

»Ja, aber dieses Mal …«

»Das sind doch nur Ausreden! Du musst zum Training kommen, Simon!«

« … aber dieses Mal …«

»Ausreden sind wie Arschlöcher, Taylor. Jeder besitzt so was.«

»Oh Mann, jetzt geht das los. Komm sag's mir, aus welchem Film ist der Spruch?«

»*Platoon.* Also, was ist?«

»Was soll ich noch sagen?«

»Sag Ja. Du tust mir wirklich einen Gefallen.«

»Es passt echt nicht, aber … okay, Mann. Wann soll ich da sein?«

»Um sechs?«

»Hmm, wird knapp, aber ich bin da. Ich zeige dir gerne den Weg aus der Krise.«

»Halt's Maul und sei pünktlich, du Titscher.«

Ich lege auf und lächle. Wir reden immer so, Simon und ich. Das Gefrotzele gehört dazu. Wobei, heute war er nicht so ganz bei der Sache. Und aufs Sprüche klopfen sollte man sich schon konzentrieren, finde ich. Aus Prinzip.

Noch zwei Stunden. Noch zwei bekackte Stunden und ich kann endlich meine Noppen testen. Bis dahin sitze ich auf glühenden Kohlen. Mein Neuanfang muss sich noch etwas gedulden. Ein Zeitsprung ist nicht drin. Kein Time-Warp à la *Rocky Horror*.

Die Noppen; der Neuanfang. Habe ich ein bisschen auch Pavel zu verdanken. Pavel ist ein Riese – jedenfalls was Tischtennis angeht. Er ist ein Halbdistanzspieler. Das heißt, er stellt sich zwei, drei Meter hinter den Tisch und spielt einen Topspin nach dem anderen. Pavel macht selten Fehler dabei. Dazu hat er fiese Aufschläge. Er ist schnell, und er hat ein so begnadetes Auge, dass er immer dahin spielt, wo sein Gegner gerade nicht steht. Dieser Mann spielt kein Pingpong, nein: Er spielt Tischtennis. Kurzum: Pavel ist der beste Spieler in unserer fünften Liga. Und wohl der schrägste. Pavel juckelt nämlich jeden Freitagabend aus Prag in einem verrosteten, himmelblauen Käfer mit seinem Tischtennisfreund Jaromir die 700 Kilometer rüber nach Deutschland, gewinnt am Samstag seine Spiele, und jeden Sonntagmittag juckelt er zurück, wieder mit Jaromir.

Jaromir ist ein Fall für sich. Auf den ersten Blick scheint er nichts weiter als der klassische Mitfahrer zu sein. Jaromir ist so teilnahmslos, dass ich ihm als Rudimentär-Mediziner Unmengen Koffein verabreichen möchte, und zwar intravenös. Allein sein Schnäutzer scheint sein hageres, längliches Gesicht mit den eingefallenen Wangen und der vorsintflutlich vorstehenden Stirn zusammenzuhalten, so wie sein dunkelblauer Trainingsanzug mit kyrillischem Schriftzug seinen Körper. (Trainingsanzüge mit kyrillischen Schriftzügen sind immer sehr beeindruckend, wegen dieses internationalen Flairs, den sie durch die fünfte Liga wehen lassen.) Im Wettkampf aber bricht Jaromir aus: aus dem Trainingsanzug, aus seiner Lethargie, aus sich. Er explodiert. Dieser eben noch ärmliche, hässliche, träge Kerl, dem man an einer Straßenecke ganz sicher keinen Euro geben würde, gewinnt eine Ästhetik durch sein blitzsauberes Konterspiel, einen Ausdruck, einen Stolz und eine Anmut, die den anderen Jaromir verschwinden lässt, so, wie Schwächen eben verschwinden, wenn jemand seine Stärken auslebt. Nachdem ich Jaromir das erste Mal habe spielen sehen, konnte ich in ihm nie wieder den Schweiger mit dem kryptischen Körper sehen. Jaromir ist Pavels kongenialer Partner. Er redet halt kaum, aber unter Tischtennisspielern ist das schon okay.

Pavel hingegen redet für beide. Er spricht auch ziemlich gut Deutsch, und so hat er am Samstag, nach dem Spiel gegen uns, ein bisschen von sich erzählt. Die deutschen Mitspieler von Pavel und Jaromir sind natürlich ganz stolz, dass sie gleich zwei echte Tschechen in der Mannschaft haben. Welcher Verein gönnt sich gleich zwei Apostel der großen osteuropäischen Tischtennisschule?

In Anlehnung an Rob (John Cusack) in *High Fidelity*:
Meine persönlichen Alltime-Top-3-Osteuropäer
Platz 3: Istvan Jonyer, Ungarn
… für die Erfindung des Sidespins.
Platz 2: Wladimir Samsonow, Weißrussland
… dafür, dass sein Spiel nach nichts aussieht. Einfach nach nichts.
Platz 1: Andrzej Grubba, Polen
… für den elegantesten Rückhandtopspin über dem Tisch.

Ich verstehe, dass Pavels deutsche Mannschaftskollegen auf ihn stolz sind. Und Pavel wiederum ist ganz stolz, dass er als Fünftliga-Spitzenspieler in Deutschland so viel Geld verdient, dass er in »Tschächien«, wie er sagt, nicht arbeiten muss. Das sind: etwa 1000 Euro im Monat plus Reisekosten – schwarz natürlich, allein dafür, dass er sich die Fahrt antut und die Gegner in je zehn Minuten paniert.

Wer den Spaß bezahlt? Tja, tischtennisverrückte Dörfer finden sich allenthalben in deutschen Landen, einige von ihnen bringen auch Glanz in die erste Liga: *TTC Metabo Frickenhausen*, *TTV RE-BAU Gönnern*, *TTC Zugbrücke Grenzau*, *TTF Liebherr Ochsenhausen* und mein Lieblingsverein in der ersten Tischtennis-Bundesliga (auch wenn er sich nicht mehr lange dort halten wird): *SV Plüderhausen*. Und in solch tischtennisverrückten Orten leben dann auch tischtennisverrückte Wurstfabrikanten, Konzernchefs oder Politiker. Kurz: Leute die Geld haben oder Einfluss oder am besten beides. Leute, die offiziell immer im Hintergrund bleiben, aber inoffiziell soll schon jeder wissen, wo das Moos für *unseren* Verein wächst. Leute sind das, die wenigstens als Mäzen des *TTC Grün-Weiß Pusemuckel* in die Dorfgeschichte eingehen oder mal ihren heute achtjährigen Sohn in der Bundesliga sehen wollen. Warum nicht gleich in der Nationalmannschaft? Die kann ja dann auch in Pusemuckel spielen, was Ruhm und Ehre des Mäzens exponentiell erhöhen würde. Und so entstehen Handballdörfer, Tennisdörfer, Reitdörfer und eben Tischtennisdörfer, die sich zwei wie Pavel und Jaromir leisten. Für so was gibt es semiprofessionelle Spielervermittler, die dem Wurstfabrikanten einen Topspieler aus Osteuropa besorgen, praktisch auf Bestellung. Egal, für welche Liga.

Pavel will nicht zwingend in eine bundesdeutsche Dorfchronik. Nicht in erster Linie. Er will durchs Leben kommen. Manchmal, wenn seine kleine Tochter daheim in Prag zum Beispiel ein neues Fahrrad braucht oder seine Freundin einen Pelz, ja dann, sagt Pavel, reicht das Geld vom Tischtennis nicht; dann kauft er einen gebrauchten Mercedes hier und verkauft ihn teuer in »Tschächien«. Die 700 Kilometer nach Hause fährt dann Pavel den Mercedes – und Jaromir besorgt per Handy im Käfer schon mal einen Käufer in Prag.

»Ich hatte die Waahl«, sagt Pavel, »zweite Bundesliiga mit Training oder füüünfte Liiga ohne Training. Da hab ich gesagt, Pavel, fang erstemal in aller Ruuhe in der fünften an.«

Die fünfte Liga, die ist was ganz Besonderes. Die ist Tischtennis pur. Ich möchte in keiner anderen Klasse spielen. Nur hier prallen schmerbäuchige Familienväter auf so durchtrainierte Athleten wie Pavel oder Jaromir. Und manchmal auch auf einen schlechten Chinesen, der für die fünfte Liga immer noch vom Feinsten ist. In dieser Klasse siehst du auf einmal Tischtennisspieler, die sich warmlaufen – oder zumindest auf der Stelle ein wenig rumhopsen oder mal die Arme in die Luft strecken, so zum Warmmachen. Bis zur fünften Liga ist Warmmachen in jedweder Form das Allerletzte. Es ist ungeschriebenes Gesetz, dass man das einfach nicht tut. Noch nicht mal Fußkreisen. Das wäre schlechter Stil. Unter der fünften Liga macht sich also keiner warm, darüber alle. Aber *in* der fünften, da macht es jeder so, wie er will. Und das macht den Unterschied.

Am Samstag, als Pavel mal kurz musste, haben die anderen, die Deutschen aus seiner Mannschaft, erzählt, dass er mal in der tschechischen Nationalmannschaft war – und in »Tschächien« erste Liga gespielt hat. Jaromir nickte heftig an dieser Stelle. *Nationalmannschaft* sei das einzige deutsche Wort, das er außer *Tischtennis* kennt, sagten dann seine Mitspieler. Jaromir nuckelte mit verklärtem Blick an seinem *Vitamalz*. Nationalmannschaft. Jaromir. *Vitamalz*. Was für Sphären!

Der ehemalige Nationalspieler Pavel ist aber kein fauler Rumtreiber, der sich so durchs Tischtennisleben schlägt, indem er lieber in der fünften als in der zweiten deutschen Liga spielt. Pavel ist einfach gewitzt, auch wenn sein blasses Milchgesicht rund um die knollige Nase einem das nicht gleich verrät, genauso wenig wie sein Alter: Er könnte 21, aber auch 35 sein.

Doch ob gewitzt oder nicht, Pavel hat seine Ehre als Tischtennisspieler, die er zu pflegen weiß. In der Hinrunde hat Pavel nämlich ein Spiel vergeigt. »Das gäht niicht«, sagt Pavel. Geht halt doch. Verloren ist verloren. Und deshalb ist er kurzerhand jeden Tag seit diesem Spiel joggen gegangen. Den ganzen Winter, über drei Monate lang, tagein tagaus zwölf Kilometer. Elf Kilo hat er so abgenommen. Das hat sich gelohnt. Denn in der Rückrunde ist Pavel standesgemäß ohne Niederlage geblieben – und zum Modellathleten, nein, Adonis des europäischen Tischtennis mutiert: 1,78 Meter groß; muskulöse Oberschenkel und Waden, ansonsten spindeldürr. Früher, als ich noch jung war, hieß es, über 1,80 Meter könne man im Tischtennis nichts werden. Gut, ein paar Leute wie Roßkopf oder Samsonow haben seitdem Gegenbeweise geliefert, aber wenn wir mal von Waldner ausgehen, ist 1,78 Meter schon ein sehr guter Wert.

Ich sehe noch mal dieses Bild vom Samstag vor mir, wie Pavel auf seinen unbehaarten O-Beinen mit den Schultern schwankend durch die Halle watschelt, ohne dass sich lästige Muskeln unter dem rosafarbenen *Butterfly*-Trikot abzeichnen würden. Ja, ein rosa Trikot. Mit mintgrünem Kragen. Der Europäische Gerichtshof für Menschenrechte in Den Haag sollte sich mal die Designer von Tischtennisklamotten vorknöpfen. (Frage fürs weitere Leben: Warum tragen erwachsene Männer rosa Trikots mit mintfarbenem Kragen?)

Pavel hat natürlich *die* Tischtennisschuhe. Die ganz weißen, die praktisch keine Sohle haben. Die, die wie Katzenpfoten aussehen, und dementsprechend huscht Pavel auch um den Tisch herum. Die Schuhe, die es in Deutschland einfach nicht zu kaufen gibt. Es sind solche Details, an denen jeder mit einem Blick einen Crack aus Osteuropa erkennen kann, bevor der überhaupt seinen Trainingsanzug ausgezogen, geschweige denn einen seiner Schläger ausgepackt hat. Und es sind solche Details wie die Schuhe, die die Kleiderordnung im Tischtennis herstellen. Nicht rosafarbene Trikots.

Ja, bei uns in der fünften Liga ist Pavel ein König, nein: ein Gott. Und das ist jetzt keine Unterwürfigkeit, Pavel Gott zu nennen, es spiegelt einfach nur die sportlichen Verhältnisse in unserer Spielklasse wider. Allein deswegen also, weil Pavel Gott ist, aus Respekt, habe ich ihn höflicherweise nicht sofort für völlig gestört erklärt, als er sagte: »Du, du hast eine guute Vorhand, aber deine Backhand ist uunterentwickelt. Und du bist zu groß, um immer die Backhand zu umlaufen. Hast du schon mal kurze Noppen probiert?«

Unterentwickelt?

Die Wurst!

Natürlich kochte das türkische Blut in mir, als Pavel meine Rückhand *uunterentwickelt* nannte – und mir auch noch Noppen empfahl. Noppen! Nach dieser elenden Niederlage. Nach den sieben Matchbällen, die ich nicht verwandeln konnte. Ich meine: Noppen – er hätte mir auch gleich sagen können, dass ich mir einen Autoreifen auf die Rückhand kleben soll. Oder angelutschte Gummibärchen. Froschschenkel. Was weiß ich! Aber es war eben Pavel, der mir sagte, ich sei auf der Rückhand eine Wurst, und ich schluckte es ungekaut und unverdaut runter, allerdings ohne seinen Ratschlag ernst zu nehmen. Zunächst. Ich und Noppen – niemals! Dachte ich. Warum? Siehe Materialkunde.

Tischtennislehre, Teil 2: Materialkunde

Ich fange mal bei Adam und Eva an. Adam und Eva heißen im Tischtennis Holz und Belag.

Wie im Paradies kleben Adam und Eva den ganzen Tag aneinander. Adam, das Holz, besteht meist aus paradiesischen Holzarten wie Limba, Koto oder Abachi. Auf Vor- und Rückseite des Holzes werden Beläge geklebt. Eva ist nicht aus Fleisch und Blut, sondern aus Schwamm und Obergummi. Im Gegensatz zu Adam ist sie im Tischtennis-Paradies nicht nackt, sondern hat zwei Kleider: ein rotes und ein schwarzes. Jeder Schläger muss nämlich ein rotes und ein schwarzes Obergummi haben, damit man die Beläge unterscheiden kann. Denn guckt man genauer hin, kann Evas Garderobe sehr unterschiedlich sein: Entweder sie besteht aus glattem Samt oder aus Pailletten. In der Haute Couture de Ping-Pong nennt man das erstgenannte Modell Noppen-Innen-Beläge (das sind die, wo das Obergummi glatt ist) und das zweite Noppen-Außen-Beläge (logisch, eben mit vielen kleinen, fingerkuppenlangen Noppen nach außen). Bei den Noppen muss man zwischen kurzen und langen Noppen unterscheiden. Mittellange vernachlässigen wir, kein Mensch weiß, wozu die gut sein sollen. (Die wirken wie ein Birnbaum im Paradies.)

Lange Noppen also sind für Abwehr und kurze Noppen für Angriff. Aber: Manche Leute spielen auch mit langen Noppen Angriff – und andere mit kurzen Abwehr. Und das macht die Sache wesentlich komplizierter als zum Beispiel im Tennis. Oder eben im Paradies, wo es nur den ollen Apfel zu pflücken gibt. Tischtennis ist eine Art Magie.

Konzentrieren wir uns auf kurze Noppen, schließlich ist mein *Armstrong Attack 3*, wie der Name schon sagt, eine kurze Angriffsnoppe. Trägt Eva das raffinierte Paillettenkleid, dann läuft die Verführung des anderen Geschlechts – in diesem Fall des Gegners – so: Das Geheimnis von kurzen Noppen liegt darin verborgen, dass sie kaum eigenen Schnitt entwickeln, aber den Schnitt des Gegners annehmen – was tief greifende Folgen für das Spiel nach sich zieht. Es ist nämlich so, dass der Tischtennisspieler sich Automatismen antrainiert. Sieht er einen Unterschnittschlag, einen Schupfball, dann spielt er automatisch einen Topspin oder schupft zurück. Alles andere geht im Normalfall daneben. Sieht er eine Topspinbewegung, spielt er automatisch einen Blockball. So automatisch wie alle Leute, die ich kenne, wegzappen, wenn im Fernsehen *Das Wort zum Sonntag* kommt (oder Jürgen Fliege oder ein Xavier-Naidoo-Video, was aber in etwa alles das Gleiche ist). Schupft nun jemand mit kurzen Noppen, ist kaum Schnitt in dem Ball – und wer jetzt automatisch einen Topspin zieht wie auf Unterschnitt, der schlägt den Ball einen Meter über den Tisch, denn trotz Unterschnittbewegung ist kaum Unterschnitt in dem Ball. Oder wer Noppen automatisch blocken will, weil er eine Topspinbewegung gesehen hat, der muss feststellen, dass der Ball überhaupt keinen Topspin hat und schlicht vom Schläger auf die eigene Tischhälfte tropft und dreimal stoisch auftickt, bevor er überhaupt beim Netz ankommt. Des Gegners Hälfte sieht dieser Blockball nie.

Noppen sind also ziemlich unberechenbar: Eine Topspinbewegung ergibt keinen Topspin, ein Unterschnittball keinen Unterschnitt. Deswegen sind Noppen einfach nur abgrundtief hässlich, weil sie nichts als Etikettenschwindel sind, weil du gegen deine mühsam antrainierten Automatismen anspielen musst. Das gilt umso mehr, als du selbst mit Noppen spielen willst. Im Prinzip sollst du mit ihnen den Gegner irritieren, aber wenn der Gegner die Gesetzmäßigkeiten kennt und sich umstellen kann, ja dann gute Nacht, großen Druck kannst du selbst kaum ausüben.

Trotzdem ist die Versuchung da: auf Noppen zu wechseln, um ein gefährlicheres Spiel zu bekommen. Um aus einer Schwäche eine Stärke zu machen, ohne groß dafür trainieren zu müssen. Und das ist ekelig, das sind niedere Beweggründe. Das sind keine richtigen Tischtennisspieler, die sich lustvoll quälen mit ihrer Rückhand. Ich hasse Noppenfuckler! Diese Antispieler! Ich gestehe: Noppen sind die unterste Kulturstufe. Die Keule eines Neandertalers. Aber Adam hat auch den Apfel gepflückt. Da bin ich doch in ganz guter Gesellschaft … Ich drücke es mal undiplomatisch aus: Tod den Noppen! Außer meinen. Ende der Durchsage im Paradies.

Pavel, der Schmock, sagte also, ich hätte eine uuunterentwickelte Rückhand, und ich war stinksauer. Wer lässt sich so was schon gerne sagen? Ich habe mich erst wieder entspannt, als ich unter der Dusche den nackten Pavel bewundern durfte: Es war wirklich eine Genugtuung, zwischen den kalkweißen Schenkeln seinen schrumpeligen Vierer zu sehen. Unterentwickelt, würde ich sagen. So blieb mir wenigstens der Schwanzneid erspart. Im Gegenteil: Ich musste mir ein Grinsen verkneifen.

Lange Noppen, das sei ja nichts, erklärte mir Pavel, damit könne man nur Abwehr spielen und das auch nicht richtig, er hätte das mal probiert. Aber für manche Spieler seien kurze Noppen effektiv. So, wie er abfällig »maanche Spielärr« sagte, hätte ich ihn darauf ansprechen können, wie es ist, in der Vier-Zentimeter-Liga sein Glück zu versuchen. Und von wem überhaupt *seine* Tochter ist, weil von ihm …

Als wir mit duschen fertig waren, zog Pavel kurzerhand – nass und nackt wie er bis auf die marineblauen Badelatschen war –

einen nagelneuen Kurznoppenbelag aus seiner riesigen Tasche. Einen *Armstrong Attack 3*, schwarz. Mit 1,5 Millimeter Schwamm. »Das ist wie ›7-6-2 Millimeter, Full Metal Jacket‹«, sagte er. »Eine tödliche Waffe.«

Ich erinnerte mich ganz gut an die Szene in *Full Metal Jacket*, in der Private Pyle (Vincent d'Onofrio) mitten in der Nacht in der Toilette des Marines-Ausbilders steht, eben genau *7-6-2 Millimeter Full Metal Jacket* sagt, wenig später seinen Drill Instructor erschießt, sich aufs Klo setzt, den Lauf in den Mund nimmt und abdrückt. Nach meinen letzten Spielen war ich fast auch zu so einer Aktion fähig. Das war schon erbärmlich, was ich da gespielt habe. Vor allem – ja, okay! – wegen meiner Rückhand. Wegen der bitteren Niederlagen. Aber ich habe keinen Ausbilder. Also bleibe ich am Leben.

Und natürlich war ich wegen meiner schlechten Leistungen anfällig für die absurde Idee mit den Noppen. Pavel erzählte inzwischen etwas von »ohne Trääning aus einer Schwääche eine Stärke machen«, »gaanz billig« und »unter Katalockpreis« – in Deutschland versteht sich. Er machte sogar noch ein paar Schläge mit mir. Nein, nicht nackt in Badelatschen – nach dem Umziehen. Ein Materialtest, wie er sagte. Bei ihm sah das mit den Noppen total einfach aus: Zum Beispiel konnte er einen Topspin von mir mit den Noppen so blocken, dass der Ball praktisch nicht mehr aufsprang – wirklich tödlich. Was kann man mit einem solchen Ball anfangen? Das sei ganz leicht, so zu blocken mit dem *Attack 3*, sagte Pavel, das würde ich schnell raushaben. Ich sei ja kein schlechter Spieler. Da ich ihm offensichtlich immer noch nicht überzeugt schien, sagte Pavel dann ganz beiläufig – heute würde ich es einen Wechsel seiner Verkaufsstrategie nennen –, er wolle mich nicht drängen und überhaupt. Das war der Moment, in dem ich mir sagte: Hey, warum eigentlich nicht? Und so entschied ich mich bewusst zum Kauf des *Armstrong Attack 3*. Natürlich kam hinzu, dass ich nach dem Materialtest stolz war, dass Pavel nicht nur freiwillig mit mir geredet, sondern auch noch freiwillig mit mir gespielt hatte. Und als ich zu meinem Portemonnaie griff, meinte ich wirklich zu spüren, dass die Noppen mein Ding sind. Absolut!

So kaufte ich Pavel die Noppen für fünfzehn Euro ab und war felsenfest davon überzeugt, dass das ein guter Schritt war. »Du wirst es nicht beräuen«, sagte Pavel zum Abschied, bevor er neben Jaromir im Käfer verschwand und ich mit dem Belag in der linken Hand hinter den beiden herwinkte. Standbild.

Mittlerweile bin ich mir nicht mehr sicher, ob er das ernst gemeint hat, dass ich die Noppen nicht bereuen werde. Aber wie es auch immer ausgehen mag: Ihm kann es egal sein. Schließlich sehen wir uns vorerst nicht mehr wieder, wie ich heute in der Zeitung gelesen habe. Es ist der letzte Spieltag gewesen und Pavels Truppe ist doch noch aufgestiegen in die vierte Liga, weil ihr Konkurrent gepatzt hat.

Na ja, immerhin hat er mir keinen gebrauchten Mercedes angedreht.

6

✪ Aufschlag ✪

Ich bin auf dem Weg zur Halle. Gehe zu Fuß, die Tasche auf dem Rücken, die Hände in den Po-Taschen und bin aufgeregt wie vor dem ersten Kuss. Eine *Ich-weiß-wie-es-gehen-müsste-aber-ich-hab's-noch-nie-getan*-Aufregung. Ich habe ja noch nie mit Noppen gespielt. Jetzt naht sie, die Noppenrevolution. Und mein erstes Opfer ist Simon. Ich freue mich darauf. Ich freue mich auf die Noppen. Und darüber, dass ich mich für sie entschieden habe.

Simon spielt nicht mehr in meiner Mannschaft, weil er in einem anderen Verein in unserer Stadt gutes Geld kriegt, längst nicht so viel wie Pavel, aber immerhin. (»No money, no spin.« – das ist Simons Standardspruch zu dem Thema.) Und weil Simon folglich am Samstag nicht dabei war, weiß er natürlich auch noch nichts von den Noppen, und am Telefon habe ich ihm nichts verraten. Das Gesicht will ich live und in Farbe sehen, wenn ich ihm mit Noppen gegenüberstehe.

Simon hat mittellange dunkelblonde Haare, die auf seinem Kopf wie eine Krone aussehen. Er hat ein kantiges Gesicht wie die Jungs aus der Rasierklingenwerbung; seine großen, dunklen Augen passen erst auf den zweiten Blick dazu. Aber letzten Endes passt es bei Simon irgendwie immer. Er sieht noch etwas jünger aus als Michael Corleone (Al Pacino) in *Der Pate*; wie ein ganz junger Michael Corleone in Blond.

Dass Simon mein bester Freund ist, haben wir nie ausgesprochen oder bei einem Wodka-L so festgelegt, und wir haben auch nicht nachts unter irgendeiner Tischtennissteinplatte Blutsbrüderschaft geschlossen. Aber wenn mich jemand fragen würde, könnte ich ohne zu zögern sagen: Simon ist mein bester Freund. Mit einer Selbstverständlichkeit, die entsteht, wenn man sich sehr lange kennt, sehr genau kennt, lange in der Schule nebeneinander gesessen hat, das Atmen des anderen im Dunkeln erkennen würde oder die Stimme im Sturm, so vertraut ist alles. Wenn man die Blicke des anderen zu deuten weiß; wenn man spürt, wie sich die Gedanken kreuzen, die Pointen, oft die Launen, manchmal auch die Gefühle, selten die Schwärmereien. Wenn wenig ausgesprochen werden muss, weil die Gedanken schon ausgetauscht sind und erwidert, lange bevor man die erste Silbe mit dem Mund hätte formen können. Es ist wie Magie zwischen uns – und die funktioniert auch, wenn wir uns länger nicht gesehen haben, was schon mal vorkommt im Eifer des Großstadtgefechts. So ist das mit Simon und mir immer gewesen: Die stille, unumstößliche Gewissheit, einander nah zu sein, die ich ihm gegenüber seit jenem Tag auf dem Schulhof verspüre. Dem Tag, an dem wir uns kennen lernten, in der fünften Klasse war das. Dem Tag, an dem wir uns in der großen Pause an der Tischtennisplatte begegneten. Ich erinnere mich, wie er mir sein Mathebuch hinhielt und sagte: »Willst du nicht mitplecken?« Wie ich langsam von der Bank an der Steinplatte aufstand und mich dankbar in die Reihe stellte. Die Mathebücher lagen gut in der Hand; sie waren nicht so schwer wie die Bioschwarten, mit denen musste man fast beidhändig spielen, und nicht so unhandlich wie die quadratischen Englischbücher. Jeder, dem der Pausenrundlauf etwas bedeutete, spielte mit seinem Mathebuch. Und mir bedeutete er auf Anhieb etwas, und so gab ich Simon sein Mathebuch zurück, er strahlte mich an, klopfte mir mit dem Buch auf die Schulter, und ich holte hastig mein eigenes heraus, um keine Runde zu verpassen.

Noch in dieser Pause stand ich in meinem ersten richtigen Endspiel gegen Simon: im Pausen-Rundlauf-Endspiel, bei dem uns anfangs unsere ausgeschiedenen Klassenkameraden und die anderen zuschauten. Es ging bis drei, aber der Gewinner musste zwei Punkte Vorsprung haben. Bei fünf zu fünf klirrte die Pausenklingel zum ersten, bei acht zu sieben für Simon zum zweiten

Mal – und da guckte niemand mehr zu, waren alle anderen in die Klassen gegangen, aber wir spielten verbissen weiter in die Biostunde hinein, keiner von uns kam auf die Idee, ein Unentschieden auszuhandeln oder überhaupt etwas zu sagen. Nur das Ergebnis zählte Simon laut mit. Erst als bei zwölf zu zwölf unsere Biolehrerin höchstpersönlich auf den Schulhof stürmte, um uns mehr oder weniger freundlich zum Unterricht zu bitten, rannten wir völlig nass geschwitzt in den Klassenraum. Die anderen wollten natürlich wissen, wer gewonnen hatte, wir zuckten beide nur mit den Achseln, und die Lehrerin trug uns erbarmungslos ins Klassenbuch ein, was am Anfang der fünften Klasse noch eine wirkungsvolle Strafe ist. Zumindest erinnere ich mich vage an ein unwohles Gefühl in der Bauchgegend in dem Moment.

Das Finale haben wir dann in der nächsten Pause zu Ende gespielt. Ich habe verloren, aber das war egal. Wir hatten dann viel Gesprächsstoff, und ein paar Tage später hat Simon mich mit zum Training genommen in den Verein, für den ich heute noch spiele.

Simon ist ganz anders als ich. Er nimmt nichts ernst – und das in dieser Reihenfolge: sein Leben, seine Arbeit, seine Frauen, andere Menschen. Und weil er praktisch nichts ernst nimmt, macht ihn das, glaube ich, so kurz entschlossen, so locker und leicht, so leicht leichtsinnig und verspielt und verlogen. Doch wie keinen anderen schmücken ihn diese Eigenschaften. Denn letzten Endes ist alles eine Frage der Art und Weise, der Methode – und ich kenne viele Jung-Frauen, die sich mit Freude von Simon belügen lassen, weil diese Lügen viel süßer sind als die Wahrheiten von ungefähr allen anderen Jung-Männern zusammen. Genau so wie dieses schüchterne, aber ironische Lächeln in seinem Mundwinkel und in seinen Augen, das etliche Jung-Frauen zum Wahnsinn treibt. Aber bei Simon steckt kein System dahinter. Er hat nicht dieses Lächeln im Mundwinkel, weil er weiß, dass die Jung-Frauen es anbeten wie das neueste Dualband-Wap-Handy. Oder weil er es vor dem Spiegel geübt oder weil er es einem Schauspieler abgeguckt hätte, der die Frauenwelt damit betört hat. (Ich denke an Robert Redford oder James Dean.) Nein, es ist einfach da. Es ist seins. Das ist er. Er kann nicht anders. Und das mag so ziemlich jeder an ihm. Auch meine Mutter zum Beispiel.

Simon hat keine Philosophie dazu, wie er ist und sich gibt und lebt. Schon gar nicht eine Phantasie. Der Punkt ist: Simon sucht auch keine Philosophie oder Phantasie oder irgendetwas. Die Sonne geht auf, die Sonne geht unter. Und Simon macht sein Ding. Ende Gelände.

Aber es herrscht nicht nur blindes Verständnis zwischen uns. Manchmal werde ich nicht so richtig klug aus ihm, und ich bin mir sicher, dass er mir auch nicht alles erzählt, was ihn beschäftigt. Oder wer ihn beschäftigt. Er kann sehr verschlossen sein, als ob hinter all dieser Leichtigkeit noch etwas anderes verborgen wäre, das er lieber in sich einsperrt. Aber gerade das gefällt mir. Man muss nicht Herz, Seele und Geschlechtsteile auf der Zunge durch die Welt tragen, so wie ein Pavian seinen knallroten Hintern durch die Welt trägt. (Was für ein Vergleich! Notiz: Nachforschen, ob es ein Buch mit dem Titel *Erfolgreich assoziieren* gibt.)

Montag ist ein guter Tag, um zu trainieren. Okay, zugegeben, jeder Tag ist ein guter Tag, um zu trainieren. Aber der Montag ist besonders gut. Die anderen verarbeiten nämlich noch den Muskelkater – äh, ja, vom Tischtennis den – und die Niederlagen vom Wochenende. Dieser Montag hat aber noch einen besonderen Pluspunkt: Die Saison ist seit Samstag vorbei. Da gehen die meisten Tischtennisspieler in eine kurze Trainingspause über, die schon mal den ganzen Sommer andauern kann. So sind wir vielleicht für uns.

Ich bin vor Simon in der Halle und klebe in aller Ruhe meinen Vorhandbelag frisch.

Tischtennislehre, Teil 3: Frischkleben

Frischkleben ist für viele Pingpongspieler wie eine gute Fee. Sie erfüllt einem zwei Wünsche: mehr Tempo und mehr Spin. Okay, diese gute Fee ist nicht besonders talentiert, sie kann immer und ewig nur diese zwei Wünsche erfüllen, aber besser als gar keine Magie, oder?

Im Prinzip ist die Fee also zuständig für das Schlägertuning. Einmal tiefer legen und mehr Pferdestärke, bitte. Willkommen im *Opel*-Club. Im Prinzip funktioniert das mit der Frischkleberei auch ziemlich simpel: Direkt bevor du spielst, pinselst du Klebe auf den Schwamm, lässt die Klebe einziehen und klebst die Beläge auf das Holz. Die Lösungsmittel sorgen für eine größere Oberflächenspannung, machen den Schwamm elastischer, du bekommst den größtmöglichen Katapulteffekt, das heißt: mehr Tempo und mehr Spin. Und für mehr Tempo und mehr Spin würden Tischtennisspieler ihre Mütter verkaufen. Im Sonderangebot. Und die Muttersöhnchen, die ihre Mama gerne behalten wollen, werden erfinderisch. Für noch mehr Tempo und noch mehr Spin. So mancher möchte nämlich gerne noch einen Heckspoiler, getönte Scheiben und Sportgurte. Und da wird der Pingpongspieler zum Chemielaboranten allererster Klasse, da kann keine normale Fee mithalten. Er benutzt zum Beispiel verbotene Lösungsmittel, die den Schwamm noch elastischer machen. Manche schütten dazu Benzin in ihre Klebe. Die Könner nehmen *Vulcofux*-Fahrradkleber im individuell langjährig erprobten Verhältnis zur erlaubten Tischtennisklebe. Profis vertrauen auf irgendwelche osteuropäischen Spezialkleber. Ja, nicht nur die osteuropäische Tischtennisschule, auch ihre Klebe ist berühmt. Kein Mensch weiß, was in ihr drin ist. Und so genau will es eigentlich auch niemand wissen.

Einige Pingpongspieler mutieren nicht nur zu Chemielaboranten, sie erwerben auch erste Kompetenzen als Krankenschwester, wie Simon zum Beispiel: Sie greifen zur Spritze, ziehen die

Klebe in die Spritze, und setzen ihrem Schwamm den Goldenen Schuss – direkt in ihn herein, damit die Klebe sich im Schwamm besser verteilt. Manche spritzen die Klebe mit filigranster Technik auch zwischen Schwamm und Belag, damit relativ viel Klebe auch in das Obergummi zieht und auch ihn weich und elastisch macht. Manche stehen da drauf wie andere auf *Schroth*-Gurte und *Kenwood*-Aufkleber. Ein Bild für die Götter in den Umkleiden deutscher Sporthallen: Erwachsene Männer, die auf den Knien vor ihrem Schläger hocken, der genau waagerecht liegen muss, sonst läuft die Klebe ja auf der anderen Seite wieder raus, bewaffnet mit der aufgezogenen Spritze, den Kopf heruntergeschraubt auf Belaghöhe.

Kurz gesagt: Das Frischkleben ist ein heiliger Akt. Wie das Auftragen der Kriegsbemalung.

Ich liebe diesen Akt, allerdings klebe ich brav mit erlaubter Klebe, aber dafür drei Schichten auf die Vorhand. Noppen klebt man ja nicht frisch, meinen *Armstrong Attack 3* habe ich schon vorher draufgemacht und die überstehenden Ränder mit einem Skalpell abgeschnitten. (Neue Beläge sind nämlich quadratisch.)

So, fertig.

Zur Feier des Tages ziehe ich mein Lieblingstrikot an: Das blaue von *Stiga*. Das ist ein ganz altes, das die schwedische Nationalmannschaft mal hatte. Darin habe ich Waldner zum ersten Mal im Fernsehen spielen sehen. Ich finde, am Tag eins des Noppenzeitalters ist das angemessen.

Wo bleibt Simon, die Wurst? Ich habe keine Lust, alleine den Tisch aufzubauen. Nehme meinen Schläger in die Hand. Streiche jetzt über die vielen Noppen, auf der Suche nach einem erotischen Verhältnis zum neuen Material, das ein jeder echter Tischtennisspieler braucht wie ein Mann zum Körper einer fremden Frau, den es zu erkunden gilt. So stehe ich also in der leeren Tischtennishalle, streichle über meinen Schläger, lasse meine Fingerkuppen über jede einzelne Noppe auf und ab gleiten. Aber die

Lust bleibt aus – damit zu spielen, meine ich jetzt. Ich beende diese Prozedur.

Simon ist immer noch nicht da. Ich hasse Unpünktlichkeit. Simon ist zurzeit wie die Bahn: *Die Bahn kommt.* Nie pünktlich. Also baue ich doch schon mal die Platte auf. Muss er halt alleine abbauen.

Der Tisch, das Netz, die Banden – alles ist bereit, aber Simon fehlt immer noch. Wie erwartet kommt sonst niemand. Erst als ich mal wieder davon tagträume, gegen Waldner zu spielen – ich mache, wie immer, ein paar wilde Bewegungen durch die Luft – tritt Simon mit seiner grotesk großen Tasche (man bedenke die Größe des Tischtennisschlägers und der sonstigen Miniaturutensilien dieses Sports) auf dem Rücken in die Halle. »Hi! Sorry, bin zu spät!«

»Hi! Sorry, ich war pünktlich.«

»Na, spielst du wieder gegen Waldner?«

»Jaja, Geheimtraining«, sage ich. Simon kennt meinen Lieblingstraum schon seit Jahren, als er mich auf einem Turnier bei meinen tagträumerischen Verrenkungen in der Umkleide erwischt hat. Aber das ist lange her.

Zur Begrüßung bringt Simon ein nervöses Lächeln hervor. Irgendetwas irritiert mich an ihm, ohne dass ich es greifen kann. Aber Konzentration auf das Wesentliche, bitte! Es geht hier und jetzt ausschließlich um meine Noppen und nicht um die unentspannte Art meines Sparringspartners. Also sehe ich zu, die Noppen so lange vor ihm zu verstecken, bis wir die ersten Schläge gemacht haben. Beim Spielen wird er dann sowieso hören, dass ich Noppen habe. Noppen machen nämlich *peng* – normale, glatte Beläge *ping* oder *pong*. So einfach ist das. Aber wie soll ich die Noppen bis zu den ersten Schlägen verstecken, auf die Schnelle? Mit den Noppen nach unten auf den Tisch legen? Nein, da kann er um den Tisch kommen und meinen Schläger einfach aufheben, so, wie es viele Tischtennisspieler aus reiner Angewohnheit tun, während sie vom Spiel am Wochenende erzählen; oder dazu lieber schweigen und trotzdem auf des Gegners Schläger glotzen wie auf den *Play-* oder *Gameboy*, je nach Alter. Also, wohin soll ich mit meinem bekackten Schläger? In der Hülle lassen? Zu außergewöhnlich. In der Hand halten? Dann wird er die Noppen am ehesten sehen … Schließlich stecke ich den Schläger mit dem Griff zuerst in meine hervorragend geschnittene Tischtennishose – mit dem *Armstrong Attack 3* zu mir. Das ist ziemlich unauffällig, weil etliche Spieler ihren Schläger in die Tischtennishose stecken, um die Hände frei zu haben zum Aufbauen, oder um den Schläger warm zu halten. Genauer gesagt: die Beläge, die dadurch elastischer werden, was mehr Katapulteffekt bringt, vor allem, wenn man frischklebt. Siehe Vorseite. Manche halten sich wahrscheinlich auch für Clint mit einem Holz in der Hose. Bei den Vierern hat der Griff womöglich auch eine Substitutionsfunktion. Bei manchen sorgt die Nähe zum Schläger auch fürs erotische Verhältnis zum Material, vielleicht … Na ja, kurz gesagt: In einer Tischtennishalle fällt so was nicht weiter auf, wenn man sich den Schläger in die Hose steckt, selbst wenn die Halle fast leer ist.

Als Simon dann endlich so weit ist, also seinen operativen Routineeingriff am Schläger vorgenommen hat (das mit der Klebe einspritzen), ziehe ich meinen angewärmten Schläger aus der Hose, und wir kontern uns, wie schon tausende Male vorher, diagonal ein, meine Linkshänder-Vorhand auf seine Rechtshänder-Rückhand, seine Rückhand auf meine Vorhand. Im Tischtennis bin ich nämlich Linkshänder geblieben. Da hat mich niemand gezwungen, mit der Rechten zu spielen.

Simon macht bei dieser Grundübung ziemlich viele Fehler, obwohl er sonst kaum danebenschlägt beim Aufwärmen. Ich sage nichts, genieße den knallenden, hallenden Klang unserer Schläge in der einsamen Halle; meine Bewegungen, die mir ganz geschmeidig vorkommen; freue mich, dass sich langsam meine Poren öffnen und der Schweiß hervortritt und lächle in mich hinein. Die Noppenrevolution naht! Alles wird gut.

Aber was ist mit Simon? Hat er wieder Probleme mit dem

Herz? Ich überlege, ob Simons Art, gelassen nichts auszulassen, an seiner Krankheit liegt, an seinem Herzfehler. Ob er sich verändert hat, seit er vor drei Jahren blaue Lippen bekam und dann einen Blackout und dann Medikamente und Ultraschall und Krankenschwestern, die sein Herz hegten und sein Lächeln pflegten, dass die anderen Patienten ganz neidisch wurden (der Besucher Hakim eingeschlossen). Und die sich über seine Narbe lehnten, links am Haaransatz auf der Stirn. Ach ja, die Narbe! Sie erinnert mich daran, dass Simon schon vor der Herzgeschichte ein Draufgänger war. Und dass nicht sein Herzfehler ihn zur Lebenslust zwang, sondern er sie schon vorher in sich trug. Auch, als er noch keine Narbe hatte, schon zu Schulzeiten. Natürlich!

Aber diese Narbe. Echt! Damals war sie so tief, als ob ein durchgeknallter Pingpongspieler (es könnte also jeder sein) seine kriminell titanverstärkte Schlägerkante in Simons Schädel gehämmert hätte. Aber es war nur ein Spaten, ein Klappspaten der Bundeswehr, mit dem – ich werde seinen Namen nie vergessen! – ein gewisser Kasimir Abendrot auf Simon losgegangen war, unappetitlicherweise in meinem Beisein.

Kasimir, damals fünfundzwanzig, also etwa drei, vier Jahre älter als wir, und Unteroffizier bei der Bundeswehr, lauerte uns vor einer Disco auf, da er meinte, Simon hätte ihm seine Braut ausgespannt. Er sagte wirklich *Braut*, und ich sah erschrocken meine Theorie widerlegt, dass Typen, die *Braut* sagen, direkt am Ende der Achtziger ausgestorben waren.

Der Uffz war ziemlich stinkig: Das lasse er nicht mit sich machen, das mit den Hörnern aufsetzen, und deshalb sei er gleich mit Klappspaten im Kofferraum aus der Kaserne zur Disco gefahren, um den Mistkerl zu erwischen. Er baute sich also vor dem Mistkerl – Simon – auf und quatschte wirr auf ihn ein. Simon stand unbeeindruckt da. Einfach so. Das ärgerte Uffz Kasimir dermaßen, dass er anfing zu brüllen. Als Simon verstand, um welche Frau es überhaupt ging, lächelte er sein Lächeln in Kasimirs Gesicht. Das dauerte allerdings etwa fünf Minuten, so lange hielt nämlich das in keinster Weise artikuliert vorgetragene Gebrüll (das zeitweise ins Gekreische kippte) und das Gefuchtel mit dem Klappspaten an. Und woher bitte schön sollte Simon unter diesen widrigen Umständen ahnen, wer *Braut* war? Und das sagte er denn auch, in seiner unmissverständlich herablassenden Art, die er noch heute von jetzt auf gleich aktivieren kann – seine Brust wölbt sich dann nach vorn, als ob er seine Brustmuskeln heimlich aufpumpen könnte wie die Kammern einer Luftmatratze; er lehnt sich zurück und wirft den Kopf in den Nacken, als ob er mit seiner aufgepumpten Brust einem Orkan in alle Ewigkeit standhalten wolle, mit dem Kinn voran; und seine Daumen hängen in seinen Hosentaschen, herausfordernd lässig, als ob er sagen wollte: Hey, Orkan, leg mal ein bisschen zu, sonst paddle ich zurück an den Strand. Da ist er klar und deutlich zu erkennen: Der Angriffsspieler in Simon. Er hatte Mist gebaut, aber er ließ den Spatenmann gnadenlos auflaufen. Ohne Rücksicht auf sich selbst.

Nachdem Simon also seine Luftmatratzenhaltung eingenommen hatte, sagte er wortwörtlich in das wutverzerrte Gesicht des Orkans mit Namen Kasimir Abendrot: »Äh, tschuldige, das ist ja echt ein cooler Auftritt mit dem Klappspaten hier vor der Disco um drei Uhr morgens und so, aber sorry, ich kenne kein Mädchen, das Braut heißt.«

Und da knurrte der schöne, breite, ganz schön breite Uffz Kasimir, wohl ahnend, dass er hochgenommen wurde, einen Mädchennamen. Und genau an dieser Stelle lächelte Simon eben sein Lächeln, als er – meiner Meinung nach absolut überflüssigerweise – erwähnte, dass a) *Braut* gar nichts von einem anderen Kerl gesagt habe und b) er (wir wussten seinen Namen und alles andere erst nach der Gerichtsverhandlung, die den Uffz viel Geld und seine Abzeichen kostete) sich keine Sorgen machen müsse, die sei letzten Endes doch nichts gewesen, so an und für sich. Die könne er gerne zurückhaben, wenn sie denn noch etwas von ihm wissen wolle, was ja anscheinend aber nicht der Fall sei, doch man wisse ja nie, nicht wahr, und wegen ihm, Simon, solle der Spatenmann ruhig noch mal sein Glück bei ihr versuchen. Aber er solle bedenken: Ferraris seien nichts für Fahrschüler. Vielleicht war es das folgende Schulterklopfen, das Simon sich einfach nicht verkneifen konnte, welches für den neuerlichen Tobsuchtsanfall sorgte. Und dann hörte ich nur noch, wie Simon, der liebenswerteste Schmock, den ich kenne, sagte: »Komm schon, zeig mal deine gute Puppenstube und hör auf, mit dem Ding rumzufuchteln, du Wurst, das machst du eh nicht.« Das war endgültig zu viel für Uffz Kasimir. Er hämmerte Simon den Klappspaten vor die Stirn (es gab einen kurzen, harten, dumpfen Laut gefolgt von einem Geräusch, das so klang, als ob man auf eine Küchenschabe tritt), und ich sah fassungslos, wie der Typ in die Nacht rannte, den blutigen Klappspaten in die Luft streckend wie eine Trophäe. Mir blieb nichts anderes übrig, als den Schädelspalter laufen zu lassen, was mir in diesem Augenblick auch ganz lieb war. Schließlich war ich ausreichend damit beschäftigt, Simon klar zu machen, dass er a) am Leben war, b) nein, dem Kerl jetzt nicht hinterherlaufen sollte, um ihm den Spaten rektal einzuführen (Simon formulierte es, glaube ich, etwas anders) und c) ich ihn jetzt ins Krankenhaus bringen würde, bevor er verblutete.

Gerade, als ich Simon gut genug im Griff hatte, um ihn bis zum Parkplatz zu schleppen und in meinen *Uno* zu bugsieren, trat ein junges Mädchen auf uns zu und sagte, mit dem Blick auf das anmutig, weil blutüberströmt schimmernde Gesicht Simons, dass sie den Typen mit dem Spaten kenne und alles gesehen habe. Und ihre Freundin auch. Und dass sie ja als Zeugin aussagen könne gegen das miese Schwein. Simon stöhnte nur ungeduldig, trotzdem notierte ich mir die Nummer des Mädels.

Später, im Prozess, entpuppte es sich als Halbschwester des Schädelspalters. Simon war dieses pikante Detail egal. Von dem Schmerzensgeld, das Uffz Kasimir, der Schädelspalter, an ihn überweisen musste, flog er unter anderem vier Wochen nach Südafrika. Ich aber hätte die Geschichte, die hinter dem pikanten Detail steckte, gerne gewusst, aber gefragt habe ich Kasimirs

Halbschwester im Gerichtssaal dann doch nicht. Und danach habe ich sie nie wieder gesehen ... Jaja, so und nicht anders kam Simon zu seiner Narbe – und ein bisschen war er sogar stolz auf seine übermutigen Sprüche, die sie ihm eingebracht hatten.

Für den Herzklappenfehler aber, den die Ärzte in der Klinik irgendwann ohne letzte Gewissheit attestierten, für den konnte Simon nichts, der war angeboren. Da aber daran nichts zu ändern war und ist, schickte der Chefarzt ihn wieder nach Hause, sehr zum Leidwesen der Schwestern (und auch der relativ jungen Assistenzärztin, wie mir bei einem Besuch auffiel). Ob Simon nach zwei Wochen auch eine von ihnen mochte, weiß ich nicht. Gesagt hat er nichts. Wie so oft.

Jetzt will ich die andere Diagonale spielen. Ich mache die typische Geste, zeige mit meiner Hand von seiner Vorhand- auf meine Rückhandseite. Da gibt es nichts zu reden an der Stelle: Seine Vorhand auf meine Rückhand. Ein Grinsen kann ich mir kaum verkneifen vor lauter Vorfreude, aber Simon macht noch immer viele Fehler und ist offenbar zu sehr mit sich selbst beschäftigt, um mein Grinsen zu bemerken.

Hakim mit Noppen, Tag eins der neuen Zeitrechnung!

Ich schlage den Ball einmal – *schön!* –, zweimal – *hach!* –, dreimal – *çok güzel!* –, und Simon fängt den Ball auf. Stille in der ganzen Halle. Blickkontakt.

»Du hast doch nicht etwa das auf der Rückhand, wovon ich denke, dass du es auf der Rückhand hast. Oder?«

»Was denn?« Oh, dieses Gesicht. Der offene Mund. Die zusammengekniffenen Augen. Köstlich!

»Willst du mich verarschen? Du hast doch Noppen auf der Rückhand. Das hör ich doch bis Bagdad.«

»Was machst du denn in Bagdad?«

»Du hast Noppen? Ich fasse es nicht! Das ist nur ein Gag, oder?«

»Ach ...« Wie er zappelt. Wie er vom Glauben abfällt.

»Ich fasse es nicht! Ich *fasse* es nicht! Wie kannst du mir das antun? *Noppen!* Das ist gegen alles, an was wir in diesem Sport glauben. Gegen gerades, brutales Spiel. Du bist ein Verräter. Ein Ketzer! Noppen sind gegen unsere Religion!«

»Gegen unsere Religion?«

»Ja, gegen unsere Tischtennisreligion!«

»Und wer sagt, dass man nicht mal Noppen *probieren* darf. Der heilige Pingpong?«

»*Ich!* Ich sage das. Okay? Und was heißt hier *probieren*? Du spielst seit mindestens zehn Jahren deinen ollen *Sriver* – und jetzt probierst du einfach mal Noppen? Dass ich nicht lache!«

Ich verkneife mir einen weiteren Spruch. Ich wollte Simon nur ein wenig hochnehmen, aber der Kerl ist so geladen, dass mir das Ganze auf diese Tour keinen Spaß mehr macht. Spielverderber!

»Hakim, erinnerst du dich nicht an früher: Tötet Noppenspieler! Tötet Noppenspieler haben wir immer gesagt.«

Ja, ich erinnere mich. Vor jedem Spiel gegen einen Noppenspieler haben wir uns das zugerufen. Einfach so. Damals, in der Jugend, als wir echte Talente waren.

»Noppen, Hakim! Wie kommst du ausgerechnet auf Noppen?«

»Jeder muss schauen, wo er bleibt, Simon. Ich probiere sie ja nur.«

»Was hast du überhaupt für welche?«

»Kurze. *Armstrong Attack 3.*«

»*Armstrong Attack 3*? Attack? Mit so elenden Noppen … Willst du nächste Saison mit Noppen-Norbert Kreisklasse spielen, oder was?«

»Das werden wir sehen. Komm, halt drunter.«

Simon hält den Ball unter den Tisch. Ich zeige auf seine rechte Hand, aber die ist leer, als er sie unterm Tisch hervorzieht. Der Ball ist in seiner anderen Hand. Simon hat die Wahl gewonnen und nimmt, wie immer, Aufschlag.

Danach weiß ich nicht, wie mir geschieht. Simon prügelt mich von der Platte, der Amateur. Auf einmal dreht der Simon, der eben noch so rumgepimmelt hat, voll auf. Dreht voll ab. Steigert sich in seinen Noppenhass oder was auch immer und rohrt mich von der Platte. Als wären wir Erzrivalen. Er spielt mir nur auf die Noppen. Mal feste und gerade, mal mit viel Topspin. Immer wieder. Immer wieder. Und ich mache einen Fehler nach dem anderen. Einen nach dem anderen. Wie ein Anfänger.

Simon nimmt mich auseinander. Ohne Wenn und Aber. Ohne eine Miene zu verziehen. Ich weiß auch nicht, was mit dem Kerl los ist. Er lässt mir keine Atempause. Spielt wie ein Roboter. Lässt sich auf keinen Trashtalk ein. Ich habe keine Chance. Er lässt mir auch keine, wie ich es irgendwie von ihm erwartet habe. Er zieht mich einfach gnadenlos ab, der Titscher.

Noppen! Ich und meine Noppen! Okay, meine Rückhand ist relativ mies. Aber jetzt – jetzt bin ich ein Opfer mit diesen Noppen! Ein Moorhuhn! Und mir wird bewusst: Dass ich freiwillig mit Noppen spiele, das ist wirklich so, als ob sich einer aus der Vierzentimeter-Liga den Schwanz abschneidet, weil er denkt: Es kann nur besser werden. Was meinst du, Pavel? Pavel, du Noppenaufschwätzer. Aber ich wollte sie ja haben. Ich Wurst, ich.

Vorbei die Noppenrevolution! Nach einer guten halben Stunde. Weg mein neues Selbstvertrauen! Der Mut, etwas Neues zu versuchen. Was für ein Fehlstart. Ich fühle mich gerade so, als ob ich nach zwei Minuten deutlich zurückliege und merke: Verdammt, ich schwitze noch nicht mal, meine Hand ist kalt, die Unterhose zu weit, das Trikot zu eng, und meine Bewegungen sind so steif wie die John Waynes in seinen besten Tagen. Bei dem Stichwort John Wayne geht bei mir *Full Metal Jacket* los, Private Joker (Matthew Modine) beim Appell: »*Sind Sie John Wayne – oder bin ich das?*«

Um die Schmach kurz zu fassen: Null zu Null ist der beste Stand, den ich in sieben Sätzen erreiche. Allerdings ärgere ich mich über Simons Art mindestens genau so wie über die bekackten Noppen. Deswegen sage ich, als wir uns zum Schluss abklatschen: »Du baust ab.« Ich grinse ein wenig mit Genugtuung, aber Simon schraubt schon am Netz herum.

Während er abbaut, gehe ich schon in die Umkleide, setze mich auf die Bank, ziehe meine Schuhe aus und meine Socken, das Trikot auch, werfe alles auf einen Haufen. Ziehe die Beine hoch und fingere zwischen meinen Fußzehen rum. Ich schwitze, lasse die schlimmsten Punkte Revue passieren und warte auf Simon. Er kommt zwei Minuten später, zieht sich »Tse, Noppen!«-zischend aus und geht unter die Dusche. Simon duscht immer nach dem Tischtennis, ich nur nach Meisterschaftsspielen. Warum? Ich muss eh noch laufen, da schwitze ich noch mal. Ich dusche lieber zu Hause. Meine Haut ist empfindlich. Ach, Quark, ich habe manchmal einfach keine Lust zu duschen. Vor allem dann nicht, wenn ich sieben Sätze lang durch die Halle geprügelt worden bin von einem wortlosen Noppenhasser. Warum er sich so sehr darüber aufregt, dass ich ein einziges Mal Noppen ausprobiere, weiß ich auch nicht. Der soll sich mal locker machen. Wo ist seine Gelassenheit geblieben?

Ich sitze also in Tischtennisshorts in der Umkleide, warte darauf, dass Simon aus dem Duschraum nebenan kommt, und gucke mir zum Zeitvertreib an, wie die Schweißperlen an mir hinunterrollen. Ausschwitzen: Das Beste am ganzen Training.

Nach einer kleinen Ewigkeit kommt Simon endlich mit einem Minihandtuch um die Hüften aus der Dusche getippelt. Assoziation: *Duschdas, das Duschass.* Früher ist dazu immer eine Frau durch den Regen gejoggt. Duschdas, Duschdas, Duschdas.

Ich: »Gehen wir noch was trinken?«

Er: »Ich trinke nicht mit Noppenspielern.« Ein gequältes Grinsen. Simon geht mir ziemlich auf den Nerv. Aber echt! »Nee, Hakim, ich hab heute leider keine Zeit. Ich bin verabredet.«

»Wie? Monsieur haben keine Zeit? Er hatte bis jetzt immer Zeit für ein frisches Kaltgetränk, auch wenn ein Date ansteht.«

»Heute nicht, Hakim. Es geht wirklich nicht.«

»Dann eben nicht, du Titscher.«

Simon ist wirklich schräg drauf. Wir sind sonst immer noch schnell was trinken gegangen.

Da mir nichts anderes zu tun bleibt, stehe ich auf, pelle mir die Shorts und Unterhose in einem über die Oberschenkel und suche eine frische Unterhose in meiner Tasche. Ich finde aber keine auf Anhieb und räume türkisch fluchend die ganze Tasche aus: zwei Handtücher, Shampoo, 250-Milliliter-Klebetöpfchen, Ein-Liter-Klebedose, Plastiklatschen fürs Duschen. Ein frisches und ein benutztes Trikot, das ich beim Taschepacken vergessen habe, herauszunehmen, genauso wie eine halbe Tafel Schokolade, die seit ein paar Monaten durch meine Tasche geistert; vier Bälle, das abgelaufene, wie immer zerfledderte Jahrbuch, der Trainingsanzug, zwei Flaschen Wasser. Eine Unterhose ist nicht zu sehen. Ich drehe mich um und schreie: »Bekackte Scheiße!« Simon, der schon fertig angezogen ist, geht aber gar nicht darauf ein, stellt sich stattdessen vor mich, ballt die Faust und hebt sie zum Gruß, sagt: »Tod den Noppen! Und nimm's nicht so tragisch, mehr Punkte kriegst du ja sonst auch nicht. Da brauchst du hier gar nicht rumzuschreien.« Ich zeige ihm den Effenberg und sage, dass ich meine Unterhose nicht finde, er sagt, dass ich ihm auch ohne gut gefalle, wofür er den doppelten Effenberg erntet, worauf er sagt, dass wir telefonieren. Dann ist er raus. Er sagt nicht, dass es ihm Leid tut, dass er keine Zeit hat (wegen welcher Frau auch immer), um etwas Trinken zu gehen. Er hat noch nicht mal die Klebe von seinen Belägen abgeknibbelt. Das macht er normalerweise nach jedem Training (sonst sammelt sich die Klebe auf dem Schwamm, die nächsten Klebeschichten ziehen nicht mehr so gut ein, der Klebeeffekt wird geringer und der Schläger ein, zwei Gramm schwerer). Schon merkwürdig, dass Simon sich noch nicht mal Zeit zum Knibbeln nimmt. Vielleicht bin ich einfach auch ein wenig übersensibel im Moment.

Also stehe ich nackt in der bekackten Umkleide, mit einem bekackten Noppenbelag auf dem Schläger, aber keiner frischen Unterhose am Hintern. Ich setze mich auf die Bank und sage laut: »Was für ein bekacktes Training.« Und ich gestehe mir ein, dass es gekommen ist: Das schnelle Ende des *Attack 3*. Ich reiße ihn vom

Holz ab und klebe sofort, mit dem Holz auf den nackten Oberschenkeln den alten Belag wohl oder übel wieder auf. Der Ball muss ticken. Mein kleiner Noppen-Aufschwung vom Samstag ist verflogen. Und schon ist die Hasskappe zurück auf meinem Kopf. Womit ich auch wieder am Anfang wäre. Gehe zurück auf Los.

ZWEITER SATZ

7

✪ Ausgeblockt ✪

Ich stehe vor einem Schaufenster mit pseudo-frivolen Dessous. Keine Ahnung, wie und warum ich hierhin gekommen bin an einem Dienstagmittag, am Tag eins nach der Noppengeschichte. Zumal es ohnehin mittelmäßig absurd ist, durch durchsichtige Wäsche auf weiße Plastikkörper zu starren. So schnell kann das gehen, wenn die Noppen versagen.

Ich kann mich im Fensterglas sehen. Könnte mich mal wieder rasieren. Don Johnson in den späten Achtzigern war ja nichts dagegen … *Gillette. Für das Beste im Mann.*

Meine Augenränder sind tief wie immer. Zum Kinn hin verliert mein Gesicht im Schaufenster an Kontur. Manche Frauen finden mein Gesicht schön, männlich. Sagen sie. Manche. Immerhin. Ich habe einen faden Geschmack im Mund. Die Zwiebeln wahrscheinlich, vom Dönerburger gestern Abend nach dem Training. *Das war ein wirklich guter Burger.*

»Nicht schlecht, was?« Ich bin in Gedanken noch beim Döner und sage automatisch: »Ja« – zumindest höre ich mich das sagen. Dann wende ich mich der Stimme zu – sie gehört Noppen-Norbert, der gerade »Na, du Titscher!« sagt, mir mit der einen Hand ungelenk auf die Schulter schlägt, mit der anderen wie immer beim Sprechen über den Mund fährt und mich erwartungsvoll angrinst, als müsste ich ihn jeden Augenblick umarmen und abknutschen wie meinen Lieblingscousin. Ich bin sprachlos. Drei Sekunden Standbild.

Im Umkreis von hundert Kilometern kennt jeder Tischtennisspieler Noppen-Norbert. Im Gesicht sieht er aus wie ein ungepflegter Elvis im Endstadium – mit Koteletten, die das Gesicht zuranken. Und einer orange getönten Sonnenbrille. Allerdings spart er sich, seine Speckrollen an den Hüften in irgendwelche Glitzerklamotten zu zwängen. Noppen-Norbert mag es da schon etwas bequemer. Seine Standardbekleidung: Eine schwarze Jeans, die fliederfarbene Trainingsjacke unseres Vereins, offen, und darunter eines dieser schwarzen Tischtennis-Motto-T-Shirts, auf dem der weiße Schriftzug prangt: *Alle Macht den Noppen.* Und er meint es ernst damit. Er ist nämlich Noppenspieler. Klar, was sonst, wenn einer Noppen-Norbert heißt mit 31.

Noppen-Norbert spielt mit kurzen Noppen auf der Vorhand und langen auf der Rückhand. Das ist pervers. Aber in der ersten Kreisklasse, der dritten Klasse von unten, auch ziemlich erfolgreich. Noppen-Norbert spielt nämlich ständig auf Turnieren mit – und gewinnt mit erschreckender Regelmäßigkeit. Noppen-Norbert ist ein Erste-Kreisklasse-Turnierhai, sozusagen. Und er spielt bei mir im Verein, in der vierten Mannschaft. Das ist Noppen-Norbert. Diagnose: notorischer Tischtennisspieler, bekennend.

Die Bilder laufen weiter. Da ich immer noch nicht weiß, was ich sagen soll, übernimmt Noppen-Norbert die Gesprächsführung: »Hakim, Kumpel, brauchst du vielleicht neue Beläge?« Wieder Standbild. Ich glaube, Noppen-Norbert beginnt jedes seiner Gespräche mit dieser Frage. Noppen-Norbert arbeitet nämlich in einem Tischtennisladen. Wahrscheinlich schläft er auch da irgendwo zwischen Netzen und Hunderter Ballkartons. Noppen-Norbert, den wir auch *Tschuu* nennen, weil er sich, wenn es knapp wird, bei jedem Punkt mit einem bestialischen »Tschuu« anfeuert. (Andere übliche Anfeuerungen: Hussa. Dobče. Tschaki. Yes.) Manche rufen ihn auch *Dr. NoNo*, weil er nicht nur alles über Noppen, sondern auch übers Tischtennis weiß. Wer wann welches große Turnier gewonnen hat. Wie hoch und vor allem: wieso? Wer warum den Verein wechselt. Die Ergebnisse vom Wochenende in ungefähr allen Klassen. Die Einzelbilanzen. Die neuesten Klebetricks. Welche Messwerte welcher Belag hat. Was welches Holz kostet. Welcher Bundesligaspieler welches Material spielt. Ich glaube, es ist klar, was ich meine.

Ob ich schon wieder einen neuen Belag will? »Nein, danke.«

»Ich mach dir einen guten Preis.« Er fährt sich mit der Hand über den Mund.

»Nein!«

»Zwei zum Preis von einem. Dann allerdings ohne Quittung.«

»Tschuu, ich sagte zweimal nein. Beim dritten Mal …«

Noppen-Norbert braucht immer maximal dreißig Sekunden, um mich aus der Fassung zu bringen. Ich glaube, er braucht bei jedem nur dreißig Sekunden, weshalb die meisten erst gar nicht mit ihm reden, außer im Tischtennisladen. Als Berater ist Noppen-Norbert sensationell.

»Beim dritten Mal was, Hakim?«

»Ach, vergiss es, Tschuu.«

»Ich dachte ja nur, weil es bei dir zuletzt nicht so lief.«

»Du denkst zu viel.«

»Ja, aber null zu acht in den letzten vier Spielen – so eine schwarze Serie hattest du noch nie, ich hab's noch mal nachgeschlagen und da dachte ich …«

»Anderes Thema, Tschuu!«

»Äh … ich verstehe. Du möchtest nicht darüber reden. Nicht wahr? Es ist dir unangenehm, oder so?« Die Hand fährt über den Mund.

»*Du* bist mir unangenehm, Tschuu.«

»Ja, ich dachte nur, du wolltest nicht darüber sprechen, weil du dich darüber ärgerst, dass du deine Leistung nicht abrufen konntest. Sportpsychologisch kann es da verschiedene Ursachen geben. Wirklich. Ich habe da mal ein Buch drüber gelesen und …«

»Tschuu, hallloooooo! Anderes Thema! Sonst kannst du dir sofort einen anderen zum Vollquatschen suchen.«

»Ich wollte ja nur helfen, weil ich dachte, du bräuchtest … Okay, lassen wir das. Hast du gehört, dass der Meiser am Wochenende den Jelinek geschlagen hat. Ist das nicht der Hammer, Hakim?«

Der Meiser den Jelinek?

»Wer zum bekackten Teufel sind Meiser und Jelinek? Halt, stopp! Ich will es gar nicht wissen, Tschuu. Es interessiert mich nicht, verstehst du?«

»Ja, Hakim. Ich bin doch nicht doof. Äh … Jelinek spielt bei Rot-Weiß an eins, so ein kleiner Typ mit Monsterrückhand. Kennst du nicht? Egal. Ich zeig ihn dir mal. Aber hast du schon gehört, dass Pavel wahrscheinlich in die zweite Liga wechselt?«

»Wie? Pavel? Aber davon hat er am Wochenende nichts gesagt.«

Seine Hand ruht jetzt auf seinem Mund – triumphierend. Denn er wusste was aus meiner Liga, was ich nicht wusste. Für diese kleinen Dinge lebt Noppen-Norbert.

»Vertragspoker, Hakim, Vertragspoker. Issen altes Schlitzohr, der Tscheche.«

»So wie du, was.«

»Genau.« Noppen-Norbert guckt sich stolz um. »Was machst du eigentlich hier, Hakim?«

»Ich habe einen schlechten Tag, Tschuu. Es *muss* ein schlechter Tag sein. Ich stehe hier nämlich und lasse mich von *dir* deutlich länger als dreißig Sekunden voll quatschen.«

»Ach so, ich dachte schon, du guckst dir die Unterwäsche an.«

»Ja, Tschuu, genau, eigentlich habe ich gerade überlegt, welches Dessous mir am besten stehen würde: Das einfache schwarze da ohne viel Schnickschnack, oder dieses rote Spitzenteil.«

»Fragst du mich nach meinem Rat, Hakim? Heißt das jetzt – heißt das, was du gesagt hast … wolltest du mir sagen, dass du meine Meinung dazu hören willst?«

»Hä? Nein … nicht wirklich.« Noppen-Norbert nervt nicht nur, er verwirrt manchmal auch. Verdammt gefährliche Kombination. »Wie … wie war dein Wochenende?«

»Ich hab am Wochenende wieder alles gewonnen. Wie findest du das, Haki?«

»Nenn mich nicht Haki, du Wurst.«

»Aber Simon nennt dich auch immer Haki.«

»Genau das ist es, Tschuu. *Simon* nennt mich Haki, weil er es darf. Du nennst mich nie wieder Haki, sonst … sonst melde ich dem Verband die Mikrowellengeschichte.«

Großaufnahme und Standbild von Noppen-Norberts Gesicht bei dem Wort *Mikrowelle*: Ängstlich aufgerissene Augen unter den orangen Brillengläsern; der Kopf im Nacken, ein Finger kratzt am unteren Bildrand am massigen Kinn; genau eingefangen ein nervöses Zucken im Mundwinkel. Er weiß, dass es die gelbe Karte ist. Dass es Gefahr bedeutet. Dass er jetzt besser den Mund hält. Noppen-Norbert ist einer von den Noppenspielern, denen ihre Noppen noch nicht unberechenbar genug sind. Er steckt seine Beläge deshalb in die Mikrowelle. Bei 200 Grad schmelzen die Noppen ein bisschen, verändern ihre Oberfläche – und damit weiß niemand mehr am Tisch, was da wirklich passiert. Natürlich ist das verboten. Aber Noppen-Norberts Moral endet bei der chinesischen Kurznoppe: »Wieso sollte das Universum des Tischtennis ein besserer Ort sein als all die anderen?« Das ist sein Standardspruch. Die Mikrowelle ist die einzige Chance, Noppen-Norbert zu stoppen. Vorübergehend. Für drei Sekunden. (Notiz: Für die Zukunft nachhaltigere Verteidigungsstrategien ausdenken.)

Noppen-Norbert: »Ja, ist okay. Hab alle Spiele gewonnen am Wochenende.«

»Was für ein Kunststück in der ersten Kreisklasse.«

»Ja, nicht? Und wenn ich weiter gut trainiere, dann kann ich doch nächste Saison in die dritte Mannschaft kommen, oder nicht, Hakim? Sag doch, oder nicht?«

»Das könntest du, wenn du gut trainieren würdest. Ja. Jeder könnte dann in der dritten Mannschaft spielen. Aber du hast noch nie gut trainiert, Tschuu. Du gewinnst jedes bekackte Spiel nur durch deine bekackten Noppen.«

»Aber ich kann es in die dritte Mannschaft schaffen, oder? Bezirksklasse unten. Das ist mein Traum. Einmal auf Bezirksebene.«

»Das schaffst du aber nur, wenn du weiter gut trainierst.«

»Du glaubst wirklich, dass ich es schaffen kann, ja. Wirklich?«

»Absolut, Tschuu.« Hätte er mich gefragt, ob ich es für möglich halte, dass er für drei Stunden die Luft anhalten kann, meine Antwort wäre nicht anders ausgefallen.

»Bezirksklasse! Das wäre groß.« Noppen-Norbert fährt sich wohlig über den Bauch. »Und er war wieder gut gegen euch, Hakim?«

»Wer?«

»Pavel?«

»Er ist Gott, Tschuu. Für die fünfte Liga ist er Gott.«

»Ja, ich hätte ihn echt gerne gesehen, aber wir hatten ein Auswärtsspiel. Und wir haben gewonnen, Hakim.«

»Aha. Wusste ich noch gar nicht.« Irgendwann kommt bei Noppen-Norbert der Moment, wo er anfängt sich zu wiederholen. Ich meine, kein Wunder, er ist Gespräche über dreißig Sekunden nicht gewohnt. Da hat man nur eine Wahl: strategischer Rückzug.

»Übrigens habe ich auch einen neuen Trick beim Kleben. Du musst einfach …«

»Ich hab jetzt noch was zu erledigen, Tschuu.« Ich gehe drei Schritte rückwärts.

« … Klebe im Verhältnis drei zu eins mit …« Er kommt mir drei Schritte hinterher.

»Hallo. Ist da jemand? Ich hab was zu erledigen.« Noch drei Schritte.

« … mischen mit …« Pas de deux unter Tischtennisspielern.

»Wir sehen uns, Tschuu.« Ich wende mich ab. Er bleibt stehen.

»Äh … okay, ich erzähle es dir nächstes Mal.«

»Großartig.«

»Ich kann es dir auch mailen, wenn du wirklich heiß drauf bist.« Er kommt hinter mir her getrottet.

»Nein, danke. Es reicht, wenn du es mir nächstes Mal erzählst.« Ich gehe schneller, um Noppen-Elvis abzuhängen.

»Es macht wirklich keine Umstände.«

Trott, trott, trott.

»Es ist nicht nötig.«

»Okay, ich schreibe es dir dann. Kein Problem.« Er läuft fast hinter mir her.

»Einmalig. Danke.«

»Dann vergeigst du nicht mehr so viele Spiele, Hakim. Warum verlierst du eigentlich so viele Spiele in letzter Zeit?«

Ich bleibe stehen, drehe mich um, reiße ihm seine Sonnenbrille runter, starre ihm in die Augen und sage: »Das ist absolut nicht dein Zuständigkeitsbereich!« Dann schubse ich ihn weg, drücke ihm seine alberne Brille in die Hand und lasse ihn in der Einkaufsstraße stehen.

Erst jetzt höre ich langsam wieder das Ächzen der Großstadt, spüre, wie die Passanten sich gegenseitig mit einem flüchtigen Blick abchecken, mich abchecken, Schubladen öffnen und schließen, im Nanosekundentakt. Noppen-Norbert passt in keine Schublade. Und das ist für einen wie ihn die Höchststrafe – nirgendwo dazuzugehören.

Als ich zu Hause ankomme, klingelt das Telefon. Ich überlege kurz, ob ich rangehen soll, ob ich jetzt den Nerv habe, ob es nicht Noppen-Norbert ist, der mir seinen neuesten Klebetrick doch sofort näher bringen will, trotzdem hebe ich ab.

»Na, Haki, hast du die Abreibung verkraftet?«

Simon. Niemand sonst darf mich Haki nennen – und Simon macht es ehrlich gesagt auch nur, wenn er frotzeln will.

»Ich werd's dir beim nächsten Mal zeigen, du Amateur! Panieren werd ich dich.«

»Ui, da krieg ich ja richtig Angst! Und bei deiner Bilanz erst recht.«

»Wieso quatscht mich jeder auf meine bekackte Bilanz an?«

»Weil sie bekackt ist. Und: Wer ist jeder?«

»Ich habe gerade Noppen-Norbert getroffen.«

»Oh … dann kann der Tag ja nur noch besser werden.«

»Da hab ich meine Zweifel.«

»Ach, komm schon, Haki. Wir wissen doch, dass du ein ganz Großer bist.«

»Nur nicht im Tischtennis, jaja.«

»Jeder hat seine Stärken und Schwächen, Haki.«

»Oh Mann, solche Sprüche … Was ist das? Weisheit im Fingerhut?«

»Weisheit im Fingerhut! Tse. Wie wäre es mit Weisheit in homöopathischen Dosen.«

»Weisheit in homöopathischen Dosen ist bestimmt apothekenpflichtig, Simon.«

»Weisheit im Fingerhut tut dem Swinger gut.«

»Let him swing.«

So reden wir weiter ein bisschen dummes Zeug. Das ist genau das Richtige nach Noppen-Norbert. Und nach dem komischen Trainingsabend gestern. Das hier ist wieder mein Simon. So kenne ich ihn. Dieser Schwachsinn, den wir reden: Ich liebe ihn.

»Hast du heute Zeit, Haki?«

»Klar. Hab ja keine Sendungen zu moderieren diese Woche.«

»Können wir uns jetzt gleich treffen?«

»Jetzt gleich? Okay, warum nicht. In der *Bazooka*?«

»Okay. Ich muss dir was Wichtiges erzählen. Ich fahr sofort los«, sagt Simon und legt auf, ohne Tschüss zu sagen – natürlich nur, um mich neugierig zu machen. Was soll ich sagen? Es funktioniert, weil ich aus seinem Tonfall am Ende nicht heraushören kann, worum es geht. Oder ob es um überhaupt etwas geht. Der Titscher!

Es ist ziemlich düster in der *Bazooka*, was zum einen an den dunklen Holztischen und Stühlen liegt und zum anderen am kalten Rauch der vergangenen Nacht. Nächte wäre wohl etwas präziser.

Es ist kurz nach drei. Ich beschließe, dass das heute eine gute Zeit für einen Wodka-L ist. Es macht mir gerade nichts aus, auf Simon zu warten, der sich ganz schön viel Zeit lässt dafür, dass er sofort losfahren wollte.

Als mein Glas fast leer ist, kommt Simon dann endlich. Wie gestern ist sein Blick gehetzt, seine Bewegungen ungewohnt hastig und unelegant. Als er sich fürs Zuspätkommen entschuldigt – ein Anruf, sagt Simon – und sich setzt, kommt die Kellnerin, wie schon bei meiner Ankunft, ungewöhnlich prompt. Sie muss neu sein, denke ich, und schaue auf ihre strubbeligen, blonden Korkenzieherlocken und die echte sommerliche Bräune, die sie schon im Frühjahr hat.

Simon bestellt eine Apfelschorle, ich einen zweiten Wodka-L. Er starrt mich an, ohne etwas zu sagen. Ich mag solche Stimmungen nicht, als ob gleich etwas Schreckliches in Worte gehüllt werden müsste. Dass er wirklich einen Noppenspieler getötet hat oder so. Ich mache mir jetzt Sorgen um Simon. Und das verunsichert mich ziemlich. Denn ich habe mir noch nie Sorgen um Simon gemacht, noch nicht mal, als der Schädelspalter zugeschlagen hatte und Simons Blut floss, hauptsächlich auf mein Hemd, übrigens. Ich starre ihn an, bin jetzt auch gespannt, fast verkrampft vor Neugier, sehe ihm über den Glasrand tief in die Augen, als ich an meinem letzten Rest Wodka-L nippe. Seine blauen Augen haben etwas Unruhiges, ein minimales Zittern. Sonst können wir dieses Spielchen, dieses Ritual der Nähe, das schweigende Abtasten, minutenlang hinziehen. Aber heute, heute sind seine Augen wie gefroren. Heute ist es kein Ritual. Heute ist es Eis.

»Frauengeschichte?«, frage ich, einfach so, aus dem Bauch. Ich meine, es gibt in der Regel nur zwei Sachen, die Jung-Männer so aus der Ruhe bringen: Frauen und Spielschulden. Und dass Simon keine Schulden hat, weiß ich. Also.

»Jaa, äh, nein. Ach … jein.«

»Aha!«

Simon hält Ausschau nach der Kellnerin mit den Korkenziehern. Ich nehme an, er will nicht unterbrochen werden, nachdem er einmal begonnen hat. Er macht es wirklich spannend.

»Also«, sagt Simon, als unsere Kellnerin die Gläser abgestellt hat und weggeht, »es geht um eine heikle … eine heikle Angelegenheit.« Er sieht kurz auf. Seine Hände hören für einen Augenblick auf, am Bierdeckel zu knibbeln. Ich nicke kurz. Er knibbelt weiter.

»Die ganze Geschichte ist vertrackt. Ich … ich glaube, ich bin mit Charlie zusammen. Seit ein paar Tagen. Wegen ihr war ich auch zu spät. Gestern und heute.«

Ich zögere einen Augenblick mit der Antwort, einen kurzen, unmerklichen Augenblick nur, hoffe ich. Dann höre ich mich sagen: »Hey!« Mehr bekomme ich nicht heraus. Ich kann auch gar nicht einschätzen, ob es jetzt ein gönnerhaftes, fröhliches *Hey* ist oder ein *Hey*, das wie eine Warnung klingt. Ich kann es nicht heraushören. Und ich kann nicht mehr sagen. Ich kann nicht mehr als das. Ich. Kann. Nicht. Mehr. Ich weiß, bald wird sich mein Autopilot einschalten, das Programm für emotionale Notfälle. Der Autopilot, den ich mir zugelegt habe, als mit Isa Schluss war. (*Angezüchtet* ist wohl das bessere Wort.)

Die Hauptfunktionen des Autopiloten sind es, mein Gesicht zu wahren und Gefühlsausbrüche zu unterdrücken. Keine Flüche, keine Tränen, keine Gewalt. Ich selbst schalte in den Modus Selbstbeobachtung zurück. Der Autopilot sorgt gleichzeitig für ein tadelloses Äußeres in Wort und Bild und überwacht das Ausgehverbot für mein Inneres. Mein Autopilot wird gleich irgendwann sein Fünf-Phasen-Menü abspulen, das sich über die Jahre etabliert hat:

Phase 1: die Wut-Kontroll-Phase
Phase 2: die Wenn-der-nur-wüsste-Phase
Phase 3: die milde Phase
Phase 4: die kalte Phase
Phase 5: die Soli-Phase

Simon räuspert sich. Es klingt so, als würde man ein Bündel trockener Blätter zwischen zwei Händen zerreiben: »Ich meine, ihr habt seit ein paar Monaten …«

»Vier.«

»Was?«

»Seit vier Monaten«, sage ich. »Und neun Tagen, wenn du es genau wissen willst.« Ich spüre, wie Wut in mir aufsteigt, blind und zügellos. Ich muss an den Schädelspalter denken. Kasimir Abendrot. Habe ich die Wahl der Waffen, Simon? Ich nehme den Klappspaten. Der Autopilot schaltet sich ein und hält zur Ablenkung Kurs auf das Glas Wodka-L. Phase 1.

»Ja … äh, seitdem seid ihr nicht mehr zusammen und, na ja, das war keine Absicht, ist halt so passiert – und dann ging alles ganz schnell und …«

»Verstehe.«

»Bist du jetzt sauer?«

»Nein, warum?« Stirb, Simon! Stirb, stirb, stirb jetzt sofort!

»Ah, jetzt bist du sauer! Oh, ich wusste es. Ich wusste es! Typisch, Hakim. Das ist so typisch für dich. Erst machst du Schluss – und dann kannst du nicht … loslassen.«

»Ich hab doch gar nichts gesagt, du Wurst.« In diesem Moment drückt mein Verstand die Pausetaste. *Ich* habe Schluss gemacht? Oh, Charlie! Charlotte, du Miststück! Sie verdreht die Tatsachen wie ihren Körper, mal in die eine Richtung, mal in die andere. Und die verliebte Wurst hier fragt noch nicht einmal, ob es wirklich so war, wie sie erzählt. Ich kann nicht *loslassen*? Was ist denn das für eine Frauenversteher-Vokabel? Hat sie ihm das eingetrichtert?

Mal ganz nüchtern: Was sind die Tatsachen? Okay, ich bin damals im Café als Erster aufgestanden und gegangen. Grußlos. Das wird sie Schluss machen nennen. Aber ist das Schluss machen? Oder ist Schluss machen das, was einen dazu bringt, aufzustehen und grußlos zu gehen? Die Vorwürfe (»Wie konntest du nur?«), die Vorschriften in der sinnfreien Zone Bett (»Tu dies, lass das, nicht so!«), die klugen Ratschläge (»Ich hätte das ja ganz anders …« und »So wirst du nie was!«), die Träumereien des anderen, die einem Angst machen, weil sie voraussetzen, dass man spätestens in den nächsten drei Jahren die erste Million scheffeln muss. Ein Audi TT, ein Haus mit Garten, Swimmingpool (wenn geht), Tiere (und zwar alle möglichen), richtig prominent sein, ein bisschen Kinder kriegen. In dieser Reihenfolge. Und dann noch so konkrete Ansagen wie zum Beispiel: »Es ist nicht mehr so wie am Anfang.« Sie hat ihre Augenbrauen zusammengezogen (Charlie hat sprechende Augenbrauen) und gesagt: »Es ist nicht mehr so wie am Anfang.« Und: »Ich glaube, wir haben so was wie eine Kinoliebe. Die meiste Zeit spielen wir uns gegenseitig das perfekte, unendlich verliebte Paar vor. Aber das ist eine … eine Illusion, die nur neunzig Minuten funktioniert. Länger nicht, wenn man ehrlich zu sich selbst ist. Wir sollten uns nicht mehr selbst betrügen.« Da bin ich aufgestanden. Da war Ende.

So hat *sie* mit *mir* Schluss gemacht, mit ihren zusammengezogenen Augenbrauen, Zug um Zug, Minute für Minute, zwei Jahre, zwei Monate und sechzehn, naja, fünfzehn und zwei Drittel Tage lang.

Der Höhepunkt war, dass Charlie ihrer nicht gefiel. »Hakim, also, wenn wir miteinander, also, du weißt schon, dann, also ich habe dann selten …« Das konnte doch noch nicht alles sein! Das *durfte* noch nicht alles sein. Deshalb wollte sie mich einmal zum Orgasmusseminar für Paare schleppen. Ich meine, ich soll da auf einer bekackten Turnmatte so einem Yogi einen vorficken, der guckt sich das gemütlich an, erzählt irgendeinen abgespaceten Scheiß auf Pidgindeutsch von wegen »kosmische Vibrations« und kriegt Geld dafür? Einen Haufen Geld? Von mir, Hakim Kahraman? Okay, ich bin Tischtennisspieler, aber ich bin doch nicht komplett bescheuert!

Nein, Charlie will keinen Sex oder ihren bekackten Orgasmus. Sie will Sportficken. Charlie will Sportficken? Dann soll sie doch Sportficken! Nichts als eine verzogene Göre ist Charlie. Ihre

Eltern sind zu reich. Sie weiß nicht, was ihre Aktionen kosten. Sie hat kein Verhältnis zu Geld. Sie hat kein Verhältnis zur Welt. Für sie hat alles seinen Preis. Das, was keinen Preis hat, die Wirklichkeit, das ist zu abstrakt für sie. Zu weit weg von ihr. Am liebsten würde ich ihr einmal das sagen, was Harry (Billy Crystal) in *Harry und Sally* mal ganz beiläufig zu Sally (Meg Ryan) sagt: »Extrateller ist ein wichtiges Wort für dich.« Dieser Satz bringt Charlie auf den Punkt.

Charlie ist eine, die so Sachen sagt wie: »Wenn ich ein Mann wäre, würde ich auch im Stehen pinkeln.« Charlie ist eine, die unangekündigt rechts überholt. Einfach so. Daher dachte ich am Anfang, Charlie ist Angriffsspielerin. Ich mag Angreiferinnen. Aber auch die Pingpong-Schubladen funktionieren nicht immer. Denn in unserer Zeit hat sie sich als Allrounderin entpuppt. Ich hasse Allrounder. Siehe Tischtennislehre, Teil 1: Spielertypen.

Warum ist Charlie eine Allrounderin? Charlie hat in den zwei Jahren alles Mögliche angefangen und nichts zu Ende gebracht. Segelflug: kein Flugschein. Yoga: vier Bücher, dreimal im Zimmer eingeschlossen. Tauchen: komplette Ausrüstung schenken lassen, kein Tauchschein. »Ich will das nur mal ausprobieren.« – das ist der zentrale Satz in Charlies Leben. Und dieses Ausprobieren, ihr Hin und Her, Vor und Zurück, das hat sie immer ihre Freiheit genannt, wenn wir gestritten haben: Zu tun und zu lassen, was sie will und wann sie will. Ich glaube heute, frei zu sein heißt für sie, das wegzuwerfen, worauf sie keine Lust mehr hat. Mich zum Beispiel. Was mich daran erinnert, was John Milton, der Satan persönlich (und Al Pacino), in *Im Auftrag des Teufels* sagt: *»Freiheit ist, sich nicht entschuldigen zu müssen.«* Da ist was dran.

Sie wollte nicht wahrhaben, dass ich der Falsche für ihre Ambitionen war. Und ich wollte nicht wahrhaben, dass ich in ihrer Liga nichts zu suchen hatte. Das musste ich aber schließlich einsehen. Hat ein bisschen länger gedauert. Aber Einsicht heißt nicht Schluss machen. Sie hat Schluss gemacht, schleichend. Grammweise. Ich habe uns nur Schlimmeres erspart. Aber auch nicht bewusst. Ich wollte einfach nur dieser unerträglichen Situation im Café ein Ende bereiten. Da hat mich mein Autopilot heimgeflogen, bevor ich Dinge sagen und tun konnte, die nichts mehr gebracht hätten. *It's better to burn out than fade away*. So war es. So muss es gewesen sein. (Und außerdem: Wenn Schluss ist, warum ist dann immer das Allerwichtigste, wer Schluss gemacht hat, egal wie alt und erwachsen man wird? Frage fürs weitere Leben.)

Und jetzt sitzt mir Simon, dieser ahnungslose Trottel gegenüber und sagt, *ich* könne nicht loslassen. Und ich sage auch noch: *Ich habe doch gar nichts gesagt, du Wurst!*

Simon: »Ja, eben. Das ist es ja. Du hast nichts gesagt. Du blockst die Außenwelt ab. Du lässt nichts an dich rankommen. Sagt auch Charlie. Ich meine, es hat sie auch schwer getroffen, dass du sie so abserviert hast.«

Sie getroffen?

»Ihr redet über mich?«

Mein Autopilot registriert schwere Turbulenzen in meiner Magengegend, hält aber Kurs auf Wodka-L, um Schlimmeres zu vermeiden. Ich nehme einen kräftigen Schluck.

»Äh, ja, natürlich, das war das Erste ... so ziemlich das Erste, was wir gemacht haben.«

»Aha.« Wirklich schwere Turbulenzen.

»Was meinst du mit ›Aha‹?«

»›Aha‹ heißt ...«

»Was heißt ›Aha‹?«

»›Aha‹ heißt ...«

»Dass du noch an Charlie hängst?«

»Nein.«

»Dass du sie noch zu deinem Revier zählst?«

»Zu meinem Revier? Bin ich ein bekackter Hirsch, oder was?«

»Oder ›Aha‹ im Sinne von: Man kommt nicht mit der Ex seines besten Frendes zusammen?«

»›Aha‹ heißt ... ich meine ... viel Glück, Simon.«

»Viel Glück, viel Glück! Ich hätte wissen müssen, dass es dir nicht recht ist.«

»Doch, doch. Wirklich. Es war halt nur ... überraschend, im ersten Augenblick.«

»Ich will nicht, dass Charlie zwischen uns steht.«

»Wenn du mal zuhören könntest: Ich meine ›Aha‹ im Sinne von: Alles etwas überraschend. Aha! Aber okay.«

»›Aha‹ im Sinne von etwas überraschend, aber okay?«

»Ja, Mann!«

»Es ist dir wirklich recht?«

»Es ist mir wirklich recht. Wie du schon gesagt hast, ich hab ja Schluss gemacht mit ihr. Da war nichts mehr. War halt, ja, überraschend, eben. Ich gönne sie dir, wem sonst?« Mein Autopilot zwingt mir ein Lachen ins Gesicht – es kann nirgendwo anders herkommen. »Sie ist toll, wirklich, Simon.«

Entscheidend in Phase 1 ist es, seine Wut zu überspielen. Simon gibt mir jetzt Gelegenheit dazu, weil irgendetwas Belangloses aus ihm heraussprudelt. Langsam, ganz langsam kehrt meine Fassung zurück. Das ist toll. Und wirklich überraschend. Ich meine, als ob ich nicht gerade schon genug mit mir kämpfen würde, klopft jetzt noch dieses Problem an: Ja, bitte, liebes Problem, komm rein, setz dich zu den anderen auf meine Couch, mach's dir bequem, nimm dir einen Keks, fühl dich wie zu Hause. Natürlich kannst du deine Füße auf meinen Tisch strecken. Ein Bier vielleicht? Ja, natürlich ist es gekühlt. Charlie, du Miststück! *Sie ist toll, wirklich, Simon.*

Simon: »Sie ist toll im Sinne von: Du kannst damit leben?«

»Ich kann damit leben. Ich ... freue mich für euch. Wirklich.«

»Ich glaube fast, du meinst es ernst damit.«

»Ich hätte gerne deine Menschenkenntnis, Simon.«

»Das ist ja wirklich ... Ich dachte, es geht ... Sie ist echt klasse. Wenn du das früher gesagt hast, dachte ich, dass wären die ... du weißt schon, nur so gewöhnliche Schwärmereien. Aber sie ist einfach der Hammer und – du glaubst gar nicht, wie erleichtert ich bin, dass es dich … nur überrascht hat … Dass es dir nichts ausmacht. Im ersten Moment dachte … weißt du, ich hab damit gerechnet, dass du sauer werden würdest und … und, ja … unsere Freundschaft … leidet.«

»Das tut sie nicht.«

»Äh, Hakim … als ihr noch zusammen wart, da ist nichts gelaufen. Nicht, dass du so was denkst. Das kam wirklich erst später, dass wir uns näher … gekommen sind. Ich meine, vorher waren die Fronten klar. Das wollte ich dir nur sagen. Und … jetzt weiß ich, dass ich mich nach so jemandem wie Charlie gesehnt habe, weißt du?«

Ich nicke. Sehne ich mich nach Charlie? Will ich sie zurück haben?

»Schon okay, Simon, du musst kein schlechtes Gewissen haben. Ich hab auch nie gedacht, dass du so was abziehen würdest.« Jetzt habe ich meine Fassung wirklich wieder. Vielleicht sollte ich Tischtennis lassen und das Pokern anfangen?

»Ja, schlechtes Gewissen. Das hatten wir beide, Charlie und ich, seit Samstag schon, aber gestern, gestern habe ich es nicht gepackt, es dir zu sagen. Nicht beim Tischtennis, verstehst du?«

»Natürlich nicht beim Tischtennis.«

Ich nicke verständnisvoll.

Warum nicht beim Tischtennis, du Arsch von Oberwurst? Und außerdem: seit Samstag. Klar, ich lasse mir von Pavel Noppen andrehen, gehe auf eine idiotische Party und schlage mir die Nacht mit kranken Gedanken um die Ohren – und mein werter bester Freund steigt mit meiner Neulich-noch-Liebsten ins Bett. Und hat danach ein schlechtes Gewissen. Nee, was sonst. Wo die Liebe hintropft. Original so spielt das Leben mit dir Pingpong: Wie zwei große, von Geisterhand geführte Tischtennisschläger schlägt es auf dich ein wie auf einen billigen Trainingsball. (Das Leben ist ein Profi. Es schlägt dich nicht ins Netz. Und auch nicht daneben.)

Simon ist gerade damit beschäftigt, Charlie in den Olymp der Geilheit zu erheben – als ob ich das alles nicht wüsste! –; na ja, nach drei Tagen mit ihr ging es mir nicht anders. Ich kann es ihm nicht ganz verübeln. Außer, dass er mir das alles brühwarm erzählen muss. Blufft mein Autopilot so gut für mich? Denkt Simon wirklich, dass ich mich wahnsinnig darüber freue, dass er mit Charlie zusammen ist? Ich glaube, er tut es wirklich. Er ist ein so dämlicher Egoist, dass er seine Rücksichtslosigkeit mal wieder überhaupt nicht bemerkt. Ich habe inzwischen auf jeden Fall auf Durchzug gestellt, links rein, rechts raus. Der Autopilot hält mich auf Kurs. Richtung Wodka-L. Ich weiß nicht, wie lange das so geht, wenigstens ein weiteres Glas Wodka-L lang. Ich trinke schnell. Ich habe viel Durst. *Image ist nichts. Durst ist alles.* Simon redet und redet, und ich höre nicht, und ich höre weg, ich konzentriere mich auf die *Sprite*-Werbung, die durch meinen Kopf geistert – aber dann bleibt doch ein Stück der schrecklichen Schwärmerei hängen, an der kein Autopilot der Welt mich hätte vorbeimanövrieren können.

Simon: » … und wie sie dabei weint, ich dachte erst, es wäre was nicht in Ordnung, aber dann hat sie mir gesagt, dass sie das manchmal vor Glück tut und ich nicht aufhören soll und …«

Ich nicke gerade wissend, wie ich es schon die ganze Zeit tue, in unregelmäßigen Abständen, um Simons Monolog nicht enden zu lassen. Innen drin erstarre ich in diesem Augenblick, als ob von jetzt auf gleich die Eiszeit in mir Einzug gehalten hätte. Was meint die Wurst mit: Sie *weint* dabei. Wie? Was heißt hier, sie weint dabei? Und warum tut sie das manchmal – vor Glück? Was bringt sie dazu, dabei zu weinen? Und warum hat sie das bei mir nicht ein einziges Mal getan, in zwei Jahren? Dabei geweint. Muss man da erst ein Diplom-Orgasmus-Seminar besuchen? Oder ist das wieder nur eine von ihren Lügen? Oder was? Die Wahrheit? Das ich nicht lache. Siktir! Was soll's? Es ist egal, ob es die Wahrheit ist oder sonst was. Charlotte, du bist und bleibst Gift, selbst wenn ich es zwei Jahre nicht … nicht *gebracht* haben sollte. Was ich an dieser Stelle selbstredend offiziell bestreite, allein schon aus Gründen der Selbstachtung.

Den Gefallen, Simon die zugevögelten Augen zu öffnen, was sie angeht, den werde ich ihm nicht tun. Mein Autopilot ist darauf getrimmt, jede Art von Kollision zu vermeiden. Das ist Phase 2, die Wenn-der-nur-wüsste-Phase: Nicht du selbst, sondern der andere Typ tut dir Leid, weil er eine Frau hat. Eben die Frau, deren Gift du schon geschmeckt hast. Aber du behältst es für dich.

Simon: » … witzig, klug, weiß, was sie will. Und sieht phantastisch aus. Und hat auch noch Kohle. Wobei es mir darum nicht geht.«

»Natürlich nicht«, sage ich. Simon muss verlegen lachen.

In Phase 2 ist es wichtig, dass der Autopilot ein Stück Galgenhumor produziert, während er mich auf Kurs hält, selbst wenn der Galgen einem vorübergehend lieber wäre als Humor. Den Autopiloten auf Galgenhumor zu programmieren, hat mich Jahre gekostet.

Simon: »Oh, Mann! … Weißt du was? Ich liebe deine hinterfotzigen Sprüche.«

»Ich liebe dich, Bruder.« Ich klimpere mit meinen Wimpern. Simon und meine autopilotgesteuerte Gesichtsmuskulatur müssen sich gerade breit angrinsen. Das dritte Glas Wodka-L beflügelt mich, obwohl die Nachrichtenlage alles andere als erfreulich ist.

»Das ist gut«, sagt Simon, »dass du nichts mehr für sie, äh … empfindest.«

»Nope. Alle Schmetterlinge für dich.«

»Ja, gut. Dann ist das ja schon einmal aus der Welt.«

»Ja, alles im Lot, Simon. Kein Problem. Ich freue mich.«

»Wir sind halt echte Freunde – oder?«

»Auf jeden Fall. *Nicht mehr.*« Aber das *nicht mehr* sagt nur meine kleine innere Stimme – die höre nur ich. Ich gucke auf die Tischplatte und halte mich an meinem dritten, mittlerweile leeren Wodka-Glas fest. Einen Augenblick lang ärgere ich mich über mich selbst, dass es mir immer noch wehtut, nur ihren Namen zu hören, vom Rest ganz zu schweigen – trotz des vollen Entwöhnungsprogramms.

Das Charlie-Entwöhnungsprogramm im Überblick
Jeden Tag ein Scheiß-auf-deine-Figur-Junge-Maxi-BigMac-Menü (»Mit Milchshake Vanille zum hier essen!«); eine solide Beschäftigungstherapie in Form von dreimal die Woche Tischtennis plus Meisterschaftsspiel; dazu werktags die Simpsons-Folgen im Doppelpack mit Al Bundy inklusive Werbung. Sprechen und sich geben wie eine Kreuzung aus Homer und Al. Mehrmals täglich laut rülpsen und furzen. Im Stehen pinkeln, bei offener Badezimmertür. Keinmal pro Woche rasieren (dann doch irgendwann, ich will ja nicht von kleinen Kindern auf der Straße als Jesus verhöhnt werden); nachträglich die Klamotten anziehen und ganz bequem finden, die sie mir immer aufgeschwatzt hat, ohne dass ich sie getragen hätte, als wir noch zusammen waren, weil ich sie damals furchtbar fand und ein Mann seinen eigenen Kopf haben muss. Und das Ganze garniert mit dem selten erhebenden Moment, in dem ich ihre Telefon- und Mobilnummer aus meinem Zielwahlspeicher und von der SIM-Karte meines Handys – simsalabim – löschte.

Mir ist jetzt etwas mulmig. Aber das liegt bestimmt nur am Wodka. Simon redet immer noch ohne Punkt und Komma, wie mein Autopilot meldet. Erzählt mir die Details, wie sie sich zufällig getroffen haben auf dem Amt, beim Ausweisverlängern. Wie sie sich näher gekommen sind, was ich für eine seltene Geschmacklosigkeit halte. Typisch Simon. Typisch Angreifer: rücksichtslos bis zum geht nicht mehr. Seine Augen wirken jetzt nicht mehr so eisig trüb, sie glänzen förmlich, und seine Leichtigkeit ist wiedergekehrt, mit der er – typisch Jäger und Sammler – schon wieder die paar Frauen in der *Bazooka* abscannt, dabei Details von Charlies Körper beschreibend, die ich – danke, Simon, für das Update! – ohnehin nicht so schnell vergessen werde. Ihre vollkommenen, leichten O-Beine. Das Muttermal unter ihrem rechten Schulterblatt, das wie ein winziges Kleeblatt aussieht, das ich gern gepflückt habe, immer und immer wieder. Ihr spitzes Kinn, mit dem sie durch meine Brusthaare gerannt ist wie ein kleines Mädchen durch ein Kornfeld im Sommer. Ihre Augenbrauen. Ihre Lippen … Für einen Moment will ich Simon unterstellen, dass er mich fertig machen will.

Beginn der Phase 3 – die milde Phase: Zu ihr gehört eine Portion Sprachlosigkeit. In Phase 3 sorgt der Autopilot dafür, dass ich mich für furchtbar erwachsen und groß und alles halte. Der Autopilot will mich Milde walten lassen. Aber nein! Ich kann Simon doch nicht eine solch böse Absicht unterstellen, mich fertig machen zu wollen. Er will sein Glück einfach teilen. Okay, ich bin dafür der falsche Mann, aber was soll's? Ich versuche einfach, mich für Simon zu freuen. Ich freue mich wirklich. War ja auch schon vier Monate her. Und er ist aber auch ein guter Kerl. Fast zu gut für diese Welt, zu nett, zu aufrichtig. Aber er geht seinen Weg. Und der hat nun Charlies gekreuzt. Also: Was soll's?

Zu meiner Beruhigung ist Phase 3 nur sehr kurz. Sie endet dort, wo Phase 4 beginnt: die kalte Phase.

Ich sitze noch immer Simon gegenüber, der mit wachsender Begeisterung Charlie zu einer gelungenen Mischung aus Mutter Teresa, Marie Curie und Cindy Crawford macht, mit Betonung auf Cindy. *Made in paradise.* Zu Simons Versuch, sein Glück mit Hilfe mehr oder weniger passender Vergleiche rational zu umschreiben, passt mein Bemühen, mein Unglück kühl im Kopf zu bewerten, Phase 4 eben: Simon plus Charlie gleich großes Minus für mich. Simon hatte seinen Spaß – ich die Noppen (also noch größeres Minus). Aber diese negative Bilanz bekomme ich in Phase 4 noch geglättet. Ich muss mir nur klar machen, dass Simon einer meiner letzten Freunde ist, die ich habe. Und ich möchte ihn gerne als Freund behalten. Bei einigen anderen Freunden bin ich hinterhergelaufen, habe immer noch angerufen, obwohl sie sich das Geld dafür schon lange gespart haben. Irgendwann habe ich auch nicht mehr angerufen. War kein wirklicher Entschluss. Ist einfach so gekommen. Erinnere mich jetzt an sie: krankhafte

Schwanzmenschen und morsche Edelmänner. Eigentlich sind sie die Energie nicht wert, die ich verschwende, um mich an sie zu erinnern … Aber Simon schon. Auf der einen Seite steht das dicke Minus, das ich eben errrechnet habe; auf der anderen mein dringendes Bedürfnis, einen Freund zu behalten. Macht zusammen … null. Meldet mein Autopilot.

Tja, Charlie, ausgeblockt! Du triffst mich nicht. Nicht mehr. Natürlich ist das der reine Selbstbetrug, aber ich muss sagen: Ich mag Phase 4.

Mein Autopilot teilt mir mit, dass ich mich zurücklehne, so, als ob ich gerade die Relativitäts- und Quantentheorie zusammengeführt hätte. Blick in die Kneipe. Die blonde Kellnerin mit den Korkenzieherlocken macht ihre Sache wirklich gut. Noch ist nicht viel los, kein Grund zur Eile also, aber mit schnellen Händen räumt sie die leeren Gläser ab, sucht ständig Blickkontakt. Ihr Teint ist hochsommerbraun. Muss ja gutes Trinkgeld kriegen, wenn sie jetzt schon einen Sommerurlaub hinter sich hat, Anfang Mai. Bali, oder so. *Bali? Ich war noch nie auf Bali. TUI.* Die steigert den Umsatz in der *Bazooka.* Sie hat gemerkt, dass ich sie ziemlich unverhohlen beobachte. Sie lächelt, wie sie es für so ziemlich jeden hier tut, davon gehe ich aus, und obwohl ich davon ausgehe, gibt sie mir ein gutes Gefühl von Grundsympathie und, ja, Sex. Sie kommt an unseren Tisch.

»Noch einen Wodka Lemon?«

»Si. Wodka-L. Gerne.«

»Und noch eine Apfelschorle, bitte«, sagt Simon, und es ist das Erste, was ich seit geraumer Zeit wieder bewusst von ihm mitbekomme.

»Kommt sofort.«

»Netter Hintern, was?«, sagt Simon, als sie weg ist.

»Schnelle Hände, mein Lieber, schnelle Hände.«

»Was?« Simon lacht wieder. Er lacht vornehm leise, pumpt die Luft durch die Nase, zeigt seine weißen Zahnreihen. In Wirklichkeit lachen seine Augen. Das ist es. Ich sehe ihn gerne so lachen.

Simon ist ein feiner Kerl. Er hat etwas Reines an sich. Wirkt so unverbraucht durch seine Leichtigkeit, die er jetzt voll und ganz wiedergewonnen hat.

Klinisch betrachtet Rückfall in die milde Phase 3.

Außerdem ist er Tischtennisspieler. Müssen wir Minderheiten nicht zusammenhalten?

Sprung zu Phase 5: die solidarische Phase.

Nachdem wir ausgetrunken haben, bringt mein Autopilot mich dazu, Simon einzuladen (es *ist* die Soli-Phase!) und der Kellnerin ein übertrieben gönnerhaftes Trinkgeld zu geben. Sie scheint sich ziemlich über das Trinkgeld zu freuen, sagt »Oh!«, lacht dann verlegen und zwinkert uns beiden zu, bevor sie sich umdreht. So ein kokettes Jung-Frauen-Zwinkern, das Jung-Männer träumen lässt.

Ich weiß es wirklich zu schätzen, dass sie sich über das Trinkgeld freut. Deshalb hat sie es ja bekommen. Und damit sie sich das nächste Mal an mich erinnert. Simon zieht seine Augenbrauen hoch und grinst viel sagend, sie nachäffend. Dieses dämliche Grinsen – plötzlich setzt der Autopilot aus!

Alarm!

Zu spät.

Ich boxe ihm auf den Oberarm. Mein Autopilot hätte den Schlag zu einem Knuff abgebremst. Aber so treffe ich Simon ziemlich hart. Es muss ihm wehgetan haben. Aber Simon beschwert sich nicht, er lacht nur albern, denkt wohl, ich mache Spaß. Ich würde gerne noch mal zuschlagen, merke ich, aber mir fehlt jetzt im ersten Moment ein zweiter triftiger Grund, also lasse ich es bleiben. Als mir einfällt, dass die Sache mit Charlie einen zweiten Schlag durchaus wert wäre, ist Simon schon aufgestanden. Zu spät.

Mein Autopilot meldet sich zurück im Standby-Betrieb. (Notiz: Bei Gelegenheit an Stabilität des Systems arbeiten.)

Wir verlassen die *Bazooka*. Vor der Kneipe ist es hell. Es ist gerade mal kurz vor halb sechs Uhr abends. Ich blinzele mit den

Augen, um mich an das Licht zu gewöhnen. Die frischen Abgase des Linienbusses, der gerade mit scheinbar letzter Kraft die Haltestelle gegenüber erreicht, müffeln besser als der Kneipenmief – immerhin sind sie frisch.

»Du erstaunst mich immer wieder«, sagt Simon, der mit dem Rücken zu mir an seinem Fahrradschloss kauert. In dieser Stadt Auto zu fahren ist der absolute Horror – und man braucht ewig. Folglich fährt kein richtiger Stadtmensch hier mit dem Auto, sondern mit dem Fahrrad oder der Bahn.

Ich erstaune ihn? Hat er das gerade gesagt?

Er hat genau das gerade gesagt. Ich fasse es nicht!

»Isch weiß, isch weiß«, meldet sich mein Autopilot aus dem Standby-Betrieb zurück.

»Nein, im Ernst«, sagt er. »Am Anfang … in den ersten zwei, drei Monaten danach dachte ich echt, da … da wäre noch was bei dir. Für sie. Für Charlie, meine ich. Aber das ist ja vorbei – und … Ich meine nur, dass es gut für uns alle war, dass schon eine ganze Menge Zeit vergangen ist, oder? Ja, du hast das Ganze wie ein echter Freund aufgenommen. Find ich klasse. Wollte ich dir noch mal sagen.«

»Es ist schön, das zu denken«, murmele ich, als der Bus sich mühsam und unwillig von der Haltestelle trennt.

»Wie bitte?«, fragt Simon. Er hat das Schloss auf, kommt aus der Hocke hoch und dreht sich zu mir um, damit er mich besser hören kann.

»Schon gut«, sage ich.

»Du Wurst«, sagt Simon, lacht und steigt auf den Rennradsattel. »Du bist okay, oder? Alles fit?«

»Alles fit im Schritt.« Fast ist alles vorbei. Ich sehe schon den Landeplatz. Der Autopilot wird sich wenige Sekunden nach der Landung ausschalten. Jetzt nichts mehr anbrennen lassen: Ich muss mich in eine aufrechte Position bringen und den Sicherheitsgurt anschnallen. Sonst gibt es doch noch eine Bruchlandung in Simons Gesicht. Was höre ich mich sagen: *Alles fit im Schritt?*

Simon: »Cool. Danke, dass du Zeit hattest. Ich bin echt froh, dass das jetzt vom Tisch ist.«

»Kein Thema.«

Er klopft mir auf die Schulter, und ich zucke zusammen, denn ich hasse es, wenn mir ein Typ so kameradschaftlich auf die Schulter klopft, vor allem, wenn der Typ meint, er müsste es mit einer meiner Exen treiben, und ich bereue, dass ich dem Titscher auch noch seine dämlichen Apfelschorlen ausgegeben habe.

»Wir telefonieren«, sagt er.

»Okay.«

»Alles fit?«

»Alles senkrecht.«

Er springt auf seinen Sattel und stürzt sich in den Verkehr.

Uff. Gelandet! Nicht gerade sanft, aber ich habe es überstanden. Autopilot aus.

Auf dem Weg nach Hause stecke ich meine linke Hand in die vordere Hosentasche, spiele mit dem Schlüsselbund und denke: *Es ist wirklich schön, das zu denken.*

8

✪ Rückschlagschwäche ✪

MittwochDonnerstagWodka-LWodka-LSonntag. Sendung. Sendung (Tanz in den Mai zu Hause). Sendung. Sendung. Sendung. SamstagSonntagMontagDienstagMittwochDonnerstag.

Heute ist Christi Himmelfahrt. Keinen Nerv, irgendeinen Film im Kino zu gucken. Oder den Schläger in die Hand zu nehmen.

Seit sechzehn Tagen, seit diesem Dienstagabend in der *Bazooka*, habe ich nichts mehr von Simon gehört. Ich will ihn auch nicht anrufen. Warum? Ich habe meine Gründe.

Ich schreite durch meine Wohnung wie durch ein Museum, barfuß, in Unterhose, schwarz, ohne T-Shirt oder Hemd. Sehe mich im Spiegelschrank, sehe durch mich durch. Dahinter scheint ein anderer zu sein. Zoom in: Ein anderer Typ, auch in Unterhose. Blickt drein wie ein Gefangener in meiner Wohnung. Ich gehe weg vom Spiegel, aber er bleibt auf meiner inneren Leinwand. Er geht an meinem Telefon vorbei und starrt auf den Anrufbeantworter, der keinen Anruf anzeigt.

Ich weiß das. War ja die ganze Zeit zu Hause.

Er gleitet an den leeren Pizzaschachteln, Papptellern und Krümeln auf dem Esszimmertisch vorbei, hockt sich vor meinen halbhohen Kühlschrank, macht ihn auf. Das Kühlschranklicht fällt in sein Gesicht. Er lehnt sich vor und sieht hinein. Nimmt alles wie durch einen Farbfilter wahr. Sehr matt. Mustert Farben und Formen, rümpft die Nase, nimmt offenbar einen durchaus unangenehmen Geruch aus den unteren Schubfächern wahr. Veralteter Käse. Oder ein Topf mit verfaulten Spaghetti. Er atmet ihn tief ein. Zoom out. Die Kamera fährt langsam, ganz langsam zurück.

Keine drei Sekunden später drücke ich die Kühlschranktür zu, und wenn ich jetzt gefragt würde, was drin ist, im Kühlschrank, wüsste ich keine Antwort.

Ich gehe an meinem Sofa vorbei. Sehe dort auf dem Sofa die Vergangenheit, wie ich vor Charlie auf den Knien bin und sie liebe. Wie sie mir schöne, schmutzige Worte erst zuflüstert und dann zuschreit. Höre – immer noch in der Vergangenheit, aber näher an der Gegenwart – wie sie mir sagt, dass es nicht mehr so wie am Anfang ist, und ich zum ersten Mal spüre, dass unser Ende kommen wird. Ich erinnere mich, wie ich geschwiegen habe, damals im Café. Charlie, verdammt, es ist *nie* wie am Anfang! Vielleicht hätte ich ihr das damals sagen sollen? Aber auf die ganz einfachen Sachen komme ich meistens spontan nicht – und dann war ich auch schon aufgestanden und gegangen.

Vielleicht ist das wirklich alles, was mir von Charlie geblieben ist: Erinnerungen, nicht in Technicolor. Blass sind sie. Ja, das trifft es am besten. So blass wie ihr nackter Körper an manchen Stellen …

Halt! Dur! Stopp!

Ich schlage mir ins Gesicht. Ich glaube, ich fange an zu spinnen, auf die sentimentale Tour. Selbstmitleid? Nein, das ist nicht drin. Das muss verhindert werden. Ich muss endlich damit aufhören. Schließlich habe ich eigentlich andere Sorgen. Und Selbstmitleid bremst nur. Überhaupt ist Selbstmitlied was für Abwehrspieler oder solche, die es werden wollen. Basta!

Wie war noch unser Spruch, der von Simon und mir zu Schulzeiten? *Es gibt Tage, an denen verliert man, und es gibt Tage, an denen wird man verloren.*

Ich versuche jetzt, mir das auszureden. Nein, ich *bin* nicht verloren. Ich *habe* mich verloren wie sich ein Flusslauf im Nebel verliert. Wann? Wo genau? Lässt sich nicht mehr erkennen.

Sei ehrlich zu dir, du Feigling! Sei ehrlich zu dir! Charlie ist bei Simon – und du bist noch nicht einmal bei dir selbst! Schon wieder Charlie … Ich will hier raus, nur schnell raus. Wo ist der Notausgang?

Ich gehe in mein anderes Zimmer. Auf dem Schreibtisch stapeln sich die jüngsten ungelesenen *Spiegel*-Ausgaben, Hefter, Ordner, lose Blätter. Obenauf liegt ein aufgerissener Briefumschlag, der unbeschriftet ist. Daneben eine zerknitterte DIN-A4-Seite. Die Sonne hat das untere Drittel des Blatts vergilben lassen. Wie mit dem Lineal gezogen. Faszinierend. Ich zeichne mit dem Zeigefinger die Linie auf dem Blatt nach. Eher zufällig fange ich an, den Text zu lesen. Er kommt mir bekannt vor. Mit Bleistift steht da recht unleserlich:

Für Charlie

zwei sonnen gehen auf, wenn ich deine augen seh,
zwei sonnen, die mich sanft umschmeicheln,
zwei sonnen, die mich lustvoll streicheln,
doch bald sie schimmern so kalt wie schnee.

dein liebreiz mund hält mich gefangen,
zwei süße lippen, die mich zwangen
dir meine Liebe zu gestehen,
auch wenn ihr charme kann bald vergehen.

deine haut zu berühren, dein gewelltes haar,
ich wünscht du wünschtest wir wären ein paar;
denn hör, fühl und spür ich dich in meinem herzen,
das weiß, die zeit wird mit dei'm anblick scherzen.

doch meine träume von dir will ich besingen,
denn deine schönheit kommt von innen!

Ich erkenne die Handschrift. Sie gehört mir. Ich habe das geschrieben, aber das ist schon eine Weile her. Im Februar.

Das habe ich wirklich geschrieben?

Ich zerreiße das Blatt, Stück für Stück, staple die Schnipsel fein säuberlich in meinem Handteller und stecke sie dann in den unbeschrifteten Umschlag, den ich anlecke, zuklebe und auf den Tisch fallen lasse.

Ich muss etwas tun. Nur was? Kein Aktionismus, bitte. Wie wäre es erst einmal mit dem alten Programm? Zur Beruhigung? Okay, Programm starten.

Schnellwaschgang zur Vergangenheitsbewältigung für Fortgeschrittene in zehn Gängen, ohne Schleudern

1) Sie ist weg.
2) Sie heißt jetzt wieder Charlotte, nicht Charlie. Streiche alle sonstigen Kosenamen, auch die schamlosen. Gerade die.
3) Sie hat einen anderen Typen.
4) Sie kommt nicht wieder.
5) Es ist gut, dass sie nicht wiederkommt.
6) Sie war nämlich ein Biest (und erst dann nicht meine Liga).
7) Charlotte hat keine Adresse, an die man Briefe schicken kann; kein Fenster, an das man klopfen kann; keine Telefonnummern, die man anrufen, keine Freundinnen, die man ausfragen kann. Keine Lieblingsblumen, die man ihr schicken kann.
8) Charlotte hat kein Herz. Schon gar nicht für seichte Gedichte. Es ist gut, dass sie nicht wiederkommen wird.
9) Charlotte ist scheiße! Meine Noppen sind scheiße! Mein Leben hat gerade zumindest eine ähnliche Farbe.
10) Abhaken, abhaken und noch mal abhaken! Was ich zurzeit suche, was ich versuche zu suchen, ist bestimmt nicht Scheiße in allen erdenklichen Farben, Formen und Konsistenzen. Also: abhaken! Oder noch besser – *abhacken*, die Vergangenheit.

Zum Glück hab ich das Gedicht nie abgeschickt. Es hätte Charlie nur noch selbstgerechter gemacht. Charlotte, meine ich.

Mit vielem hat Simon ganz Recht: Sie ist charmant, klug, witzig, mal lässig, mal vornehm, lacht über Männerwitze und über Frauenwitze auch. Ich finde sie atemberaubend schön, ein genetisches Meisterwerk; sie ist so durchtrainiert, dass ich mir damals abgewöhnt habe, über Aerobic zu lästern. Ihr Vater ist Privatbanker, die Mutter war am Musikkonservatorium und steht auf Hausmusik und solche Schweinereien. Bach, Brahms, Buckel runterrutschen.

Die Hausmusik ließ sich, bis auf zweimal, umschiffen, Charlottes krankhafter Ehrgeiz nicht. Mitte zwanzig ist sie – und mit dreißig will sie oben sein. Egal wie. Egal mit wem. Und mit oben meine ich auch oben: reich, sexy, VIP-Partys. Wobei: Ihre Eltern sind eh schon steinreich (und großzügig), sexy war Charlotte wahrscheinlich schon mit elf – nur mit den VIP-Partys hat es noch nicht geklappt. Ich war in der Hinsicht keine große Stütze, aber sie hat ja noch fünf Jahre.

Soll heißen: Wenn Charlotte zum Beispiel die Wahl hätte wie Pavel, fünfte oder Bundesliga zu spielen, dann würde sie sofort und ohne Umwege ... Lassen wir das.

Im Nachhinein glaube ich, der einzige Grund, der uns zusammengebracht hat, war, dass ich vor ein paar Jahren auf einer Party eine Schlägerei erfolgreich unterbrach mit den Worten: »Wollen wir uns hier kloppen oder besaufen?« Das war nur ein Spruch, mit dem ich mich unabsichtlich in den Mittelpunkt drängte (weil zwei Leute vor mir plötzlich zur Seite gingen), in den Kreis, der sich gebildet hatte, in den Kreis, in dem die Streithähne als Vorspiel an sich rumzerrten. Ich weiß gar nicht, warum ich dazwischenging, ich hatte sogar halbwegs Lust, mir eine Schlägerei anzusehen und rechnete überhaupt nicht damit, dass meine Worte etwas ausrichten, geschweige denn in den alkoholdurchspülten Köpfen ankommen würden. Aber auf einmal hörten die beiden Typen auf, sich an den Klamotten zu zerren, der eine sagte erstaunt »Jo!«, und beide gingen Arm in Arm trinken. Es war wohl dieser Moment, in dem Charlotte in mir das Heldenpotenzial entdeckte, das sie für ihre Zwecke brauchte. Sie kam aus dem Nichts des Partykellers auf mich zu und sagte: »Das war aber mutig von dir!« Den Rest des Abends sprachen wir über alles – außer Pingpong.

Ich setze mich auf den Fußboden. Der Boden ist hart, aber ansonsten spüre ich nichts. Gar nichts. Dabei würde ich gerne etwas in mir spüren: Hass, Wut, Trauer. Aber nein.

Und genau das ist das Problem.

Das mit Charlie (Charlotte!), das war nur ein kleiner Rückschlag. Ein Hänger. Simons Geständnis hat bei mir nur meine männliche Eitelkeit ins Wanken gebracht. Nicht weniger, aber eben auch nicht mehr. Wenn ich ganz ehrlich bin: Charlotte ist mir gleichgültig. Die ganze Show da draußen ist mir gleichgültig. Das ist das Erschreckende, was an – nein: in – mir rüttelt.

Ich meine, wenn ich jetzt eine Plattensammlung hätte wie Rob (John Cusack) in *High Fidelity*, dann könnte ich ein paar Stunden damit verbringen, die Alben und Singles neu zu sortieren. Von mir aus auch autobiographisch.

Aber ich?

Ich interessiere mich für nichts.

Nicht *wirklich*.

Mir ist ziemlich egal, was ich anhabe. Die Markenklamottenphase ist schon lange vorbei, ebenso wie die Pillenzeit (die war so kurz, die habe ich praktisch übersprungen). Rentenreform, Steuerreform, Reformreform – berührt mich nicht. Über Politiker rege ich mich lange nicht mehr auf. Ich sammle keine Postkarten, noch nicht einmal Briefmarken. Tischtennis spiele ich, ja. Aber kenne ich alle Beläge und ihre Messwerte? Tempo, Kontrolle, Effet? Schwammstärke? War ich jemals zum Zugucken bei einer Welt- oder Europameisterschaft?

Nö.

Die Welt perlt an mir ab wie Regentropfen von der Windschutzscheibe. Wisch und weg. Ich mische mich auch nicht groß in das Leben von anderen ein; es sei denn, ich werde darum gebeten. Meine Triebe treiben mich an: Hunger, Durst, Spielen, Fortpflanzung – dazu gehören auch Streicheleinheiten, gelegentlich. Scheint ja auch zu reichen, oder? Aber ist das nicht zu wenig? Wenn es diese Dinge nicht gäbe, würde ich dann den ganzen Tag gar nichts tun? Ich bin so … unbestimmt, irgendwie.

Früher war alles eindeutig. Lieblingsband? U2. Beste Fußballmannschaft? HSV. Schönste Frau? Cindy Crawford. Bester Sportler aller Zeiten: Michael Jordan. Bester Tischtennisspieler? Jan-Ove Waldner. Bester Anschlag – auf Parkett, versteht sich.

Und heute? Jein und Amen zu allem. Ich kann mich nicht festlegen. Was tun, wenn ich meine Lieblings-U2-CD verliehen habe? Dann schalte ich eben das Radio an, irgendwas läuft schon. Nein, doch lieber nicht, vielleicht kommt etwas, was mich nervt, und ich weiß nicht, wann es besser wird. Also gar keine Musik.

Bin ich damit allein? Oder macht das jeder so? Immer alle Optionen durchdenken und – wenn's geht – offen halten? Und sich, wenn überhaupt, nur halbherzig zu etwas durchringen? Erst zusagen – absagen kann man ja immer noch? Samstagsabends bis zehn telefonieren und SMSen, bis man das Date mit den besten Erfolgsaussichten wegen seiner Unentschlossenheit verpasst hat? Drei Filme im Fernsehen bis zur Mitte parallel gucken, bevor man die Glotze ausmacht? Auf allen Hochzeiten tanzen, weil nicht klar ist, welche Braut einem am besten gefällt? Ich wüsste wirklich verdammt gerne, wie es in den anderen Köpfen da draußen zugeht.

Es ist verrückt. Mein Leben ist vollkommen okay, eigentlich, aber mir fehlt irgendetwas. Nennen wir es: Leidenschaft. Das ist es, glaube ich … Ja, das ist es. Das *muss* es sein! Ich bin siebenundzwanzig und gesund und normal und habe Geld und bin nicht hässlich – aber ich stehe so leidenschaftlich im Leben wie der Mitarbeiter der Woche bei McDonald's an der Kasse.

Das war doch mal anders.

Was ist mit mir passiert?

Ich kann es nicht sagen, mit meinem Verstand nicht begreifen. Mit dem Herzen vielleicht?

Mir platzt gleich der Kopf. Ich will schreien! Ich öffne meinen Mund, sehr weit – aber dann verlässt mich der Mut und meine Kiefer fallen zusammen. Ich lasse mich nach hinten kippen. Der zerschlissene blassbraune Teppich fängt mich auf.

Die Decke müsste mal wieder gestrichen werden.

9

✪ Satzpause ✪

ohne worte / satzverlust / siktir lan / spielst wie amboss / warum verloren / warum verloren / wie peinlich / was die anderen denken / konzentrieren / konzen / was falsch / zu passiv / alles viel zu passiv / sammeln / sammeln / sammel dich / noch nichts passiert / augen öffnen / nicht mund / durchs herz atmen / ticken hören / schnitt sehen / ahnen / wer dich schneidet wie / reinfühlen / rankriechen / punkt für punkt / immer nur bis nächsten punkt / gar nicht denken, nicht / abschalten / locker werden / lösen krampf / bewegen / mit dem spiel bewegen / nicht an noppen denken / simon und charlie / reinrohren / feste / du wurst / machs ihm / vorhand / vorhand / vorhand spielen / zur eigenen stärke finden / was essen, schnell / trinken, kurz / warum kommt niemand und coacht / dich in diesem schweren spiel / leben is'n spiel ohne anleitung / ohne regeln / pavel hilf / flehe dich an / pavel … / özlem / ach özlem / leidenschaft / früh am ball / sei früh am ball / gegner beobachten / ausgucken / konzen / gewinnen wollen / lücke-suchen-selbst-finden-lücke / nicht überdrehen / du / nicht überdrehen / augen auf jetzt / auflassen / licht so hell / grell / schrill / es zulassen / anfassen / packen / die ratte / den quälgeist / quäl dich / müh dich / beiß dich rein / kämpfen / hallenstaub fressen / sammeln / sammeln / sammel dich / werd eins damit / eins / jeder ball / jeder ball zählt / muss ticken einfach / muss ticken / tick / brauchst den kick / was kommt jetzt / wie weiter / wie wird es werden / wie werd ich weiter werden / es locker nehmen / bist nur hier zum schwitzen / einfach schön schwitzen / auf jetzt / wieder bei nullnull / wach sein / da sein / sein / nein / kein calvin klein / los du schwein / mitten rein in neuen satz / zeig dich / beweis dich / pause um

Tischtennislehre, Teil 4: Die schönsten Pausen sind lila.

DRITTER SATZ

10

✪ Die Ballmaschine ✪

Ich weiß nicht, wie lange ich es auf dem Teppich aushalte. Zwei Minuten, vielleicht fünf. Oder fünfzig.

Direkt unter mir ist der Teppich warm geworden, aber wenn ich meinen linken Arm ausstrecke und über ihn streiche, spüre ich die abweisende Kälte des Bodens. Der Teppich kratzt an meinem Rücken, so beharrlich wie eine Katze an ihrem Katzenbaum. Trotzdem kann ich mich nicht aufraffen, bin wie betäubt. So muss *Halothane* in niedriger Dosis kommen, wenn ich mich richtig an den Anästhesiekram an der Uni erinnere. Höre mein Herz ziellos bumpern, aber mich nicht atmen. Dann das Schrillen des Telefons, wie ein Alarm. Es reißt meinen Blick fort von der Decke und mich hoch auf die Beine.

Ich bewege mich so ruckartig, dass mich vom schnellen Aufspringen ein leichter Schwindel überkommt. Ich rudere Halt suchend mit meinen Armen in der Luft herum. Die Schränke, der Tisch, alles wirkt für einen Moment unerreichbar weit weg. Kein Gleichgewicht, keine Mitte, keine Kontrolle – diese sechs Worte rasen mir durch den Schädel, als würden sie dort ein Wettrennen veranstalten. Kein Gleichgewicht, keine Mitte, keine Kontrolle. Wohl nicht erst seit gerade – aber jetzt spüre ich sie am ganzen Leib. Das zweite Schrillen. Kein Gleichgewicht, keine Mitte, keine Kontrolle.

Plötzlich setze ich Hoffnung in diesen Anruf. Wie mit einem Schlag wird mir klar: Ich *darf* diesen Anruf nicht verpassen. Denn vielleicht ist es Simon.

Oder Charlie!

Charlotte meine ich.

Ich fange an zu gehen, ein Fuß kurz vor den anderen, mit geschlossenen Augen.

Kein Gleichgewicht, keine Mitte, keine Kontrolle.

Habe die Arme nach vorne gestreckt wie ein Blinder seinen Stock, taste mich dann an der Wand entlang, stoße etwas um. Dann, endlich: Mein Kreislauf springt an. Der Schwindel lässt nach. Beim dritten Schrillen bin ich am Telefon.

So angestrengt wie ein Gewichtheber die Hantel hebe ich den Hörer ab – und ehe ich etwas sagen kann, schallt mir eine Stimme entgegen: »Wachtberg!«

Bugs Wachtberg, mein neuer Chef.

Wann rufen Chefs ihre Mitarbeiter zu Hause an?

Wenn es Ärger gibt! Das hat mir noch gefehlt. Wie er seinen Namen bellt – in einem Ton, als ob ich den Hörer schon hätte abnehmen müssen, bevor das Telefon überhaupt geklingelt hat. Ich sehe genau vor mir, wie er den Hörer an sein Gesicht presst und mit der Zunge über seine Hasenzähne leckt. Leichte Schmatzgeräusche.

»Ach, hallo!« Ich klinge müde.

»Sag mal, schläfst du, oder was? Jetzt pass mal gut auf, Hakim, ja, morgen früh hab ich ein Studio für dich freigeboxt. Und weißt du für was, Junge? Weißt du für was?«

»Ähm …« Ich weiß nur, was Joe (Bruce Willis) in *Last Boy Scout* sagen würde: *»Ich bin nicht ihr scheiß Junge!«*

»Junge, das ist deine Chance! *Real Radio*! Ja! Was sagst du? Ist das nicht marvellous? *Real Radio* – jetzt oder nie, ja? Wir machen 'ne Probesendung, einen Piloten. Sofort morgen früh. Die wird nicht gesendet, ist ja klar, aber ist ein Anfang, ja. Aber du solltest jetzt herkommen, wir müssen über die Einzelheiten sprechen, das Label, und dann machst du deine Vorbereitung und morgen – morgen, Junge, morgen zeigst du allen, was 'ne Harke ist, ja! Mit Drive!«

»Äh …«

»Also, in einer halben Stunde in meinem Office. Und Junge, sieh zu, dass du bis dahin von deinen Drogen – oder was auch immer du genommen hast – runter bist. Haha. Ist das klar?«

Worte prasseln auf mich ein wie Pingpongbälle aus drei Ballmaschinen gleichzeitig, drei mal hundertachtzig Bälle pro Minute.

»Okay«, murmle ich, aber Wachtberg hat schon den Hörer aufgeschmettert. Er hat wohl keine Zeit für Antworten. Er hat wohl auch keine Zeit für echte Fragen. Bugs, die Wurst!

Keine Zeit ... Ich habe jetzt auch keine Zeit mehr! Die haben angebissen! Genau wie mein alter Chef, Gurkow, es vorausgesagt hat. Sie haben angebissen! *Real Radio*, schon morgen! Mein Ding – und das aus heiterem Himmel, auf einmal, einfach so. Und ausgerechnet jetzt! Ich meine, ich könnte besser drauf sein. Aber Wachtberg hat es gesagt: Jetzt oder nie. Das ist meine Chance: Zu entscheiden, mich zu konzentrieren, meine Leidenschaft zu zeigen, sie zu orten, auszubuddeln, zu beweisen, dass sie in mir ist, irgendwo!

Real Radio.

Ich darf es nicht vermasseln! Los, Hakim: Alles andere vergessen. Bis morgen Mittag wenigstens.

Wie heißt das noch: Auf Regen folgt Sonnenschein? Auf Ping folgt Pong. Jaja, Sprichwörter ... Özlem ... wann kommt Özlem wieder? Keine Zeit. Los, du Tischtennisspieler: *Real Radio.* Das ist ein *big point* – mach ihn.

Beeilen. Ich muss mich beeilen. Nur eine halbe Stunde! Ich renne ins Bad, drehe den Kaltwasserhahn voll auf, halte meinen Kopf drunter, greife mit dem Kopf unterm Hahn nach der Zahnpasta, drücke mir ein bisschen davon direkt in den Mund und kaue, bis sich alles in meinem Mund verteilt hat. Gleichzeitig stelle ich den Wasserhahn aus, schnappe mir ein Handtuch vom Haken und rubble die Haare trocken, feste und schnell, während ich immer noch auf der Zahnpasta rumkaue. Dabei tänzle ich auf der Stelle, um in Schwung zu kommen. Es sieht im Badezimmerspiegel ziemlich behäbig aus. (Notiz: Muss meine Beinarbeit verbessern, bei Gelegenheit.) Dann eine Ladung Deo, Haare noch mal trocken rubbeln. Blick in den Spiegel: Von was für Drogen redet Bugs, die Wurst?

Ich sprinte ins Schlafzimmer, ziehe ein paar annehmbare Klamotten aus dem Haufen auf dem Boden und hüpfe in sie hinein. Annehmbar sind Klamotten, die nicht nach Schweiß riechen und nur etwas zerknittert sind. Heute: schwarze Jeans, schwarzes Hemd.

Es geht mir gut, es geht mir gut, es geht mir sehr, sehr gut. Einen Mokka trinken? Nein, los! Ich bin spät dran.

Okayokayokay, das ging jetzt alles ein bisschen schnell. Am besten, ich gehe zu Fuß, da bin ich eh schneller, als wenn ich auf den Bus warte, und ich kann mir noch einmal alles durch den Kopf gehen lassen. Alles über die *Real-Radio*-Story. Sofort schickt mein Gehirn die Bilder auf den Schirm, wie wir überhaupt auf *Real Radio* gekommen sind. Vor ziemlich genau sechs Wochen war das. Ich renne durch die Innenstadt, und vor meinem inneren Auge läuft der Film von damals ab.

Gurkow, Supernahaufnahme, leinwandfüllend: Er sieht aus wie ein etwas aufgequollener Jack Nicholson, stämmig, sein Gesicht feist und rot vom Alkohol, die eindringlichen Augen blutunterlaufen (auch vom Alkohol), die Haare angegraut (vom Sender).

Mein alter Chef, Gurkow, wie immer im roten Pullunder, feiert seinen Ausstand beim Sender. Hat die Nase voll. Er wird Medienberater. Er feiert in einer Kneipe, in der sie ihn alle kennen, wo ihn alle einfach nur Gurkow nennen, wie in der Redaktion auch. Bis heute weiß ich seinen Vornamen nicht. Ich meine, er war sieben Jahre lang mein Chef, und ich kenne seinen Vornamen nicht. Es gibt so Leute, einige wenige, die keinen Vornamen brauchen, um jemand zu sein.

Totale: Gurkow, seine Chefsekretärin Janina und ich sitzen zu etwas späterer Stunde – der Realtimecode läuft bei kurz nach vier – an einem Ecktisch. Umschnitt: Gurkow mit dem Rücken zur Wand, die anderen Tische in seinem Visier. Die Kamera zeigt, dass vor Gurkow drei Bierdeckel liegen, die voll mit Strichen und Zahlen sind. Aber Gurkow macht das nichts, dass der halbe Sender sich auf seine Kosten besoffen hat. Er sagt, dass er einsehe, dass das der einzige Weg sei, um den Leuten in guter Erinnerung zu bleiben.

»Wisst ihr, alle Wohltaten als Chef, die sind schnell vergessen. Woran sich die Leute allenfalls noch erinnern, ist der eine oder andere Anschiss, den ich ihnen verpasst habe. Oder?«

Oder, das sagt er immer. Das ist für Janina der unauffällige, basisdemokratisch klingende Befehl, ihm bitte ein wenig zuzustimmen. In jahrelanger Vorzimmer-Symbiose mit Gurkow hat sie es darin zur Perfektion gebracht: Janina, die begnadete Sekretärin. Janina und Gurkow, die Stimmung zwischen ihnen ist so innig wie zwischen Melvin Udall (Jack Nicholson) und Carol Connelly (Helen Hunt) in *Besser geht's nicht*. Es ist allein die Stimmung, die bei mir diesen Film startet, denn Janina ähnelt Helen Hunt gar nicht, ist klein, Anfang vierzig vielleicht, drahtig fast, mit hagerem Gesicht und kurzen schwarzen Haaren.

Sie sagt: »Aber so oft, Gurkow, brauchten Sie die Mannschaft doch gar nicht anzuscheißen. Es lief doch immer auch so ganz gut, oder?« Auch sie sagt Gurkow. Und auch sie hängt ein *oder* an, wie er es tut. Das Gesagte – und damit sich selbst – in Frage zu stellen, das ist keine Marotte der beiden mehr, die sie selbst belächeln, es ist zum Tick geworden, der unbemerkt sein Spiel spielt. Ein charmanter Tick nach einer langen Reihe von Strichen auf einem der Bierdeckel vor Gurkow. Vielleicht hat es aber doch Methode. Das habe ich nicht herausgefunden.

Das Gespräch kommt dann auf Fernsehen. Deppen-Talkshows, *Big Brother*, *Boot Camp*, *The Runner*, auf alles, rund um Reality-TV, Gurkows Steckenpferd in seiner letzten Phase als Chef. Endlosvorträge darüber in der Redaktionskonferenz. Sein Standpunkt ist klar: Diese ganze Reality-Kiste ist das Hirnloseste, das Unjournalistischste, was es je im Fernsehen gegeben hat, aber als guter Privatradiomacher will er gerne eine ähnliche Idee haben – und wenn er sie schon nicht selbst hat, dann wenigstens jemand aus seiner Redaktion.

Dreierszene, solide aufgenommen von drei Kameras auf Stativ. »Okay, wenn die Leute Dreck wollen, dann geben wir ihnen doch Dreck, oder? Wir müssten nur einen Dreh reinkriegen, einen neuen Dreh – und es müsste radiogerecht sein, ohne Bilder funktionieren. Das ist das Problem. Die Bilder … Hakim, irgendwelche Ideen?«

Ich zucke zusammen.

Ich?

Ideen?

Zu dieser Uhrzeit, in diesem bedenklichen Zustand, kurz vor einer Alkoholvergiftung. Das kann nicht sein Ernst sein – oder? Aber ohne Zweifel versucht er, seine bierschwangeren Pupillen auf meine zu richten. Der Versuch, sich in die Augen zu sehen – das ist in diesem Moment wie Achterbahn für Fortgeschrittene. Ich höre, wie ich zaghaft anfange zu sprechen: »Achterbahn fahren?«

Gurkow: »Was?« Besoffen, verständnislos, neugierig.

Ich muss ein bisschen mehr liefern, aber ich kann nur improvisieren. »Achterbahn fahren … Das ist es doch, was mit den Leuten in solchen Sendungen gemacht wird … Die Leute … führen sich vor. Sie werden vorgeführt. Sie werden hochgejubelt, sie werden runtergemacht. Das ist das Prinzip … Das Achterbahnprinzip. Das Prinzip der Leute, die diese Sendungen machen. Ich meine, ich sag jetzt nichts Neues, das ist ja alles inszeniert, mehr oder weniger. Fehlt nur noch, dass die sich selbst verarschen … Oder?«

»Was? Was war das Letzte?« Gurkows Kiefer schnappen nach mir. Das Letzte sollte ein *oder* sein, Gurkow.

Ich: »Äh, ich sagte, fehlt nur noch, dass die sich selbst verarschen.«

Gurkow: »Wer, die?«

Ich: »Die … die Programm-Macher von diesen ganzen Reality-TV-Sachen.« Ja. Jetzt hab ich's: »Die, die die Fäden in der Hand haben. Die die Marionetten tanzen lassen. Die meine ich.«

Gurkow: »Also wir, Hakim?«

Ich: »Also … ähm, letzten Endes, wenn wir auch solche Sendungen machen würden – ja, wir.«

Gurkow hat umgeschaltet, einen Hebel in sich umgelegt. »Und was meinst du damit, dass die sich selbst verarschen?« Sein Blick jetzt: klar, fordernd; seine Züge straff vor Spannung.

»Naja, bis jetzt ... bis jetzt führen die Programm-Macher die Leute vor. Auch wenn die gecastet sind, aber, aber die Macher sind die grauen Eminenzen, die Unsichtbaren. Wie in *Truman Story*. Sie suchen die Leute aus, sie suchen die Szenen aus, die gezeigt werden – und vor allem die, die nicht gezeigt werden. Selektion, ja? Die Jungs behalten Distanz. Sind die Stimmen aus dem Off. Sind diejenigen, die sich bei der ganzen Sache nicht blamieren. Weil sie nicht auf dem Sender zu sehen sind. Sie stecken in den Figuren, sie stecken in jedem Schnitt, unsichtbar ...«

»Weiter, weiter.« Hastig, lustvoll jetzt, der Gurkow.

»Der letzte Schritt in so Reality-Sachen wäre doch, dass die Programm-Macher sich selbst vorführen, das heißt: Wir uns. Keine Auswahl, keine Selektion, das letzte Versteck aufgeben. Guck mal, Gurkow, ich weiß nicht, ich meine, was wir im Studio reden, während die Sendung läuft, das ist tausendmal witziger und spannender, als das, was wir wirklich senden. Wie wir über stotternde Reporter herziehen, aufgeblasene Experten, miese Gags. Über uns selbst, weil wir so tun, als ob wir Bescheid wüssten, was da draußen läuft. Oder wie wir einfach über das Wetter reden. Unsere persönlichen Probleme. Grippe, Scheidung ...« Ich sehe vor mir, wie ich Tischtennis denke, aber es nicht sage. »*Das* müsste gesendet werden, Gurkow, irgendwie aufgeschaltet auf das laufende Programm, sobald wir sprechen. *Real Radio*. Keine Auswahl mehr, keine Selektion der ... der Reality. Anrufer könnten bei bestimmten Themen direkt beim Moderator landen, ohne Vorauswahl durch die Redaktion. Oder ... oder wir könnten unsere Promi-Interviews ungeschnitten senden. Alle *Ähs* und *Öhs* und Pausen drinlassen, keine Kosmetik – ich will sagen: Wenn wir auch diese Bearbeitung noch über Bord schmeißen – wäre das nicht das Ehrlichste, was wir noch leisten können?« Ich gucke die beiden an.

»Das Ehrlichste«, sagt Gurkow.

»Aber …«, sagt Janina.

»*Real Radio*«, sagt Gurkow, spricht es Englisch wie ich, aber mit zwei deutschen *R*s.

»Aber«, sagt Janina, »aber wäre das nicht das totale Chaos auf dem Sender? Ich meine, ungeschnittene Interviews, zum Beispiel mit Schauspielern, die dauern bei uns ja oft sieben, acht Minuten oder noch länger, und wenn ihr dann aufgeschaltet werdet, während das Interview läuft – oder die Musik, da versteht man ja gar nichts mehr! Ich meine, Hakim, das kann bestimmt mal ganz witzig sein, und – aber dann sendet man ja das absolute Chaos … Oder?«

Das *oder* ist für Gurkow, nicht für mich. Trotzdem guckt sie erst mich an, dann ihn. Und in dem Moment, wo sie mich anguckt, mit diesem ehrlichen Erstaunen, weiß ich: Sie hat Recht! Das kann sich niemand anhören. Und wir brauchen Hörer. Wir machen ja kein Experimentierradio. Totales Chaos. Sie hat Recht. Totaler Unsinn, den ich da erzähle. Was für eine Blamage vor Gurkow!

»Aaa-beeer«, Gurkow dehnt das Wort, er lässt sich sein *aber* auf der Zunge zergehen, zieht es genussvoll in die Länge, seine Augen strahlen, »aaa-beer ist nicht genau das die, die … so nah dran wie es geht an der … der Wirklichkeit?«

Schweigen.

Schwirren im Kopf.

Magenkrampf.

Was passiert hier?

»Die Wirklichkeit, dass wir so ziemlich überhaupt keine Ahnung haben, was da draußen wirklich passiert. Was weiß ich, ob das stimmt, was uns die Schauspieler über ihre Dreharbeiten erzählen. Was die Pressestellen uns faxen. Die Reden. Die Minister. Die Wirtschaftsbosse, die Gewerkschafter, der Papst! Wir sind Trittbretter, die einen etwas bequemer, die anderen weniger. Aber wir Journalisten, wir bestehen doch im Schnitt zu neunzig Prozent aus Pose. *Morgenstund* – da wird ein Ding nach dem nächsten gesendet; wir tun so, als ob es da den großen Zusammenhang gäbe. So was wie Sinn …«

Gurkow in einer seiner nihilistischen Phasen. Mein inneres Auge zeigt, wie ich über seine Predigt grinse (meinen Kameraleuten entgeht nichts) – und um das zu verbergen, täusche ich einen Hustenanfall vor.

Gurkow: »*Real Radio!* Oh Mann, Hakim, was du sagst ist so ... so zynisch. So brillant. So frisch. Und es passt perfekt in unsere Zeit. Hakim, *Real Radio* – dazu bis morgen ein Konzept, eine halbe DIN-A4-Seite, höchstens eine, mehr kriegt der Herr Chefredakteur nicht auf einmal in die Birne. An meinen letzten Tagen hier, da sorge ich noch dafür, dass das durchkommt ... Hakim, wir werden Radiogeschichte schreiben.«

Das sagt er wirklich so in seiner bierseligen Euphorie: *Hakim, wir werden Radiogeschichte schreiben.* Danach zupft er sich seinen Pullunder zurecht und klopft mir so heftig auf die Schulter, dass Janina nach dem dritten Klopfer seine Hand von meiner Schulter nimmt, um bleibende Schäden an meinem Körper zu verhindern. Sie lächelt uns beide an, tätschelt seine Hand und sagt: »Da bin ich ja mal gespannt«, mit etwas Unglauben in der Stimme.

Danach war der Abend gelaufen, ich bin nach Hause – und habe sofort das Konzept geschrieben für das neue Format:

Real Radio
Konzept für ein neues Sendeformat

In Zeiten von Reality-TV sollten wir als Radiomacher auch »Reality-Radio«-Formate in Betracht ziehen. Denn Reality-TV ist auf dem Markt außerordentlich erfolgreich, profitbringend und positioniert den Sender in einem modernen, jungen Lebenskontext.

Real Radio ist das erste solche Format. Als letzte Möglichkeit, die ausufernden Reality-TV-Formate weiterzudrehen, ihnen einen neuen Kick zu geben, müssen die Programmmacher aus dem Hintergrund des Gesendeten in den Vordergrund treten, ja sogar in den Mittelpunkt. Sie müssen zu den handelnden Personen werden. Nicht das Medium ist die Message, sondern die Macher sind es. In unserem Fall die von *Real Radio*: Der Moderator (handelt als Nichtmoderator außerhalb seiner Rolle), der Redakteur/die Redakteurin und noch eine dritte Figur, am besten ein Tontechniker/eine Tontechnikerin, der/die die technische Seite bewältigt.

Das Wichtigste ist nicht die Musik, die wir spielen, nicht die Comedy, die wir senden, oder die Berichte - sondern wir! Just we! Unsere Kommentare, unsere Witze auf Kosten unserer Reporter, auf Kosten von Promis - oder und vor allem von uns selbst.

Natürlich ist *Real Radio* interaktiv, wir sind offen, jeder Zuhörer kann anrufen, nur bei uns kommt er direkt auf den Sender.

Sobald wir, die Programmmacher, sprechen, werden wir on air auf die laufende Sendung aufgeschaltet. Unser wirkliches Programm - Musik, Comedy, Berichte, was auch immer wir gerade senden - läuft leise im Hintergrund weiter, technisch ist so eine Schaltung kein Problem.

Real Radio verzichtet bewusst und komplett auf jede journalistische Arbeitsweise, keine Recherche, keine Themenauswahl, keine Nachbearbeitung von Interviews, keine Ähs und Öhs rausschneiden, keine Vorauswahl von Anrufern.

Real Radio:
Die Sendung gegen das Verschwindenlassen.
Wir senden eins zu eins.

Sie werden sagen: »Das ist ja das absolute Chaos auf dem Sender!« Das ist richtig! Wir senden das absolute Chaos, und genau das ist unsere Wirklichkeit. Die absolute. Die kompromisslose Wirklichkeit unseres Senders. Wir führen uns selbst vor. Wir führen uns selbst auf. Atemberaubend, schnell, spannend!

Der Mensch hat schon immer versucht, das Chaos, die Orientierungslosigkeit zu beherrschen – durch die Uhr, den Kompass, das Metermaß; durch Religion, Philosophie, Psychoanalyse; schreiben, fernsehen, Radio hören. Am Anfang des 21. Jahrhunderts geben wir diesen Kampf einfach auf!

Lassen Sie uns dem Radiomachen einen neuen Impuls geben. Wir tauchen unter unsere eigene Oberfläche – und nehmen die Hörer mit.

Real Radio – das ist kalkulierte Anarchie. Das ist die neue Dimension des Radiomachens. Das ist das neue Radio. Das wirkliche Radio. Just we! *Real Radio* – der Quotenbringer. Jetzt!

Okay, ich habe ganz schön dick aufgetragen – und das mit dem ewigen Kampf des Menschen gegen das Chaos, sehr pathetisch. Aber wer Chefredakteure von Privatradios kennt, weiß, dass dieses Konzept nicht anders aussehen durfte.

Mit diesem Papier ist Gurkow sofort zum Chefredakteur gerannt, hat Janina erzählt. Dann war Sendepause. Aber jetzt: Es hat gezogen! Sie wollen es machen! Sie wollen es wirklich machen! Morgen schon. Ein neuer Schritt, der sich für mich ergibt. Bestimmt ein besserer als kurze Noppen auf die Rückhand zu kleben ...

Schwarzbild. Blende. Zurück im Livestream.

Der Sender thront mitten in der Stadt. Vier Stufen führen empor, vier Stufen, die ich hinaufhaste. Ich wuchte die erste schwere Glastür auf, tauche ein in die Schleuse, schließe hinter mir die erste Glastür, woraufhin ein Summen ertönt; der Pförtner drückt mir die zweite Glastür auf. Immerhin muss ich nicht mehr meinen Mitarbeiterausweis vorzeigen. Mittlerweile erkennen mich die Leute von der Wach- und Schließgesellschaft am Haupteingang. Gut, das hat viele Jahre regelmäßige Präsenz im Sender erfordert, aber das ist es mir wert. Das sind die kleinen Erfolge, die ich genieße.

Und drin bin ich; in einer engen, schnellen Welt, einer Welt, so klein wie ein Miniatur-Tischtennistisch. Einer Welt, durch die Informationsbrocken aus den tatsächlichen Welten laufen wie durch ein feines Sieb und Besuchergruppen wie durch heilige Stätten; so achtsam und reibungslos, dass die Seifenblase nicht zerplatzt. Aber jetzt kommt *Real Radio*. Alles wird bleiben, aber anders. Alles wird anders bleiben.

Ich hechte die Treppen hinauf, heute drei Stufen auf einmal. Im Sender mutiere ich immer zum ferngesteuerten Zombie, die Chemie in mir stellt Gefechtsbereitschaft her: Ich sprinte fast durch die Flure, im Marschtempo, zackig, zügig wie ein Offiziersanwärter. Ich beschleunige mich. Mein Puls sich auch. Vielleicht sollte ich es mal mit der beliebten Sportart Gehen versuchen?

Auf einmal merke ich, dass ich nervös bin, ziemlich sogar, so nervös vor dem Gespräch mit Bugs Wachtberg, dass ich auf dem Flur einen unserer Praktikanten umrenne. Tom? Tim? Theo? Keine Ahnung. Ich fange ihn auf, bevor er auf dem Betonboden auftitscht, ein Reflex vom Pingpong. Ich stelle ihn wieder auf die Füße und sage: »Pass doch auf, du Wurst!«, er: »Tschuldigung«, für mehr haben wir beide keine Zeit. Ich bin gleich schon vor Janinas Büro, durch das ich zu Wachtberg gelange, jetzt: eins … zwei … drei … und hinein – in die Höhle des Hasen.

11

✪ Offenes Spiel ✪

»Ah, Hakim, komm rein, mein Junge. Komm nur rein, ja. Ich hoffe, du bist jetzt ausgeschlafen, hm?«

Ich habe Wachtberg zwar schon ein paarmal flüchtig gesehen, aber jetzt stehe ich zum ersten Mal direkt vor ihm, und mir wird bewusst, dass er ein Riese ist, sicher über zwei Meter groß. Von dort oben boxt er mir kumpelhaft auf den Oberarm, was ja auch angemessen ist, da wir uns noch nie unter vier Augen gesprochen haben, seitdem er vor knapp sechs Wochen den Posten von Gurkow übernommen hat. Und Wachtberg lacht laut dazu, mit einem mächtigen Bass, der unter seinen Hasenzähnen herausbricht und seine Macht zur Schau stellt. Ich muss ziemlich irritiert bis ängstlich gucken, als ich die Tür vom Sekretariat zu Wachtbergs Büro hinter mir schließe, so dass Janina mir durch den Türspalt mit mitleidigem Blick noch schnell zeigt, dass sie mir die Daumen drückt.

Bumm!

Zu. Es gibt kein Zurück. Es gibt kein Blockspiel. Es gibt nur Bugs und mich – wobei: Ob es mich wirklich gibt, weiß ich gar nicht so genau, denn Bugs hat schon angefangen zu reden, starrt dabei aber aus seinem Fenster auf die Stadt, als ob er alleine wäre und sich gleich lustvoll zwischen den Schenkeln kratzen oder die Unterhose zwischen den Pobacken hervorzupfen würde. Mir fällt wieder ein, dass kein Mensch im Sender weiß, aus welchem Hut die Chefredaktion Bugs Wachtberg gezaubert hat. Noch nicht einmal Janina, und die hat gute Antennen.

Ich versuche, Wachtberg zuzuhören, was schwierig ist, weil er immer noch entweder mit dem Fensterputzer auf der anderen

Seite der Scheibe oder mit sich selbst spricht. Dabei spielt er mit seinen goldenen Manschettenknöpfen. Ich gehe näher an ihn heran, probiere, unauffällig in sein Blickfeld zu kommen. In dem Moment dreht sich Wachtberg zu mir, zuckt zusammen, weil ich ihm so nah bin – und lächelt dann.

»Deshalb, mein Junge – weil ich an dich glaube«, er macht eine bedeutungsschwangere Kunstpause, »deshalb machen wir eine Probesendung, ja. Was ich von dir bis jetzt in *Morgenstund* gehört habe, das war schon ziemlich gut. Was das *Real-Radio*-Konzept angeht, wir machen morgen nur eine entschärfte Form und auch nur eine Stunde. Aber du bereitest dich schon ein bisschen vor, right? Du hast auch ein bisschen Content, einen Bericht und zwei Interviewpartner. Die sind natürlich nicht echt, die haben wir arrangiert, die sind gefaket. Was du mit denen machst, ist deine Sache. Insgesamt will ich das Ganze schön interaktiv haben. Da steht unsere Target Group drauf. Die Leute sollen anrufen. Da faken wir was, geht ja nicht über'n Sender die Veranstaltung. Marvellous! Und alles bitte nicht so hausbacken, wie das unter der Gurke von Gurkow gelaufen ist. Ich will mehr Drive! Und vielleicht ändern wir noch das eine oder andere am Konzept, aber ich will erst mal hören, wie es klingt, wie sich das anfühlt, wie präsent du bist, wie der Drive ist, wenn du so eine Sendung machst, mein Junge, wenn du so richtig loslegst. Got it? Aber das Wichtigste«, Pause, »das Wichtigste ist bei dem Format totale Offenheit. Bist du dazu bereit?«

»Ja, ich denke schon.« (Frage fürs weitere Leben: Was ist totale Offenheit? Eine Bugs-Bunny-Krawatte zu tragen, auf der Bugs zwinkernd in eine Karotte beißt? Das ist auf jeden Fall alles, was ich in diesem Moment wahrnehme, denn Wachtbergs Krawatte baumelt auf meiner Augenhöhe, genau vor meiner Nase.)

»Wenn du etwas oder jemanden völlig daneben findest, ja, bist du bereit, das zu sagen? Egal in welcher Situation?«

»So ist es gedacht.« Ich blocke schon wieder. Lasse Wachtberg angreifen, führen, lenken, sein Spiel diktieren. Ja, er ist ein Diktator!

Wachtberg: »Wird's auch so gemacht?«

Ich muss Widerstand leisten.

Ich: »Ja.«

Bugs Wachtberg strahlt so viel Macht aus, dass meine Antworten sich auf ein militärisches Maß verkürzen. Zugleich sind seine Erscheinung und seine Art so krankhaft, dass er in mir den Onkel Doktor lostritt. Allein seine Augen, in die ich zu schauen versuche: Herr Wachtberg, ich als immer noch eingeschriebener Medizinstudent muss Ihnen mitteilen, dass Sie an Exolphtamie leiden. Was das ist? Auf gut Deutsch: Quarkaugen. Ursache: Schilddrüsenüberfunktion. Behandlung: subtotale Thyreoidektomie, sprich Schilddrüse klein schneiden – oder eines der Thyrestatika verabreichen, *Methimazol* oder so. Alles weitere einzelfallabhängig.

Ich merke jetzt, wie Wachtberg mir ebenfalls in die Augen stiert, nein: wie er mich geradezu scannt. Ein langsamer Scan, der aber nicht an meiner Oberfläche Halt macht, sondern der in meine Tiefe dringt, durch die Hornhaut, die Cornea, die Sklera, die vordere Augenkammer, Iris, Retina, durch das Nichts der Pupille in die Linse, Nervus opticus, Chiasma opticum und so weiter und so fort, quer durchs Gehirn bis zur Sehrinde. Erstaunlich, dass ich so viel von Anatomie aus dem zweiten Semester behalten habe … Aber in meinem Hirn, da ist ehrlich gesagt gerade nicht viel los. Wachtbergs Anamnese würde mich interessieren – aber sonst? Die Leere, die er sehen muss, scheint ihm zu gefallen. Er lacht seinen röhrenden Hirsch und lehnt sich zurück. Ich scheine seinen Tiefenscan bestanden zu haben. Seine Probe. Aber er sagt nicht *marvellous*, was mich doch etwas verunsichert.

»Ach ja, mein Junge, deine Redakteurin ist Gundula. Sie weiß Bescheid, ja. Sie hat auch das Material und wartet auf dich.«

»Gundula?«

»Ja, spricht was dagegen?«

Was dagegen spricht? Was gegen Gundula spricht, Herr Wachtberg? Hallo, ist da jemand? Ich meine, wir sprechen hier von *Real Radio*, von dem ultimativen Format. Da müssen auch Leute arbeiten, die ein bisschen den Mund aufkriegen – und nicht irgendwelche nervösen, gescheiterten … Ich will Biene! Sabine. An sie habe ich beim Konzept gedacht. Sie ist frisch, sie ist hellwach, sie ist lustig. Jaha! Im Gegensatz zu Gundula hat sie Humor, was nicht schaden kann bei *Real Radio*. Und sie ist eine gute Journalistin. Auch das stört mich nicht an ihr. Muss ich jetzt nur irgendwie Bugs beibringen, der nervös über seine Hasenzähne leckt. Schmatzschmatz.

»Ähm, nun, nicht wirklich, außer dass ich an jemand anderen gedacht hatte …«

»An wen?«

»An … Biene. Wissen Sie, sie hat die Ironie und die, die … Offenheit, die wir in diesem Konzept brauchen. Gundula, na ja, sie …«

»Versteheverstehe. Ich bin ja inzwischen auch schon 'ne Weile hier, und ich hab zwar Karotten auf der Krawatte, aber keine Tomaten auf den Augen. Haha … Aber guck mal, Junge, das ist ja nur eine Probesendung. Just the beginning. Ich hab dir das Sendestudio besorgt. Ist ja hier nicht so einfach, im Sendebetrieb, ja. Aber wenn deine Performance so wird, wie wir beide das hoffen, dann kriegst du on top auch deine Lieblingsredakteurin. Right?«

»Ja, gut, okay. Aber wenn es so weit kommen sollte … das mit Biene wäre mir echt wichtig, wissen Sie?«

»Natürlich! Radiomachen ist Bauchsache, sag ich immer. Du kriegst deine Leute. Wichtig ist: Sei offen, lass ehrlich raus, was du denkst. Ich gebe dir volle Rückendeckung. Morgen früh, sieben Uhr, das ist Highnoon, das ist deine Show. Du kannst machen, was du willst, ja. Du hast mein Okay!«

»Okay.«

»Und jetzt raus – ich muss jetzt noch ein bisschen Programm machen, auf Content rumdenken, right – das ist Bauchsache, sag ich immer. Und mein Bauch ist gerne allein. Ach ja, ich komm morgen früh auch vorbei. Tschüssikowski.«

Als ich hinausgehe, denke ich an Wachtbergs Worte: Morgen

früh um sieben ist Highnoon. Sofort geht bei mir die Passage aus *Stirb langsam* los, wo John McClane (Bruce Willis) und der Oberfiesling Hans (Alan Rickman) im Showdown auf den Western-Klassiker *Highnoon* kommen:

Hans: »*Und diesmal verschwindet John Wayne nicht mit Grace Kelly im Sonnenuntergang.*«
John: »*Das war Gary Cooper, du Arschloch.*«

Apropos Arschloch: Okay, Wachtberg ist eines. Ein Ekelpaket. Aber er gibt mir meine Chance. So übel kann er dann doch nicht sein. Right?

Was ich jetzt überhaupt nicht kapiert habe, ist, wie die entschärfte Form von *Real Radio* aussehen soll. Aber das weiß bestimmt Gundula. Sie hat die Fäden für die Sendung in der Hand.

Gundula hebt noch nicht einmal den Kopf, als ich in ihr Büro stürme, voller Drang, mich auf *Real Radio* einzustimmen, mit ihr über die Idee zu sprechen, wie wir die Sendung aufziehen und überhaupt. Welche Rolle sie will, welchen Part ich spielen soll.

»Ach, da bist du ja schon, Hakiiim«, sagt sie nur. Sie sagt immer Hakiiim mit chronisch langem *i* – und schauspielert soapreif einen flüchtigen Blick auf die Uhr. Durch diese Geste bin ich sofort im Film – für sie ist diese Nummer eine x-beliebige. Da gelten die ungeschriebenen Gesetze des Senders: Bei *Morgenstund* haben die Moderatoren bis 17 Uhr da zu sein. Jetzt ist es 17 Uhr 26! 17:26 Uhr statt 17 Uhr, wie ich auf ihrer abstrus großen, volldigitalen Wanduhr lesen kann: *17:26.* 26 Minuten zu spät bei einer Probesendung, von der ich vor 90 Minuten noch nichts wusste – da kann ich schon mal in Ungnade fallen bei Gundula. Aber nur indirekt. Kein direkter Vorwurf. Schön indirekt läuft das hier. Hintenrum.

Nach zwei, drei Minuten anschweigen sagt sie dann plötzlich, dass sie gerne weg will, eine Verabredung um 18 Uhr, obwohl sie bis 20 Uhr Spätdienst hat, das sei ja kein Problem, oder? Das hat sie natürlich nicht sofort, als ich reinkam, gesagt, dass sie weg will. Sonst hätte ich ja keine Gelegenheit gehabt, Schuldgefühle zu bekommen, weil ich zu spät bei ihr war. Und die braucht sie, meine Schuldgefühle, damit ich jetzt keine Nachfragen stelle, was das Ganze aus ihrer Sicht unnötig in die Länge ziehen würde. So läuft das hier. Alte Schnepfe!

Aber, hey, wir machen hier *Real Radio*, und mit Verlaub: Sie sollte sich freuen, dass sie dabei sein darf. *Wir werden Radiogeschichte schreiben*, hat Gurkow gesagt. Aber Gundula will keine Geschichte schreiben, noch nicht mal ihre, die elende Allrounderin. Außerdem wird sie ja wissen, von wem das *Real-Radio*-Konzept ist. Und sie hält so offensichtlich nichts davon, dass ich meine ganzen Fragen runterschlucke wie eine Packung *Aspirin* mit Beipackzettel. Ohne Wasser.

17:36 Uhr – Gundula rennt die Zeit davon. Je hektischer sie auf ihrem Chefsessel hin- und herrutscht, desto ruhiger und behäbiger werde ich. Ein bisschen Absicht will ich nicht leugnen.

Sie starrt in ihren Monitor, wo der Sendelaufplan für die eine Stunde *Real Radio* zu sehen ist. Sie will ihn für mich ausdrucken, damit ich morgen früh eine Krücke habe – geplant wird so viel nicht ablaufen, aber trotzdem. Dabei redet sie unentwegt zusammenhangloses Zeug – dass eine Höreraktion geplant ist: »Was für ein totaler Bockmist, wer hat sich das wieder ausgedacht?« Sie hat außerdem nicht ganz kapiert, worum es gehen soll, »aber ich habe hier den Waschzettel bekommen«, sie wedelt mit dem Infoblatt, auf dem das komplette Konzept erläutert sein müsste, »da kommst du klar mit, Hakiiim, oder?« Das ist natürlich keine ernst gemeinte Frage an mich, weshalb Gundula nahtlos weiterfaselt, mit dieser puffigen Stimme, einer Radiostimme, die so gar nicht zu ihr passen will. Ich klinke mich aus.

Irgendwann wird klar: *Real Radio* ist für sie eine Art Höreraktion. Gundula weiß gar nicht, dass das mein Projekt ist – und dass sie Teil des Programms sein wird. Was hat Wachtberg ihr denn nur erzählt? Es steckt doch viel mehr hinter *Real Radio* als eine Höreraktion! Aber offensichtlich hat Bugs, die Riesenwurst, ihr einiges verheimlicht. Warum?

Damit wir ehrlich zueinander sind?

Damit wir zusammenrasseln!

Gar nicht so dumm, Bugs! Natürlich hat Gundula keine Ahnung: Das bringt natürlich mehr Konflikt, vielleicht sogar Streit – live on air. Wirklich, gar nicht so dumm, aus seiner Sicht. Und ich werde ihm den Gefallen tun. Ich werde es einfach durchziehen, ob mit oder ohne Gundula. Ihr jetzt reinen Wein einzuschenken, brächte nichts. Wahrscheinlich würde sie aussteigen, Bugs wäre sauer und *Real Radio* tot. Okay, Bugs, dann spielen wir eben mit gezinkten Karten.

Ich schaue mich um. Gundulas Büro sieht aus wie ein Einzelzimmer im Krankenhaus, durch das gerade die Stationsschwester geweht ist: Nichts liegt rum, Gundulas Schreibtisch ist leer, bis auf drei Ablagekörbe DIN A4 mit PR-Zeug darin. Daneben ein Tischkalender der *Volksbank*, wo Gundula für diese Woche zwei Termine vermerkt hat. Ein paar Büroklammern und ihr Telefon, mehr nicht. Kein Bild, kein Foto.

Neben dem Monitor steht ein kleines braunes Fläschchen mit rotem Verschluss. Beruhigungspillen? Ich tippe auf *Diazepam*, fünf Milligramm, oder – wenn es um Gundula deutlich schlimmer steht als ich denke – *Librium*, fünfundzwanzig Milligramm aufwärts. Als ob ihr ein Souffleur das Stichwort *Stress* zugeflüstert hätte, fängt Gundula an zu jammern: »Der Stress im Sender macht mich wirklich krank – und deshalb …« Ich habe den Vortrag schon ein paarmal gehört. Natürlich könnte ich zur Gegenoffensive blasen und sie zutexten. Aber mein mieses Tischtennis in der Rückrunde behalte ich für mich. Wer will das schon wissen? Stattdessen lausche ich ihr zum 93. Mal. Die Zeit für den stets gleichen Vortrag nimmt Gundula sich jedes Mal, wenn wir uns sehen: Sie ist fertig mit der Welt. Scheiß-Ex, kein Sex und dann noch dieser harte Job. »Ihr schafft mich noch!«, sagt sie dann immer, um mich im nächsten Moment anzufassen, an der Schulter, am Arm: »Aber du bist ein Guter, Hakiiim.« Das sagt sie jetzt auch wieder (schleim, schleim), bloß, damit ich nicht irgendwelche Fragen stelle. Die Illusion könnte platzen, die Sendung vorbereitet zu haben. Und dann müssten wir ja miteinander reden. Das kostet Zeit, und Zeit hat Gundula nicht, sie ist ja verabredet.

Kurz: Sie hat nichts kapiert von *Real Radio*, gar nichts. Aber vielleicht ist das nicht schlecht, sie wird es schon merken.

Sie redet immer noch, inzwischen noch etwas mehr mit sich selbst als mit mir, und schimpft auf den Drucker und warum da nichts rauskommt, »und diese Technik, die bringt mich noch um«. Ich gehe wortlos um ihren Schreib- zum Beistelltisch, auf dem der Drucker steht und mache den *HP* an. Das löst die nächste Wortflut aus: »Wer hat denn den Drucker ausgemacht, bestimmt dieser dämliche Praktikant, Tom oder wie der heißt, dem werde ich aber mal …«

Bitte, gern geschehen. Durchzug. Atemzug. Mir geht es gut.

Was mache ich hier in dieser Irrenanstalt? Ach ja: Geld. Geld? Nein, nicht mit einem Piloten. Hier geht es um mehr: Um meinen Neuanfang. Muss ticken.

»Alles im Lot?«, knallt uns plötzlich eine Frage in die Rücken, mit der wir nicht gerechnet haben, die aber sowieso keine Antwort duldet – Wachtberg.

»Klar! Wird 'ne schöne Sendung«, sagt Gundula und nickt.

Ich nicke.

Wachtberg nickt, wünscht Hals- und Beinbruch. Sagt, dass er morgen früh auch kommt, und rennt zufrieden den Flur hinunter in den Feierabend. Gundula stiert ihm hinterher, als ob sie ihm wirklich Hals- und Beinbruch wünscht, am besten gleich auf den Stufen im Treppenhaus.

Ich setze mich in den Drehstuhl gegenüber von Gundula. Hier sitzt sonst Andi, der gerade Urlaub hat. Der Sender findet das sehr kommunikativ, zwei Redakteure gegenüberzusetzen in einem Großraumbüro, das nur durch Plexiglasfronten in Zweierkabinen unterteilt ist. Und in diesen Zweierkabinen sitzen die Redakteure Tisch an Tisch und können sich den ganzen Tag anstarren – was sie natürlich nicht tun wollen und deswegen ersatzweise den Monitor zum Weggucken nehmen. Ich gucke nicht weg, sondern Gundula an. Schweigend. Gucke in den Krater: Ihre kräftigen, dunkelblonden Locken passen nicht mehr zu dieser Ruine, dem erstorbenen Glanz ihrer blauen Augen. Dabei war sie bestimmt mal ganz hübsch, vor gar nicht so langer Zeit. Das Leben hat sie müde gekämpft. Ich sehe, wie sie zappelt am Widerhaken ihres Jobs: Wie ein Abwehrspieler, der angreifen muss, um zu gewinnen, aber nicht kann.

17:48 Uhr: »Hier ist der Sendelaufplan, hier sind ein paar Unterlagen, der Waschzettel.« Alles in Klarsichthüllen, so wie ich es doch mag?

Ich nicke: »Ja, prima.«

Gundulas Date ist in greifbarer Nähe, sie scheint die letzten Energien aus ihrem Körper herauszupressen, um ihre Arbeit zu Ende zu bringen. Für heute. Bis morgen, wo alles von vorne beginnt.

»Ist dann jetzt alles klar?«, würgt sie sich eine letzte Frage über die Lippen, die sie eigentlich nicht stellen will, denn wenn ich Nein sage, müsste sie ja bleiben und ihr Date verschieben.

»Ja, alles klar, kein Problem.«

»Bis morgen früh!«

»So um sechs hier im Büro?«

»Ja, okay. Verdammt, wieder so früh raus. Tschüss.«

Und tschüss, Gundula! Ruhe kehrt ein, nachdem sie weg ist. Endlich allein. Ich merke, dass ich mich jetzt wieder auf die Sendung freuen kann. *Real Radio! Meine* Sendung! Das ist groß.

Moderieren wirkt auf mich wie die gute, nie alte *Marlboro*-Werbung: Ich fühle mich *frei* dabei. Ich erzähle, spiele mit der Stimme, den Nuancen, der Ironie; bilde mir ein, die Leute hörten mir richtig zu, so als hätte ich wirklich etwas zu sagen, statt nur den Übergang zwischen Musik und vorproduzierten Beiträgen zu liefern. Im Studio, hinter der Glasscheibe, hinter dem Mikro, da fühle ich mich richtig aufgehoben.

Die Vorbereitung, das ist normalerweise eine zähe Sache bei *Morgenstund*: Sechzehn Themen muss ich immer bearbeiten, für jede Stunde vier. Und auch wenn es nur Einsdreißig-Berichte sind, habe ich einiges Holz zu hacken. Da muss ich vom Politikerinterview zu Comedy zu Service zu sonst was hüpfen, wie ein guter Allroundspieler von Angriff zu Abwehr zu Block. Heute sitze ich nur da und denke: Ich muss den Kopf frei haben. Das ist alles. Den Kopf frei! Muss den Dreck der vergangenen Wochen an mir trocknen, dann abbröckeln lassen und den Rest kurz ausbürsten. Wieder Leidenschaft entwickeln. Darf mich nicht mehr in Frage stellen. Stattdessen: Ich will es!

Ich kann es!

Ich bin es!

Oh Mann, fehlt nur noch, dass ich mich zur Kamera drehe, werbewirksam lächelnd laut *Adidas* sage und dann der nächste Werbeclip startet …

Vielleicht schreibe ich mir doch ein paar Sätze auf für morgen früh? Ich brauche doch etwas, an dem ich mich festhalten kann, für die Begrüßung, für die Überleitungen, eine Idee, wie ich mich geben soll in der Sendung. *Total offen, bitte*, würde Bugs jetzt zum tausendsten Mal wiederholen … Ich schweife ab, sehe Simon und Charlie Arm in Arm, sich küssen. Noppen. Bugs Bunny hüpft durchs Bild. Simon und Charlotte, wie sie über mein Gedicht lachen, das ich nicht abgeschickt habe; aus ihrem Lachen wird Wachtbergs Lachen; *deine Chance, right*; Radiogeschichte schreiben. Özlem kommt nicht mehr, weil ich sie wegen eines ihrer Sprichwörter ausgelacht habe. Niemand kommt mehr … In meinem Kopf dreht sich alles, längst nicht im Schleudergang, aber doch gerade so schnell, dass alle Systeme blockieren.

Mir fällt nichts Gutes ein. Mein innerer Creative Art Director gönnt sich eine Pause.

Eine ganz schön lange.

Ich sitze gerne abends spät im Sender, wenn alle schon weg sind, bis in die Nacht hinein. Ich mache dann das Deckenlicht aus, die Tischlampe an und höre mich auf der Tastatur klackern und den Rechner summen wie eine müde Biene. Das ist meine Idylle. Das ist schön. Das ist meine einsame Insel.

Allein der Volltrottel vom Sicherheitsdienst, der immer nachts durchs Haus schlurft, nervt. Eigentlich sind alle ganz nett vom Sicherheitsdienst, das heißt, sie halten die Klappe. Aber der Volltrottel – Seitenscheitel, keine 30, Bauchansatz – quatscht mich immer mit »junger Mann« von hinten an, der Titscher, denn ich sitze mit dem Rücken zur Tür. Er hat eine hohe, kieksende Stimme, was irgendwie zu seinen abstehenden Ohren und knallroten Haaren passt. Aber auf dem Zweitageswochenendseminar *Wie werde ich Security-Mann* hat er wohl gelernt, dass eine tiefe, feste Stimme Autorität ausstrahlt. Sicher versucht er deshalb mit tiefer Stimme zu sprechen, was natürlich weniger autoritär als lächerlich klingt. Wenn das John Wayne noch erleben müsste …

»Sie wissen schon, dass der Schlüssel nach 22 Uhr am Wachhäuschen an der Garage abgegeben werden muss, oder? Ist Vorschrift.«

»Ja, klar.« Der junge Mann weiß, er macht das ja hier nicht erst seit gestern. Und der Trottel ist so erleichtert, dass er jedes Mal ganz vergisst, seine Stimme zu verstellen und ein seliges »Ja, dann, frohes Schaffen!« kieksend im dunklen Flur verschwindet.

Ich vertrödle die Zeit. Versuche mir klar zu machen, was Wachtberg erwartet. Ich gehe unser Gespräch durch. Schreibe irgendwas auf, spreche es mir laut vor, um den richtigen Ton für *Real Radio* zu finden. Lösche es wieder.

Irgendwann gegen elf beschließe ich, nach Hause zu gehen. Meinem inneren Creative Art Director gebe ich eine Galgenfrist. Wenn der noch öfter seinen Dienst verweigert, werde ich ihn gnadenlos feuern.

Die Großstadt in der Nacht: Der Menschensturm hat sich gelegt, die Autoschlangen haben sich in ihre Höhlen zurückgezogen, allein ihr Gift treibt noch durch die Straßenzüge. Nachts senkt sich der Puls der Großstadt von 180 auf 120, und da treffen wir uns, die Stadt und ich, heute Abend, denn mein Puls schießt gerade hoch von 60 auf 120, in dem Augenblick, in dem ich die Silhouetten eines grölenden Haufens auf mich zu kommen sehe. Ein Rudel Neonazis? Meine Beine werden schwer.

Ich grabe die Hände tiefer in die Po-Taschen. Gucke weg, in die Schaufenster. Und als sie ganz nah sind, höre ich heraus, dass es nur Fußball-Hooligans sind. Noch dazu welche, deren Mannschaft gewonnen hat, da denken sie gar nicht daran, so ein Würstchen wie mich zu verprügeln, um ihre Contenance wieder zu finden. Ich atme auf. Und irgendwie liebe ich die Großstadt in der Nacht für dieses neueste Angstbad, das sie mir verschafft. Angst ist so wirklich. Grundsätzlich. Unverrückbar. Angst muss auch in *Real Radio* rein. Nur wie …? Keine Idee.

Ich habe regelmäßig Angstbäder. Aus Schiss vor nächtlichen Kontrollen in der Straßenbahn, vor Dieben, Gelegenheitsmördern oder sonst wem. Natürlich sehe ich meistens, wenn die Grüppchen nah genug bei mir sind, dass es nur besoffene Teenies sind, die glauben, aus ihrem Arsch scheint die Sonne (und für diese Nacht tut sie es vielleicht tatsächlich, aber wissen werden das alle aus diesem Grüppchen erst in zehn Jahren); die Putzkolonnen, die das vernichten, was der Menschensturm übrig gelassen hat; die heimatlosen Nachtschwärmer, die sich an den Lichtern der Stadt, die nie ausgehen, ihr Gemüt wärmen. Natürlich sind sie alle harmlos. Nicht wie die drei Typen, die mich überfallen haben, vor vier Jahren.

Es war nichts Großes: Der eine Typ – winzig, fahrig, mit nervös zuckenden Pupillen – hielt mir routiniert seine Pistole an die Kehle und sagte: »Geld!« Wenn einen gleichzeitig zwei andere Typen – der eine groß, bullig, regungslos, der andere schmal und drahtig – in einer Gasse an die Wand quetschen wie ein durchgekautes Kaugummi unter einen Schultisch, ist die etwas rudimentäre Formulierung »Geld!« eine relativ klare Ansage, die eine ebenso klare Reaktion erfordert: das kommentarlose Aushändigen. Das entscheidende Wort an dieser Stelle ist *kommentarlos*, das erfuhr ich damals – denn als ich entschuldigend erwähnen wollte, dass die Beute zu meiner Schande leider klein sein wird, nur fünfzig Mark (damals, als es die Mark noch gab), handelte ich mir einen gekonnten Schlag in den Magen ein. Als wäre es nun überhaupt noch nötig gewesen, sorgten die drei auch gleich noch dafür, dass ich Kommentare jeder Art unterließ: Der Fahrige richtete meinen gekrümmten Körper wieder auf, indem er mir den Lauf seiner Knarre oral einführte und nach oben drückte. Ich sollte erst am nächsten Morgen feststellen, dass er das nicht besonders pfleglich getan hatte, ein Stückchen eines Schneidezahns war abgebrochen.

Der Überfall verlief ohne weitere Höhepunkte. Ich wollte zwar noch so etwas sagen wie: *Geld allein macht nicht glücklich*, oder: *Es gibt Dinge, die kann man nicht kaufen. Für alle anderen gibt's Eurocard.* – aber da die Jungs ein bisschen unentspannt waren und ich meine Zähne gerne behalten wollte, sparte ich mir den Text und ließ den *Eurocard*-Werbespot nur auf meiner inneren Leinwand ablaufen, als Stummfilm. Die magere Ausbeute, die fünfzig Mark in meinem Portemonnaie, waren dem Fahrigen schließlich noch einen Schlag in meinen Magen wert, der mich auf den Asphalt beförderte. Dann verschwanden sie so schnell, wie sie gekommen waren. Als ich wieder auf die Beine kam, fand ich ein paar Schritte weiter mein Portemonnaie mit den Papieren – nett, oder? – und torkelte nach Hause.

Jetzt mal ehrlich: Einmal in fünfzehn Jahren ist das passiert – und dafür habe ich mir unzählige Nächte voller Spannung erkauft. Voll der Spannung, dass ein solcher Überfall passieren *könnte*. Es mag sich komisch anhören, aber es ist so: Ich liebe die Großstadt für dieses nächtliche Angstbad, ab und an.

Heute Nacht, auf dem Weg vom Sender zu meiner Wohnung, bleibt es beim Angstbad, die kalte Dusche eines Überfalls brauche ich nicht zu nehmen. Trotzdem werde ich beschossen, mit Salven meiner inneren Stimme, die den ganzen Weg lang spricht. Einfache, sich wiederholende Sätze, monoton wie Sprechgesang aus einem kurz und klein geschnittenen, zerhackten Musikvideo: *Real Radio, jetzt wird alles besser, alles besser, Hakim. Vertrau mir! Alles besser. Real Radio. Morgen schon alles besser. Vertrau mir! Vertrau dir! Vergiss den Dreck. Vergiss den Druck. Real Radio wird ticken. Alles besser. Real!*

Zu Hause geht alles ganz schnell: Nachdem ich meinen Wecker gestellt habe, falle ich ohne Umwege ins Bett und in komatösen Tiefschlaf. Dass ich den Wecker gestellt habe, hindert mich aber nicht daran, meinen gewohnten Moderatoren-Alptraum zu träumen: Ich verschlafe. Ausgerechnet bei meiner Sendung: Ich verschlafe, obwohl ich die Weckfunktion meiner Armbanduhr, meines Handys und meines richtigen Weckers eingeschaltet habe, ganz zu schweigen vom Lockruf der Redaktion für Moderatoren, die zur verabredeten Zeit nicht im Sender erscheinen. Den wird es ja auch in einer Probesendung geben, oder? All das höre ich im Traum nicht, meine innere Uhr versagt grandios. Ich schlafe und schlafe und bekomme mich nicht wach. Gundula muss für mich moderieren, *Real Radio* mit Gundula – exklusiv zum Mitschweigen, sie hat für ihre Verhältnisse ja in der Vorbereitung schon für drei Tage gelabert, da kann nicht mehr viel kommen. Wachtberg darf mich dann zusammenstauchen wie einen Praktikanten, der keinen Kaffee kochen kann. Und genau in dem Moment, in dem Wachtberg in einem cholerischen Anfall brüllt: »Soll ich dich wieder an die Hotline setzen, Junge?«, wache ich endlich auf, in panischer Angst, tatsächlich verschlafen zu haben und zum Hotliner degradiert zu werden. Ein schneller Blick auf meinen Wecker: Die Ziffern Null-Vier-Eins-Zwei leuchten mir in Rot entgegen. 4 Uhr 12. Noch eine Stunde Zeit bis zum Aufstehen. Zeit zum Träumen … Aus dem Wecker neben meinem Bett wird eine Leuchtreklame in meinem Kopf: *Real Radio! Real Radio!* So blinkt es mich an. *Real Radio! Dauerwerbesendung. Don't go away.*

12

✪ Falsche Angabe ✪

Der erste Kaffee schmeckt verdammt bitter. Dafür habe ich die moderationsmorgendlichen Panikattacken hinter mir gelassen. Ich musste allerdings zu meiner Tischtennis-Spezialmeditation greifen. Zuerst war es mir etwas peinlich, zu der Uhrzeit, um halb sechs Uhr morgens – das Haus ist hellhörig, wenn ich die Nachbarn geweckt hätte, ja, dann gute Nacht. Aber ich habe keinen Mucks von ihnen gehört. Ich war so leise wie möglich, habe dabei meine Ruhe gefunden. Hat nur fünf Minuten gedauert. Und das ist, was zählt: Hakims Spezialmeditation hat gewirkt. Die Dauerwerbesendung ist nicht mehr on air. Ich bin nicht mehr nervös.

Ich trete hinaus in den Tag und mache mich gelassen auf den Weg zum Sender. Der Morgen ist kühl und frisch. Über der Stadt hängt der Mantel der Nacht, aus dem Regentropfen fallen. Plitschplatsch nass. Ich klappe den Kragen meiner Jacke hoch, ziehe den Hals ein, so gut es geht, und ärgere mich kurz, dass ich nicht an einen Schirm gedacht habe. Bin zu faul, wieder zurückzugehen. Also stecke ich meine Hände wie immer in meine Jeans und gehe ohne Schirm durch den leichten Regen.

So früh morgens wirkt jede Regung und Bewegung behutsam, wie in Zeitlupe. Und wie in Zeitlupe sehe ich alles ganz genau: Den Vorübereilenden sehe ich so, nicht dahingekleckst wie am Tag. Höre das Klackern zweier hoher Absätze, schräg hinter mir, wie sie ihre einfache Melodie spielen. Ton für Ton kann ich ihr folgen. Bald werden diese Töne im Klangsumpf untergehen, wie die müden Stimmen der Müllmänner, die auf ihrer nächtlichen Tour fast in der Fußgängerzone angekommen sind und wie von

Geisterhand gelenkt verschwinden, wenn die Stadt sich aus ihrem Dämmerzustand erhebt.

Ich gehe genau auf einen Mann zu, der an einer Straßenbahnhaltestelle unter der Überdachung auf einer dieser Plastikschalen sitzt. Links in der Haltestelle ist eine Leuchtreklame angebracht, die ihm trübes Licht spendet. Er hat seinen Kragen hoch- und die Beine übereinander geschlagen, sich über ein Buch gekauert, das auf seinem Oberschenkel ruht. Damit er die Seiten noch lesen kann, hat er seinen ganzen Körper nach links gebogen, zur Leuchtreklame hin, und seinen Kopf vorgestreckt, weil das Licht kaum reicht. So sitzt er da, rührt sich nicht, wie hypnotisiert. Was er wohl liest in dieser Schieflage? Ich gehe noch immer genau auf ihn zu – und als ich recht nah an der Haltestelle bin, höre ich, wie der Regen auf das Dach der Haltestelle trommelt, wie er in Pfützen platscht, in der Abwasserrinne gluckert und im Gulli verschwindet. Im Hintergrund immer noch die Absätze, unterlegt vom Brummen der Müllmänner.

Jetzt regt sich der Leser, holt aus dem Buch einen kleinen Zettel, den er wohl als Lesezeichen benutzt, zückt einen Stift und beginnt, sich Notizen zu machen. Ein letzter Schritt, bevor ich meine Richtung korrigieren und an der Haltestelle vorbei muss, in die Fußgängerzone hinein, zum Sender. In diesem Moment blickt der Mann hoch, versunken, und ein Lächeln spielt um seinen Mund, der die Gedanken des Lesenden vornehm für sich behält.

»Ich hab noch mal 'ne Nacht drüber geschlafen, und ich hab noch ein paar kleine Änderungen, mein Junge.«

Das ist Wachtbergs Begrüßung, als ich durchnässt vom Regen in Gundulas Büro komme, wo die beiden schon auf mich warten. Toller Empfang. Kein: *Oh, du bist in den Regen gekommen?,* oder: *Lass uns doch mal gemeinsam überlegen, ob …,* oder: *Was hältst du von der Idee, dass …,* geschweige denn ein einfaches: *Guten Morgen.* Gundula sitzt an ihrem Computer, glotzt in den Monitor und hält den Mund. Keine Rückendeckung für mich. (Notiz: Wenn es drauf ankommt, nie Rückendeckung von Gundula.)

»Hmm, ja, welche denn?« Ich rubbele mir durch die nassen Haare.

»Wir werden uns das interaktive Element ganz ausgeprägt anschauen, ja. Das heißt, du kriegst mehr Anrufer in die Sendung als geplant und musst mit denen klarkommen. Das bringt auch mehr Drive. Den Bericht, den du vorbereitet hast, lassen wir dafür raus. Aber das Wichtigste ist mir, dass du mir …«

« … meine totale Offenheit im Gespräch beweise?«

»So ist es, Junge. So ist es. Ist doch kein Problem?«

»Kein Problem.« Das mit der Offenheit ist das Prinzip der Sendung, Wachtberg!

»Das ist die richtige Einstellung. Immer flexibel sein. Right? Außerdem mussten wir das Studio an *Morgenstund* abgeben, die haben aktuelle Produktionen. Aber wir ziehen das durch. Du bist in der Einzelzelle, Gundula in der Regie, ich auch, ich mache die Technik, wenn du nichts dagegen hast. In der Einzelzelle kannst du ja die Sendung nicht selber fahren, außerdem soll das ja bei deinem Konzept nicht so sein, dass du dich on top auch noch um die Technik kümmerst wie in der normalen Sendung. Ich werde auch nicht reinquatschen. Versprochen!«

»Ah.«

Mehr bringe ich nicht hervor bei Wachtbergs Wortschwall, der mich wie schon gestern ins Einsilbige treibt. Ich merke, dass ich gehorche, obwohl es mir widerstrebt. Und je mehr ich gehorche, umso mehr diktiert Wachtberg. Ich begreife das, aber den Mund bekomme ich nicht auf. Stattdessen gehe ich auf die Toilette und trockne mich ab.

Die Einzelzelle. So nennen wir im Sender eine grausame Sprecherkabine: vier schallisolierte Wände, vier bekackte Quadratmeter, keine Fenster. Kabelsalat, zwei Boxen, ein Drehstuhl, ein Tisch, auf dem Tisch zwei Telefone, ein Mikro, ein Kopfhörer, ein Gelb- und Rotlicht sowie Kommandotasten, um mit der Regie nebenan sprechen zu können. Wenigstens das, wenn man die Leute in der Regie schon nicht sehen kann. Die Einzelzelle steht bei Hausführungen übrigens nicht auf dem Programm.

Zehn vor sieben. Ich habe schon lange nicht mehr hier in der Einzelzelle gesessen, aber jetzt merke ich erst, wie bedrückend dieser Raum ist, stickig und heiß; vor meiner Nase steht ein überfüllter Aschenbecher, der wahrscheinlich älter als einen Tag ist. Mit Özlem wär das nicht passiert.

Ich kann nicht genau sagen, ob ich aufgeregt bin oder nur gespannt. Ob ich mich freue, hier zu sitzen oder ob ich lieber im Bett liegen würde. Keine Zeit nachzudenken. In zehn Minuten geht es los, *Real Radio* in zehn Minuten!

Tischtennislehre, Teil 5: Wettkampfverhalten

Zehn Minuten sind in der Miniaturwelt des Pingpongs eine Ewigkeit. Schließlich kann ein Einzel in zehn Minuten vorbei sein. Man kann die entscheidenden Punkte innerhalb von 30 Sekunden abgeben. Ja, wenn du nicht hellwach bist, kannst du sogar in drei Sekunden verlieren – durch einen einzigen faulen Zauber.

Wettkämpfe im Tischtennis sind Treffen von Zauberern oder solchen, die es werden wollen. Frischkleben ist der Vorzauber. Aber nur wenige beherrschen die hohe Kunst des Pingpongs so gut, als dass sie auf faulen Zauber und schwarze Magie verzichten könnten. Das gilt insbesondere für Spieler der fünften Liga abwärts.

Zum Beispiel der, der sich die Schuhe auszieht. Ich kenne den Typen von Turnieren, keine Ahnung wie er heißt. Wenn es knapp wird, zieht dieser Typ sich die Schuhe und Socken aus und spielt barfuß, nur, um den Gegner aus dem Konzept zu bringen. Was soll ich sagen? Dieser Zauber funktioniert öfter als man denkt. Ich habe es mit eigenen Augen gesehen. Wenn es um den

Sieg geht, ist kein Mittel unfair. Aber da man im Tischtennis nicht foulen, grätschen oder den Schiedsrichter bestechen kann, bleiben nur diese subtilen Psychonummern. Dazu kommt, dass man seinem Gegner ziemlich nah ist (im Gegensatz zum Tennis), ohne ihn zu berühren (im Gegensatz zu Fußball oder Basketball). Diese distanzierte Nähe kann einen wahnsinnig machen: Jeden Gesichtsmuskel beobachten zu können und jede Regung seines Körpers, seine Bewegungen zu studieren (geschmeidig oder grob?), seine Eigenarten (Wie ist sein Rhythmus? Worüber ärgert er sich?), seine Vorlieben (Vorhand oder Rückhand? Offensiv oder defensiv?); all das nimmt man in kürzester Zeit aus nächster Nähe wahr, aus zwei Metern Entfernung, sich nur mit den Augen berührend.

Simon ist ein Meister der psychologischen Kriegsführung. Seine Masche sieht so aus: Er spielt extra schlecht. Er macht keine Aufschläge, sondern Einwürfe und spielt nur Abwehr, obwohl er doch Angreifer ist und gar nicht Abwehr spielen kann; und schon fühlt sich sein Gegner nicht ernst genommen und fragt sich warum und verschlägt einen Ball und ärgert sich und verschlägt noch einen und will ernst genommen werden und verschlägt noch einen und will sich beweisen und verkrampft und verschlägt noch einen. Und dann spielt Simon wieder normal, und die Partie ist schnell beendet.

Wenn Noppen-Norbert gerade nicht *tschuut*, sagt er zu jedem Punkt seines Gegners »schöner Ball«; auch diese Magie der Höflichkeit kann einen Gegner mürbe machen. Zumindest in der Kreisklasse, wo die Spieler (die meisten jedenfalls) wissen, dass sie selten wirklich schöne Punkte herausspielen. Erfolgreich auch: Alles ganz langsam machen. Das hat Pavel drauf, wenn er mal in Schwierigkeiten ist. Den Ball holen; sich für den Aufschlag hinstellen; den Ball auftropfen; ihn noch mal abtrocknen; die Schweißtropfen vom Tisch wischen; die Socken hochziehen; tief durchatmen; den Gegner anschauen; unschuldig lächeln; und so weiter und so weiter. Alles in Superzeitlupe, bei jedem Punkt wieder von vorne, bis der Ball im Spiel ist – und dann explodieren.

Dagegen ist mein Zauber an einem guten Tag ziemlich simpel: Ich streife Waldners Zaubergewand über. Ich imitiere ihn; das heißt, ich versuche stoisch, keine Miene zu verziehen. Egal, was passiert. Egal, wie es steht. Egal, ob die Halle zusammenstürzt oder ob ich sofort sterben möchte, weil ich grottig spiele.

An einem schlechten Tag bin ich im Wettkampf aber nicht ich selbst und auch nicht Waldner. Meine Vernunft wird ausgehebelt, und meine übersensible Tischtennispersönlichkeit tritt hervor. Ein Husten in der Halle? »Ruhe bitte.« Ein Baby schreit? »Wir sind hier nicht auf dem Spielplatz.« Die Mitspieler quatschen? »Quatschen könnt ihr auch draußen.« Meine Vorhand kommt nicht? »Verdammt, ich brauche neue Beläge!« Mein Gegner versucht Mätzchen? »Ananı sikiyim, sersem herif.«

Natürlich versuche ich solche Auftritte zu verhindern, und zwar durch intensive Vorbereitung des Wettkampfs – das Einzige, was ich samstags vor den Punktspielen in Ruhe machen kann, ist Tennis gucken. Stundenlang. Das träge Hin und Her, das hat schon was Meditatives. Eine Zeit lang habe ich mir vor den Spielen Tischtennisvideos angeguckt, aber das hatte den Nebeneffekt, dass ich die Schläge der Topspieler gleich mal in der fünften Liga ausprobieren wollte – und dann war ich schnell bei türkischen Flüchen. So kam ich zum Tennis. Das läuft immer im Fernsehen, ist also verlässlich da, und lenkt mich nicht ab. Und ich will nicht abgelenkt werden, ich will so kurz vor dem Spiel volle Konzentration. Konzen.

Während der Phase *Tasche packen-Anfahrt-Einspielen* versetze ich mich in Trance, denn in Trance zaubert es sich besser. Ich meine, man muss dabei nicht gucken wie David Copperfield.

Zehn Minuten vor dem ersten Schlag verdichtet sich diese Atmosphäre. Das beginnt damit, dass ich noch mal aufs Klo gehe. Mein Einspieltrikot aus- und mein Vereinstrikot anziehe. Gucke, gegen wen ich spiele, wenn ich meine Gegner nicht sowieso schon kenne. Beginne, mich noch mehr zu konzentrieren. *Sei eins mit dem Ball. Sei eins mit dem Ball. Seieinsmitdemball …* Wenn man das nicht ist, hat man keine Chance. Denn: Man kann beim Tischtennis in 30 Sekunden ein ganzes Spiel verlieren. In der Zeit machen Tennisspieler noch nicht mal einen Aufschlag. Das ist der Punkt.

Gleich geht es los. *Real Radio.* Ich muss jetzt voll da sein. Seieinsmitdemball. Volle Konzentration. Locker machen, Armkreisen, Kopfkreisen, Fußkreisen, Hände ausschütteln. Konzen. Hier gibt es keinen faulen Zauber. Das ist gut so. Kein Pingpong, keine schlechte Bilanz, sondern nur meine Chance. Konzen auf *Real Radio.*

Ich gieße mir ein Glas Wasser ein. Beim Moderieren brauche ich immer etwas zu trinken. Ich nippe nur kurz daran, um meine Stimme zu ölen. Das reicht. Ich setze den Kopfhörer auf, über den ich das aktuelle Programm höre, *Morgenstund.* Ich sitze einfach da und höre zu. Wie die erste Stunde von *Morgenstund* zu Ende geht, wie der Nachrichtensprecher anfängt.

Ich frage mich: Wieso schalten die mir den Ton der gerade laufenden Sendung rein? Halten die mich für so einen Anfänger, der erst mal irgendeinen Nachrichtensprecher braucht, um sich auf die Aufnahme einzustimmen?

Ich höre, wie meine innere Stimme auf mich einredet, ohne dass ich ein Wort erfassen kann. Wie die Chemie in mir brodelt. Wie ich versuche, ruhig zu atmen, aus dem Zwerchfell. Wie die Leitung knackt und Wachtberg sagt: »Ach, Junge, eins hab ich ganz verschwitzt. Ich hab noch auf dem Namen der Sendung rumgedacht. Wir nennen die Sendung nicht *Real Radio,* das raffen unsere Hörer nicht, das ist zu abgehoben. Wir nennen es einfach *Hakim hilft! Der Talk Talk.* Mit Ausrufungszeichen nach dem ›hilft‹. Damit teasen wir. Es ist nicht mehr nur Talk, sondern *Talk Talk* – verstehst du, *Talk Talk?*«

Es knackt wieder, Wachtberg hat die Kommandotaste losgelassen. Der Nachrichtensprecher ist wieder in meinem Ohr. Und dann gibt es noch ein anderes Geräusch: Ein Ächzen, das wohl aus mir kommen muss.

Noch ein Knacken: »Hast du doch nichts dagegen, gegen diesen Namen, ja? Wir müssen personalisieren – und, Junge, so viele Moderatoren gibt es nicht, nach denen Sendungen benannt werden.« Knacken, der Nachrichtensprecher, ein Stöhnen.

Noch mal Wachtberg: »Okay, du bist nicht begeistert, aber wir ziehen es jetzt so durch, ich habe extra noch zwei Jingles produzieren lassen – und da heißt die Sendung *Hakim hilft!* Right?« Knacken, Nachrichtensprecher, nichts.

Dieses *right*, ekelig. Aber er sagt es, weil er weiß, dass er mit den Jingles Tatsachen geschaffen hat, gegen die ich nichts mehr ausrichten kann. Wachtberg ist mir einen Schritt voraus. *Hakim hilft*? Hakim Scheiße! Ich meine – Entschuldigung! – was ist das für ein Titel? Mach ich hier den *Domian* für Frühaufsteher? *Hakim hilft!* – Wie: *Himmel, hilf*? Bullshit!

Was zieht Wachtberg hier ab? Bugs Quarkauge Wachtberg, die Wurst! Ich ahne, dass mir die Felle davonschwimmen, dass ich dagegenhalten muss. Aber der Nachrichtensprecher ist fast beim Wetter. Es gibt kein Zurück.

Ich drücke die Kommandotaste: »Wir können es ja erst mal so nennen, Chef. Ist ja noch nicht on air.«

»So ist's brav, mein Junge. Und jetzt gib Gas, das ist deine Show. Tu, was du für richtig hältst. Mit Drive, ja. Ich geb dir den Persilschein. Und wir machen jetzt Funkstille. Toitoi.«

Funkstille?

Warum Funkstille?

Was macht Wachtberg? Das ist absolut gegen mein Konzept! Was soll das? Keine Zeit nachzudenken. *Just do it.* Der Jingle läuft schon. Ziemlich schrill, ziemlich laut, mit einer Explosion im Hintergrund. Und gleich mit dem Hinweis, dass die Leute anrufen sollen, um direkt mit mir zu sprechen. Was soll der Schwachsinn? Kann da jetzt nicht drauf eingehen. Kann nur die Begrüßung nehmen, die ich mir gestern Abend für *Real Radio* geschrieben habe.

»Schönen guten Morgen. Hier ist Hakim Kahraman. Willkommen in einer neuen Radiowelt. So wie heute haben Sie noch nie Radio gehört. Ich bin für Sie da. Sie auch für mich?«

Ziemlich schwach die letzten drei Sätze, aber ich habe sie dann doch improvisiert, um dieser *Talk-Talk*-Nummer gerecht zu werden. Und Freestyle am Mikro ist nicht meine Stärke. Ich gehöre zu denen, die am besten alles auf dem Papier haben. Aber wie heißt es so schön bei uns Radiomenschen: Das versendet sich. Zumal auch schon die erste Musik läuft, *Butterfly* von Crazy Town. Das spielen wir jetzt wieder; mit etwas Abstand packt unsere Musikredaktion ältere Hits wieder ins Programm. *Butterfly* – wie die Tischtennismarke. Vor den Noppen hatte ich immer *Sriver* auf der Rückhand. *Sriver-L* von *Butterfly,* schwarz mit 2,1 Millimeter Schwamm. Verdammt! Ich drifte schon wieder ab, zum Tischtennis. Konzen! Auf die Sendung! Sonst geht gar nichts.

Wachtberg hat mich echt überfahren mit dem neuen, völlig bekackten Namen. *Hakim hilft! Der Talk Talk.* Na ja, ist kein Drama, ist nur der Pilot. Er hätte mich trotzdem mal fragen können, Bugs, die Wurst. Aber jetzt ist es so gelaufen. Muss nach vorne gucken! Was sehe ich da? Bäh, den überquellenden Aschenbecher direkt vor mir, der über Nacht – über Nächte, Wochen, Monate – den fiesen Geruch von kaltem Rauch in die Wände der Einzelzelle eingraviert hat. *You're my butterfly, sugarbaby.*

Also erst mal gemütlich machen, so gemütlich es eben geht in der Einzelzelle: Ich stelle den Aschenbecher in die Ecke, damit der Duft der Zigarettenstummel mir nicht auf den leeren Magen schlägt. So ist es besser, so habe ich auch ein wenig Platz rund ums Mikro. Versuche, mich zu konzentrieren. Stehe noch mal auf, kreise mit den Armen, knete meine Wangen, schlage ein paar Vorhandtopspins durch die stehende Studioluft und setze mich wieder – das ist mein Moderatorenaufwärmprogramm.

Meine Chance.
Nutzen.
Konzentrieren.
Konzen!
Alles andere ausblenden.
Aus.
Und Wachtberg kann mich mal.
Ein Schluck Wasser. Das tut gut.
In dem Moment, in dem ich das Glas absetze, schellt eines der beiden Telefone vor mir. Gleichzeitig bekomme ich Gelblicht aus der Regie, das heißt, Wachtberg drückt einen Knopf, die gelbe Lampe vor mir leuchtet – und ich bin vorgewarnt, dass ich gleich auf Sendung bin. Sobald ich abhebe, wird der Testanrufer direkt aufgeschaltet. Wahrscheinlich einer von den Praktikanten. Vielleicht der, den ich gestern umgerannt habe. Theo? Kann keinen Kaffee kochen, aber kommt sicher freiwillig so früh morgens in den Sender, weil Wachtberg ihm versprochen hat, dass er dann an einem karrierefördernden Projekt mitarbeiten darf. Irgendein Titscher, der denkt, er kann sich hier jetzt profilieren. Wird es mir wahrscheinlich schwer machen wollen. Mein Hals schnürt sich zu. Blut schießt mir in den Kopf. Nippe noch mal hastig am Glas, nestle am Kragen meines Pullovers. Jetzt oder nie. Ich sehe Dirty Harry (Clint Eastwood): *Na komm schon. Make my day!*
Harry lässt mich grimmig lächeln.
Ich hebe ab.
Die Musik wird leiser.
Rotlicht.
Ich öffne den Mund.
»*Hakim hilft*, hier ist Hakim – mit wem talk talke ich?«
»Hier ist Kim. Bin ich in der Sendung?«
Eine Praktikantin also.
»Ja, Kim, das bist du. Schönen guten Morgen. Hier ist Hakim. Worum geht's?«
Sie hysterisch: »Hiiiiiiii!«

»Danke, Kim, jetzt sind alle wach, die uns zuhören, und ich muss nachher zum Ohrenarzt. Haha.«

»Ich weiß nicht … ich wollte … will sagen, dass …«

»Es ist früh am Morgen, lass dir ruhig Zeit.«

»Ich wollte einfach nur den tollsten, wunderbarsten, liebevollsten Mann grüßen, der am Wochenende wieder zu mir kommen wird. Vielleicht schon heute Abend, oder morgen früh, am Samstag. Michael, ich vermisse dich schon und freue mich wahnsinnig auf dich. Und ich weiß, dass er immer euren Sender hört.«

Jetzt stellen die mir als Erstes so eine Liebesgruß- und Kusstante in die Sendung? Na gut. Dann aber auch richtig. Totale Offenheit!

»Und dieser Michael, der ist sicherlich auch der Schönste, oder?«

»Oh ja, auf jeden Fall. Groß, breite Schultern, blonde Haare, blaue Augen, eine kleine, süße Narbe auf der Wange … ein Knackarsch, wenn ich das sagen darf.«

»Klar: Knackarsch, darunter kann ich mir was vorstellen. Wenn ich dich so höre, der gute Michael, der ist also deine große Liebe?«

»Ja. Weißt du, Hakim, ich bin jetzt 34 – und ich hatte echt 'ne Menge Typen, ich sehe ganz gut aus …«

»Natürlich tust du das!«

« … und seit ich sechzehn bin, hatte ich die freie Auswahl, weißt du. Und Michael ist einfach der Oberhammer.«

»Auch im … na ja, Kim, du weißt schon, auch im Bett?«

»Jaha, auch da. Gerade da!«

»Okay, genauer wollte ich es gar nicht wissen. Aber … ihr seht euch nur am Wochenende, hab ich das richtig verstanden?«

»Ja, leider, er hat so 'nen Vertreterjob und ist nur unterwegs, viel in Hotels. Aber er ruft mich jeden Abend kurz an. So ein Süßer ist das.«

»Na wunderbar. Das heißt, du bist dir sicher, dass er dir … du weißt schon … auch treu ist?«

»Auf jeden Fall. Ich lebe für ihn und er für mich … Das sagen wir uns immer so. Oooh, ich verrate so viel. Aber wenn man so verliebt ist …«

Plötzlich klingelt das zweite Telefon. Ich zucke zusammen, weil ich überhaupt nicht damit gerechnet habe. Okay, sie wollen testen, ob ich auch mit zwei Hörern auf dem Sender klarkomme. Totale Offenheit.

»Einen Moment, Kim, da ist noch ein Anrufer. *Hakim hilft* – hier ist –« Weiter komme ich nicht.

Eine Frau: »Sag dieser Schlampe, sie soll die Finger von ihm lassen! Sie soll ihre verdammten Fickfinger von ihm lassen! Michi gehört mir! Sie soll sich da nicht reindrängen. Kim, du Schlampe, wo immer du bist, lass Michi in Ruhe! Ich mach dich fertig, wenn ich dich finde.«

Kurz vor der Verabredung zum Schlammcatchen gehe ich dazwischen: »Momentmomentmoment, wer ist da überhaupt in der Leitung?«

»Das spielt keine Rolle, du kannst mich Susanne nennen, wenn es dich glücklich macht, Kleiner. Ich sag doch hier nicht meinen Namen über'n Radiosender und mach mich zum Gespött. Schlimm genug, dass die Schlampe meinen Typen …«

»Susanne, halt, brrr, Moment. Woher weißt du so genau, dass Michi *dein* Typ ist?«

»Warum? Warum fragst du? Weil ich den gottverdammten Hurensohn vor elf Jahren geheiratet habe.« Bei *geheiratet habe* überschlägt sich ihre Stimme und endet in einem Schluchzen.

Kim: »Sie lügt, Hakim, sie lügt! Glaub ihr kein Wort. Mein Michael ist nicht verheiratet. Er kann nicht verheiratet sein. Er kann nicht …«

Ich: »Susanne, woher bist du dir sicher, dass Kims Michael auch dein Michi ist?«

Schluchzen, schnäuzen. »Die Beschreibung passt genau auf ihn.«

»Aber hör mal, Susanne, groß, breite Schultern, blond – das können doch viele sein?«

»Und die Narbe.«

»Aber Narben haben auch viele Typen.«

»Und dieser Satz.«

»Welcher Satz?«, frage ich.

»Welcher Satz?«, fragt Kim.

»Ich lebe für dich … und du für mich. Das … das sagen wir uns seit der … Hochzeitsnacht. Oh, dieses miese Schwein. Dieses Arschloch. Unsere beiden Kinder …« Weinen. Ich höre ihre Tränen.

Kim, leise, auf Dauerwiederholung: »Das kann nicht sein, das ist falsch, das kann nicht sein, sie lügt.« Wie ein Gebet klingt das … sehr schön vorgetragen. Ich darf nicht vergessen: Ist ja alles gelogen, nur für meine Probesendung, für meinen Piloten.

Was für eine Geschichte, erst ganz harmlos und dann furios; erst Liebesgrüße, dann die heimliche Geliebte. Ich lasse die beiden einfach drei, vier Sekunden weinen. Echte Gefühle, wenn es nicht erstunken und erlogen wäre. Wie bewegend. *Nichts bewegt Sie wie ein Citroën.* Ich muss grinsen und frage: »Und was jetzt?«

Kim: »Hör mal zu, Schätzchen, es ist mir scheißegal, ob ihr verheiratet seid oder nicht. Er kommt zu mir. Jedes Wochenende! Jedes Wochenende! Hörst du das, Schätzchen? Warum kommt er wohl zu mir? Hä? Weil er es bei dir so toll hat? Bei euch läuft doch bestimmt nichts im Bett, oder? Aber ich … ich bin Frischfleisch. Bei mir hat er die freie Auswahl. Hörst du, du alte Kuh, hörst du das?«

Gekeife, Gekreische, er gehört mir, nein mir. *Er ist cremig … fruchtig … cremig!* »Okay, Kim und Susanne: Ruft an, wenn ihr euch geeinigt habt. Danke – ihr wart großartig.« Ich knalle die Hörer auf, die nächste Musik beginnt. »Und an alle da draußen: Bleibt dran, wenn ihr mehr über das wahre Leben erfahren wollt!«

Okay, gutes Ende.

Ich merke, dass ich etwas schwitze nach diesem ersten Akt in diesem engen Kabuff. Nippe am Wasserglas, hänge die Hörer wieder ein und möchte mit Wachtberg sprechen. Was sollen so absurde Fakes? Das hat nichts mit meiner Idee zu tun. In *Real Radio* sollten die Leute zu bestimmten Themen anrufen, um mitzureden in der Sendung. Nicht irgendwelche wild gewordenen Leute! Aber ich … ich darf nicht zu soft daherkommen.

Wenn ich jetzt die Kommandotaste drücke, müsste das, was ich sage, direkt über den Sender gehen, ganz egal, ob die Musik läuft – nach meinem Konzept. Aber davon ist ja nicht so viel übrig geblieben.

Ich drücke kurz die Kommandotaste, um zu schauen, ob ich Rotlicht bekomme; nichts passiert, kein Rotlicht. Drücke noch mal und sage zu Wachtberg und Gundula: »War ja ein netter Einstieg. Ein bisschen hysterisch, aber da habt ihr euch wirklich was Nettes einfallen lassen.« Ich lache verlegen ins Mikro. Niemand antwortet. Also lasse ich die Kommandotaste los.

Bugs will mich stressen, will sehen, wie meine Instinkte sind als Moderator. Okay, das ist sein gutes Recht. Er lässt sich ja auch auf etwas ein mit *Real Radio*. (Notiz, nicht fürs weitere Leben, sondern gleich nach dieser Probe: Es muss später einfach *Real Radio* heißen, *Hakim hilft! Der Talk Talk* – peinlicher geht es ja kaum.)

Totale Offenheit. Das hier ist meine Chance. Das Rad dreht sich, ich kann es nicht aufhalten. Ich *will* es nicht aufhalten. Und ich will einen Erfolg. Ich will einen verdammten Erfolg. Ich darf jetzt nicht das Blocken anfangen. Strategie: Die Nummer hier nicht so ernst nehmen, aber liefern, was Wachtberg verlangt. Ein bisschen Hausfrauen-Talk-Talk, locker-flockig. Das ist es. Right. Kein Problem.

Die Musik wird leiser. Wieder klingelt das Telefon. »Hier ist *Hakim hilft! Der Talk Talk*. Schönen guten Morgen.«

»Ich bringe ihn um!« Eine wütende, tierische Männerstimme, unbeherrscht, grausam. Ich bin überrascht. Ich sehe den Amokläufer D-Fens (Michael Douglas) mit der zersplitterten Brille in *Falling Down*.

»Bitte?«

»Ich gehe jetzt da raus und lege meinen verdammten Chef um.«

Ich muss lachen und pruste direkt ins Mikro. Ist mir egal! Oh, Bugs, du Wurst! Dich nehme ich auch nicht mehr ernst.

»Jetzt mal ganz ruhig. Du willst deinen Chef umlegen? Okay, wer will das nicht. Aber warum denn?«

»Warum! Warum! Natürlich, weil er mich rausgeschmissen hat, dieser Dreckskerl. 26 Jahre habe ich in dem Saftladen gearbeitet. Hab mir den Arsch aufgerissen für den Laden. Und dann werde ich wegrationalisiert. Guckt mir das Arschloch grinsend ins Gesicht und sagt: ›Sieh doch ein, dass du nicht mehr mitkommst. Und wir können hier niemanden mit durchziehen. Das verstehst du doch?‹ Einen Scheiß verstehe ich. Weißt du, was ich verstehe? Weißt du, was ich verstehe?«

Ein Ausbruch, ein Orkan, wilder Schmerz in der Stimme. Ich sehe Michael Douglas mit der zersplitterten Brille. »Dass der Typ dein Leben versaut hat?«, frage ich.

»Ich verstehe, dass ich jetzt 51 bin. Ich verstehe, dass ich drei Kinder habe, zwei davon noch zu Hause. Das halten ja viele für asozial heute, drei Kinder. Ich verstehe, dass ich kaum noch 'nen Job kriege in dem Alter, in der Branche. Ich verstehe, mein Chef ruiniert mein Leben. Ich verstehe, ich muss den Spieß umdrehen ... Da hat der Wichser den Falschen wegrationalisiert. Aber ich habe hier die Antwort«, sagt der Anrufer und spannt hörbar den Hahn einer Pistole.

Das ist das i-Tüpfelchen zu viel. Für einen Moment hatte mich die Raserei des Mannes in ihren Bann geschlagen, aber jetzt ist mir wieder klar: Fake! Ein Reaktionstest, um zu schauen, wie ich in Extremsituationen auf dem Sender handle. Totale Offenheit? Okay, aber auf meine Tour. So, Wachtberg, jetzt schick ich mal *meinem* Chef schöne Grüße. Wenn ich Wachtberg richtig einschätze, wird er das auch noch gut finden, was ich vorhabe. So total offen.

»Jetzt mal ruhig – wie heißt du eigentlich?«

»Ferdinand.«

»Ferdinand ist ein guter Name. Jetzt pass mal auf Ferdinand:

Mein neuer Chef hier, ja, das ist auch ein Oberidiot. Der trägt jeden Tag Bugs-Bunny-Krawatten, jeden Tag, das musst du dir reinziehen! Hat Quarkaugen und die dümmsten Ideen, die du dir unter dieser Sonne vorstellen kannst. Und wer darf das ausbaden, Ferdinand? Wer darf das ausbaden?«

Ferdinand: »Wer denn?«

»Ja, ich natürlich … Ich meine, guck dir mal meinen Job an – ich sitze hier eingesperrt in 'nem Studio so groß wie 'ne Duschkabine und höre mir den Schwachsinn von Geisteskranken wie dir an …«

Twelve Monkeys, James Cole (Bruce Willis): *»Ich bin geisteskrank. Und ihr seid meine Geisteskrankheit.«*

Er: »Also … ich meine … wie …«

»Weißt du was, Ferdinand: Ja! Geh raus, und schieß deinen bekackten Chef ab! Steck ihm deine 45er – oder was auch immer du da hast – in den Mund, sag ihm einen schönen Gruß von Hakim, und knips ihn aus. Lauf Amok, Junge! Du würdest mir einen Gefallen damit tun. Ich bin bei dir … du Psycho. Geh raus und knall …«

Ferdinand fällt mir mit fester Stimme ins Wort: »Fick dich, Arschloch!« Und im nächsten Augenblick schmettert mir ein Knall in den Kopfhörer, ein Knall, der ein Schuss sein muss – kurz, schnörkellos –, und ich höre seinen Hörer aufschlagen und seinen Körper zusammensacken und sein Telefon *tuut-tuut-tuut* machen. Wahrscheinlich ist mein Michael Douglas auf die Hörergabel gefallen. Nein, hat sich dorthin fallen lassen, der Schauspieler. Bekackte Scheiße, war das laut! Will Wachtberg mir das Trommelfell sprengen? Immerhin höre ich das Ende vom Jingle: »Rufen Sie an!«

Der Typ soll sich live umgebracht haben, und wir spielen einfach einen Jingle hintendran? Lächerlich! Selbst in einem Piloten ist das das Allerletzte. Das hier hat nichts mit *Real Radio* zu tun! Bugs, du Wurst! Du willst mich verarschen? Du willst mich wirklich verarschen? Ich sag dir was, Bugs. Ich drehe den Spieß um:

Ich werde dich verarschen! Ich werde hier nicht rausgehen und wie ein kleiner Junge sagen: *Bugs, das ist gemein, mir meine Sandburg so kaputtzumachen.* Ich werde nicht einfach nicken, wenn mein Vater noch einmal ein Medizinstudium beschließt oder Charlie festlegt, dass ich Schluss gemacht habe. Nein!

Ich werde dein Spiel mitspielen, Bugs. Ich werde dich nicht ernst nehmen, und ich werde diese Leute nicht ernst nehmen, aber ich werde die bekackte Sendung ernst nehmen. Nach allem, was hier gelaufen ist, könnte ich aufstehen und gehen, und es würde mich noch nicht mal meinen *Morgenstund*-Job kosten, denn das hier ist eindeutig nicht *Real Radio*, ein Missverständnis, blabla. Aber ich will einen Erfolg haben. Ich brauche einen. Ich meine, hätte in den vergangenen Wochen ein Bundesliga-Tischtennisverein meine Niederlagenserie verbucht, stände der Trainer kurz vor der Entlassung … Ich muss gewinnen, ohne Rücksicht auf Verluste. Ich will, dass das hier etwas wird. Wachtberg, du mieses Stück Hasenkekel! Ich werde so lange Karnickelscheiße reden, bis du glücklich bist. So lange Karnickelscheiße, bis du richtig glücklich bist.

13

✪ Losing ugly ✪

Nach jeder Musik ist wieder jemand in der Leitung. Die Anrufer: Regina (»Nenn mich Gina!«), 48, Drogen, Alkohol, sie nuschelt so unverständlich wie Mickey (Brad Pitt) in *Snatch*; ich empfehle ihr, beim Sprechen die Flasche aus dem Mund zu nehmen – »Dann fällt deine Abhängigkeit nicht so auf!« –, und raus aus der Leitung.

Bob (»Eigentlich Bobuslav, weißtdu?«), 31, der nur seine Neo-Trash-Metal-Band *Moshmegalith Deathfucking Creatures* vorstellen will; ich lasse ihn a cappella singen, was er nicht kann, frage ihn, ob er Tischtennisspieler ist (Bobuslav, ein Tscheche, könnte ja sein), er verneint; ich frage ihn trotzdem nach seinem Vierer – bei der Stimme, könnte ja sein –, er macht »Ähm!« und ist damit raus aus der Leitung.

Lale, 21, Türkin, will sich in mich verliebt haben, wegen der Stimme und weil ich so ehrlich bin.

»Du hast aber auch eine sehr schöne Stimme, Lale!«

Sie holt tief Luft, fragt leise: »Öyle mi?«

Ich sage: »Tja, Lale, das bringt dir nur leider nichts, selbst wenn du so schön bist wie deine Stimme!«

»Warum nicht?«

»Aus Prinzip. Ihr Landsfrauen bringt nur Ärger, Lale. Weiß doch jeder. Was meinst du, warum deine Brüder wie die Karnickel hinter deutschen Frauen her sind? Das weiß doch jeder: Euch muss man doch schon heiraten, wenn man euch nur schräg anredet. Weil ihr euch von euren zurückgebliebenen Vätern behandeln lasst wie den letzten Dreck.« Lale kann gerade noch sagen: »Mein Vater ist tot, und ich habe keine Brüder, sersem maganda«, *idiotischer Macho*, und raus ist sie aus der Leitung, aus der ständig neue Menschen sprudeln.

Wachtberg hat sie schön ausgesucht, die »Anrufer«. Sehr abwechslungsreich. Keiner gleicht dem anderen. *Kein Mensch gleicht dem anderen. Kein Wasser gleicht dem anderen. Apollinaris. The Queen of Tablewaters.* Darauf trinke ich noch einen Schluck.

Ständig klingelt das Telefon. Die Anrufer reden dermaßen eindeutig Schwachsinn, dass es mir leicht fällt, sie nicht ernst zu nehmen, aber genau das abzuliefern, was Wachtberg haben will. Eine Show, eine weitere kleine Show, in der Menschen vorgeführt werden. Kann man so sicher nicht senden, aber jetzt im Moment habe ich sowieso keine Skrupel. Das muss ich ganz ehrlich sagen. Die Anrufer sind sowieso alle Wachtbergs Marionetten. Ich mache ein Katz-und-Maus-Spiel daraus. Alle anderen sind die Lügner, die Bösen, und ich kann das Spiel nur gewinnen, wenn ich noch böser bin als sie alle zusammen. Also beleidige ich sie, lache sie aus, mache ihnen Vorwürfe, frage, was sie von mir wollen, sage, dass sie mich so ankotzen, dass ich nicht mehr mit ihnen reden will. Hämmere den Hörer auf. Provoziere auch Wachtberg und Gundula – schreie sie mitten in einem Gespräch an: »Nehmt diesen Spinner aus der Leitung, sonst muss ich heute auch noch jemanden abknallen.« Das scheint kurzfristig bei ihnen anzukommen. Sofort startet Musik (das neue Lied von Madonna), während ich lachen muss über meine dramatische Einlage. Radio gaga. Radio gugu. Aber: Wachtberg und Gundula gehorchen mir. Das ist brav. Sehr brav, ja.

Jetzt ist Maria in der Leitung.

»Ich bin schwanger«, sagt sie.

»Na und?«

»Ich bin dreizehn.«

»Ich war's nicht.«

Sie lacht verlegen. »Nein, schon klar, aber … aber was soll ich denn jetzt machen?«

»Was du jetzt tun sollst? Sei froh, dass du jemanden hast, der mit dir ins Bett steigt. Ich zum Beispiel …«

»Aber was soll ich mit dem Baby machen?«

»Was du mit dem Baby machen sollst? Wieso fragt ihr dummen Dinger euch das immer erst hinterher, wenn es zu spät ist? Hä? Ich meine, schwanger mit dreizehn! Wir sind im dritten Jahrtausend. Der Mensch hüpft nicht mehr von Baum zu Baum und vögelt jeden Vierbeiner, den er findet. Schon mal was von Verhütung gehört?«

»Ja, schon, aber ...«

»Warum immer erst hinterher die bekackte Birne anschalten? Na, warum? Was du jetzt tun sollst? Du kannst dir überlegen, ob du deinen Braten im Ofen lässt oder nicht? Verstehst du das, Maria?«

Sie: »Ja.« Ein jämmerliches *Ja*.

»Ja, dann bist du ja gar nicht so dumm, wie ich dachte. Ich wünsch dir ein schönes Leben.«

Und raus ist sie aus der Leitung.

Der nächste Anrufer: Mickey, 29, erzählt irgendwas über seinen Hass auf Ausländer – und da macht es klick in meinem Schädel. Plötzlich wird mir wirklich alles klar. Hass! Hass ist das Schlüsselwort! Wachtberg will Hass-Radio!

Das ist es. Das erklärt alles! Wachtberg will, dass ich auf dem Sender ausflippe. Dass Leute niedergemacht werden, Existenzen bloßgestellt. Hass-Radio, klar, läuft in den USA schon lange, aber in Deutschland haben sich die Macher nie an so was rangetraut. Und Wachtberg macht es jetzt. Nein: *Ich* mache es jetzt! Okay, Wachtberg, du wolltest Hass-Radio machen – und da kam mein *Real-Radio*-Konzept ganz gelegen! Du skrupelloses Stück ... Wachtberg benutzt mich, um sein bekacktes Hass-Radio-Format zu testen. Deswegen die harten Geschichten. Deswegen totale Offenheit. Ich *muss* ausflippen. Wenn ich für alle Verständnis hätte, würde es nicht funktionieren.

Bugs ist der Hase – ich bin sein Versuchskaninchen, das er fickt. Und ich habe es zugelassen, ohne zu raffen, was los ist ... Habe mich benutzen lassen wie ein Idiot.

Benutzen lassen.

Blitzschnell kommt alles hoch: Charlie. Charlie hat mich benutzt, um Simon kennen zu lernen. Simon hat mich benutzt, um Charlie kennen zu lernen. Charlotte! Mein Hirn rührt den ganzen Dreck zusammen, den ich in den vergangenen Wochen aufgewirbelt habe: Noppen, Medizinstudium, meine nichts ahnenden Eltern, Simon. *Wie sie weint dabei* ... Mein Gedicht. Meine Decke. Mitarbeiter der Woche. Ich kann nichts dagegen tun. Ein Wort ergibt das andere. Alles Puzzleteile, die sich in mir zusammenfügen. Die sich ausdehnen, in mir breit machen, sich Platz nehmen: zusammenwachsen zu einem Netz von Versagen, Angst, Trauer und Selbstmitleid – ein Netz, so dicht, dass kein klarer Gedanke hindurchschlüpfen will. Puzzleteile, die mich einatmen und dabei aushauchen wie eine glimmende Kerze. Klar zu denken, klar zu fühlen ist in genau diesem Augenblick so hoffnungslos wie ... wie ... wie ein Spiel, in dem ich hoch zurückliege, ohne dass ich einen einzigen Punkt herausgespielt habe – und ich weiß schon wieder nicht, was ich machen soll, um das Ding zu drehen ... Aber ich darf nicht aufgeben. (Warum eigentlich nicht? Eine ernsthafte Frage fürs weitere Leben: Warum darf ich nicht aufgeben?)

Klar denken, ich muss klar denken. Ich brauche einen Erfolg. Genau wegen dieser ganzen Puzzleteile, dieser ganzen Scheiße brauche ich einen Erfolg. Einen großen Erfolg, der den Dreck in einem Rutsch wegschwemmt. Brauche einen Erfolg, um es allen zu zeigen. Allen, auch mir selbst. Aber wie soll ich bei dieser Nummer hier noch als Sieger vom Tisch gehen?

Mickey, der Neonazi, kriegt zur Abwechslung ein bisschen Verständnis von mir: »Mickey, du hast völlig Recht. Wir müssen uns gegen die wehren, die uns benutzen«, sage ich.

»Jawohl!«, ruft er – und ist raus.

Ich nippe einen Schluck Wasser.

Mir bleibt nur eins: Wachtberg will Krawall? Wachtberg kriegt Krawall! Ganz cool im Kopf bleiben und auf dem Sender ein bisschen Krawall machen. Das ist der Spagat zwischen benutzen lassen und benutzen. Yin und Yang. Ping und Pong. Es gibt nur den Augenblick jetzt, ich denke nicht vor, nicht zurück. Kein Davor, kein Danach. Nur ganz viele *Jetzt!Jetzt!Jetzt!* hintereinander. Ich weiß nicht, wie lange. Ist die Stunde schon vorbei? Wann ist sie vorbei? Warum ist sie nicht vorbei?

Das Telefon klingelt, Gelblicht, rot: »*Hakim hilft! Der Talk Talk*, sprechen Sie zu mir!«

»Ja, hallo?«

»Ja, hallo, wer spricht denn da?«

»Mein Name ist … Oster …«

»Sie klingen ein bisschen müde. Sie sind wohl noch nicht ganz ausgeschlafen, was, haha?«

»Nein, ich kann in letzter Zeit nicht mehr lange schlafen.« Trauriges Lachen. »Ich … ich … ich habe einen Gehirntumor. Die Ärzte geben mir noch … noch sechs Monate.«

Gehirntumor? Wachtberg zieht wirklich alle Register: Jetzt auch noch die Mitleidsnummer. Wahrscheinlich denkt er, dass ich das nicht packe. Ich muss also etwas sagen, was er nicht erwartet. Ich muss ihm moderationstechnisch den Effenberg zeigen. Etwas sagen, was er nicht erwartet.

Totale Offenheit.

»Warum ich?«, frage ich.

»Warum Sie? Was … was meinen Sie, Hakim?«

»Warum zum Teufel rufen Sie *mich* an? Haben Sie keine Frau, keine Kinder? Einen Psychiater? Irgendjemanden, der Ihnen näher steht als ein dahergelaufener Radiomoderator?«

»Ah … ich bin geschieden, wissen Sie, mit Prozess und allem … Und … und ich hab Sie immer in … *Morgenstund* gehört, Hakim. Hat mir … gefallen. Wirklich gut gefallen. Deshalb rufe ich … deshalb mein Anruf jetzt. Ich dachte, ich … Sie könnten …«

»Verstehe. Wie alt sind Sie?«

»58.« Der Faker hier soll wohl meinen Mitleidsfaktor messen, ja? Tja, da kriegt er erst gar kein Mitleid, oder? Wie wäre es mit:

»Ist doch ein gutes Alter, um abzutreten, oder nicht?«

»Bitte, Hakim, ich konnte Sie gerade nicht hören?«

Wachtberg will Terror? Wachtberg kriegt Terror. Nichts leichter als das.

»Dann stellen Sie Ihr Hörgerät mal auf Empfang. Ich sagte: Ist doch ein gutes Alter, um abzutreten. Ich meine, alle paar Minuten stirbt auf dieser bekackten Erde ein bekackter Mensch. Sie erinnern sich? Kleine schwarze Kinder mit dicken Bäuchen, Fliegen in den Augen, Fliegen, die in die Münder krabbeln. Und wieder raus. Das sind doch die, wo Leute wie Sie immer sagen: ›Oh wie scheußlich, die Armen!‹, und dann spenden Sie, und dann zappen Sie weiter. Sie sind 58 geworden. Sie hatten was vom Leben, oder nicht? Oder nicht? Und jetzt wollen Sie Mitleid? Neinnein, Sie bekommen kein Mitleid, sondern Neid. Von mir! Sie hatten 58 gute Jahre, und jetzt wollen Sie noch mehr davon. Immer mehr. Meeehr!« Ich brülle wie ein Wahnsinniger. Ich will ein Wahnsinniger sein. Das müsste Wachtberg doch gefallen, etwas Drama, viel Pathos, maximum Psycho – das muss für ihn doch das Salz in der Suppe sein, so hassradiotechnisch. Ich genieße diesen Moment. Ich bin ganz bei Sinnen. Bin voll da. Lasse den kontrollierten Wahnsinn aus mir ausbrechen. Grausam und verletzend will ich sein. Totale Offenheit.

Oster weint erstickte Tränen. So wie er sie weint, so wie er spricht und sich ausdrückt, sehe ich jetzt Willy Loman (Dustin Hoffman) vor mir in *Tod eines Handlungsreisenden.* So zierlich, gebrechlich, überfordert mit dem Leben.

Ich lasse ihn heulen. Er setzt immer wieder kurz zu einem kläglichen »Nein« an, das in seinem Wimmern ertrinkt.

Ich bin ein Unmensch jetzt. Es ist schön … nein, erhebend, ein Unmensch zu sein. Wachtberg das zu geben, was er will. Der wird noch in Jahren davon sprechen, wie Hakim Kahraman ihm gezeigt hat, was Sache ist … Mir wird langsam schlecht in diesem miefigen Kabuff von Einzelzelle. Der Aschenbecher stinkt. Ich habe Hunger. Schlecht geschlafen. Meine Augen brennen. Ich brauche eine kurze Pause. So vergehen mindestens zwanzig Sekunden: Der Typ am Telefon heult, ich bin stolz darauf. Mir ist schlecht. Ich mache eine Pause. Zwanzig Sekunden – eine Ewigkeit auf dem Sender. Dann klingelt das zweite Telefon.

»*Hakim hilft! Der Talk Talk.* Welcome to the show.«

»Herr Oster? Herr Oster. Ich … ich … können Sie mich hören? Vergeben Sie dem Jungen. Er weiß nicht, was er tut. Hören Sie: Ich … ich habe das gleiche Leiden wie Sie.«

Ich: »Na prima, dann macht doch noch eine bekackte Selbsthilfegruppe auf.« Eine Selbsthilfegruppe … wie in *Fight Club.*

Er: »Aber sechs Monate, Herr Oster! Sechs Monate können eine wunderbare, erfüllte Zeit sein. Wir sollten die Zeit genießen, die uns der Herr geschenkt hat …«

Ich: »Amen.«

Oster weint.

Ich: »*The first rule of fight club is you don't talk about fight club.*«

Der zweite Anrufer: » … besten Monate Ihres Lebens sein. Glauben Sie mir, glauben Sie dem Herrn …«

Oster schluchzt: »Jaa.«

Ich, lauter: »*The second rule of fight club is you don't talk about fight club.*«

Der zweite Anrufer fängt an zu singen: »Dona nobis pacem.«

Ich werde noch lauter: »*Third rule of fight club: If someone yells stop, goes limb, taps up, the fight is over.*«

Er: »Do-oo-naaa no-o-o-bis pa-a-a-cem, pacem …«

Ich muss dem jetzt noch die Krone aufsetzen. Ich muss entscheiden. Leidenschaft beweisen. Es allen zeigen. Wachtberg endgültig überzeugen.

»Hört mal, Jungs! Ihr könnt hier heulen, zusammenbrechen, rumbrüllen, euch auskotzen, was weiß ich: aber nicht singen! Das hier ist *Hakim hilft! Der Talk Talk*, nicht die Vorentscheidung bei *Popstars*. Und ich will nicht, dass ihr mich hört. Macht das Radio aus. Ihr alle da draußen: Macht das Radio aus! Ich will nicht, dass ihr anruft. Ich will mit keinem reden. Mit keinem! Es gibt nichts zu reden. Nichts!«

Bei dieser geschrienen Verabschiedung (in memoriam Peter Lustig, *Löwenzahn*: »Und jetzt ausmachen!«), schlage ich so feste mit dem Wasserglas auf den Tisch, dass es in meiner Hand zerspringt. Ich sehe das Rotlicht vor mir. Wie es weiterleuchtet.

Musik wird eingespielt. Die ich nicht mehr höre, weil mein Herz rast und meine Ohren rauschen und mein Schädel zu ächzen und zu knacken scheint, so viel Druck ist noch immer in mir. Wie war das, Wachtberg? War das gut?

Dann knackt es wieder, das Knacken der Kommandotaste. Gundulas Stimme, tonlos: »Okay, wir spielen zwei kurze Titel aneinander, dann ist die Stunde vorbei.« Totale Besoffenheit. Meine rechte Hand blutet.

Ich fange an zu lachen, weil alles vorbei ist, weil meine Hand blutet, weil mich das an *Predator* erinnert:

Poncho (Richard Chaves): *»Du blutest.«*
Blain (Jesse Ventura): *»Ich habe keine Zeit zum Bluten!«*

Ich schon, Arnold. Ich schon.

Und dann kommt Wachtberg in die Einzelzelle.

»Wahnsinn! Absoluter Wahnsinn, Hakim! Die Telefone stehen nicht mehr still! Unsere Target Group dreht durch. Und die Alten auch. Geschenkt nehmen wir die mit, right. Je länger die Sendung gedauert hat, desto mehr haben angerufen! Die haben uns die Hotline eingerannt!«

Bugs, die Ballmaschine, hämmert Worte auf mich ein. Verstehe kein Wort. Meine Hand blutet.

»Angerufen? Wer?«

»Wie: wer? Die Zuhörer, Mann! Die einen wollen dich lynchen, die anderen wollen dir die Hand küssen. Die Leute rufen an wie verrückt, ja! Selbst jetzt noch! Das ist marvellous. Sogar der

Oberbürgermeister hat angerufen! Der war total außer sich. Ist das nicht wunderbar, mein Junge?«

»Wie …?«

Ruby Rhod (Chris Tucker), der Weltraum-Radiomoderator nach seiner Sendung: »*Wie war ich?*«
Sein Wasserträger: »*Ohhh, ahhh, grün! Unglaublich grün!*«
Ruby Rhod: »*Wie grün?*«
Der Wasserträger: »*Kristallgrün, einfach grün, unglaublich grün.*«
Das fünfte Element

Wachtberg scheint mich gerade *Irisch-Moos*-grün zu finden. Zumindest redet er auf mich ein wie ein Wasserträger. Genau das wollte ich. Aber …

»Gleich kommen die Herren Geschäftsführer.«

Die Geschäftsführer? Dann haben die in der Regie also mitgehört. Deshalb auch Funkstille.

Wachtberg: »Dann kannst du sofort deinen Vertrag unterschreiben. Jeden Morgen, montags bis freitags, Primetime, von sechs bis acht Uhr. Danach dann *Morgenstund*. Hab ich schon alles eingestielt. Da kriegen wir einen astreinen Audience Flow hin. Und die werden nicht geizen, die Häuptlinge, das verrat ich dir. Der Sender hängt dermaßen durch, die brauchen neuen Content – vielleicht kannst du nach dem Wochenende sofort weitermachen. Und den OB haben wir gleich in den Nachrichten. Dieser Volltrottel! Noch 'ne billigere PR-Kampagne können wir gar nicht bekommen!«

»Die Geschäftsführer … Der OB? Wer hat das denn noch gehört?«

»Junge, komm schon. Du bist doch auch ein helles Köpfchen, ja? Ich bin so gut. Ich hab's einfach getan! Ich hab es einfach sofort gesendet, ja. Einfach sofort gesendet, Junge! Vabanque. Volles Risiko gegangen. Barfuß oder Lackschuh. Das ist meine Devise, Junge! Barfuß oder Lackschuh. Und du hast es geschafft. Du warst besser, als ich gedacht hätte. So offen. So viel Drive. Und nur zwei Fakes hatten wir in der Sendung. Nur zwei Strohmänner. Nach deinem Gespräch mit den beiden Frauen am Anfang hatten wir die freie Auswahl. Da konnten wir uns die schrägsten Spinner aussuchen.«

»Aussuchen? Aber …?«

»Aber was? Ja klar, das ist gegen dein Konzept …? Ach, kommschon, kommschon, Junge – du hast nicht wirklich geglaubt, dass ich dich mit deinem albernen *Real-Radio*-Zeug auf den Sender lasse, ja? Das ist ja auch egal jetzt. Wir haben's einfach gesendet! Die Masse tobt. Die Chefetage auch! Ein voller Erfolg. Du bist on top. Was willst du denn noch? Wir spielen nach meinen Regeln, und ich mach dich zum Radiostar, Junge, Hakim. Zum Star!«

Ich habe ihn.

Ich habe meinen Erfolg.

Wachtberg hält ihn mir hin.

Ich bin on top.

Wachtberg macht mich zum Star.

Ich muss nur zugreifen.

Ich zögere. Das waren keine gefakten Anrufe?

»Welche zwei?«, will ich wissen.

»Welche zwei was?«

»Welche zwei waren gefakt? Und … welche waren … echt?«

»Welche zwei waren …? Das ist doch völlig egal, oder? Das muss dich nicht interessieren. Ist wahrscheinlich auch besser, wenn du es gar nicht weißt. Was zählt ist: Du warst brillant. Brillant! Radiogeschichte werden wir beide schreiben. Du am Mikro, ich im Background.«

Meine Hand blutet.

Zwei Fakes.

Die beiden Frauen, die ersten, müssen gefakt gewesen sein – und dann? Dann hatte ich den Selbstmörder, Oster mit dem Gehirntumor, den Fascho, die schwangere Dreizehnjährige … dann war nur einer von allen anderen gefaket – und der Rest echt?

Mir wird schwarz vor Augen.

Plötzlich ist ein Gefühl in mir, drängt nach oben, Richtung Herz, Richtung Hirn: Scham. Ich schäme mich. Für das, was ich mit den Leuten gemacht habe. Für das, was Wachtberg mich hat mit den Leuten machen lassen. Ich möchte zurückspulen und mit allen richtig reden. Ich will meinen Sieg zurückgeben. Ich will gar keine zweite Chance. Keinen Ersatz. Ich will nur alles ungeschehen machen. Auslöschen. Oh Mann, alle konnten mich hören! Ich will aufwachen.

Aufwachen!

Bei allem, was zuletzt abgegangen ist, habe ich mich nicht geschämt. Für meine ganzen Niederlagen habe ich mich nicht geschämt. Aber jetzt. Jetzt schäme ich mich.

Halt, stopp, aufwachen: Ich darf Wachtberg kein Wort mehr glauben. Kein Wort. Er hat mich benutzt und belogen. Trotzdem frage ich nach, ich kann nicht anders; ich muss wissen, wer der zweite Faker war, aber ich bringe nicht mehr heraus als: »Und der Gehirntumor?«

»Wie du die runtergemacht hast! Richtig der Hardcore-*Fliege*, ja. Und dass die beiden dann noch singen, herzzerreißender hätte ich es mir nicht ausdenken können. Und dass du am Ende gesagt hast, du willst mit niemandem reden, es gibt nichts zu reden, das hat die Leute noch mal heiß gemacht, ja. Da verzeihe ich dir auch – was hast du noch mal über mich gesagt? – Quarkaugen? Haha. War auch witzig irgendwie. Hahaha.«

Kein Wort glauben. Diesem Mann kein Wort mehr glauben.

Das! Darf! Nicht! Wahr! Sein!

»Sie haben mich benutzt.«

»Nur zu deinem Besten, Junge. Nur zu deinem Besten.«

»Aber *Real Radio* …«

»Ach, Junge … An was für Sachen denkst du denn jetzt? Das ist alles ganz easy gelaufen. Ich wollte Hass-Radio machen, die Herren Geschäftsführer wollten da nicht so dran, und dann kam noch dein Konzept ins Spiel, das Erbe von Gurkow. Und die Geschäftsführer haben gesagt, dass wir beide uns vielleicht einigen, dass wir ja vielleicht zusammenkommen. Und das haben wir ja geschafft, right?«

Meine Hand blutet. Ich schäme mich. Ich will zurückspulen. Aber bin wie gelähmt. Unter Schock. Ich kann mich nicht rühren.

Gundula kommt in die Einzelzelle.

»Chef, Sie werden es nicht glauben, aber jetzt hat auch noch der Ministerpräsident bei unserer Geschäftsführung angerufen. Persönlich!«

»Der MP? Was? Wirklich? Wunderbar! Es läuft ja … das ist ja gigantisch, ja. Da kriegt die Sache ja noch mehr Drive! Und: Wann will er auf den Sender?«

»Einmal in der Mittagssendung im Interview, und daraus ein Ausschnitt in jeder Nachrichtensendung bis heute Abend!«

Ich: »Was sagt der MP?«

Gundula guckt mich nicht mal an, zuckt mit den Achseln und geht wieder. Und dann wird es plötzlich klar: Nicht *sie* wusste nichts – *ich* wusste die ganze Zeit nichts. Sie war vorbereitet.

Ich war so dumm.

Wachtberg: »Er regt sich ein bisschen auf wahrscheinlich – keine Ahnung, was er sagt. Das weiß er bestimmt selbst noch nicht. Das muss er sich noch soufflieren lassen von seinen Spindoctors. Ist ja auch völlig egal, was er sagt! Wir haben ihn exklusiv – mit unserer eigenen Story, ja! Darum geht's. Wahrscheinlich bist du morgen in allen Zeitungen, Junge. Ja, morgen … morgen werden sich alle anderen Sender wünschen, sie hätten sich auch an eine solche Sendung getraut. Aber wer macht es? Der Wachtberg! Ich! Und die von den öffentlich-rechtlichen Sendern, die werden sagen: ›Oh, wie furchtbar, der Untergang des Abendlandes‹ – und heimlich ihre eigene Sendung planen. Kopien wird's schnell geben, aber wir haben den Zeitvorsprung. Wir können dich als New Brand etablieren. Als Marke. Und das Merchandising anschmeißen. Bis die anderen anfangen, haben wir die Hörer schon angefixt. Marvellous. *Hakim hilft!*-Aufkleber, T-Shirts. Was hältst du davon, Junge?«

Ich: »Nichts.«

»Ach, das ist dir alles nicht knallig genug, ja? Kein Problem, wir finden einen Weg, um dich angemessen zu promoten. Wie du willst, du bist der Boss. Wir machen das schon.«

Wachtberg kommt zu mir an den Stuhl und drückt mich an den Schultern. Seine Berührung, seine grobe Zärtlichkeit, reißt mich aus dem Schockzustand. Wachtberg, du skrupelloser Arschkriecher! Ich kann ihn nicht mehr hören. Nicht mehr sehen. Nicht mehr seine riesigen Hasenpfoten auf meinen Schultern spüren. Ich kann nicht mehr.

Ich fasse seine Arme fest an den Handgelenken und stoße sie weg. So kräftig, dass er sein Gleichgewicht verliert und fast auf seinen bekackten Hintern fällt. Seine Quarkaugen blicken überrascht. Ich stehe auf, nehme meine Jacke und gehe aus der Einzelzelle. Wortlos.

Was habe ich hier bloß getan?

Warum habe ich mich auf Wachtberg eingelassen?

Was ist hier passiert?

Das ist die Stelle in meinem Leben, an der ich mir aufrichtig wünsche, dass jemand wie der dicke Walter (John Goodman) in *The Big Lebowski* zu mir kommt und sagt: »Lass uns bowlen gehen.«

14

✪ Blackout ✪

Dumpf dringt das kurze, klare Klingeln des Telefons in mich ein. Ich liege seit Ewigkeiten auf meinem Bett. Habe gedöst, direkt nach dieser Katastrophensendung, über alles und nichts nachgedacht … Aber nicht so richtig. Hin und wieder hat das Telefon meine Gedanken unterbrochen. Verscheucht hat es sie nie. Und jetzt klingelt es wieder.

Genauer gesagt: Es klingelt die ganze Zeit. Meine Kollegen verrichten ihre Arbeit; versuchen, für ihre Zeitung, ihr Radio, ihren Fernsehsender ein Interview mit mir zu bekommen. Die Meute auf der Hatz.

Neben dem Bett liegt das Telefonbuch. Es sind 96 Menschen darin eingetragen, die Oster heißen. Die Osters mit Frauenvornamen abgezogen sind es noch etwa 75. Ich habe versucht, mir vorzustellen, wie mein Oster mit Vornamen heißen könnte, um nicht alle durchzutelefonieren. Karl-Heinz? Dieter? Und was würde ich sagen, wenn ich ihn dranbekäme: *Hallo. Es tut mir Leid, was ich gesagt habe. Und das Sie sterben auch.* Ich habe es schließlich aufgegeben.

Wieder springt der Anrufbeantworter an. Erst höre ich zum x-ten Mal meine Stimme die Ansage sprechen (»Wenn Sie keine Volksreden halten, rufe ich vielleicht zurück.«), dann die eines anderen Mannes. Die Stimme klingt verzerrt, wie immer bei Anrufbeantwortern. Ich erkenne sie trotzdem, am Tonfall: Wachtberg. War klar, dass er hier anruft, um mir die Hölle heiß zu machen, weil ich ihn habe stehen lassen. Sorry, Wachtberg, im Moment habe ich keine Lust, mir die Hölle heiß machen zu lassen. Abgesehen davon fühle ich mich seit Wochen so, als sei ich in der Hölle längst Stammgast und die Suite dort jederzeit für mich reserviert. Nach dieser Sendung kriege ich vom Herrn des Hauses noch Champagner aufs Zimmer, mit den besten Empfehlungen. Deshalb bleibe ich liegen und lasse den Anrufbeantworter den Monolog meines Chefs entgegennehmen.

Von Wachtbergs Geknurre verstehe ich nur Bruchstücke wie: »Auf dem Handy nicht zu erreichen«, und: »Wo steckst du?« – Wo ich stecke? Ich sehe an mir hinunter: Noch in den Schuhen, würde ich sagen. Die könnte ich mal ausziehen. – » … in Teufelsküche«, – So, raus aus den Latschen. – » … sofort zurückrufen!« – Und aus den muffigen Socken und aus der Hose. – »Sofort!« – piep.

Ich ziehe auch gleich das T-Shirt aus, dessen bekacktes Etikett immer im Nacken scheuert, und den Pullover und die schwarze, zu enge Unterhose auch. Sollte ich mir für Meisterschaftsspiele aufheben, dann müsste ich beim Spielen nicht immer meinen Dödel zurechtrücken. Aber das ist eine andere Baustelle. (Notiz: Die Baustellen von jetzt an besser auseinander halten.)

Ich sitze auf der Bettkante und reibe mir mit der linken Hand zwischen den Fußzehen. Bei dieser Prozedur mustere ich meine rechte Hand, die ich verletzt habe, als das Wasserglas kaputtging. Sieht übel aus: eine tiefe, offene Fleischwunde im Handteller, Kratzer am Mittel- und Ringfinger; verschmiertes, getrocknetes Blut von den Fingerkuppen bis runter zum Handgelenk. Keine Schmerzen, immerhin.

Wenn jetzt doch nur Özlem käme … Aber sie ruft immer vorher an, wenn ich keine Sendewoche habe. Ich bin auf mich allein gestellt. Wie in der Sendung.

Wie konnte ich nur so ein Ekel sein?

Es hilft nichts, ich muss die Wunde selbst verarzten: sie auswaschen, desinfizieren, entzündungshemmende Salbe auftragen und einen Verband anlegen. Nur finde ich keine *Betaisodona* in meinem Spiegelschränkchen über dem Waschbecken, aber immerhin noch drei originalverpackte Verbände, die ich mal aus der Uni-Klinik habe mitgehen lassen bei irgend so einer Übung. Mir bleibt nichts anderes übrig, als die Wunde einfach nur mit warmem Wasser auszuwaschen und dann zu verbinden. Sehe zu, wie mein verwässertes Blut im Abfluss verschwindet.

Gesäubert sieht die Wunde gar nicht mehr so schlimm aus. Gut, sie ist wirklich ziemlich tief, aber das wird schon wieder. Schnell den Verband anlegen … ich habe ja noch Glück gehabt, dass es bei mir als Linkshänder die rechte Hand erwischt hat. Wenn ich mir an dem bekackten Glas die linke Hand aufgeschlitzt hätte, wäre ich ziemlich gekniffen. Dann bräuchte ich für den Verband hier mindestens eine halbe Stunde. Aber so habe ich noch alles im Griff. Klammern finde ich keine in meiner Notfallapotheke, also nehme ich einfach zwei Pflaster … So. Fertig! Geht doch. Selbst ist der Stud. med.!

Wieder klingelt das Telefon. Dieses Mal verewigt sich ein weiterer Reporter, der vierte oder fünfte, auf meinem Anrufbeantworter. Ein Interview, nein: *eine Stellungnahme* zu den Ereignissen am Morgen will er haben. Sonst schreibt seine Zeitung: »War zu keiner Stellungnahme bereit«, und ich wisse ja, wie das bei seinen Lesern ankomme. Oh ja, ich weiß.

Mein Hunger meldet sich wieder. Ich habe heute noch nichts gegessen. Gehe zum Kühlschrank im anderen Zimmer, langsam, vorbei am Telefon, fingere dabei mit dem linken Zeigefinger im Bauchnabel auf der Suche nach einem Fussel. Rolle ein Kügelchen und schnippe es weg, ohne hinterher zu gucken, grob Richtung Fenster, das geschlossen ist. Es ist wohl doch ganz gut, dass Özlem gerade nicht da ist.

Mache den Kühlschrank auf, schaue rein, Farben und Formen geraten durcheinander. Keine gute Idee. Werfe die Tür wieder zu und horche dem satten Geräusch, das sie beim Schließen macht, einen Moment lang hinterher. Nichts zu essen da. Dann lege ich mich eben erst hin und bestellte später eine Pizza oder so.

Auf dem Weg ins Schlafzimmer sehe ich mich im Spiegel über der Kommode und komme mir vor wie ein flüchtiger Schatten im Dunkeln eines Tunnels.

War zu keiner Stellungnahme bereit.

Wieder das Telefon: Die Stimme einer jungen Reporterin, die zum dritten Mal bei mir anruft. Eine leise, kühle, professionelle Stimme, höchstens so alt wie meine. Die Stimme einer Kollegin, aber sie ist die Jägerin und ich der Gejagte; das Versuchskaninchen, auf das am Ende die Meute losgelassen wird. Ich beschwere mich nicht. Ich weiß, wie schnell man der Gejagte werden kann. Die machen alle nur ihren Job als Stellungnahmeneinholer, als Vertreter des öffentlichen Interesses, wie es so schön heißt. Und damit droht mir die junge Reporterin gerade. Natürlich nicht ausdrücklich, sondern eher so: »Herr Karraman, Sie wissen doch selbst, dass in dieser Situation Schweigen eine Art Schuldeingeständnis ist. Es ist viel besser, wenn Sie Ihre Sicht schildern. Wenn Sie mir ein Interview geben, kann ich Ihnen Seite drei garantieren. Je nachdem, was Sie sagen, auch Seite eins. Ich habe grünes Licht von der Chefredaktion, Ihnen dieses Angebot zu unterbreiten. Hakim, ich persönlich denke ja, dass da noch andere hinterstecken, hinter so einem … Auftritt. Und außerdem kenne ich Ihre *Morgenstund*-Sendungen, und die haben mir wirklich immer sehr gut gefallen, Hakim. Ich sage das nicht, um mich bei dir … bei Ihnen einzuschleimen, nur die Öffentlichkeit …« So redet sie weiter und weiter und immer weiter: Dass sie wisse, dass ich noch niemandem ein Interview gegeben habe. Und wenn es um eine »angemessene Entlohnung« ginge für die kostbare Zeit, die ich für ein Interview opfern würde, darüber ließe sich reden. Dass die Story dann aber exklusiv sein müsse. (Sie sagt wirklich *Story!*) Dass sie, trotz des schlechten Rufes ihrer Zeitung, eine ordentliche Journalistin sei, sonst hätte sie nicht dreimal bei mir angerufen. Das zeige doch, dass sie wirklich wissen wolle, was passiert ist. Sie rechne mit meinem Rückruf. Kopf hoch, schönen Tag noch.

Danke. Auch so.

Setze mich auf die Bettkante. Erst jetzt kommt mir die Idee, den Ton des Anrufbeantworters runterzudrehen und das Telefon auszustöpseln. Warum habe ich nicht früher daran gedacht?

So, raus damit!

An der Front habe ich jetzt erst mal Ruhe.

Fragen hallen durch mein Hirn: Was habe ich bloß getan? Wer war der zweite Fake, außer den Frauen am Anfang? Der, der sich erschossen hat? Am ehesten. So was passiert nicht. Aber was, wenn es doch Oster war?

Wie konnte ich mich nur so von Wachtberg vor den Karren spannen lassen? Wie konnte ich die Leute nur so mies behandeln? Wie hat das funktioniert?

Ich würde jetzt gerne eine Stimme hören. Nein, ich will jetzt gerade nicht allein sein, das ist es. Ich bleibe stehen. Versuche, etwas zu hören; ein Geräusch im Haus, ein Gespräch im Treppenhaus. Stille. Nicht mal ein Hupen auf der Straße. Sıfır.

Ich setze mich auf den Boden, bin mucksmäuschenstill, höre mich nicht mal atmen. Wenn ich weinen könnte – oder wenigstens lachen, anstelle von weinen. Ein Tobsuchtsanfall wäre auch angemessen. Aber ich bin still und stumm. Das macht mir Angst. Ich erkenne mich nicht mehr. Da ist nichts außer dem Gefühl, genau zu wissen, dass ich nachdenken muss. Dass ich einen Sinn finden muss in dem, was passiert ist.

Wachtberg hat mir eines bewiesen: Ich bin ein blutiger Anfänger in diesem Geschäft. Ich bin voll und ganz auf ihn reingefallen. Hätte mich ja zurückhalten können. Die Einzelzelle verlassen, als klar war, dass das nichts mit *Real Radio* zu tun hat. Aber ich musste ja unbedingt provozieren. Einen Sieg verbuchen.

War das denn nicht richtig so, dass ich gekämpft habe? Dass ich mir beweisen wollte, dass sie alle nicht immer mit mir machen können, was sie wollen? Die Wachtbergs und Charlies und Simons und Ninas und die Stationen in meinem Liebeslebenslauf und meine Eltern und das Leben. War das falsch? Oder war es vielleicht nur der falsche Zeitpunkt für den Angriff?

Vielleicht nur der falsche Zeitpunkt … Aber der reicht, um mich zu ruinieren: Morgen bin ich in den Zeitungen. Als Unmensch des Tages. Als Moderator, der Anrufer niedermacht. Als

Psycho. Ich schäme mich so! Aber die Maschinerie läuft. Ich habe sie selbst losgetreten.

Was bin ich? Bin ich Radiomoderator? Wenn ich ein richtiger Radiomoderator wäre – einer, der Fragen stellen will und nicht selbst die Antworten geben; ein guter, sensibler, der weiß, was richtig und falsch ist, zu viel oder zu wenig, zu hart oder zu weich, ein Moderator, der eben moderat ist –, dann hätte mir das nicht passieren dürfen.

Habe ich etwas Grundsätzliches verspielt, meinen Kredit bei mir selbst? Für einen hohlen Sieg?

War es wirklich nur der falsche Zeitpunkt – oder ich im falschen Film? Eins ist jetzt immerhin klar: In letzter Zeit ist in meinem Leben einiges wirklich schlecht gelaufen, aber das Beschissenste habe ich mir heute Morgen selbst angetan. *Life tastes good?* Verdammt, ihr Werbefreaks von *Coca Cola*, habt ihr überhaupt keine Ahnung mehr, was Lebensgefühl angeht? *Life tastes* gar nicht. *Life pingpongs you.* So muss der Slogan heißen. Und in den Pausen kann es dann meinetwegen Cola geben. Als ewige Konstante. Als rettenden Anker.

Ich hätte jetzt gerne so etwas wie eine Coke, an der ich mich festhalten kann, denn ich habe Angst, mich zu stellen: Wachtberg, Oster, den Reportern; Charlie, Simon, meinen Eltern; meiner Rückhand und dem ganzen Rest. Allen und allem.

Allem – das scheint gleich so übermächtig.

Herr Schiedsrichter, ich nehme eine Auszeit, bitte.

Have a break. Have a Kitkat.

15

✪ Auszeit ✪

Bin ich ein Radiomoderator?
Ich glaube nicht an Radiomoderatoren.
Ich glaube nicht an Orgasmus-Seminare.
Ich glaube nicht an Selbsthilfegruppen.
Ich glaube nicht an Om.
Ich glaube nicht an den Mercedesstern.
Ich glaube nicht mehr an das Fernsehen.
Ich glaube nicht an Schwarz.
Ich glaube nicht an Weiß.
An Grau schon gar nicht.
Ich glaube nicht an Noppen.
Auch an Liebe glaube ich nicht.
Ich glaube niemandem.
An niemanden.
Glaube ich.

16

✪ Comeback ✪

Immer noch Freitag. Immer noch D-Day. Ich liege nackt auf dem Sofa im Wohnzimmer. Draußen überfällt die Nacht gemächlich den Tag, aber weit und breit keine Polizei.

Es klingelt an der Tür. Özlem? Hat sie schon alles im Radio mitbekommen, den OB, den MP, und kommt nur, um mir den Kopf zu waschen? Oder um zu kündigen? Wer will schon für Mister Riesenarschloch arbeiten. Aber Quatsch – sie hat ja einen Schlüssel. Ich bin echt durch den Wind.

Simon? Ihn würde ich jetzt gerne sehen … Vergiss es, wahrscheinlich noch ein paar Reporter, die Drückerkolonne spielen. Die mein schlechtes Gewissen melken wollen.

Es klingelt wieder und wieder an der Tür. Auf einmal der Gedanke: Ich muss dem ein Ende bereiten. Radikal. Ich muss mich stellen. Das ist alles, was ich in diesem Augenblick denken kann: *Ich! Muss! Mich! Stellen!*

Ich lege mir keine Antworten zurecht, auch keine Gegenfragen. Ich will einfach nur noch meine Ruhe. Zuallererst muss ich mir aber schnell etwas anziehen. T-Shirt, Pulli, Jeans, fertig. Auf Unterhose und Socken kann ich verzichten.

In dem Haus, in dem ich wohne, gibt es keine Gegensprechanlage. Ich drücke den Summer für die Haupteingangstür im Erdgeschoss. Öffne meine Haustür und trete zwei Schritte in den Flur, zum Treppengeländer. Ich höre Schritte. Scheint nur einer zu sein. Das ist gut, kein Fernsehteam, höchstens ein Zeitungsreporter oder jemand vom Radio. Die Schritte sind jetzt auf der Treppe. Dann plötzlich sehe ich ihn von schräg oben auf den Stufen, durchs Geländer: Wachtberg.

Er fängt schon auf der Treppe an zu reden. »Hakim, mein Junge, na endlich, wo steckst du denn?«

Ich stelle mich barfuß in meinen Türrahmen. »Was gibt's, Wachtberg?«

»Junge, Hakim, jetzt lass uns doch mal in Ruhe reden. Okay, ich gebe zu, das war nicht ganz sauber von mir …«

Nicht *ganz* sauber?

»…dich nicht mit einzubeziehen. Ich … ich entschuldige mich auch dafür, ja. Sorry. Okay? … Kommschon, kommschon!«

Er entschuldigt sich dafür.

»Aber jetzt, jetzt müssen wir nach vorne gucken. Und was siehst du da? Hm, was siehst du da?«

Ja, was sehe ich da?

»Ich … ich sehe da die … die Chance deines Lebens, Junge. Wenn du Montag weitermachst. Wir haben schon zig Interviewanfragen, die halten wir noch zurück, natürlich, ja. Die rennen uns die Bude ein, das müsstest du sehen. Du bist landesweit in den Nachrichten. Morgen in den Zeitungen mit deinen besten Sprüchen. Du bist … auf dem besten Weg. Okay? Die Maschine ist angesprungen. Die machen das komplette Teasing für uns … Verstehe, ich erzähle dir da nichts Neues. Dann erzähle ich dir etwas wirklich Neues … Okay, Junge … Hakim … du willst pokern, ja. Du willst pokern?«

Redest du mit mir? Kann es sein, dass du mich meinst? Du laberst mich *gerade an?*

»Wir bessern das Angebot noch auf, Junge …«

Welches Angebot?

»… und unter uns gesagt … die Geschäftsführung hat mir aufgetragen, bis an die Schmerzgrenze zu gehen, bis ans Limit. Ich sage dir das ganz ehrlich, ja. Also … was hast du dir vorgestellt. Was sind deine Konditionen? Und … ach ja, Biene stellen wir für dich ab, du wolltest sie ja unbedingt haben, ja, right? Also, wie viel? …«

Wie viel was, Wachtberg? Schläge ins Gesicht? Zahnmedizinische Eingriffe? Wie viel Wahrheit?

»Ach, und … der zweite Fake, Hakim, das wolltest du ja wissen, das war natürlich der Selbstmörder. Der hat ein bisschen übertrieben, aber okay. Es hat der Sendung nicht geschadet, ja … Du siehst, ich spiele mit offenen Karten.«

»Aha.«

Und Oster war echt.

Und Maria, die Schwangere.

Und Mickey, der Fascho.

Gina.

Bobuslav.

Und ich habe sie alle angepöbelt wie ein Psycho. Hatte sogar Spaß daran. Vielen Dank! Jetzt fühle ich mich so schlecht wie noch nie. *Nie wieder, Wachtberg. Nie wieder.*

Schweigen. Ich sehe einen Hasenzahn vor mir. Nichts als einen bekackten Hasenzahn.

»Verstehe, du willst, dass wir zuerst aus der Reserve kommen. Du bist aber auch eine harte Nuss, haha. Ich meine, bevor ich jetzt eine Zahl sage, eine große Zahl, da musst du dir noch mal klar machen, was deine Sendung heute Morgen ausgelöst hat, right. Eine echte Euphorie in der Chefetage, ja. Wir haben dich schon für Montag angekündigt. Die Pressemitteilung ist raus. Der Ministerpräsident war bei uns und hat sich live über dich empört. Absolute Spitze, ja! So schaffen wir es noch in die Regionalnachrichten im Fernsehen. Und morgen früh, wenn du in den Zeitungen stehst, kennt dich jeder. Ist das nicht Wahnsinn? Von null auf hundert, in einer Sendung. Da kannste stolz drauf sein, Junge, ja. Das haben noch nicht viele geschafft. Von null auf hundert …«

Von null auf hundert. Das heißt, ich war vorher eine Null.

»Nimm dir in nächster Zeit nichts vor. Sag deiner Freundin ab …«

Meiner Freundin?

« … schmeiß sie am besten raus, haha, bald kannst du Frauen haben wie …«

Ich: »Stecken Sie sich den Scheiß, den Sie reden, irgendwohin, wo es wehtut.«

Kurzes Schweigen. Kein Blickkontakt. Dann trete ich einen Schritt zurück und schließe die Tür. Ohne Eile fällt sie ins Schloss – und Wachtberg aus allen Wolken. Sein Schock dauert keine fünf Sekunden, dann beginnt er, gegen die Tür zu trommeln. Wachtberg macht da draußen eine Szene. Er macht mir echt eine Szene!

»Reinlassen!«, brüllt er, und: »in Ruhe über alles reden«, und: »Weg finden«. Das sind die Fetzen, die durch die Tür dringen. Der hat Nerven: Ich lasse ihn abblitzen, und er meint, ich will meinen Marktwert steigern? Er trommelt weiter.

Irgendwann höre ich: »Wenn du nicht sofort aufmachst, bist du gefeuert!« *Du* bist gefeuert, Bugs, du Titscher!

Ich stelle mir jetzt vor, wie er mit seinen Hasenzähnen meine Tür durchbeißt. Das muss ich mir ja nicht mit anhören.

Ich hole mein Radio aus der Küche, stöpsle es neben der Haustür ein, suche kurz unseren Sender, drehe dann auf volle Lautstärke und gehe ins Wohnzimmer. Ich schließe die Tür hinter mir, lausche aber trotzdem. Nach wenigen Minuten hört das Getrommel auf. Ich warte noch ein bisschen, gehe dann zur Tür und mache das Radio aus.

War's das …?

Das war's.

Ich spüre, wie sich langsam ein Krampf in mir löst. Im selben Moment überkommt mich ein Triumphgefühl. Der Sender hat mich also schon angekündigt? Dann hat Wachtberg jetzt ein riesiges Problem! Ohne mich keine Sendung. Und das muss er den Geschäftsführern beibringen. Viel Spaß dabei, Wachtberg!

Ich fühle mich als Sieger. Habe Wachtberg auf die Bretter geschickt. Hat die Wurst wirklich gedacht, er kriegt mich rum, nach allem, was heute Morgen gelaufen ist? Manchmal frage ich mich, wo so Titscher wie Wachtberg ihr unendliches Selbstvertrauen hernehmen. Ich frage mich das ernsthaft. Gleichzeitig kehrt meines ein ganz klein wenig zurück.

Es ist inzwischen dunkel draußen. Lege mich wieder auf das Sofa, in mir der kleine Triumph über Wachtberg. Die Bilder des Tages, die unaufhaltsam ablaufen. Dazu meine kleinen, entscheidenden, furchtbaren Sätze, die ich mir stumm vorspreche. Laut würde ich sie nicht noch mal ertragen.

Das Schlimmste aber steht mir ja noch bevor, wenn ich morgen wirklich in den Zeitungen stehen sollte. Und davon kann ich ausgehen. Ich glaube, die Reporter haben mittlerweile berichtet, was sie für richtig halten: *War zu keiner Stellungnahme bereit.* Ob sie ein Foto von mir haben? Der Sender hatte keins bis jetzt, das weiß ich. Sie werden so berichtet haben. Bestimmt. Wenn überhaupt. Es sei denn, sie sind darauf gekommen, ins lokale Sportarchiv zu gucken unter *Tischtennis* oder *Restsport.* Ich kann es nicht ändern. Es ist vorbei. Für heute jedenfalls. Habe kalte Füße jetzt, weil ich die ganze Zeit barfuß rumgelaufen bin. Stecke sie unter zwei Sofakissen.

Ich bin kein Radiomoderator. So sehe ich das jetzt wirklich. Ich bin verkehrt in der Branche. Selbst wenn das sofort die Frage aufwirft, wo ich denn dann richtig wäre, genieße ich diesen kurzen, befreienden Moment, in dem ich innerlich der ganzen Radiogeschichte den Rücken kehre. Genieße meine Entscheidung.

Ich bin kein Radiomoderator.

So liege ich noch eine ganze Weile auf dem Sofa und spüre, wie ich Wachtberg aus den Gedanken verliere. Wie das Bild von ihm vor meiner Tür an Schärfe verliert, an Kontur, wie erst diese Aufnahme von Wachtberg vor meinem geistigen Auge verschwindet und dann er selbst. Wie das Filmarchiv zu Wachtberg gelöscht wird. Fühle mich in diesem Moment unsagbar ruhig und entspannt.

Irgendwann steht Waldner vor dem Sofa, und ich nicke nur. Ich spiele miserabel, selbst das Schupfen klappt nicht, aber wir spielen so lange auf dem Kontrollmonitor meines inneren Auges, bis ich Hunger bekomme und mich etwas schwach auf den Beinen fühle. Bevor ich das Waldner signalisieren kann, verschwindet er blitzartig von der Bildfläche, als könnte er meine Gedanken lesen, als hätte jemand den Kontrollmonitor ausgeknipst: ein kurzes Aufleuchten – und dann wird es schwarz.

Ich muss jetzt wirklich etwas essen. Erinnere mich daran, dass die Speisekarte vom Pizzaexpress auf dem Esstisch liegt. Setze mich auf und gehe vom Sofa zu *Ikea Lack*. So, Pizzaexpress, was esse ich denn mal? *Lack* ist dreckig und klebrig. Muss Özlem sagen, dass sie den Tisch ordentlich wischt, wenn sie das nächste Mal kommt oder anruft. Hoffentlich hat sie *Hakim hilft!* nicht mitbekommen.

An Özlem zu denken, ist eine nette Abwechslung ... Nein, nett ist untertrieben: Es ist *schön*. Wirklich schön, und das nicht nur, weil Özlem gut aussieht. Nein, es ist vor allem ihre Art: ihre entschlossene Art, die in ihrem Händedruck steckt, aus ihrem Lächeln strahlt, in ihren Sprichwörtern lebt. Oder in ihrem Schweigen. Özlem ist kein Waschweib. Sie kann auch schweigen, ohne dass es mir peinlich wird. Das ist ein gutes Gefühl; ein Gefühl von unendlicher Vertrautheit, Geborgenheit, wenn zwei Menschen schweigen können, ohne dass es ihnen peinlich ist. Bei Özlem und mir ist das so, glaube ich.

Sie kann auch ausdauernd mit mir quatschen, über nichts Besonderes, einfach so. Ein-, zweimal ist sie zum Quatschen länger geblieben, nachdem ich ihr das Geld schon gegeben und sie es ohne nachzuzählen in die Tasche ihrer Trainingshose gesteckt hatte. Ich erzähle ihr natürlich keinen Mist, das heißt: nicht nur vom Pingpong. Ich meine, sie hat natürlich mitbekommen, dass ich ein Tischtennisspieler bin, schon allein wegen der Trikots, die sie bügelt ... Da fällt mir ein, was sie mich vor zwei Wochen gefragt hat, als sie schon im Flur stand und ich nur noch einmal ihr Lächeln sehen wollte. Das war ein merkwürdiges Gespräch, wirklich. Ich hatte gar nicht mehr darüber nachgedacht, aber jetzt ist die Szene da:

»Hakim, warum spielst du eigentlich Tischtennis?«

»Ist wie 'ne Droge. Ich komm nicht los davon. Andere spritzen sich Heroin, ich schnüffle am Belagkleber.« An dieser Stelle hatte ich auf ihr Lächeln gehofft. Vergeblich.

»Aber warum ist es eine Droge für dich? Was berauscht dich daran, einen zwei Gramm schweren Ball durch eine dunkle, stickige Halle zu … zu …?«

»Pimmeln?«

»Ja, pimmeln, meinetwegen. Warum?«

»Weil, weil ich, weil …« Gestammel, Verlegenheit.

Ich konnte es ihr nicht sagen. Und was noch schlimmer war: Ich konnte es *mir* selbst nicht sagen – und mir keinen Reim darauf machen, warum sie mich ausgerechnet das fragte. In diese Verwirrung hinein lächelte Özlem ihr Lächeln für mich, ihr ganz besonderes, das von schräg unten. Ich weiß nicht, warum.

In diesem Moment war ich nicht mehr ihr Boss und sie nicht mehr meine Haushälterin. Aber ehe ich begreifen konnte, was neu war zwischen uns, rannte sie die Treppen hinunter und rief lachend: »Bal demekle ağız tatlanmaz«, eines ihrer Sprichwörter: *Dadurch, dass man Honig sagt, bekommt man keinen süßen Geschmack im Mund.* (Fragen fürs weitere Leben: Was will sie mir damit schon wieder sagen? Und: Warum spiele ich Tischtennis?)

Ich sitze immer noch am Küchentisch. Vor mir liegt die Pizzaexpress-Karte und die Zeitung von gestern. Kann mich nicht entscheiden, was ich bestellen soll, schlage deshalb die Zeitung auf, ziellos, nehme sie auseinander, blättere vor und zurück. Es ist ein gutes Gefühl, die Druckerschwärze unter den Fingern zu spüren. Jetzt auf einmal macht es Spaß. Jetzt, wo ich mich nicht mehr als Radiomoderator fühle. Jetzt, wo lesen keine Pflicht mehr ist. Ich blättere nicht als Profi in der Zeitung, weil es mein Job ist; sondern einfach nur so. Nehme mir das Feuilleton vor und lese die Überschriften.

Willkommen in Disney York
Calypso now
In einem anderen Leben
Die Asche meines Vaters
Werk mit Kraft
Ernst lass nach!
Rammlerträume

Alles, was ich sehe – jetzt, auf einmal, ganz deutlich – sind Zitate. Und Zitate von Zitaten. Vielleicht sind die Zitate gar nicht als Zitate oder Zitate von Zitaten gemeint. Aber im *Feuilleton*? Da gibt es doch keinen Zufall! Ich schreibe an jede Überschrift, an jedes Zitat und Zitat-Zitat, ein Randzitat.

Willkommen in Disney York – *quak, quak*
Calypso now – Danang, dadadanang
In einem anderen Leben – wäre Hemingway bestimmt Catcher geworden
Die Asche meines Vaters – sieht im Zweifelsfall so ähnlich aus wie die meiner Mutter
Werk mit Kraft – boing bumm tschak
Ernst lass nach! Ich will Spaß, ich will Spaß!
Rammlerträume – ein seltenes Stück, gut erhalten, mit Rammlerwert

Zitate und Zitat-Zitate. Ich kann nichts ansehen, ohne sie darin zu erkennen. Das tritt etwas in mir los, völlig unerklärlich. Plötzlich ist es so, als ob ich einen Gebirgspass entlanglaufe, und die Zitate sind der eine entscheidende Ton, der eine Lawine auslöst. Sie kommt genau jetzt runter. Überall sind nur noch Zitate. Diese Zitiererei – alles Abklatsch, denke ich. Aufguss. Das alles erscheint mir so trostlos. Das ist doch nicht … echt, nicht sauber, nicht, nicht … wahr?

Ist das die Wahrheit?

Ich glaube nicht an *die* Wahrheit. Wegen Dede.

Die Zitate führen zur Wahrheit, führen zu Dede.

Die Gedankenkette dauert Sekundenbruchteile, höchstens, aber in diesem Moment vergesse ich, was vorher war, und denke nicht mehr daran, was kommen mag. Die Lawine reißt mich einfach mit, mein Innerstes, meine Gedanken, nur mein Körper bleibt über dem Küchentisch hängen. Erinnerungen donnern um mich herum, Schwarz-Weiß-Bilder, wackelige Amateuraufnahmen aus einer längst vergessenen, verdrängten Zeit. Der Diaprojektor rattert in meinem Kopf. Die Lawine rollt, überschlägt sich, kracht herunter, tosend, unaufhaltbar, und ich bin mittendrin in ihr.

Ist sie schon unten?

Ja, ich glaube nicht an *Wahrheit.* Wegen Großvater. Meinem Dede.

In dem Sommer, in dem ich acht Jahre alt wurde, saß ich auf dem kleinen Balkon meiner Großeltern im achten Stock eines typischen Istanbuler Hochhauses und wartete auf das Abendessen, das meine Oma in der schmalen Küche zubereitete. Ich hörte das Fett zischen, das Wasser platschen und meine Oma hin und her schlurfen in ihren ausgelatschten Plastiksandalen.

Ich war aus zwei Gründen guter Dinge: Zum einen hatte mein Dede mir an jenem Tag das Fischen beigebracht, auf einer Brücke am Eminönü-Platz am Goldenen Horn. Er hatte mir fünfzig Meter Schnur gekauft, die auf einem brieftaschengroßen Stück Kork aufgewickelt war, ein paar Haken, ein 80-Gramm-Gewicht, damit die Schnur auch zum Grund sank, und eine Schachtel Würmer, damit die kleinen Istavrit auch anbeißen. An diesem Tag also lernte ich das Töten. Und es gefiel mir großartig.

Zum anderen war ich guter Dinge, weil ich gerade mein Lieblingsspiel spielte: Traubenbomber. Ich ließ Weintrauben durch die Gitter des Balkongeländers aus dem achten Stock auf Passanten fallen. Oder auf streunende Katzen. Ein großes Spiel!

Geschickt musste man sein, den Wind einberechnen, den Laufweg des Passanten, seine Gehgeschwindigkeit, die Flugdauer der Traube abschätzen, die von ihrer Größe abhängt, das richtige Timing haben und sich – bei einem Treffer – schnell vom Balkongeländer wegstürzen und verstecken.

Bei acht Versuchen hatte ich eine Frau fast getroffen; die Traube klatschte ihr direkt vor die Füße, was mir am liebsten war, denn dann machte ich die Leute nicht schmutzig wie bei einem Volltreffer. Allerdings hatte ich nicht wirklich ein schlechtes Gewissen, wenn das mal der Fall war.

Meine Oma rief nach meinem Dede, das Zeichen dafür, dass wir nun essen würden. Mein Dede kam, legte meiner Oma im Vorbeigehen kurz seine Hand auf die Schulter, streichelte mir wortlos über den Kopf, und meine Oma trug eine große Pfanne hinter ihm auf den Balkon, auf dem wir im Sommer immer aßen: Frühstück, Mittagessen, Abendessen, mit dem Blick auf das nahe Marmarameer. Ich mochte den achten Stock für diesen Blick und die Traubenbomben. In meinem deutschen Dorf gab es keinen solchen Blick, keinen achten Stock und folglich auch keine Traubenbomben.

Am Esstisch folgte ein Schock: In der Pfanne lagen in Reih und Glied unsere Istavrit! Istavrit, ich weiß gar nicht, wie die auf Deutsch heißen – die Fische eben, die mein Dede und ich am selben Tag gefangen hatten. Goldbraun gebraten! Sie fangen und töten – das war eine Sache, schön und gut … aber sie *essen*? Aus Deutschland kannte ich nur Fischstäbchen, und jetzt sollte ich einen Fisch mit Kopf und Schwanz essen! Ich erinnere mich, dass ich das ekelig fand. Dass mein Magen rotierte wie ein Pingpongball mit Monsterspin. Dass ich sogar meinen Dede fragte, ob das wahr sei, dass wir jetzt unsere Jagdtrophäen futtern würden.

Mein Dede stutzte kurz, atmete dann tief ein, kreuzte mit seinen Augen übers Meer, ehe er einen Punkt in den Wogen fixierte, und leise sagte, wie zu sich selbst: »Das ist eine gute Frage, oğlum, mein Sohn. Was ist die Wahrheit?«

Seine Art in diesem Moment, die förmliche, aufrechte Haltung, die er bei dem Wort Wahrheit annahm, kam mir etwas unangemessen vor. Auch fand ich meine Frage nicht sonderlich berauschend. Mein Dede aber fing nun an, ziemlich konfuses Zeug zu reden, was ich damals darauf zurückführte, dass er sein *Saccharin* an diesem Tag noch nicht genommen hatte (er ist nämlich zuckerkrank). Also schob ich ihm etwas beängstigt die blaue, flache Blechdose zu. Mein Dede nahm sie auch, aber spielte nur damit herum, als er weitererzählte, und seine Worte lenkten mich so sehr ab, dass ich das *Saccharin* ganz vergaß.

»Die Wahrheit«, sagte Dede, »das sind die Filetstücke der Wirklichkeit um uns herum, wie das Filet oder das Backenfleisch des Fisches.« Dabei zeigte er auf das Filet und das Backenfleisch eines Istavrit in der Pfanne. »Die Wahrheit, das sind die Stücke von all dem da draußen im Dunkeln unter der Sternendecke über dem Meer, an die du glaubst. Von dem du zutiefst überzeugt bist, dass es so ist, wie du denkst.« Wahr sei allein das, was man in seinem Innersten nicht anzweifelt. Diese Filetstücke seien mal größer und mal kleiner: »Und sie ändern sich ständig.« Jeder Mensch habe andere Filetstücke, das sei wie mit den Schneeflocken: Keine sei wie die andere. Kein Fisch sei wie der andere, und ja: Er glaube, der Istavrit vor ihm sei ein Stück Wahrheit – denn er werde ihn gleich satt machen.

»Heißt das, dass Wahrheit satt macht?«, fragte ich auf Türkisch nach. Mein Dede lachte. Stumm, in sich hinein.

»In gewissem Sinne ist das wohl richtig.«

Ich fragte mich, warum er dann so einen Wirbel machte, denn eine Riesenpackung Kekse und zwei Tafeln Alpenvollmilch-Schokolade machten mich damals auch satt. Ich war nicht zufrieden mit dem Ganzen.

»Wir können Wahrheit fischen?«, fragte ich deswegen noch mal nach.

»Wenn wir sehr gute Fischer sind«, antwortete er.

»Und sind wir sehr gute Fischer?«

Mein Dede zog kurz die Augen zusammen, schmunzelte dann, ohne zu antworten – und ich verstand, dass ich jetzt nicht mehr nachzufragen hatte. Dedes sind wohl so. Das ist nicht Wissen: das ist *Weisheit.*

Wahrheit macht satt.

Wenn wir sehr gute Fischer sind.

Vielleicht hatte er Recht. Ich weiß es nicht. Ich weiß noch nicht einmal, was er überhaupt gemeint hat. Damals verstand ich von den ganzen Filets und Wahrheiten nur, dass ich meine Istavrits zu essen hatte – also versuchte ich die aus der Pfanne zu ziehen, die ich auch selbst gefangen hatte. Der Kleinste und der Größte gehörten dazu, das wusste ich noch, aber die anderen konnte ich nicht unterscheiden, und ich beschloss, mir beim nächsten Mal die Fische genauer anzuschauen, die ich fing.

Ich denke, ich habe mir diesen Abend so gut gemerkt, weil alles so komisch und fremd klang, was mein Dede sagte. Und er einen Glanz in den Augen hatte: so klar, so tief aus dem Inneren seines schmalen Körpers, so … unzerstörbar.

Bis heute weiß ich noch immer nicht genau, was Dede mir sagen wollte. Aber eines weiß ich: Ein Filetstück liegt mir gerade schwer im Magen. Da habe ich jede Menge zu verdauen. Seit Stunden.

Ich bin kein Moderator. Dieser ganze *Hakim-hilft!*-Dreck hat mir eins klar gemacht: Ich bin kein Radiomoderator. Ich will nicht dem Rotlicht ausgeliefert sein – oder besser: dem, der das Rotlicht an- und ausmacht. Vor allem: Ich will nicht immer nur Fragen stellen. Ich will Antworten geben. Zunächst einmal mir selbst. (Was ist mit mir passiert?) Aber Antwortgeber, davon kann ich wohl schlecht leben. Egal. In mir steckt kein Moderator. Und das zuzugeben, nimmt etwas den Druck in mir, die Wut auf Wachtberg.

Was will ich denn sein? Weiß nicht, aber: Ich suche etwas Eigenes. Echtes. Ehrliches. Meine Wahrheit. Jetzt. Auch wenn kein Fisch in Sicht ist.

Wo zum Teufel ist der richtige Anfang?

Oder ist er das endlich?

Ich bin ein lebendes Zitat. Der Gedanke geht mir nicht mehr aus dem Kopf. Er kam, als ich mich an Dede und die Istavrit erinnert habe. Weiß nicht, wie. Er war auf einmal da, wie ungebetener Besuch, über den man sich trotzdem freut. Und ich muss diesem Gedanken nachgehen. Ohne Wenn und Aber.

Ich bin ein lebendes Zitat. Ein Zitatlexikon auf Beinen, ohne Fußnoten, ohne Quellenverzeichnis. Ich zitiere Kinogesichter, Leinwandgefühle, Werbesprüche, manchmal Musik. Und mich selbst, ich Wurst! Gefangen im Replaymodus, in einer Endlosschleife.

Warum brauche ich das?

Sicher ist: Ich sage Sachen. Meistens nicht, um etwas zu sagen, sondern um etwas gesagt zu haben. Reden um des Redens Willen. Und manchmal kriege ich auch noch Geld dafür. Nicht schlecht, habe ich bisher immer gedacht. Oder, ehrlich gesagt, ich weiß gar nicht, ob ich überhaupt etwas gedacht habe. Im Replaymodus gibt es nur Replay. Nicht denken – auf Knopfdruck loslegen. Mehr wird nicht verlangt. (Frage fürs weitere Leben: Von wem eigentlich?)

Ich rede nicht, um mich mitzuteilen. Nein, ich rede, um eine Duftmarke zu setzen, ein Zitat zu machen und zu schauen, ob die anderen es checken. Ob sie die gleichen Zitate drauf haben. Ich sehne mich danach, dass … Ich will gar nicht wissen, wen ich bisher schon alles zitiert habe, hier. Am liebsten aber zitiere ich mich selbst, merke ich. Passiert ständig. Dauerwiederholung. So entstehen Zitate. Und so bleiben sie auch.

Wenn durch Wiederholung alles unwirklich wird – was ist dann das, was das wirkliche Leben ausmacht? Vielleicht die wenigen Momente, die sich nicht wiederholen? Die sich zwischen den Wiederholungen abspielen? Leben ist nicht schlafen, auch nicht beischlafen, essen, auf dem Klo sitzen, Zähne putzen, wichsen, fernsehen, reden, verlieben, entlieben, küssen blablabla ... Und es ist schon gar nicht Leben, wenn man die Wiederholungen von anderen auch noch wiederholt, so wie ich. So kommt es mir gerade vor. Ganz anders, als ich bisher auf der Grundlage von *Reality Bites* dachte: »*Das Leben ist nur ein zufälliges Zusammenstoßen von echten Tragödien und eine Reihe knapp gescheiterter Ausbrüche*«, sagt Troy (Ethan Hawke).

Nein, Troy, es ist gar nicht so.

Es ist anders.

Wie anders? Woher soll ich das wissen? Das ist es ja, was ich die ganze Zeit herauszufinden versuche. Vielleicht finde ich dann einen gültigen Satz für mich persönlich. Für Hakim Kahraman. Vielleicht aber auch nicht.

Sag mir deine Zitate, und ich sage dir, wer du bist. So läuft das nicht. Das ist Verstecken hinter anderen, vielen anderen, die es meistens gar nicht gibt; Typen im Film, sprechenden Süßigkeiten aus der Reklame, Ranglisten und was sonst noch beeinflusst: Meine Eltern. Simon. *Die Gesellschaft*. Keine Ahnung.

Ich zitiere, also bin ich? Betrug an mir selbst ist das!

Wobei, was hat das jetzt mit Entscheiden zu tun? Mit der Leidenschaft zu leben? Mit Wachtberg, Simon, Charlie ... Özlem? Wie passt das zusammen, mein Puzzle? Passt das überhaupt zusammen? Bin ich auf der richtigen Baustelle?

Zitate, die sind mein Koordinatensystem: meine Werte, Einstellungen, Wünsche, Ziele, Charakterzüge, Vorlieben, Muster, Bezugspersonen. Merksätze, komprimiert auf zehn, vielleicht zwanzig Worte. Leicht verdaulich, hoch einprägsam. Das Nachplappern von Bruce Willis, Clint, Brad Pitt, Robert DeNiro, Al Pacino und wie sie alle heißen, die ich tagtäglich in irgendeiner ihrer Rollen nachspiele – sie sind meine Extraportion Selbst. Und Männlichkeit. Männlichkeit in kleinen Häppchen. Portionierte Wahrheit. Wer sagt, dass Wahrheit etwas Ganzes ist?

Mit Zitaten ist es einfach: Wenn ich mich an eins nicht erinnere, wenn ich nicht mehr genau weiß, wer es wo in welcher Szene sagt, kein Problem. Kassette rein, an die richtige Stelle spulen und nachgucken. Im Leben läuft das nicht. Man kann seine Existenz nur bis zu einem gewissen Grad auf Zitaten aufbauen. Und diesen gewissen Grad habe ich überschritten. Und mein Zitate-Baukasten für alle Lebenslagen hat meine Gedankenlawine gerade vollständig durcheinander gewirbelt. Altüst etti.

Aber bekle bir saniye, wie ist das gekommen? Wann hat das angefangen? Warum habe ich nichts gemerkt? (Wie wäre es weitergegangen? Wie hätte es geendet?) Wie bin ich überhaupt darauf gekommen? Bilde ich mir jetzt was ein? Sind das Fragen fürs weitere Leben, auf die ich mich konzentrieren sollte?

Das krieg ich auch noch klar ... habe ja jetzt einen Anfang. Einen roten Faden. Weiß jetzt: Ich habe mir Zitate antrainiert. Der beste Weg, um nicht verletzt zu werden: Wenn einer meine Zitate blöd findet, dann ja nicht mich. Ich gebe nur wieder, nur weiter, und an mancher Stelle landet das Zitat dann eben in einer Sackgasse. Da wird es zurückgestoßen und kommt wieder zu mir, und die Suche geht weiter? Unverwundbar, was? *Highlander*, ja? Bullshit!

Ich klatsche mir kaltes Wasser ins Gesicht. An meine Schlagadern. An den Hals. Der alte Verband liegt neben dem Wasserhahn. Ich spüre jeden Tropfen an den Händen. Lasse das Wasser aus dem Hahn lange auf meine Hände laufen, abwechselnd: mal links, zwo, drei, vier, mal rechts, zwo, drei, vier über die Wunde. Das reinigt. Das weckt.

Ich werde gleich noch ausgehen. Ja, genau. Diese Großstadt schläft nie, döst höchstens mal. Hier ist immer was los. Außerdem ist seit ein paar Stunden Wochenende. Also!

Ich steige unter die Dusche.

Mit dem Mund fange ich die Strahlen aus dem Duschkopf auf und spucke das Wasser feste, in vier Stößen, vor die ergrauten Kacheln. Fange wieder das Wasser aus dem Duschkopf mit meinem Mund auf. Dieses Mal lege ich den Kopf in den Nacken, ganz weit, und spritze einen breiten Strahl an die Decke. Ich komme mir ziemlich kindisch vor, außer dass ich nie bis zur Decke gekommen bin. Als Kind.

Meine Eltern sagen immer, ich sei ein stilles Kind gewesen, das die Welt mit großen Augen in sich sog. Ich hingegen finde, dass ich ein ziemlich geschwätziges Kind war. Und ich hasste mich dafür. Ich hatte nämlich die Angewohnheit, mit einem Baum zu reden. Und ich meine das wirklich genau so: reden! Nicht nachts im Bett liegen und heimlich zum Baum wispern. Oder ihm im Vorbeigehen ein »Hallo, Baum!« zuflüstern. Ich meine den Baum in den Arm nehmen, einen mächtigen alten Baum, dessen Stamm so dick ist wie eine ägyptische Säule; ich meine, die Finger in die tiefen Furchen der Rinde stecken. Das harzige Parfum einatmen. Den Kopf an den Stamm drücken wie an den Lieblingsonkel und reden. Laut. Ich habe keine Ahnung mehr, was ich da geredet habe – war bestimmt sehr erhellend für den Baum …

Und diese Angewohnheit wurde mir zum Verhängnis, wie sich schnell herausstellte: Wenn einen andere Kinder einmal bei so einer Nummer erwischen, dann ist man fällig. »Abartig! Du bist abartig!«, haben sie gerufen und sind um mich im Kreis gelaufen. In einem kleinen Kaff wie dem, in dem ich aufgewachsen bin, hat man dann schnell seinen Spitznamen weg. Als ich siebeneinhalb Jahre alt war, nannten mich im ganzen Ort nur meine Eltern Hakim. Alle anderen, auch die in der Schule (von den Lehrern mal abgesehen), schimpften mich genüsslich »den Baumficker«. Nett, oder? So einen Namen wird man erst los, wenn ein anderer etwas noch Bescheuerteres macht – und das sollte dauern. Was Bescheuerteres als Baumficken muss einem erst einmal einfallen!

Als nach wie vor eingeschriebener Medizinstudent und Besucher zweier Psychologie-Seminare darf ich diagnostizieren, dass der Patient wohl ein frühkindliches Trauma abbekommen hat. Als Tischtennisspieler muss ich sagen, dass solche Erfahrungen definitiv dazu dienen, Tischtennisspieler zu erzeugen.

Hakim, der Baumficker. Jetzt ist es also raus. Ein Filetstück, eine Portion Wahrheit von mir, ohne Sahne. Wahrheit macht satt, Dede? Nein! Wahrheit tut weh, Dede! Sehr weh.

Erst als ich neun drei viertel Jahre alt war, ließ mein Ruf als Baumficker nach. Ein gewisser Waldemar, der etwas älter war, so etwa elf Jahre, schaffte es tatsächlich, etwas Bescheuerteres als Baumficken zu machen: Er fing an, Mädchen zu mögen. Die Dorfjungs erklärten ihn zum Verräter. Mädchen mögen war eindeutig abartiger als Baumficken. Da gab es nichts dran zu rütteln.

Natürlich konnte auch ich nichts mit Mädchen anfangen. Aber vielleicht war es eine Form subtiler Dankbarkeit dafür, durch Waldemar vom kläglichen Dasein als Baumficker erlöst worden zu sein, dass ich ihm nicht bei jeder Gelegenheit »Verräter« entgegenschrie wie die meisten Jungs es taten. Ich bewarf ihn auch nicht mit Steinen und verprügelte ihn auch nicht in jeder großen Pause, wie die stärksten Jungs es zu ihrer Gewohnheit gemacht hatten.

Meine Zurückhaltung reichte Waldemar offensichtlich, um in mir einen Freund zu entdecken, denn an einem Tag kam er zu uns an die Haustür und fragte, ob ich mit ihm spielen wollte. Meine Mutter schob mich rasch aus der Tür, schließlich hatten sich seit meinen Baumfickerzeiten kaum noch Kinder an unsere Tür verirrt, um mit mir zu spielen – und Mutter deutete Waldemar als gutes Zeichen. Von da an kam Waldemar jeden Nachmittag zu mir, und meine Mutter schob mich aus der Tür. Jeden Abend fragte sie, über eines ihrer Rätselhefte gebeugt, was ich denn mit meinem Freund Tolles erlebt hätte – und ich fragte mich jeden Abend, wie sie darauf kam, dass Waldemar mein Freund sein könnte.

Wenn ich immer ehrlich zu ihr gewesen wäre, hätte ich ihr an einem Abend im Frühsommer erzählen können, dass Waldemar die nackten Mädchen aus der *Bild*-Zeitung ausschnitt, sie in einer silbernen Dose sammelte und die Dose im Wald vergrub. Das hatte er mir nämlich am Nachmittag erzählt. Und weil ich ihm nicht geglaubt hatte, hatte er mich zu seinem Versteck im Wald geführt, die Dose ausgegraben und mir seine gesammelten Zeitungsausschnitte gezeigt.

Als ich an diesem Abend im Bett lag, stellte ich zufrieden fest, dass es wirklich bescheuerter war, ein Nackte-Mädchen-Foto-Ficker zu sein als ein Baumficker, und ich fühlte mich erleichtert. Ich hätte zwar gern zur Sicherheit noch einmal den Baum gefragt, aber das ließ ich schließlich doch bleiben.

Waldemar führte mich nun alle zwei, drei Tage zu seinem Versteck, immer dann, wenn er ein neues Mädchen hatte, und mit der Zeit sahen wir uns die Zeitungsschnipsel etwas genauer an; wir überlegten, welche von den Mädchen wir heiraten sollten. Das war ja wichtig, das Heiraten (zumindest ahnten wir das). »Verliebt, verlobt, verheiratet« – das riefen die Mädchen in letzter Zeit häufiger und irgendjemand wurde rot, manchmal auch zwei, ein Junge und ein Mädchen. Ich wusste, was *verliebt* heißt (meine Mutter und mein Baba waren verliebt), *verlobt* aber irritierte mich, ich bekam keinen Sinn in das Wort. Irgendwie verheiratet, aber nicht so richtig? Das war nicht konsequent, das passte nicht in mein Weltbildchen. Verliebt, verheiratet, und Ende. Tot oder so, wie ein Istavrit in der Pfanne – so hätte es heißen müssen, fand ich. Verliebt, verheiratet, tot.

Waldemar und ich fingen in diesem Sommer an, die Mädchen in der Zeitung mit den Mädchen in der Schule zu vergleichen und fanden vieles nicht wieder. Außerdem waren die Mädchen in der Schule und im Dorf immer angezogen. Mit denen stimmte also etwas nicht, und dieses Wissen, das machte uns stark, Waldemar und mich. Das war Sex mit neun drei viertel – und jener Sommer der beste meiner Kindheit.

Ein paar Wochen später zogen meine Eltern mit mir in die Stadt. Von Waldemar habe ich nie wieder etwas gehört.

Ich fühle mich fit für die Nacht nach der Dusche; nachdem ich einen neuen Verband angelegt habe; nachdem ich in den Spiegel probegelächelt und mich etwas fein gemacht habe, denn ich habe Lust, gut auszusehen: schwarze 150-Euro-Schuhe, schwarze Jeans, ein weinrotes Hemd, ein schwarzer Pullover mit V-Ausschnitt aus der Türkei und *on top* – Wachtberg, du Wurst – etwas Gel im Haar.

Mann … ich bin zurück!

VIERTER SATZ

17

✪ Schnittwechsel ✪

Die Straßen sind so rappelvoll, dass die Stadt mich aufsaugt wie ein Staubsauger ein Staubkorn. Und ich guck mir den Staubsauger von innen an. Hier gibt es viel zu entdecken.

Zuallererst: überall Pink! Die Jacken und Jäckchen, Blusen, Taschen und Täschchen, die Röcke, darunter wohl auch. Rosa Slips – die Liebestöter des beginnenden 21. Jahrhunderts.

Der Lärm. Stimmen, Lachen, Gekeife, die Straßenbahn bimmelt vorbei. Und dann all diese kleinen Versprechen, die nur selten gehalten werden: Ich sehe wenig Stoff in dieser lauen Nacht, durchsichtigen Stoff, knappe Unterwäsche, deren Form sich durch enge Hosen und Minis abzeichnet; tiefe, verführerische Ausschnitte. Sehe viele Stunden Fitness-Studio, viel Sonnenbank; ausgelassene Menschen, die die ganze Woche darauf gewartet haben, Freitag- und Samstagnacht alles zu geben.

Ich will jetzt auch alles geben, aber es ist erschreckend, wie wenig Existenzberechtigung man nachts hat, wenn man allein unterwegs ist. Aber deswegen ist man ja – das heißt: bin *ich* ja – vielleicht gerade unterwegs?

Plötzlich werde ich nervös – ich könnte Wachtberg treffen. Oder irgendeinen Zombie aus dem Sender. Gundula vielleicht, die mich mit gelinkt hat. Und was, wenn die vom Fernsehen doch ein Foto von mir gesendet haben? Beruhig dich, Mann! Das heißt noch lange nicht, dass irgendjemand es gesehen *und* behalten hat. Wie lange blenden die beim Fernsehen ein Foto ein, ein dröges Standbild? Vier Sekunden? Maximal! Wer soll sich da schon mein Gesicht gemerkt haben? Erst durch die Wiederholung würde es sich in die Köpfe meißeln. Und ich habe die Hoffnung, dass die Kollegen morgen, spätestens Montag vom Unmenschen Hakim ablassen werden. Das funktioniert wie in meiner Kindheit: Es kommt bestimmt jemand und macht etwas noch Bescheuerteres, ein neuer Waldemar, der mich aus der Schusslinie drängt. Ich brauche nur abzuwarten.

Trotzdem: Jetzt hilft mir das alles nichts. Es bleibt in mir ein unwohles Gefühl zurück, das sich erst legt, nachdem ich an einer Dönerschmiede Falafel eingeworfen und mit zwei Bieren nachgespült habe.

An mir stürmt ein Mann mittleren Alters vorbei, mit hastig-mechanischen Bewegungen, laut mit sich selbst sprechend. Immer häufiger sehe ich solche Leute, wie sie unbeachtet durch die Stadt zucken.

Über der Spaßmeile schwingt dieser typische Großstadtduft in der Luft: Ein Mix aus Abfällen, die aus Müllbeuteln miefen, bis sie abgeholt werden; Abgasen, die meine albernen Brüder durch Flanier-Gas im *BMW 316i* (nicht mehr *Benz*) produzieren; und Parfum, das sich die Landjugend im Überfluss antut, weil: Man ist ja nicht jedes Wochenende in der Großstadt. Dazu ein fieser, feister Fettgeruch, der aus allen Fressbuden zieht, und das sind viele hier; gekrönt mit dem sauren Hauch von Magendarmsekreten, die die unverdauten Pizza- und Pommesreste der breiten Massen im Rinnstein garnieren. Alles klar, Wochenende, verschärfte Bedingungen auf dem Markt. Also ist Mundatmung angesagt. Schont Nase und Magen.

Hinter mir macht irgendeine halbstarke Wurst mit Ossi-Slang Erkan und Stefan nach. Seine Truppe schmeißt sich weg. Über die Schulter erhasche ich einen Blick auf die Gang. Zwei niedliche Sechzehnjährige gehören zu dem Haufen. Sie gucken sich mit großen Augen um, peinlich berührt: *Hoffentlich kennt uns hier keiner. Für unseren Fahrer können wir nichts.*

Erkan und Stefan. Zitate. Verdammt, ich bin wieder bei diesem Zitatmist. Ich schwöre mir, keine Zitate mehr zu benutzen. *Ich* schwör, Alter! Aber was bringt das? Ach, vergiss es, da kann ich mir später den Kopf drüber zerbrechen. Keine Zitate.

Ich lasse mich jetzt gerne ablenken von einer leicht bekleideten Jung-Frau, die mir entgegenkommt. Ich blinzle in ihr südländisches Gesicht, glotze dann auf ihre vollen Brüste, ihren nackten Bauch, ihre langen Beine, die von einem engen, halblangen, im Gegenlicht der Autoscheinwerfer durchsichtigen Rock betont werden. Puh! Scharf wie ein Skalpell Marke *Aesculap*. Und dabei nichts Aufgesetztes. Sie ist nicht selbstgefällig-schön, sondern schüchtern-schön wie Hermana Rosa (Penélope Cruz) in *Alles über meine Mutter*. Ich gucke ihr aber nicht hinterher, weil das gerade alle Typen tun – und auch zwei neidische Jung-Frauen. Ich grinse, als ob ich es nicht nötig hätte, mir den Hals zu verdrehen, und schaue, immer noch grinsend, von den Glotzern links und rechts wieder nach vorn.

Da ist Eva.

Sie hat mich schon gesehen, hat die Szene mitbekommen, strahlt mich an. »Hallllooo, Hakim!«

»Hi! Lange nicht gesehen, Eva.«

Eva hat ein leicht rundes Gesicht mit schmalen Kinn und etwas breit laufenden Kiefern, hochseeblaue Augen und wunderbare, weiche Lippen, die sie mit Temperament – »Hallo!« – erst auf meine linke, dann auf meine rechte Wange drückt und mir dabei so nah kommt, dass ich ihre großen Titten ohne mein Dazutun an mir spüre. Eva hat keine Brüste. Sie hat Titten.

Das ist für mich immer ein sehr entwaffnender Moment, wenn eine Frau einfach ihre Brüste an mich drückt, so wie Eva gerade. Weil sie recht klein ist, steht sie bei der ganzen Aktion auf Zehenspitzen, wie ich jetzt merke, denn sie kippt ganz gegen mich. Hat wohl schon einen im Tee. Ich fange sie auf.

»Wir haben's lange nicht miteinander getan«, sagt sie mir direkt ins Gesicht, leise, aber einfach mitten ins Gesicht. Mal eben so. Kommt auf mich zu wie ein Rollaufschlag in die Vorhand. Sie muss wirklich einen im Tee haben! Und ich muss jetzt ziemlich bescheiden gucken, nach diesem Frontalangriff.

Eva lacht. Nicht unangenehm laut, sondern sehr herzlich, irgendwie zart. Wir liegen uns also in den Armen, was für einen Pingpongspieler gar kein so schlechter Anfang ist für so einen Abend. Ich flüstere ihr zu, dass ich es wundervoll fand, unser letztes Mal, und sie schaut mir in die Augen und nickt still.

Eva hat ihre braunen Haare kürzer als sonst, etwas burschikos. Mit halblangen Haaren hatte sie mehr Sex, ein bisschen was Verruchtes sogar, so wie das Biest Val (Tiffany Amber Thiessen) in *Beverly Hills 90210*. Halt! Keine Zitate. Das gilt auch für Gesichter. Eva ist Eva.

Natürlich lüge ich, als sie mich fragt, wie mir ihre neue Frisur gefällt. Zum Beweis fahre ich ihr unabsichtlich sanft durch die Haare. Sie legt den Kopf zur Seite, guckt mir schnurstracks in die Augen und drückt sich noch fester an mich. Gerade, als ihre Begrüßungszeremonie peinlich zu werden droht so mitten auf der Straße, lässt sie von mir ab.

»Mädels, das ist Hakim.« Ihre Freundinnen hatte ich bisher noch überhaupt nicht bemerkt. Sie mich aber schon, denn sie mustern mich wie Bodyguards einen Privatpartybesucher, der nicht auf der Gästeliste steht. Eva merkt das und sagt: »Der beste Radiomoderator weit und breit«, um ihre Freundinnen zu beeindrucken.

Ich muss eitel lächeln, mache aber eine abwehrende Geste, zu der Eva sagt: »Dochdoch, Hakim. Ich höre dich immer. Ich höre dir gerne zu.« Dabei sieht sie mir in die Augen und stellt mir ihre Freundinnen vor: Nicki und Steffi, hallohallöchen, Frauenabend, schäker schäker.

»Also, *wir* müssen jetzt unbedingt einen Caipi trinken«, sagt Nicki mit deutlicher Betonung auf dem *wir*, das genau drei Mädels und null Typen meint.

Steffi: »Und im *Gonzo* ist gerade Happy Hour. Und dann um eins noch mal.«

»Deshalb sparen wir uns heute das Kneipen-Hopping«, sagt Eva und guckt mich herausfordernd an. Ich muss zögerlich aussehen, denn sie setzt nach: »Pass auf, wir müssen erst einmal ein bisschen rumglucken, du kannst ja später dazukommen. Okay?«

»Okay.«

»Sag mal, Hakim, was hast du denn mit deiner Hand gemacht?« Sie zeigt auf meinen frischen Verband an der rechten Hand.

»Ach, das …« Ich grinse verlegen. »Erzähl ich dir später.«

»Nichts Schlimmes, oder?«

»Nein, nichts Schlimmes.«

»Gut … dann bis später. Im *Gonzo*.«

Ich würde sie gerne zum vorläufigen Abschied noch einmal drücken, spüren, wie ihre Lippen auf meinen Wangen landen; aber ihre beiden Freundinnen haben sie schon im Arm. »Viel Spaß!«, rufe ich ihnen noch hinterher, als sie Eva abführen. Keine dreht sich um. Langsam gehe ich in die andere Richtung weiter.

Eva ist einfach geil. Ich meine, die weiß, wie man's macht. Da gibt es nichts dran zu rütteln. *Wir haben's lange nicht miteinander getan.* So einen Spruch bringt nur Eva.

Eva und ich kennen uns aus dem Basketballverein, in dem ich mal gespielt habe. Sie spielt wahrscheinlich immer noch. Auf jeden Fall macht sie garantiert Sport, bei ihrer Figur. Ich treffe sie von Zeit zu Zeit, immer so wie heute, zufällig irgendwo in der Stadt, dann läuft was (oder auch nicht), und danach sehen wir uns eine ganze Weile nicht. Bis zum nächsten Zufall. Es ruft auch keiner den anderen an, obwohl wir unsere Nummern mal ausgetauscht haben. Das ist verrückt? Ja, es ist verrückt. Aber so läuft das manchmal. Ich habe die Regeln in diesem Spiel nicht gemacht. Also werde ich sie auch nicht brechen. Obwohl ich nach unserem letzten Mal kurz davor war.

Ich erinnere mich sehr gut daran. Das letzte Mal haben wir es getan am ersten Wochenende, nachdem Schluss war mit Charlie, Anfang des Jahres. Mir ging es schlecht, und ich landete mit Simon auf einer Party in einer Fabrikhalle; Eva ging es auch schlecht, und sie kam auf dieselbe Party. Sie hatte kurz vorher geweint wegen dieses Vollarschs von Freund (den sie an diesem Abend mit einer anderen im Bett erwischt hatte), wie ihre etwas aufgequollenen Augen und der verschmierte Lidschatten verrieten. Erst haben wir uns gegenseitig voll gejammert, dann bemitleidet, uns dabei schleichend abgefüllt, und irgendwann hat sie mich rausgezogen aus der Fabrik in die Winterkälte, runter von der Anlage.

Wir haben uns lange geküsst, den ganzen Weg nach nirgendwo. Evas Mund schmeckte ganz leicht nach kühlen Erdbeeren in Alkohol, ihr Gesicht nach getrockneten Tränen. Ich küsse Eva immer wieder gerne. Sie hat zarte Lippen und eine geschickte Zunge.

Wenn wir uns einen Augenblick lang nicht geküsst haben, war unser schneller Atem zu sehen, so kalt war es. Irgendwann habe ich sie hochgehoben, sie hat ihre Beine um mich geschlungen, sich an mich gepresst, wir haben uns an Wände gedrückt. Eva hat eine empfindliche Stelle am Hals, ich im Nacken. Wir haben uns gegenseitig Gänsehaut geküsst; ich habe den Duft ihrer Haut eingeatmet, sie roch so sauber und frisch wie die Luft nach einem Sommergewitter. Wir sind auf eine Wiese gefallen, sie war ganz kühl, Eva hat mein Hemd unter meiner Daunenjacke aufgeknöpft, meine Hose; ich habe ihr die Strumpfhose unterm langen Rock ausgezogen und den schwarzen Spitzenslip auch, den Rock ganz vorsichtig immer weiter hochgeschoben, dabei an ihrem Bauch gesogen, und ihn gestreichelt, in ihre Hüften gebissen, ganz leicht nur; ich habe alles getan, um mir ihre Titten möglichst lange aufzuheben.

Wir haben es bis zu einer Baracke am Ende der Wiese geschafft, waren nicht zu stoppen. Das erste Mal haben wir es dort getan, das zweite Mal bei ihr zu Hause, und unterwegs von der Baracke zu ihr, im Nachtbus, hat sie mich nicht aus ihrer festen Hand gelassen und ich sie nicht aus meinem Mund. Wir waren dreckig von der Wiese, ganz melancholisch, still, völlig versunken in unserer plötzlichen Leidenschaft. Blicke, die ich nur aus der Ewigkeit einer Liebesnacht kenne.

Nein, es war keine Liebesnacht. Es war Frustficken, um es beim Namen zu nennen. Das kann gnadenlos vollkommen sein, finde ich. Gnadenlos, weil es sich nie so wiederholen wird. Ich glaube inzwischen, es gibt keinen schöneren Sex als zwischen zwei Verzweifelten. Keine intensivere Lust als unter zwei gerade Verlassenen. Zwei irgendwie Betrogenen.

Am anderen Morgen war ich nicht mehr verzweifelt, weil sie mich die ganze Nacht in ihren Armen gehalten hatte und ich sie. Trotzdem (oder vielleicht auch gerade deswegen) ging ich, während sie noch schlief. Weil ich verunsichert war, weil alles so schnell ging nach Charlie, mit Eva. Ich habe einen Zettel hinterlassen, auf dem *Ich denk an Dich* stand.

Das habe ich auch wirklich getan: Ich habe mich oft an diese Nacht erinnert, mich an diesen Bildern festgehalten, um Charlie loslassen zu können. Fast hätte ich Eva angerufen und gegen unsere ungeschriebenen Gesetze verstoßen, aber fünf oder sechs Wochen später habe ich sie an einem Samstagvormittag von weitem in der Stadt gesehen: Sie. Und ihren alten Freund. Arm in Arm. Da bin ich in eine Nebenstraße abgebogen.

Erst mal sortieren. Wohin jetzt? Die *Bazooka* hebe ich mir noch auf, will vorher ins … *Luxus*. Das ist auch gleich um die Ecke. Ja, *Luxus* ist heute okay. In dem Laden habe ich noch nie jemanden aus dem Sender getroffen. Im *Luxus* bin ich sicher.

Das *Luxus* ist eine komische Bar, weil sie exakt keinen Luxus bietet – und das macht sie für viele zum Kult, zum Szeneladen für In-Crowd-Würste. Der Stil lässt nichts zu wünschen übrig: Holzbänke, wie sie auf Schützenfesten aufgestellt werden, Klappstühle, in denen man auf Erste-Schulklasse-Höhe hängt. Da man also kaum richtig sitzen kann, ist diese Bar eher eine Stehkneipe. Und wenn es nach dem abgefuckten Typen in der Ecke geht, ganz hinten, hinter all den Bänken, ist diese Bar hier eher eine Art Disco. Tatsächlich leistet sich das *Luxus* am Wochenende einen DJ, der in regelmäßigen Abständen zu seinem ohrenbetäubendem Bass etwas von »abtanzen« ins Mikro brüllt, das phallisch von seiner Anlage absteht. Ich frage mich kurz, was ich abtanzen soll: einen Arm, ein Bein oder gleich meinen Dödel? (Das ist nicht witzig. Oh nein! Es gibt Leute, wie zum Beispiel mich jetzt gerade, die mehr oder weniger ernsthaft über Worte wie *abtanzen* nachdenken.)

Im Moment tanzt sich noch niemand irgendetwas ab. Nur hinten bei den Toiletten wippen zwei Jung-Frauen auf und ab. Trotzdem legt *DJ Aftersex*, wie vorne an seinem Mischpult steht, Triphop der Güteklasse *bleibende Gehörgangschädigung* auf. Mir soll es recht sein. Zu laut – das legitimiert zur Genüge, warum ich hier mit niemandem sprechen werde. Danke, *Aftersex*.

Das durchgestandene Holzparkett sieht aus, als hätte es aus der Froschperspektive schon eine Menge Leute kotzen sehen. Ich bin immer wieder fasziniert davon, dass meine Schuhe im *Luxus* eine besondere Bodenhaftung aufweisen, was wohl daran liegt, dass hier keine Kellner kellnern, sondern Püppchen und Beaus, die lecker gestylt sind, aber ständig etwas verschütten, Gläser umstoßen oder im Gedränge sogar ganze Tabletts fallen lassen und nicht aufwischen – dazu sind sie entweder zu fein oder viel zu besoffen, weil sie sich mit wachsender Begeisterung selbst abschießen.

Abschießen ... Wachtberg wird mich abschießen ... Scheiß auf Wachtberg.

Das Klo ist im *Luxus* zu meiden – es sei denn, man will sich mit irgendwas anstecken oder am nächsten Morgen neben kaltem Rauch auch kalte Kotze in den Klamotten stecken haben – Kotze, die noch nicht einmal von einem selbst stammt. Mir ist das zum Glück noch nicht passiert, aber Simon. Bei den Leuten, die im *Luxus* ihre Visitenkarten verbreiten, ist es nämlich die höchstmögliche Selbsterniedrigung, vor Bekannten zu kotzen. Kotzen außerhalb des Blickfeldes gehört zu den guten Sitten, Kotzen in ein Klo selbst aber nicht. Das heißt: Sobald der potenzielle Kotzer durch die Menschenreihen bis zur Toilettentür durchgebrochen ist, kotzt er, egal wohin, auf wen oder was. Seine Leute sehen ihn ja nicht. Das heißt, wer gerade gelassen am Pissoir steht, schüttelt, zieht und gerade einpacken will, muss damit rechnen, dass er von einem Typ von hinten angehustet wird. Das ist nicht schön. Das macht keinen seriösen Eindruck im weiteren Verlauf des Abends. Das sorgt für herzliche Schlägereien, die damit enden können, dass der Unterlegene Klosteine inhalieren muss – meist der Kotzer mangels koordinierter Armführung im Faustkampf. Simon kann da eine erschreckende Kreativität entwickeln. Seine Klamotten musste er aber auf eigene Kosten in die Reinigung geben.

Die Pfaue, die hier arbeiten, sind so mit ihrer Privatparty auf Kosten des Hauses beschäftigt (wobei es wohl darum geht, dass maximal viele Typen ihre Schamteile an den Kellnertussen reiben und umgekehrt), dass man sich hier nur besaufen kann, wenn man einen der Kellner gut kennt. Sonst wird man viel zu selten bedient, weshalb viele ihren Shit mitbringen und sich einen rauchen in diesem düsteren Laden. Also riecht es nach selbst gedrehten Brusthaaren mit Tabak. *Luxus.*

Ich bestelle mir an der Theke einen Wodka-L und bekomme ihn relativ schnell. Auf Wachtberg! Auf dass ich dem Titscher nie wieder in die Quarkaugen gucken muss! Um mich herum stehen an der Theke viele Typen wie ich, besserer Durchschnitt, ein bisschen aufgemotzt. In der beleuchteten Glasvitrine hinter der Theke stehen dagegen die edlen, hochprozentigen Tropfen. Die sind aller Ehren wert und tatsächlich Luxus. Ohne Wenn und Aber.

Ich beobachte den Menschenzoo. Das heißt: Ich gucke mir die Leute an. Nicht, dass ich überheblich bin: Ich gehöre dazu, ich stehe nicht vor dem Käfig. Ich bin mittendrin. *Teilnehmende Beobachtung* ist das, wie selbst Freizeitstudenten wie ich nach dem zweiten Semester an der Uni aufgeschnappt haben. Also, ich beobachte die anderen, aber ich beobachte auch mich. Wie ich auf sie reagiere. Wie habe ich vorhin auf Eva reagiert? Die *Jacobs*-Krönung war das nicht. Verdammt, schon wieder ein Zitat! Ich nehme einen ordentlichen Schluck Wodka-L.

Im ersten Augenblick schüchtern mich diese Leute hier ein. Sie sind so präsent und schick und cool und können feiern und saufen und baggern. Bei mir kann ich da zurzeit allenfalls das Kästchen saufen anklicken. Ich sehe diesen Typen, der immer in diesem Laden hier ist, immer mit optosexuellen Wahnsinnsfrauen. Wahrscheinlich hat der Kerl eine Modelagentur oder so was. Das ist übrigens meine tröstlichste Variante, dass er eine Modelagentur hat und die Jung-Frauen, die für ihn arbeiten, sich einfach mit ihm gut stellen müssen. Den Typ kennt hier jeder. Und jeder andere Typ ist glücklich, wenn ihm dieser lange Lulatsch mit Riesenzinken und aufgeknöpftem Hemd zunickt. Als niederste Form des Wiedererkennens ist das wohl zu deuten, und die Leute freuen sich darüber. Mir nickt er nicht zu. Er ist beschäftigt. Mit der Linken fummelt er seiner heutigen Begleitung erst am, dann etwas unterm Rock herum. Zu dem Anblick fällt mir jetzt automatisch John Milton (Al Pacino) in *Im Auftrag des Teufels* ein: *»Ich bin die Hand unter Mona Lisas Rock.«*

Verdammt, keine Zitate mehr!

Keine Zi-ta-te!

Die Brünette verzieht keine Miene. Sie würde zu Shampoowerbung passen, denke ich. So eine Schönheit, die sich unter der Dusche dreht und windet, damit man auf alles achtet, außer auf das Shampoo. Ihr Lulatsch studiert gerade eine Visitenkarte in seiner Rechten, die ihm ein fast gleich langer Typ gegeben hat, der schwitzend in einer *Chiemsee*-Jacke steckt und mit seiner freien Hand rumfuchtelt. Es muss ziemlich viel auf der Visitenkarte stehen. Zumindest starrt der Lulatsch ziemlich lange auf das kleine Stück Pappe.

Die Jung-Frauen im *Luxus* geben sich so hübsch und so geil und außer sich, dass ich mich für einen völligen Idioten halte, dass ich nicht auch gerade unter irgendeinem Rock rumfummle. Halt, durdurdur, stopp! Nur keinen Neid, bitte! Aber es ist schon wahr: Die Jung-Frauen hier sehen zum Großteil aus wie die Backgroundbabes in Musikvideos, die im Sekundentakt weggeschnitten werden.

Hinten, Richtung *Aftersex*, steht ein Pulk Männer. Sie sind auf der Jagd. Aber zuerst versuchen sie mal, so viel wie möglich zu trinken (was im *Luxus* ja relativ schwierig ist), möglichst laut miteinander zu sprechen (damit jeder auch hören kann, was sie der Welt zu sagen haben) und möglichst laut zu lachen (damit auch jeder merken kann, wie viel Spaß in ihnen steckt). Ihre für solche Abende trainierten und eng verpackten Körper sagen mir, dass diesen Jungs die Welt gehört. Dass aus ihrem Arsch die Sonne scheint. Und dass sie deshalb gutes Recht haben, durch Figuren wie mich hindurchzuschauen, so wie das so ziemlich alle anderen hier auch machen. Sehen und gesehen werden? Nein. Jeder hier will gesehen werden, ohne zu sehen.

Jeder will ein Popstar sein.

Ich nicht.

Keine Frage fürs weitere Leben.

Für einen kurzen Moment wünsche ich mir, dass einer von diesen Typen und Tussen mich erkennt, weiß, was ich heute Morgen getan habe, wie grausam ich bin hinter meiner unscheinbaren Fassade, welche Geschichte unter meinem Verband steckt, welche Wendungen in den vergangenen 24 Stunden. Dass diese Nachricht weitergetuschelt wird, bis mich alle heimlich bestaunen, *der sieht aber gar nicht so aus, als ob* flüstern und mich einfach wahrnehmen. Wahrnehmen als unterste Stufe von Respektieren. Vielleicht würden mich die Leute hier aber auch lynchen wollen. Die Maßstäbe der Leute sind sehr wechselhaft. Schließlich verwerfe ich diese Phantasien wieder; ich bleibe lieber ein Mitläufer der Nacht, ein Statist, eine Figur ohne Rolle, eine Rolle ohne Text.

Das ist die Ausgangssituation. Ich werde ängstlich, und unsicher, bei allen diesen Gedanken, in denen ich mich klein mache, zur Zirkusattraktion aufblähe und wieder schrumpfe. Aber das hier soll mein Abend werden … Ich habe Wachtberg verjagt. Dann entdeckt, dass ich mir in den vergangenen Jahren Unmengen von Zitaten angewöhnt habe, die für mich gesprochen haben. Anstelle von mir. Die mich von mir selbst entfremdet haben. Das sind meine Fortschritte. Und deshalb muss das hier mein Abend werden. Meine Party!

Nach einem kräftigen Schluck Wodka-L nach diesem Beschluss fasse ich den Mut, mir die Leute noch einmal anzugucken. Richtig anzugucken … Direkt. Plötzlich wird *Aftersex'* Triphop ganz leise und ich zoome an die Leute ran.

Zoome vorbei an Edelklamotten, Dekolletés und Muskeln.

Vorbei an Parfums, Make-up und gierigen Händen.

Close-Up … die Kamera hält voll drauf: von der Stirn bis zum Kinn. Das ist der Ausschnitt, den ich brauche.

Mein Kameramann rast von Gesicht zu Gesicht.

Schnelle Schnitte.

Überall dieses Dauerlächeln.

Schnitt.

Männermünder, die sich auftun und ihr Lebensgefühl rausschreien.

Schnitt.

Frauenmünder, aus denen Zungen huschen, um die Lippen anzufeuchten. Vor dem nächsten Bier, Schnitt, dem nächsten Text, Schnitt, dem nächsten Lachen, Schnitt, dem nächsten Kuss. Ich sehe gute Zähne. Ich sehe schlechte Zähne. Vor allem zeigen mir die Nahaufnahmen Augen: Blaue, Schnitt, graue, Schnitt, dun-Schnitt-kel-Schnitt-brau-Schnitt-ne, Schnitt. G-r-ü-n-e-schnittschnittschnitt.

Zoom in: Nur kalte Augen. Voller Sehnsucht, aber ohne Feuer. Suchend, so sehe ich sie in meinem Sucher. Das Lächeln, die gute Laune, das Geschreie, das Gezucke, das Gebaggere - Schnittschnittschnitt – sind plötzlich nur noch Trümmer für mich. Nur noch Zitate und Zitat-Zitate: Gesten, Witze, Sprüche, Düfte, Bewegungen, die Schuldgefühle, die sie in mir erzeugen. Billige Wiederholungen auf *Vox*.

Der Kameramann hält voll auf mein Gesicht. Oder ist das ein Spiegel an der Wand? Supernahaufnahme, Zeitlupe von meinem versteinerten Gesicht. Augenlider öffnen, schließen sich.

Starrer Blick. Augenränder für drei. Ich erschrecke vor mir selbst. Zombies sind wir in diesem Zoo, die wie Menschen sein wollen. Kollektiv autistisch. Keiner für alle, alle für sich. Zoom out.

Schwarzblende.

Ende.

Langsamer Fade-in.

DJ Aftersex kehrt zurück.

Der Triphop poppt wieder durch mein Trommelfell.

Ich frage mich, warum diese Leute weggehen, wenn sie doch offensichtlich nur mit sich selbst beschäftigt sein wollen: Ihr Aussehen, ihr Auftreten, ihr Gerede, ihre Chancen bei irgendwas. Ich verstehe das nicht. Und vor allem kriege ich hier nichts mehr zu trinken!

Komisch, bei den Türken ist das echt anders. Da gucken dir die Leute in die Augen, vor allem die Jung-Frauen. Knallhart direkt in die Augen. Und sie lesen in dir. In einem Augen-Blick zapfen sie so viel Daten ab wie unter Deutschen allenfalls Bier fließt. So machen das die Türken hier – und die unten erst recht.

Gut, manchmal guckt ein Typ einen anderen Typen falsch an, und dann gibt es eine Überdosis Information, den *information overkill*, und dann kracht es, aber wie. Allerdings kann ich nicht sagen, dass ich das wirklich schlecht finde. Obwohl, einmal im Heimaturlaub hat so ein heißblütiger Bruder seine Zigarette auf meiner Hand ausgedrückt, weil seine Schwester mit mir tanzen wollte. Da ist es logisch, dass er seine Zigarette auf meinem Handrücken ausdrückt, oder? Aber okay, ich war so blöd, mich von ihr auf die Tanzfläche ziehen zu lassen. Wobei, sie war blond, und ich konnte nicht ahnen, dass sie Türkin ist, sonst hätte ich mich freiwillig an die alten, ungeschriebenen Gesetze gehalten – ohne Aschenbecher zu spielen! Paragraph 1, Absatz 1, Satz 1: Finger weg von türkischen Mädchen.

Von Özlem zum Beispiel.

Wie komme ich auf Özlem?

Ich bekomme doch noch einen zweiten Wodka-L. Die ersten langen Schlucke bringen meine gute Laune zurück. In mir steigt das Bedürfnis auf, mit jemandem dummes Zeug zu reden. Aber Simon ist nicht da … Scheiß auf Simon!

Am liebsten würde ich mich zu dem Typen neben mir umdrehen, zu dem mit der Studi-*John-Lennon-lebt*-Nickelbrille plus langen, dunklen Fetthaaren (inklusive Anzug, komplett unpassend zu Haar und Brille), und sagen: »Hey, ich wette Oddset, zehn zu eins, dass John Lennon tot ist.« Einen Moment spiele ich wirklich mit dem Gedanken, es zu tun. Aber nein, das wäre ja albern. Und was soll das überhaupt, den Typen blöd anzumachen?

»Hey, du, ich wette zehn zu eins Oddset, dass Lennon tot ist.« Kriege ich jetzt einen auf die Fresse? Wegen Gotteslästerung?

John Lennon hat seinen Kopf beim Zuhören zu mir rübergelehnt, was mir einen hinreichenden Einblick in sein Schuppenbiotop erlaubt. Jetzt kommt er hoch, grinst mich breit an und … und klopft mir auf die Schulter. Wir stoßen an, und er trinkt sein Glas in einem Zug aus, ohne dass sich sein Kehlkopf bewegt. Zehn zu eins, dass kein Wort von mir in seinem Sprachzentrum angekommen ist?

»Hundert zu eins«, schreie ich Johnny-Boy zu. Er lacht laut und will mir einen ausgeben. Tja, so schnell macht man sich Freunde in der Nacht. Jetzt muss ich auch grinsen – und auf einmal gehöre ich ganz dazu. Vielleicht tue ich den anderen hier ja die ganze Zeit Unrecht, und sie erinnern sich auch nur daran, wie ein kleiner, krummbeiniger Kümmel eine Kippe auf ihrem Bizeps ausgedrückt hat. Oder sie wetten auch Oddset. Ja und die Jung-Frauen … warum die so enthemmt grinsen? Woher soll ich das wissen? (Notiz: Bei Gelegenheit Jung-Frauen fragen, warum sie so enthemmt grinsen auf der Wochenendbühne.)

Lennon versucht zu bestellen. Das kann dauern. Ich nutze diesen Umstand und gehe jetzt besser zum *Gonzo*. Zu Eva. Mach es gut John. Wir sehen uns nicht wieder. Und weg bin ich.

Ich liebe die Großstadt dafür. Als ich aus dem überfüllten *Luxus* trete, macht ihre Anonymität sie so schön wie eine riesige Tischtennishalle um Mitternacht, in der zwei Spieler einsam und allein um den Turniersieg kämpfen.

18

✪ Abschuss ✪

Im *Gonzo* stapeln sich die Leute. Ich meine das wörtlich. Das *Gonzo* war früher ein Puff, und einige Sofas und Diwane aus der alten Zeit hat der neue Besitzer einfach übernommen. Auf diesen Sofas und Diwanen sitzen sich die Teenies auf den Schößen, doppelt und dreifach. Die zweite Happy Hour, deswegen. Die Leute in meinem Alter stehen dicht zwischen den Menschenpaletten links und der lang gezogenen Theke rechts. Hinter der Theke bauen drei Kellner gleichzeitig Cocktails. Ich besorge mir zur Abwechslung einen weißen Russen, mit Milch.

Das *Gonzo* ist schlauchförmig. Da ich Eva vorne nicht entdecke, kämpfe ich mich durch die Cocktails und die schicken Menschen, die sie halten, in die Tiefe des Ladens. In kurzen Wellen tauche ich an Leuten vorbei, um in eine winzige Lücke zu stoßen, aufzutauchen; Mundatmung, umsehen, weitertauchen. Eva ist nicht in Sicht – ihre beiden Freundinnen könnten mich hier umrennen, die würde ich nicht wieder erkennen. Ich schwimme noch einmal nach vorn und gucke mir sogar die Gestapelten genauer an. Aber da ist sie auch nicht. *Wer zu spät kommt* – ich beiße mir innerlich auf die Zunge. Keine Zitate! Also, Russen leer machen und raus hier. Letzte Hoffnung *Bazooka.*

Ich verliere langsam ein bisschen die Kontrolle über meine Schrittfolge, was aber nicht weiter auffällt, weil das zu dieser Zeit ziemlich jedem so zu gehen scheint. Und wenn alle schwanken, beruhigt das das gesamte Bild wie ein ordentliches Narkotikum, *Fluothane* zum Beispiel. Apropos betäuben: Unter dem Verband zieht ein leichter Schmerz durch die Wunde. Aber ich kann das jetzt nicht ändern. Das hier ist mein Abend. Da lasse ich mich nicht von einer albernen Schnittwunde stoppen.

Die *Bazooka* ist noch verrauchter als das letzte Mal. Da war ich mit Simon hier. Ob er mit Eva …? Ach was, jetzt fang mal nicht an zu spinnen.

Schock! Ein Typ an der Theke sieht von der Seite original so aus wie Wachtberg. Das löst bei mir Alarmstufe Rot aus. Schotten dicht und abtauchen! Aber genau in dem Moment, in dem ich mich umdrehen, wegsehen oder irgendwas tun will, um aus seinem Visier zu verschwinden, dreht sich der Typ zu mir, hebt den Kopf – und fällt vom Stuhl. Ich nutze die Gunst des Augenblicks und verschwinde hinter ein stehendes Grüppchen; ich mache mich klein, versuche aber gleichzeitig durch die Leute auf den Typen zu linsen. Da klopft mir einer fest auf die Schulter, so dass ich einen verräterischen Luftsprung mache.

»Hey, Hakim, Kumpel, was ist los? Musst du dich verstecken wegen der Sendung heute Morgen? *Hakim hilft!* Ich hab's gehört. Ich fand es witzig. Ich hör dich immer, Hakim. Hast du viel Ärger deshalb?«

Standbild.

Ich fassungslos.

Mund so weit geöffnet wie bei einem Fisch an Land.

Noppen-Norbert! In voller Pracht natürlich: Trainingsjacke kombiniert mit Pingpong-T-Shirt, *Alle Macht den Noppen.*

»Tschuu, wer hat dich denn hier so reingelassen?«

In dem Moment fällt mir ein, dass man Noppen-Norbert solche Fragen nicht stellen darf, weil man sonst wirklich eine Antwort bekommt. Also sage ich schnell: »Vergiss es, ich will es gar nicht wissen. Ich muss was erledigen. Wir sehen uns.«

»Hast du viel Ärger? Kann ich dir helfen? Bist du rausgeflogen? Brauchst du 'nen Job? Ich kann im Tischtennisladen fragen, wenn du willst.«

»Nein, danke. Alles in Ordnung. War alles nur ein … Missverständnis.« Sage es und flüchte durch eine Lücke zwischen zwei Typen, durch die NoNo nicht mal quer passen würde. Doch jetzt drängt mich die Masse exakt auf den Wachtberg-Doppelgänger zu. Ein anderer Kerl und eine hübsche Enddreißigerin lesen den Typen gerade auf, der irgendwas labert und sabbert zugleich, was die Herumstehenden mit diesem Grinsen quittieren, das besagt: *Kann nicht saufen, selber schuld.* Ich kenne diese Schadenfreude nur zu gut, als Grinser *und* als Sabberer.

Oh Mann! Noppen-Norbert hat die Sendung mitbekommen. Dann weiß es Montag ganz Tischtennis-Deutschland. Wenn nicht schon vorher.

Schließlich schaffen die hübsche Enddreißigerin und der Mann den Sabberer raus. Ich werde von den Gaffern hinter ihnen herausgedrängt, und draußen fällt der Typ noch einmal hin, als er plötzlich zu würgen anfängt und die Frau ihn deshalb loslässt wie einen Leprakranken. Sein Gesicht fällt mir genau vor die Füße. Und was jetzt kommt, schockt: Es ist wirklich Wachtberg! In voller Lebensgröße parkt er längs auf dem Bürgersteig. Er hat die Quarkaugen geöffnet, aber sehen kann er wohl nichts mehr. An der Portion Fleisch und den überdimensionalen Knochen rührt sich nichts. Die Bugs-Bunny-Krawatte hängt schlaff und schräg an seinem Hals. Overkill.

Ich bin auch nicht mehr weit davon entfernt. Wie viel habe ich eigentlich getrunken? Egal. Soll ich mir Noppen-Norbert schnappen und ihm sagen, er soll gefälligst die Klappe halten? Hoffnungslos.

Mein Privatkino im Kopf startet *Der alte Mann und das Meer.* Um mich herum sind Wellen. Sie werden höher. Überschlagen sich, die Brandung, die Möwen. Eine von ihnen ruft mir zu: »Junger Mann! Hallo, junger Mann!« Möwen können nicht sprechen. Nie wieder White Russian, so viel ist klar.

Plötzlich verwandelt die Möwe sich in die hübsche Enddreißigerin, und ich höre mich sagen: »Ja, bitte?«

»Na wunderbar, Sie sind doch noch nicht so weggetreten wie

mein gottverdammter Mann.« Unergründliche Augen, marmorgrau, die mich gerade streng anfunkeln.

»Mir ist das hier so peinlich. Könnten Sie wohl mal mit anfassen?« Schmale, geschwungene Lippen, ungeschminkt und goldblonde Haare, etwas gelockt, kurz geschnitten.

Ich weiß nicht, wie lange ich sie anstarre wie durch einen Filter, etwas Weichzeichner könnte auch im Spiel sein. Sie ist wirklich schön, und ich könnte Wachtberg unter diesen günstigen Umständen wohintreten, allein dafür, dass er so eine attraktive Frau an seiner Seite hat. Für einen Moment stelle ich mir vor, dass sie Wachtberg mit mir betrügt, dass ich durch meine erste Hilfe gerade ihr Herz gewinne und so zu einer Weltklasserache komme ...

In diesem Moment schreit Frau Wachtberg hysterisch nach einem Taxi. Als sich niemand regt, zückt sie ihr Handy, um selbst eins zu bestellen. Doch da geht der andere Mann, mit dem sie und ihr vorübergehend indisponierter Ehemann in der *Bazooka* waren, dazwischen und sagt: »Hör auf, hier rumzuflippen. Alex liegt doch ganz gut.« Das ist sein ganzer Text. Er hat wohl keine Lust, die halbe Nacht im Krankenhaus zu verbringen. Das bringt sie vom Telefonieren ab. Und vom Reden. Aber nur kurz, zwei Sekunden gefrorener Blick, dann kriegt der Typ die volle Breitseite von ihr, und der holt sich einfach eine Kippe raus, fängt an zu rauchen, und ich kann nicht mehr folgen, und sie bringt verkrüppelte Halbsätze über meinen besoffenen Chef Alexander Wachtberg hervor, die am ehesten an ihren abseits rauchenden Bekannten, aber tatsächlich an niemand bestimmtes gerichtet sind. Mehr als hervorbringen ist es nicht mehr, denn sie scheint an ihrem Sprechtempo und den unterdrückten Tränen zu ersticken.

Tränen will keiner sehen am Wochenende, höchstens im Kino. Die Gaffer drängen zurück in die *Bazooka*. Ich habe wieder Luft zum Atmen. Höre sie ihre Satzbrocken würgen: »war das letzte Mal«, »diese Blamage«; »wegen so einer Lappalie«.

Lappalie?

Hakim hilft?

Ja klar, ich müsste sie jetzt geschickt ausfragen, was denn mit ihm los ist, warum er sich besoffen hat und so weiter. Aber ich bekomme den Mund nicht auf. Wie vernagelt. Mit fällt keine Einstiegsfrage ein.

Oh Mann! Plötzlich … jetzt erst merke ich, dass ich wirklich mit anpacke, wie die Enddreißigerin mir befohlen hat. Jetzt, in diesem Augenblick, registriere ich, dass ich am Rande des Bürgersteigs kauere, und in meinen Händen den Kopf von Bugs halte. Ich weiß nicht, wie der Kopf dahin gekommen ist, aber offenbar soll er nicht auf dem Asphalt rumkugeln. Und vor allem soll Wachtberg wohl nicht an seiner eigenen Kotze ersticken, wenn es ihm noch mal hochkommt.

Der Kopf kommt mir so leicht vor wie ein Ballon. Ich darf ihn nicht zerquetschen! Wachtberg, du Wurst: Vor ein paar Stunden hätte ich dir liebend gerne die Quarkaugen in den Schädel gedrückt, wie das in den Filmen frei ab 18 schon mal passiert. Aber jetzt ist meine Wut verpufft. Ich habe Oberwasser. Ich habe mich gegen den Radiomoderator entschieden.

Okay, leichte Rachegelüste will ich nicht leugnen. Einmal lasse ich Bugs' Schädel durch meine Hände rutschen. (Für Oster, du Wurst!) Wachtbergs Rübe titscht auf den Asphalt, es macht kurz *Tock*, ein hohles, dumpfes *Tock*. Dann nehme ich Wachtbergs Schädel vorsichtig wieder in meine Hände.

Ich bin hier im völlig falschen Film. Mein Kameramann liefert keine vernünftigen Bilder, sondern einen *Dogma*-Style, Wackelbilder, die echt aussehen, es aber nicht sind. Nicht sein dürfen! Ich kann hier nicht hocken und den bis auf weiteres leblosen Kopf von Wachtberg halten. Ich weiß nicht, wie diese Geschichte hier ausgeht, aber egal wie, ich muss sie Janina erzählen, Wachtbergs Sekretärin. Wird ihr gefallen. Das ist schon alles, was ich im Moment denken kann. Das und: Noppen-Norbert muss schweigen.

Plötzlich durchzuckt es Bugs' leblosen Körper. Weil er liegt, kotzt er sich selbst ins Gesicht und auf sein Hemd und meine

Hände und etwas auf den Verband, bevor ich mich in Sicherheit bringen kann. Einen Augenblick später liegt er wieder reglos da. Seine Frau schlägt sich beide Hände vors Gesicht und schluchzt nur noch unartikulierte Laute; der Typ mit der Kippe dreht sich Nase rümpfend und grinsend ab; und ich, ich nutze diesen unbeobachteten Moment, um die Kotze an meinen Händen und am Verband an der Bugs-Bunny-Krawatte und Wachtbergs Haaren abzuwischen. Für die Fakes, Bobuslav, Gina, die schwangere Dreizehnjährige und die verliebte Türkin. Und noch mal für Oster. Ich hoffe, er kann das sehen. Dieser Teil der Geschichte dürfte Janina auch gefallen.

Der Freund der Wachtbergs wirft den Zigarettenstummel auf den Asphalt, sagt »Scheiße, Mann!« und steckt beide Hände in die Jackentaschen. Sein Kommentar gilt wohl dem Zustand von Wachtbergs Frau, der sich von Minute zu Minute hier draußen vor der *Bazooka* verschlechtert. Die Wahrscheinlichkeit ist hoch, dass auch sie sich in den nächsten fünf Minuten dem Asphalt hingeben wird. Ich denke, es ist die richtige Vorsichtsmaßnahme, mich von jetzt an immer so hinzukauern, dass sie nicht hinter mir steht.

Ich halte also Wachtbergs bekackten Schädel, bis tatsächlich ein Taxi kommt. Wir verfrachten seinen Riesenkörper auf die Rückbank, dabei stößt sein Kopf auf meiner Seite leider ein-, zweimal vor die Tür, hehe. Seine Frau stopft mir einen Zehner in die Hand und ist weg. So stehe ich da, wortlos, vor der *Bazooka*, hebe kurz die Hand, um mit dem Zehner dem Taxi hinterherzuwinken, aber im letzten Moment tue ich das doch nicht.

Die Regie scheint mit mir in dieser Szene nicht zufrieden zu sein. Stimme aus dem Off: »Hakim? Alles okay? Hakim?«

Nicht schon wieder Noppen-Norbert!

Aber nein. Es ist eine weibliche Stimme. Das muss die Regieassistentin für diese Szene sein. Ich wusste nicht, dass sie Türkin ist. Sie spricht nämlich meinen Namen türkisch aus. Ihre Stimme kommt mir auch bekannt vor, aber ehe ich darüber nachdenken kann, rüttelt jemand an meiner Schulter.

»Hakim! Bist du in Ordnung?«

Das Taxi biegt ab. Ich schaue in Richtung Beben.

»Özlem?«

»Hast du jemand anderen erwartet?«

Özlem!

»Hallo! Was machst du denn hier?« Ich weiß, dass das eine idiotische Frage ist. Sie auch.

»Was ich hier mache? Ich will in die *Bazooka*, ein paar Freunde wollen mir den Laden mal zeigen. Aber was machst du hier? Wer war der Kerl?«

Ach, Özlem. Du weißt nichts von dem wild gewordenen Moderator. Du hast keine Nachrichten gehört oder gesehen. Das gibt mir Zeit. Zeit, um dir meine Sicht zu erzählen. Wenigstens du sollst sie kennen, meine Wahrheit, die mir kein Reporter geglaubt hätte, die ich nicht beweisen kann. Jetzt muss sie heraus, morgen wird es schon zu spät sein, dann bin ich in den Zeitungen. Hoffentlich im Lokalteil, den liest eh niemand, den ich kenne. Aber Özlem … sie muss es von mir erfahren.

Was mache ich hier? Wer war der Kerl? Das sind gute Fragen, Özlem. Aber auf einmal habe ich Angst. Angst, sie glaubt mir nicht. Warum sollte sie das auch tun? Wir kennen uns ja kaum. Angst davor, sie auch noch zu verlieren, eine weitere Konstante in meinem Leben, wie Simon und die anderen. Erst jetzt schaue ich Özlem richtig an. Sie sieht ganz anders aus als sonst: schwarze Lackschuhe, eine feine, schwarze Stoffhose mit dunkelrot schimmernden Verzierungen an den Hosenbeinen, dazu einen schwarzen Rolli, der sich an ihre zarte Figur schmiegt, und eine bordeauxrote Lederjacke. Ihre schwarzen Haare glänzen, ihr dunkler Lippenstift betont ihre weißen Zähne. Ihre dunkelbraunen Augen sehen sehr konzentriert aus. Autofokus auf jede meiner Bewegungen. Ein bisschen sehen sie auch besorgt aus, wie sie jetzt jede meiner ungelenken Gesten verfolgen. Nein, sie sehen wunderschön aus, stolz. So stolz wie ein türkischer Großvater auf seinen Enkel. Ich lächle sie an. Sie lächelt zurück; ihr Lächeln …

Was ich hier mache? Wer der Kerl war? Vielleicht ist das alles unwichtig. Mehr als das. Ich sage: »Hallo erst mal!«, und nehme Özlem einfach in die Arme, drücke sie an mich. Ich merke, dass sie erstarrt. Ich kann die Augen nicht schließen. Ich sehe, wie eine Jung-Frau aus der *Bazooka* tritt und auf uns zukommt.

»Oh, äh … ach, hier bist du, Özlem. Die Jungs warten drin … Wer ist denn das hier, Özlem?«, fragt sie. Özlem springt aus meinen Armen.

»Das … das ist Hakim.«

»Hallo, Hakim. Ich bin Caro. Ich hab dich noch nie gesehen. Woher kennt ihr euch denn?«

»Hi, Caro. Ich hab dich auch noch nie gesehen. Wir kennen uns aus der Uni«, antworte ich viel zu schnell. »Hatten mal ein Seminar zusammen.«

Caro sagt: »Aha« und lacht.

»Tja, äh … Wollen wir mal reingehen?«

Özlem sagt nichts.

Die *Bazooka* ist unglaublich voll. Özlems Freundin hat sich wieder zu zwei Typen an einen Minitisch gezwängt. Da ist kein Platz mehr. Özlem zuckt ihrer Freundin durch die halbe *Bazooka* mit den Schultern zu und bedeutet ihr, dass wir noch mal vorne gucken. Caro grinst, hebt eine Augenbraue, nickt. Nachdem wir uns zweimal durch den ganzen Laden gequetscht haben, steht direkt vor uns ein Pärchen auf. Ich stürze mich auf die zwei Plätze an der Theke. Özlem lächelt wegen meiner Aktion.

Von meinem Platz aus kann ich über Özlems Schulter den Tisch mit ihren Leuten sehen. Als wir uns auf den Barhockern häuslich eingerichtet haben und vor mir ein Wodka-L steht und vor ihr eine Cola light, guckt Özlem mir kurz, aber forschend in die Augen.

»Du hast mich noch nie in den Arm genommen.«

Mit dieser Eröffnung hatte ich nicht gerechnet. Ich verliere den Faden. War gerade dabei, die richtigen Worte zurechtzulegen, den Einstiegssatz für meine Wahrheit. Der ist wichtig und schwierig zugleich. Ja, so dumm es klingt, Dede, ich tue mich schwer mit der Wahrheit. Warum ist Wahrheit schwierig, Dede? Hmm … Frage fürs weitere Leben.

Ich höre Özlems Satz in meinen Ohren hallen: *Du hast mich noch nie in den Arm genommen.* Sie sagt es so, dass ich nicht weiß, was sie damit sagen will. Klingt es vorwurfsvoll? Böse? Geschmeichelt etwa?

»So schlimm kann es nicht gewesen sein«, sage ich vorsichtig.

»Das sage ich ja gar nicht.«

»Du meinst, es gibt nicht viele Arbeitgeber, die ihre Leute in den Arm nehmen?«

Autofokus. Sie zoomt in mich hinein.

»Danke, Hakim.«

»Hey, Özlem, komm schon. Das war nur ein Gag.«

»Ich weiß. Mit danke meinte ich, dass du eben nichts gesagt hast. Zu Caro … woher wir uns kennen und so.« Sie trinkt ihre Cola light in einem Zug aus, wendet sich etwas ab und zieht sich mit einer kurzen Bewegung den Pullover über den Kopf. Darunter hat sie ein enges weinrotes T-Shirt mit einem schwarzen Stern auf der Brust. Ich starre auf den Stern und sage: »Ach so. Kein Thema.«

In dem Moment dreht sich Özlem wieder zu mir, starrt über meine Schulter, bekommt große Augen. Ich gucke sie etwas verständnislos an, und dann knallt mir auch schon eine Stimme aus nächster Nähe direkt in den Nacken: »Hakim, da bist du ja. Was ich dich noch fragen wollte: Hast du meine Mail mit den Klebetipps bekommen? Hast du es schon ausprobiert?«

»Hä?«

»Die Mail, Kumpel, mit den Klebetipps?«

»Tschuu, siehst du nicht, dass ich hier gerade mit jemand anderem spreche?«

»Oh, 'tschuldigung. Hallo.« Mein Fehler: Jetzt bemerkt Noppen-Norbert Özlem. »Du bist sehr schön, wenn ich dir das einfach so sagen darf.«

Ich: »Tschuu …«

Noppen-Norbert: »Ist ja nur die Wahrheit. Die darf man doch sagen, Hakim, oder? Dein Date ist sehr schön. Aber ich wollte nur wissen … ich war so neugierig.«

Özlem: »Stell mir doch mal deinen netten Freund vor Hakim.«

Meinen Freund? Meinen *netten* Freund? »Das ist nicht mein Freund. Wir spielen im selben Verein Pingpong. Und wir haben den gleichen Trainingsanzug. Das ist alles.«

Özlem: »Stimmt, so einen Trainingsanzug habe ich schon mal gebügelt.«

Noppen-Norbert: »Deine Freundin ist wirklich sehr nett zu mir, Hakim.«

»Sie ist nicht meine Freundin, du Titscher!«

»Aber nett zu Tschuu. Und sie bügelt deinen Trainingsanzug.«

»Also, ich bin Özlem.«

»Ich bin Tschuu. Norbert … Spielst du Tischtennis?«

»Nicht wirklich«, sagt Özlem, ihr Lächeln lachend – für Noppen-Norbert, die Wurst! Hey, das Lächeln ist für mich reserviert. Was geht denn hier ab?

Noppen-Norbert: »Ach so, ich dachte wegen Hakim, weil, ich wollte dich gerade fragen, ob du vielleicht einen Belag brauchst. Ich hätte dir ’nen guten Preis gemacht.«

»Das glaube ich dir gerne, Norbert.« Jetzt Blutgrätsche – oder für die nächsten zwei Stunden flotter Dreier über Tischtennis mit NoNo im fliederfarbenen Trainingsanzug und Özlem, die ihm ihr Lächeln schenkt und nicht mir. Ich muss dazwischengehen. Sonst endet *mein* Abend im Desaster. »So, Tschuu, schön, dich getroffen zu haben …«

»Ja, finde ich auch. Und wegen der Radiosache hast du keinen Ärger?«

»Nein. Aber tu mir einen Gefallen und erzähl es nicht rum. Okay?«

Özlem: »Was denn für eine Radiosache, Hakim?«

Noppen-Norbert: »Ja, hat er dir das denn nicht erzählt? Also, Hakim hatte heute Morgen …«

Ich: »Tschuu, du wolltest es nicht weitererzählen. Richtig?«

Noppen-Norbert: »Aber deine Freundin hat doch gefragt.«

Ich: »Aber meiner Freundin würde ich es doch wohl auch selbst erzählen, wenn es so furchtbar spannend wäre, oder?«

Noppen-Norbert: »Da fällt mir ein, sie ist doch gar nicht deine Freundin, hast du vorhin gesagt.«

Özlem lächelt schon wieder ihr Lächeln für ihn!

»Eben.«

»Ach … ach so! Ich verstehe. Sag das doch gleich, Kumpel!«

Ja, warum sage ich das nicht gleich, ich Wurst?

»Also, ich rufe dich an, wegen der Klebetipps. Sagen wir am Montag? Okay?«

»Neinnein, ich rufe dich an. Gehört zum Service. Was hast du denn an der Hand gemacht?«

»Bis Montag!«

»Hat mich gefreut, Özlem.«

»Hat mich auch gefreut, Norbert. Vielleicht sehen wir uns mal wieder.«

»Ja, klar, gerne, du könntest im Tischtennisshop vorbeikommen, der ist …«

»Bis Montag! Tschuu!«

»Ja, tschüss, viel Spaß noch. Ich gehe nach Hause. Ist schon spät.«

Uff! Noch nie habe ich mich so gefreut, die Pizzeriawerbung auf der Rückseite unserer Trainingsjacken zu sehen wie jetzt.

Özlem fixiert mich. »Warum warst du denn so unfreundlich zu dem armen Kerl?«

Ich kann ihrem Blick nicht ausweichen. Armer Kerl? Sie hat Mitleid mit ihm. Ich fasse es nicht! Mitleid mit NoNo. Mit einem Tischtennisspieler. Aber … hat sie dann vielleicht auch nur Mitleid mit *mir?* Ein übler Gedanke, den ich schnell beiseite dränge wie einen Stapel unbezahlter Rechnungen. Warum ich so unfreundlich zu dem armen Kerl war? Tse! (Notiz: Bald diskret, aber präzise prüfen, ob ich ein so armer Kerl wie NoNo bin.) *Warum ich so unfreundlich zu dem armen Kerl war?*

»Weil er ein bekackter Freak ist und keiner länger mit ihm redet als dreißig Sekunden.«

»Ach komm schon, Hakim, der sucht doch nur ein bisschen Anschluss.«

»Ja, und wenn er den gefunden hat, kannst du dir die Tischtennisgeschichte in vierundzwanzig Bänden vorsprechen lassen.«

»So schlimm?«

»Mehr als das.«

»Sagen die Leute jemandem vierzig Tage lang, er sei verrückt, dann wird er verrückt.«

»Bitte was?«

»Bir adama kırk gün deli deseler, deli olur. Kennst du das Sprichwort nicht?«

»Hab ich schon mal gehört, glaube ich. Aber NoNo ist echt verrückt.«

»Der Arme.«

Der Arme? Der Arme!

Özlem guckt in ihr leeres Glas, dreht sich dann kurz um zu ihren Leuten. Die sind in einen amüsanten Streit vertieft, die zwei Typen reden wild auf Özlems Freundin ein, gestikulieren, erheischen ihre Aufmerksamkeit, um am Ende gemeinsam aufzulachen. Einer der beiden Typen guckt dabei ständig nervös rüber, versucht einen Blick von Özlem abzukriegen. Guck weg, Arschloch! Zum Glück hat Özlem sich schon wieder zu mir gewandt. »Wer war denn der Besoffene eben?«

»Mein Chef.«

»Ach so.« Sie wartet. Ich weiß nicht weiter.

»Und was ist mit deiner Hand?« Sie zeigt auf meinen Verband.

»Ist ’ne lange Geschichte …« Ich kann jetzt nicht weitersprechen. Damit es nicht auffällt, nehme ich einen großen Schluck Wodka-L.

»Und diese Radiosache, von der Norbert gesprochen hat?«

»Das ist auch ’ne lange Geschichte.« Ich grinse verlegen. Bin viel zu aufgeregt, um etwas Vernünftiges zu sagen, schon gar nicht die Wahrheit. Ich will nicht, dass Özlem schlecht von mir denkt. Falsch von mir denkt. Vielleicht bin ich inzwischen auch zu betrunken, um ihr alles angemessen zu erzählen. Nein: Ich bin zu feige, ihr alles zu erzählen.

Özlem sagt: »Dil yüreğin kepçesidir.«

Die Zunge ist der Schöpflöffel des Herzens? Das Sprichwort habe ich noch nie gehört … Aber das ist Özlem. Original. Das steht ihr wundervoll: Weisheiten in drei Worte zu fassen. Und eines machen diese drei Worte klar, so, wie Özlem sie sagt, nicht altklug, mit viel Gefühl: Sie will es hören. Sie interessiert sich wirklich dafür, wie es mir geht. Nun sag es doch. Fang irgendwo an.

Ich: »Es ist … eine … eine … zu lange Geschichte …«

Pause. *Dil yüreğin kepçesidir.* Warum ist es manchmal so schwierig, einfach die Wahrheit zu sagen? (Frage fürs weitere Leben.)

Özlem: »Verstehe. Ich wollte dir nicht zu nahe treten …« Sie knibbelt konzentriert an ihrem Bierdeckel. Ich wichse hoch und runter an meinem Wodka-L-Glas.

»Vielleicht vergessen wir das lieber, Hakim. Aber du hast mir immer noch nicht gesagt, warum du mich in den Arm genommen hast.«

»Wie, warum hab ich dich in den Arm genommen?«

»Ich meine, einfach nur so oder warum?«

Warum? Warum? Warum? Ich habe noch nie jemanden getroffen, der so viele schwierige Fragen stellt. Ich setze mein Glas Wodka-L an und trinke es langsam aus, um mein Schweigen noch mal zu überbrücken.

Warum habe ich dich in den Arm genommen, Özlem?

Weil du in dem Augenblick der sinnlichste Mensch auf der Welt warst! Weil du wie keine Schauspielerin aussiehst. Weil du besonders bist. Unvergleichlich. Weil ich einfach nur will, dass du dein Lächeln für mich lächelst. Weil ich dir sogar deine Cola light verzeihen würde, wenn es sein müsste. Aber das kann ich ihr doch nicht sagen?

»Einfach nur so.«

Jetzt gucke ich auch in mein leeres Glas. Wir schweigen eine Weile. Der Typ, der mit Özlems Freundin am Tisch sitzt, starrt immer wieder rüber. Aus der Küche der *Bazooka* kommt die Korkenzieherlocken-Kellnerin mit den schnellen Händen, die neulich Simon und mich bedient hat. Heute hat sie auch schnelle Füße, die sie gut gebrauchen kann, so voll, wie der Laden ist.

»Ach so. Einfach nur so«, wiederholt Özlem.

»Nein, ja, ich meine, ach, es … es … vergiss es!«

»Vielleicht ist das am besten«, sagt sie.

»Warum ist das am besten?«, frage ich.

»Ach … nur so.«

»Aha«, sage ich. Es muss sehr spannend sein auf dem Grund unserer Gläser.

»Aber … hast du mich nur so in den Arm genommen, wie du jede andere in den Arm nehmen würdest?«

Wie habe ich sie in den Arm genommen? Wie? Wie jede andere? Wie Charlie? Eva? Mutter?

»Nein.«

»Aha.«

Wir sehen uns an. Meine innere Stimme brüllt: Ich habe dich in den Arm genommen, wie ein Schiffbrüchiger ein großes Stück Treibholz, Özlem. Und du hast es gespürt. Und deshalb fragst du. Und weil du fragst, verliere ich die Kontrolle.

»Wie denn, Hakim?«, fragt sie nach. Ganz leise … zögerlich. Sie legt ihre Hand auf meinen Arm. Ganz leicht nur. Kontrolle behalten. Kontrolle! So ist's gut, ja, gut so, Kontrolle.

»Wie ein Verliebter seinen Traum.« Das ist mein Satz. In diesem Moment. Er ist einfach da. Er ist einfach gesagt. Ich habe ihn einfach gesagt. Er ist raus. Er ist in Özlems Ohr. Er kann nicht zurück.

Ich habe gerade fast selbst nicht gehört, dass ich ihn gesagt habe; aber Özlem hat diesen Satz gehört, der alles ändern muss. Sie schließt ihre Augen und senkt rasch den Kopf. Mit ihrer Hand streicht sie sanft über meinen rechten Arm, bis runter zum Verband, bis zum Handteller, wo es zieht. Wo ich nebenbei wahrnehme, dass etwas Blut durch den Verband schimmert, als ich ihre feinen Finger auf meinem Arm studiere.

Ich spüre es. Das Adrenalin in mir. Wie es irgendwo in meiner Mitte entspringt und dann durch mich jagt: durch den Magen, die Gedärme, hoch zur Brust, durch das Herz, um schließlich im Hals meine Stimmbänder abzubrennen. Dann registriere ich, wie ich den Mund öffne, endgültig die Kontrolle über mich verliere, über die Situation, wie ich keine Ahnung habe, was jetzt aus meinem Mund kommen wird.

»Lass uns draußen sprechen. In fünf Minuten, ich warte fünf Minuten.«

Nachdem ich das gekrächzt habe, schlägt Özlem ihre Augen auf und sieht mich an wie einen Tischtennisspieler, der gerade von seinem Vierer (steif!) erzählt hat. Sie hört auf, mich zu streicheln. Ihre Hand liegt reglos auf meinem Arm, so, als ob sie gelähmt wäre. Ich kann Özlems Blick nicht standhalten. Springe auf vom Barhocker, sehe, wie ihr Arm auf die Theke plumpst, höre, wie ihr Arm dumpf aufschlägt, als hätten alle Leute in dem Laden in genau dieser Sekunde mit reden aufgehört; sehe, wie ihre Leute meine Panik mitbekommen. Renne aus dem Laden, ohne mich umzuschauen. Deli gibi.

Luft! Schnell Luft holen. Atmen. Wie ein Vorschlaghammer trommelt mein Herz gegen meine Brust. Die Chemie in mir spielt verrückt. Als ob sie gleich mit Hochdruck aus allen Poren geschossen käme, dazu aus dem Mund, aus den Nasenlöchern, den Ohren, so fühle ich mich an.

Oh Mann, was soll das, du Wurst? Hast du nicht genug andere Sorgen? Gerade hast du einen Anfang geschafft, den falschen Job hinter dir gelassen, die Zitate, einen Schritt in die richtige Richtung gemacht. Na ja, zumindest einen Schritt nach der Noppenpleite und all dem. Und jetzt das! Atmen … tiiiief … ganz tiiiief. Fächle mir hastig Luft in den aufgerissenen Mund.

Was machen, wenn sie kommt?

Oder wenn sie drin bleibt?

Und warum sage ich etwas von fünf Minuten? Was soll das sein: ein Ultimatum? Ich habe zu viele B-Filme gesehen, und was noch schlimmer ist: auch noch behalten. Warum rede ich überhaupt von Verliebtsein? Sapıtdım mı ne?

Wenn ich Raucher wäre, würde ich jetzt eine rauchen. Aber so gehe ich neben dem Eingang der *Bazooka* auf und ab. Zwei vor, kehrt, zwei zurück und wieder zurück nach vorn.

Anasını … ich habe nicht auf die Uhr geguckt! Kommt mir vor, wie eine verdammte Ewigkeit. Aber wahrscheinlich bin ich erst zwei Minuten draußen. Aber wäre sie nicht sofort gekommen, wenn sie kommen wollte? Was geht ab da drin? Kann ich nicht einfach wieder reingehen und sagen: Hey, Özlem, war nur ein Witz? Okay, die Antwort lautet: Nein.

Warten?

Abhauen?

Doch reingehen in die Hölle?

Im Erdboden versinken?

Die letzte Variante gefällt mir im Moment am besten. Ich gucke auf den Boden unter mir. *Bitte, bitte!*

Es passiert nichts.

Also gehe ich die Straße runter bis zu der Dönerbude an der Ecke, trete in den Laden, räuspere mich und frage den Schnurrbartträger mit heiserer Stimme auf Türkisch, ob er einen Rakı für mich hat. Einfach so. Ist das Erste, was mir einfällt, als ich in den Laden komme. Ich spreche sonst nie Türkisch in türkischen Läden, kann die Leute dann immer ein bisschen belauschen, wie sie trocken über ihre Kunden lästern, die vor ihnen stehen.

Im Fernsehen läuft gerade *MTV* (statt der ersten türkischen Liga live wie sonst), ohne Ton, wie in vielen Kneipen. Einer von den *Red Hot Chili Peppers* reitet gerade auf dem Rücken einer Libelle durch die Luft, als computeranimierte Trickfigur, in diesem begnadeten Video zu *Californication* von der CD *Californication*. Innerlich singe ich den Text mit: *dream of Cali-foor-ni-cation*. Frustriert stelle ich fest, dass meine innere Stimme gerade genauso heiser krächzt wie meine äußere.

Der Dönermann stellt ein Glas voll mit Rakı und ein Glas voll mit Wasser vor mir auf die Theke. Der Rakı schlägt ein wie eine Bombe. Trinke ihn unverdünnt, ohne Wasser, fast auf ex. Plötzlich kehrt Gelassenheit in mich ein. »Bir tane daha, ağbi«, sage ich zum Schnurrbart und gehe einen Schritt aus der Dönerbude, um die nachtschwarze Straße hinunter zur *Bazooka* zu schauen. Keine Spur von Özlem. Gehe gefasst zurück in die Dönerbude und fange an, allein – in aller Ruhe – den zweiten Rakı zu trinken, den mir der Schnurrbart belustigt vorsetzt. Ich schaue hoch zum Fernseher. Bildstörung.

19

✪ Gegen die Laufrichtung ✪

»Na, wie geht's?«

Die Stimme klingt fern. Sie klingt fremd. Etwas mitleidig. Ich liege auf dem Rücken, manövriere, mühsam wie ein Käfer, meinen Kopf hoch, so dass er fast meine Brust berührt. Meine Augen geben den Widerstand auf und öffnen sich ein klein wenig. Das Bild wird etwas schärfer, bleibt aber verschwommen.

Bin unter Decken auf einem riesigen Bett. Die Wände sind gelb und terracotta gestrichen, Schwammtechnik. Am Bett steht eine Statue. Eine nackte Statue, die auf mich hinunterblickt; die Figur scheint aus braunem Marmor zu sein und trägt einen Turban, den sie mit beiden Händen festhält. Meine Nase nimmt den Betrieb auf. Es riecht süß nach Blumenwiesen im Frühjahr und so frisch, als ob die Fenster hier noch nie geschlossen waren.

Das Zimmer, in dem ich liege, ist so groß, dass man bequem zwei Tischtennisplatten nebeneinander aufbauen könnte. Genau gegenüber weisen Flügeltüren den Weg in den nächsten Raum. Das Zimmer, in dem ich liege, schwankt wie eine Boje bei Windstärke sechs.

Als mein Kopf zurück ins Kissen sinkt, nehme ich noch wahr, dass die Stuckdecken so hoch sind, dass ich hier mit Simon gut Ballonabwehr spielen könnte. Dann schließe ich die Augen. Ganz fest. Schleichende Rückkehr aus der Vollnarkose.

»Alles okay?«

Wer spricht da? Die Statue? Wo bin ich? Warum bin ich?

Ich: »Äääch.«

»Ah ja, dann geht's ja.«

Irgendwo habe ich diese Stimme schon gehört? Nur wo?

Ich verliere den Faden, weil auf einmal Waldner im Zimmer steht, an einer Tischtennisplatte. Der begnadetste Spieler aller Zeiten winkt mich mit dem Kopf rüber. Seiner Meinung nach ist es wohl mal wieder Zeit für eine kleine Trainingseinheit.

Als Nächstes sehe ich, wie Waldner gegen mich Ballonabwehr spielt. Ich schmettere ein wenig schlapp, Waldner braucht noch nicht einmal bis zur Wand zurückzugehen, um den Ball im hohen Bogen zurückzuspielen. Fester! Fester schmettern!

»Willst du ein *Aspirin*?«

Ey, jetzt ist der Ballwechsel weg! Dabei war ich mir ganz sicher, mit dem nächsten Schmetterball den Punkt zu machen. Ich möchte mit dem Kopf nicken, aber ich kann mich nicht rühren. Die Stimme sagt: »Okay, ich hol dir eins. Oder besser zwei, was?«

Ich glaube nicht, dass ich noch eine Bewegung zustande bekomme.

»Lauf nicht weg«, sagt die Stimme noch. Sehr witzig! Ihr Lachen verliert sich im nächsten Raum jenseits der Flügeltüren.

Meine Geschmacksnerven schalten sich ein. Meine Zunge fühlt sich an wie ein türkischer Teppich in der *Kapalı Çarşı* von Istanbul. Es schmeckt auch so ähnlich wie ein verstaubter, fusseliger *Hereke* in meinem Mund. Und das Bett scheint eine Art Foltermaschine zu sein. Auf jeden Fall dreht sich das Mistding ziemlich schnell, macht Wellenbewegungen und ändert gerne mal die Richtung. So kommt es mir auf jeden Fall vor. Ich drücke meine Augen noch fester zu. Ich muss rauskriegen, wo ich bin.

Langsam spüre ich meinen Körper. Die Decken müssen in Seidenbezügen stecken, so schön streicheln sie über meine Haut. Streicheln über meine Haut … Halt! Stopp! Nicht auch das noch!

Die Seidenbezüge streicheln über meine *Haut?* Heißt das … bin ich … nackt?

Ich bin nackt.

Nackt.

Klar, was sonst. Was soll's? Ist doch das Normalste der Welt. Ganz natürlich. Wahrscheinlich war mir warm heut Nacht, und ich habe mich etwas frei gemacht.

Ähm, vielleicht habe ich noch meine Unterhose an? Wenn ich könnte, würde ich noch mal mein Kinn bis zur Brust bringen und nachsehen. Aber das ist nicht drin. Schließlich komme ich auf die brillante Idee, meine Hand unter die Decke zu stecken. Kurz gesagt: Ich bin wirklich nackt.

Ich rekapituliere: Ich liege in einem fremden Bett, offensichtlich nicht in einem Studentenwohnheim; es riecht gut, es schmeckt schlecht. Ich bin nackt. Eine nette weibliche Stimme spricht mit mir, nimmt mich etwas auf den Arm und holt mir gerade *Aspirin.* Ich kann keinen Punkt gegen Waldner gewinnen und bestenfalls meinen Kopf bewegen. Außerdem macht das Bett gerade den Schleudergang. Danke, ansonsten ist alles perfekt. Womit habe ich das verdient?

Ich höre die Schritte der Stimme zurückkehren.

»Sooo, wo fehlt es uns denn? Brummt der Schädel? Ja, da nehmen wir gleich mal zwei kleine *Aspirin.*«

»Hmm.«

»Ohne Wiederrede. Wir wollen doch bald gesund werden.«

»Hm.« Wirklich sehr witzig.

»Jetzt setzen wir uns erst einmal hin.«

Hilfe! Die Stimme kommt näher. Greift mir unter die Arme, zieht mich hoch und legt meinen Kopf vorsichtig wieder zurück. Das Kissen ist jetzt nicht mehr unter, sondern hinter mir. Zwei Finger stecken mir nacheinander zwei *Aspirin* in den Mund.

»So ist's brav. Gleich geht's wieder besser.«

Meine Lippen melden Kontakt mit einem Glas. Ich trinke. Aber, Moment mal: Wenn ich jetzt die Augen aufmache, kann ich das Gesicht zur Stimme sehen. Oh Mann, nicht die Augen aufmachen, nicht die Augen aufmachen!

Ich mache die Augen auf.

Ich verschlucke mich.

Das Wasser läuft aus dem Glas in meine Nase. Ich zucke mit dem Kopf wie Michael Jackson zu seinen besten Zeiten.

»Oh, Entschuldigung! Tut mir Leid«, sagt sie.

Ich traue meinen Augen nicht.

Sie sagt: »Hey, da bist du ja. Guten Morgen. Willkommen unter den Lebenden. Gut geschlafen?«

Ich sehe nasse blonde Locken, Korkenzieher. Eine Jung-Frau. Große grüne Augen, über mich gelehnt. Sehe schnelle Hände, die mit einem Deckenzipfel in meinem Gesicht rumtupfen. Schnelle Hände.

»*Bazooka*?« Das ist alles, was ich rausbringe.

»Freut mich! Ich bin Anna.« Anna nimmt meine Hand von der Decke, schüttelt sie und legt sie grinsend zurück.

»*Bazooka*!«

»Ja, Mann, ich bin's wirklich – die Kellnerin aus der *Bazooka*. Du trinkst gerne Wodka Lemon, guckst Kellnerinnen hinterher und gibst ordentliches Trinkgeld. Wahrscheinlich nur beim ersten Mal, damit die Kellnerinnen sich an dich erinnern, wenn du wiederkommst … Tja, scheint zu funktionieren.«

Der hat gesessen. Wirkungstreffer sagen die Boxer. Sie legt gleich los, Anna. Dabei kann ich mich gar nicht richtig wehren. Ich gucke mich im Zimmer um, ohne meinen Kopf zu bewegen, nur aus den Augenwinkeln.

»Die Statue?«

»Die Statue?«, fragt sie.

»Nackt … mit Turban.«

»Also, in unserem Haus gibt es alles Mögliche, aber keine nackte Statue mit Turban. Vielleicht … vielleicht hast du dich ja verguckt«, sagt Anna. Sie fährt sich durch die nassen Haare und wringt sie so aus, dass ein paar Wassertropfen in mein Gesicht fallen.

Ja klar, auch das noch. Sie war die Statue. Sie ist die Statue. Die Statue, das war, ist … sie.

»Das muss dir nicht peinlich sein. Ich hab dich ja auch schon nackt gesehen.«

»Oh.«

Sie. Mich. Nackt. Ja klar: Bin ja nackt. Aber: Wie? Wie lange? Von wo aus? Und was habe ich da gemacht? Und was sie? Wir?

Mein Hals ist so zugeschnürt, als hätte der Henker des Hauses schon ein zwei Finger dickes Hanfseil angelegt. Ich kriege die Fragen nicht raus. Sie, Anna, merkt das und lacht. Wenn sie lacht, beben ihre Locken mit. Mir fällt auf, dass Anna ein ganz interessantes Gesicht bekommt, wenn sie lacht: Ihre geraden, klaren Züge verziehen sich so, dass sie dem Gesicht Tiefe geben; eine Anzahl von Falten um die Augenwinkel, drei oder vier bloß, die besagen: Bin weder ein unerfahrenes Mädchen noch eine Frau, die schon alles weiß, aber ich kenne das Leben.

Anna lacht bestimmt gerne. Im Moment vor allem über mich. Na ja, ich biete gerade wohl auch allen Grund dazu.

»Dass ihr Männer auch immer zu viel trinken müsst.«

»Seit Jahren keinen Filmriss gehabt.«

»Aber jetzt.«

»War 'n Notfall.«

»Und im Notfall müsst ihr Männer immer trinken gehen, richtig?«

»Und ihr zu eurer besten Freundin. Oder zu euren Müttern.«

»Besser dahin als zu einer Flasche Rakı. Oder?«

Einen Moment mal. Ich weiß instinktiv und felsenfest, dass ich Recht habe, aber: Brauche ich gerade wirklich eine akribisch geführte Diskussion über das Trinkverhalten frei laufender Jung-

Männer an und für sich? Abgesehen davon, dass mir die Energie ausgeht, sie zu führen? Nein. Und was antworten Jung-Männer in solchen Situationen? »Hmm, hast wohl Recht.«

»Ja, da kannst du dich schon mal dran gewöhnen«, sagt Anna frech. Sie ist definitiv zu schnell für mich. Ferraris sind nichts für Fahrschüler, wie Simon gerne sagt.

Das ist die Szene: Sie sitzt da und lacht. Und ich kann mich nicht rühren. Nur denken. Und ich denke, dass das echt merkwürdig ist: Ich habe mich schon so manchen Abend zum Affen gemacht, um einer Jung-Frau ein einziges Lächeln zu entlocken, und es hat nicht geklappt, aber wenn man sie gerade gar nicht zum Lachen bringen will, lachen sie sich kaputt über einen. Machst du Ping, machen sie Pong, aber wenn du auch Pong machst, machen sie Ping. Hmm ... ich glaube, in meinem Zustand sollte ich besser auch das Denken lassen.

»Wollen wir frühstücken gehen?«, fragt Anna, »*Aspirin* auf leeren Magen kommt nicht so gut, glaube ich.«

Leerer Magen? Was weiß sie von meinem bekackten Magen? Und frühstücken, klar! Gäbe es jetzt eine dringendere Frage zwischen dieser Frau und diesem Mann, als zu klären, ob es beliebt, gemeinsam Nahrung aufzunehmen?

Ich: »Okay. Duschen?«

»Danke, ich hab schon, aber du darfst nur, wenn du alleine stehen kannst. Ja? In die Badewanne lasse ich dich nicht, sonst dämmerst du da weg und ertrinkst mir noch. Ich kann dir natürlich auch gerne noch dabei behilflich sein, wenn ...«

Ich schaffe die Worte: »Danke, geht schon ... irgendwie.«

Sie lächelt mich an, und ich würde gerne eine Grimasse schneiden, aber meine Gesichtsmuskeln geben keine Rückmeldung. Da ich nichts mehr zu verlieren habe, setze ich mich einfach souverän nackt auf die Bettkante und versuche, nach meiner Unterhose Ausschau zu halten.

»Suchst du das hier?«, fragt Anna und wirft sie mir zu.

Bis ins Bad hat Anna mich gestützt. Jetzt stehe ich hier alleine mit einem großen himmelblauen Handtuch von ihr in der Hand. Um ehrlich zu sein: Das Waschbecken hat Annas Rolle übernommen, das freie Stehen will ich erst später probieren.
Ich starre auf den Boden, auf die weißen Fliesen, und versuche, das Gleichgewicht zu halten. Wenn ich das schaffe, ist mein Nahziel, mir im Bad Übersicht zu verschaffen. Ich meine, das hier ist kein Bad, es ist ein Wohnbad. Viel zu groß für meinen Zustand. Zu weiße Kacheln, zu chromfarbene Armaturen, zu weite Wege. Ich versuche, eine Route zur Dusche zu finden, die ich auch bewältigen kann. Also eine mit vielen Stützpunkten. Dazu blicke ich ein paarmal kurz auf, immer so lange, bis mir schwindlig wird. Ich sehe nur eine Möglichkeit: Ich muss mich zuerst an der Kommode neben dem Waschbecken abstützen, dann an zwei überdimensionalen Handtuchhaltern entlanghangeln, von den weißen Wänden aufrecht halten lassen, dann fast auf die Knie, um etwas Halt am Rand der Badewanne zu finden, bevor ich bei der Dusche ankomme. Das sind mindestens vier, wenn nicht fünf Meter. In meinem Zustand sind vier oder fünf Meter eine echte Marathondistanz.

Ich schwanke voran, so gut es geht. Ein Fuß vor den anderen, die Augen fest auf die Fliesen am Boden. Als ich beim zweiten Handtuchhalter eine kleine Pause einlege, überkommt mich die Panik, weil mir auf einmal bewusst wird: Ich muss kotzen. Sofort. Das meldet das Magen-Darm-Frühwarnsystem. Oh Mann, nein, ich darf nicht kotzen, hier in Annas Luxusbad! Das wäre zu peinlich! Die schmeißt mich raus!

Aber ich muss. Wenn man einmal daran gedacht hat, ist es eh zu spät. Das heißt, ich werde hier rumgöbeln. Das ist sicher. Das heißt auch, ich muss retten, was zu retten ist: Anna darf es nicht mitkriegen! Und damit sie nichts mitkriegt, brauche ich einen Plan. Ich kämpfe meine Augen noch mal hoch. Über den Handtuchhaltern, auf dem Fensterbrett, steht ein Radio. Hervorragend. Ein Radio. Ein lautes Radio übertönt die dezenten Würggeräusche, die ich mir jetzt schon ausmale.

So, das Radio läuft, unser Konkurrenzsender, was soll's, der spielt auch laute Musik. Irgend so eine Hiphop-Nummer, die kann man ja kaum auseinander halten. Schritt eins erfolgreich bewältigt. Zu einem Plan gehört aber immer auch ein Schritt zwei. Schritt zwei ... ähm ... wie wäre es mit ... ich mache einfach noch die Dusche an. Die macht auch ein bisschen Geräuschkulisse. Ich muss zur Dusche. Die Route habe ich ja zur Hälfte geschafft, also weiter: Ich drücke mich so schnell es geht die Wände entlang (mit einer Geschwindigkeit von hundert Magenumdrehungen pro Schritt), stütze mich auf die Badewanne, spüre, wie es in mir hochsteigt, komme bei der Dusche an und drehe das kalte Wasser auf. Ich kann mich noch gerade wegdrehen – und da muss ich mich wirklich übergeben.

Ich fasse das Unschöne zusammen: Ich kotze direkt in Annas Edelbadewanne, bis nur noch saure, grüne Körpersekrete aus meinem Mund tropfen, übertönt von Lenny Kravitz.

Während ich unendlich lange so über der Badewanne hänge, drängt sich mir dann irgendwann eine Frage auf: Warum, Hakim, kotzt du eigentlich ausgerechnet in die bekackte Badewanne? Wie bitte schön soll die Kotze ablaufen? Wenn schon kotzen, warum nicht wenigstens ins Klo? Da braucht man hinterher nur abdrücken. Das hätte ich hinbekommen. Aber in die Badewanne?

Ich entscheide, mir unter den gegebenen Umständen keine Szene zu machen, sondern einfach Wasser in die Badewanne zu lassen, damit mein dickflüssiges Werk besser ablaufen kann. Das müsste reichen. Wasser stopp.

Während das Zeug müde abläuft, nehme ich meinen Verband ab, lege ihn auf das Waschbecken und gehe kalt duschen. Lehne an der Duschkabine, acht, zehn Minuten lang; so lange, bis mein Gleichgewichtssinn wiederkehrt. Nach dem Duschen leihe ich mir aus dem Badschrank eine ordentliche Ladung Mundspülung aus und etwas Deo. In dem Moment, in dem ich mir Deo unter die rechte Achsel sprühe, fällt mein Blick auf die Badewanne.

Schock! Wie soll ich sagen. Nun ja, sie ist halb voll mit Kotze und Wasser. Oh Mann! Der Abfluss muss verstopft sein! Ich muss das Ding sauber kriegen. Sofort. Aber wie? Wie kriegt man eine voll gekotzte Badewanne sauber? Ruhig bleiben. Ganz cool. Ich brauche einen Plan. Ein Plan ist immer gut. Ein Plan … erst mal alles aus der Nähe begutachten: Ich lasse mich auf die Knie fallen und gucke über den Badewannenrand.

Es sieht wirklich übel aus. Die Brühe steht regungslos da. Da rührt sich gar nichts. Nicht die Bohne. Sıfır. Ich muss den Abfluss frei bekommen. Das ist das Einzige, was mir durch den Kopf schießt. Den Abfluss frei. *Wenn der Abfluss mal verstopft ist, ja was ist denn schon dabei, da nimmt man Abflussfrei, da nimmt man Abflussfrei.*

Diese verdammten Werbesprüche. Die sagen einem nicht, was man machen soll, wenn man kein *Abflussfrei* hat! Ich will auf keinen Fall meine Kotze mit meinen Fingern aus dem Abfluss pulen. Oh Mann, ich weiß auch nicht …

Plötzlich klopft es feste an der Tür.

»Alles okay?«, ruft Anna (weil hier drin das Radio ja noch auf voller Lautstärke läuft), und ich zucke nur und lasse das Deospray fallen. In die Badewanne. Und während ich dem Deospray zuschaue, wie es hinabtaucht in die Unterwelt, drückt Anna auf die Türklinke. Ich werfe den Kopf herum. Sehe es in Zeitlupe.

In den Sekundenbruchteilen, in denen die Klinke sich senkt, schießen mir Gedanken durch den Kopf: Abgeschlossen? Habe ich die Tür abgeschlossen? Habe ich die Tür abgeschlossen? Ich meine, wenn sie jetzt reinkommt, sieht sie einen nackten Hakim auf allen vieren vor ihrer voll gekotzten Badewanne, wie er mit ihrem Deo Schiffe versenken spielt. Sie darf nicht reinkommen. Sie darf unter keinen Umständen reinkommen!

Sie rüttelt an der Tür. Ich hatte abgeschlossen. Puh! Ich höre mich ausatmen.

»Alles okay?«, ruft sie noch mal.

»Jaja … ich mache gerade … gerade …?« Den Abfluss frei? Das sollte ich wohl unterschlagen.

»Ja?«

In dem Moment erscheint mir schon wieder Waldner, rümpft etwas die Nase, legt den Kopf zur Seite und guckt mich an wie einen seltenen Vogel.

»Ich mache gerade … Morgenfitness.« Morgenfitness? Ich gucke Waldner wütend an, aber er lächelt nur milde. Wie komme ich jetzt bitte auf Morgenfitness, ich Wurst? Ich kann kaum aufrecht stehen, und dann Morgenfitness? Super, Hakim, wirklich. Eins-A-Ausrede. Ich kann lügen wie ein junger Gott. Göt, wäre wohl richtiger, weil: Göt heißt auf Türkisch Arsch.

Anna ruft: »Ich mag dich auch unfit, Hakim. Beeil dich mal, ich hab Hunger.«

Ich mache eine Fratze für Waldner, er macht ein paar Rückhandbewegungen und ein fragendes Gesicht, ich zeige ihm einen Vogel, er zuckt mit den Schultern, rümpft noch mal die Nase und ist weg.

Ich zu Anna: »Jaja, okay, bin gleich so weit. Ich kürze es ab, okay. Zwei Minuten. Gib mir zwei … oder drei Minuten. Okay?«

»Okay.«

Zum Abschied klopft sie noch mal vor die Tür, ich zucke noch mal zusammen. Und sie ist weg. *Und ich bin wieder allein allein.* Okay. Zwei Minuten … oder drei.

Ich habe keine Zeit mehr, um mir einen Plan zurechtzulegen. Ich muss jetzt handeln.

Es ist keine Zeit mehr für einen Plan. Als Erstes fische ich das Spray aus der Wanne und denke: Damit könnte ich doch im Abfluss rumstochern und den Stau beseitigen. Ich versuche es einfach. Ich stecke meinen linken Arm unter Wasser, drehe aber meinen Kopf von der Wanne weg – es riecht nicht gerade magenschonend. Ich stochere mit dem Deostift im Stau herum, dann macht es kurz leckende Gluckergeräusche, ich ziehe meinen Arm aus der Brühe – und das Wasser fließt ab. Gluck. Und es fließt ab. Gluck. Und – der Abfluss ist wieder verstopft.

Ich fasse es nicht.

Was ist das hier für eine bekackte Scheiße?

Ich meine, ich rutsche hier nackt auf meinen Knien in einem fremden Badezimmer in einem fremden Haus rum, fische in einer Badewanne voll Unverdautem rum – und bin ohnehin noch angeschlagen von der vergangenen Nacht. Das ist der Moment, wo ich ernsthaft hoffe, dass Mr Wolf mir hilft. Mr Wolf (Harvey Keitel) aus *Pulp Fiction*, der in Perfektion die Leiche von Marvin aus dem Auto von Vincent (John Travolta) und Jules (Samuel L. Jackson) schafft. Der Mr Wolf, der einfach nur sagt: *»Ich bin Mr Wolf. Ich löse Probleme.«* Den, den man einfach anrufen kann. Aber ich Oberwurst hätte noch nicht einmal ein Handy hier, selbst wenn ich die Nummer von Mr Wolf hätte. Offen gestanden: Dieser Mr-Wolf-Gedanke bringt mich gerade nicht wirklich weiter.

Fest steht: Der Abfluss ist verstopft. Drei Minuten sind um. Der Kandidat hat null Punkte.

Ich stehe jetzt vor der voll gekotzten Badewanne, aus der nichts mehr abfließt und entscheide, dass das Säubern der Badewanne per Hand mich noch einmal weit in die Welt des Schmerzes zurückwerfen würde. Andererseits sollte ich meinen Dreck auch selbst wegmachen. Doch gibt es hier bestimmt eine Haushälterin. Ich meine, es bleibt nicht an Anna hängen und die Haushälterin kriegt Geld dafür, dass sie den Dreck wegmacht.

Okay, diese Ausrede ist jetzt nicht gerade betonhart. Aber sie reicht. Mir zumindest. Ich hab mich überzeugt. Das ist wirklich eine First-Class-Eins-A-Super-Duper-Ausrede. Ich weiß, dass das, was ich jetzt tun werde, ekelig und übel ist, aber es gibt Momente, da bin ich lieber ekelig und packe dafür nicht noch öfter in meine eigene Kotze. Ich wasche mir also den linken Arm ab, lege den Verband an meiner rechten Hand wieder an, binde mir Annas himmelblaues Handtuch um die Hüften, das Lied im Radio mitpfeifend (ich glaube, irgendwas von den *Smashing Pumpkins*) und gehe zurück in Annas Zimmer, als wäre nichts gewesen, und dann mit ihr frühstücken. Na ja, sie kann ja frühstücken, und ich guck zu.

»Haben wir es getan?«

Die Frage platzt aus mir heraus, als wir endlich in der Kneipe sitzen, wo ich meinen Körper dankenswerterweise dem Stuhl und der Schwerkraft überlassen habe sowie das Bestellen Anna. Ich habe die Frage nicht geplant oder über die Formulierung nachgedacht, geschweige denn über den Tonfall oder meine Mimik. Die Frage ist einfach hochgekommen und hat ihren Weg in die Freiheit gefunden. Im selben Moment komme ich mir natürlich vor wie ein dämlicher, pubertierender Teenager. Anna prustet in ihren Orangensaft und lacht laut auf, obwohl ihr Gesicht voll Saft ist. Ich halte ihr eine Serviette hin.

»Dreimal darfst du raten.«

Ja, nein, vielleicht. Was weiß ich? Ich kriege keinen Bissen runter in dieser *Sa/So-bis-15.00-Brunch*-Kneipe. Anna streichelt mir über den Arm. Aber es fühlt sich anders an, als das kurze Streicheln gestern Abend, an das ich mich jetzt vage erinnere. Das war aber nicht Annas Streicheln …?

»Wenn du meinst, dass du gestern noch dazu in der Lage warst, könnte es passiert sein«, sagt Anna.

Wenn du meinst, du müsstest mich verarschen, könnte es sein, dass ich gleich anfange, über Fünftligatischtennis zu reden – was Fieseres fällt mir gerade nicht ein.

Sie wird mir also nichts sagen. Wird mich zappeln lassen. Katz und Maus spielen. Sie ist eine Spielerin. Anna! Ich könnte alle anderen Fragen stellen, die mir gerade durch den Kopf schwirren: Haben wir es mit oder ohne getan? Wie haben wir es getan? Wo haben wir es getan? Was hat dir gefallen? Hat es dir überhaupt gefallen? Würdest du noch mal wollen, wenn wir es getan hätten – und es hätte dir gefallen? Was gefällt dir an mir? Und vor allem: Hast du geweint dabei?

Ich könnte diese Frau aber auch gleich fragen, ob es Gott wirklich nicht gibt.

»Ich habe dich in der Dönerbude an der Ecke aufgelesen«, sagt Anna. Die Dönerbude … Rakı … Özlem. Die Nacht kehrt in mich zurück. Mir wird schlecht.

»Danke.«

Mein inneres Auge spult die Bilder der Nacht ab, im Schnellvorlauf: Ich am Küchentisch, die Zitate in der Zeitung, Dede, Eva, das *Luxus*, das *Gonzo*, John Lennon, die *Bazooka*, Wachtbergs Kopf, seine hysterische Frau, Özlem, oh Mann, Özlem!

Anna: »Der Dönermann war gerade dabei, dich rauszuschmeißen. Du hast fast 'ne ganze Flasche Rakı getrunken und dann nicht mehr genug Geld dabei.«

»Wie viel schulde ich dir?«

»Nichts.«

»Warum nichts?«

»Man kann doch mal einen Freund auf einen Drink einladen, auch wenn der ihn alleine in einer Dönerbude nimmt, oder?«

»Hast du zu viel Geld?«

»Es gibt Leute, die das sagen.«

»Wieso arbeitest du dann in der *Bazooka*, wenn du so viel Geld hast?«

»Damit ich … normal bleibe. Damit ich normale Menschen treffe. Außerdem beobachte ich die Leute.«

»Den Menschenzoo?«

»Ja, so kannst du es nennen. Klingt aber ein bisschen böse.«

»Okay, dann lad ich dich zum Frühstück ein. Macht man ja schon mal so. Unter Freunden.«

»Aber du hast doch kein Geld mehr. Schon vergessen?«

»Hier kann man mit Karte zahlen.«

»Hey! Du hast dich mit der Dauerdusche doch wach bekommen, was?«

»Kannste mal sehen.«

Anna lächelt und nickt. »Was ist eigentlich mit deiner Hand?«, fragt sie dann und deutet mit ihrem Kopf auf den blutigen Verband an meiner rechten Hand.

»Ach, lange Geschichte. Halb so schlimm.«

»Aha.«

Gerade ist mir die Geschichte wirklich zu lang. Und warum sollte ich sie ihr erzählen? Wegen einer gemeinsamen Nacht, von der ich nicht weiß, wie gemeinsam sie war?

Anna: »Na gut, dann was anderes. Nicht, dass Namen wichtig wären, aber wie heißt du eigentlich, Fremder?«

Jetzt muss ich lachen. Zum ersten Mal seit langem lache ich so ausgelassen, dass es mich bald schon wieder erschreckt. »Hakim.«

»Wie?«

»Ha-kim.«

»Das klingt aber nett. Außergewöhnlich. Außergewöhnlich nett.« Sie lächelt in sich hinein.

»Meine Eltern sind Türken. Ich bin hier geboren. Deshalb. Hakim halt.« Okay, was ich rede, ist Steno. Aber mehr ist nicht drin. Habe noch ziemlich den Helm auf. Könnte mal wieder zwei *Aspirin* vertragen.

»Aha. Verstehe. Siehst gar nicht aus wie ein typischer Türke.«

»Bin auch kein typischer Türke.«

»Das merkt man, Hakim. Das merkt man … und jetzt schreib mal deine Telefonnummer auf den Deckel, Hakim.«

Ich zögere einen Moment, aber irgendwie kann sie auch meine Nummer haben. Immerhin hat sie mich offensichtlich vor einem wild gewordenen Dönermann gerettet, bei (auch *mit?)* sich schlafen lassen und außerdem zwei *Aspirin* in mich investiert. Für die *Aspirin* bin ich wirklich dankbar. Immerhin kehrt meine Grobmotorik zurück, wie ich an meiner Schrift erkennen kann. Sie ist immerhin lesbar, was ich ganz passabel finde. »Hier!«

»Besten Dank. Du hast eine schöne Schrift, Hakim.«

»Danke, den Umständen entsprechend … und deine Nummer, Anna?«

»Nö, du weißt ja, wo ich wohne.«

»Ähm … irgendwo hinter dem Nebel.«

Sie lacht.

»Du weißt, wo ich arbeite …«

Es ist Samstag. Ich hatte einen Filmriss. Ich weiß nicht, ob ich mit dieser Frau jetzt – außer einem gemeinsamen Frühstück – etwas habe oder nicht. Allerlei Bilder und Gedanken kehren zurück. Aber um Liebe, oder selbst die vagste Vorahnung davon, kreisen sie ganz sicher nicht. Und auf keinen Fall um Telefonnummern. Irgendwer spielt mir gegen die Laufrichtung. Nur: wer? Wohin treibe ich da schon wieder?

»Du findest mich schon, wenn du willst«, sagt Anna und steht auf. »War schön mit dir. Bis dann.«

»Hä?«

Anna lehnt sich schnell über mich und steckt ihre Zunge in meinen Mund. Ohne Vorwarnung. Einfach so. In dem Moment, wo ihre Zunge zu meiner dringt, frage ich mich, ob Özlem mich gestern auch gerne geküsst hätte. Und wenn ja, ob sie es anders getan hätte als Anna, ob sie mich sanft und verspielt und leicht geküsst hätte, wie eine Biene eine Blüte, wenn ich nicht so neben mir gewesen wäre. Wenn ich nicht dieses Möchtegern-Macho-Ultimatum gestellt hätte … Aber bevor ich den Gedanken zu Ende denken kann, verlässt Annas Zunge schon wieder meine, und zurück bleibt kein Gefühl, nur ein kurzes Rein und Raus. Schnelle Hände. Schnelle Beine. Schnelle Zunge. Anna. Zu schnell für mich, glaube ich. Sie entlockt mir wieder ein »Hä?« – ich klinge irritiert, fast verärgert. Sie hört das heraus, legt den Kopf schief und zwinkert mir zu: »Du musst ja nicht gleich stinkig werden, Hakim! Unser Tag hat so schön angefangen … du weißt ja, wo du mich findest. Wenn du willst. Könnte mich darüber freuen.« Genauso sagt sie es: *Könnte mich darüber freuen* – Anna, die Meisterin des Ungefähren; jetzt sehe ich sie von hinten, wie ihre

Locken bei jedem ihrer Schritte Richtung Ausgang auf und ab hüpfen.

Wie war das noch bei Dada? Du bist von hinten wie von vorn A-N-N-A.

Schon wieder ein Zitat.

20

✪ Klein-Klein-Spiel ✪

Nachdem Anna weg ist, warte ich ein paar Anstandsminuten, bezahle dann die Rechnung mit meiner EC-Karte und gehe. Ein warmer Regen kommt runter, aber er stört mich nicht. Ich stecke die Hände in die Po-Taschen und mache mich auf den Heimweg.

Was. Für. Eine. Nacht.

Eva, Wachtberg, Özlem, Anna.

Eva drückt ihre Titten an mich, Özlem streichelt mir den Arm, dazwischen kotzt mir Wachtberg auf die Hand – und Anna? Anna steckt mich in ihr Bett, zwei *Aspirin* und ihre Zunge in meinen Mund und geht dann einfach. Okay, ich habe auch ihre Badewanne veredelt, da sind wir praktisch quitt. Ich meine, nicht dass dieses Programm das schlimmste war, was in den vergangenen Wochen bei mir gelaufen ist. Aber trotzdem lenkt es mich vom Kurs ab. Ich komme gar nicht dazu, darüber nachzudenken, was mit mir passiert. Ständig kommt das Leben dazwischen. Ich meine: Ich war doch schon einen Schritt weiter. Die Zitate, Dedes Wahrheit. Was hat das alles gebracht? Eine bekackte Nacht, in der ich hinter Eva und Özlem her war und bei Anna gelandet bin. Und los bin ich sie wahrscheinlich alle: Eva hat mich sitzen, Özlem abblitzen und Anna zappeln lassen wie einen Istavrit am Haken. Drei auf einen Streich. Herzlichen Glückwunsch, tapferes Hakimlein! Das schaffen nicht viele.

Dazu bin ich gefeuert, aber das ist ja nebensächlich. Was soll ich sagen? Ich kann das Ganze nur ertragen. Möglichst elegant, im Idealfall. Und es ist ganz und gar nicht elegant, in fremder Leute Badewannen zu kotzen. Das ist mal sicher. Oh Mann.

Ich habe Nachdurst, brauche jetzt dringend ein Wasser. Am nächsten Kiosk nimmt mich ein Landsmann freundlichst in Empfang, indem er fragend sein Kinn hebt.

»Ein Wasser, bitte.«

»Mit oder ohne?«

»Ohne Kohlensäure.«

»Groß oder klein?«

»Null Komma fünf.«

»*Evian*, *Volvic* oder *Şaşal*?«

Langsam geht mir seine nervige Salamitaktik auf die Nerven. »*Şaşal*, ağbi.«

»Aah, Türkmüsün? Hiç de benzemiyorsun, yahu.«

»Biliyorum. Herkes beni ispanyol zannediyor.«

»He, öyle bir şey, ispanyol veya almanın teki.« Er lacht sich kaputt darüber, dass ich wie ein Spanier oder noch eher wie ein dahergelaufener Deutscher aussehe, wie er findet. Ich lache mit. So einfach geht das manchmal, wenn man im richtigen Moment den Türken raushängen lässt; man wählt das türkische Wasser und nennt den Verkäufer ›ağbi‹, was großer Bruder heißt. Und schon liegt die Servicewüste Deutschland hinter einem, und der eben noch mürrische Typ ist kurz davor, einem seine Schwester vorzustellen, wenn er denn eine hat. Trotzdem, mir gefällt dieser kleine Plausch, und ich überlege, was ich dem Typen noch abkaufen kann, aus Nettigkeit. Da fällt mein Blick auf die oberste Zeitung, auf die er meine *Şaşal*-Flasche stellt. Streife über die Überschriften. Und dann lese ich in einem blauen Meldungskasten die Schlagzeile:

`Das Radiomonster - oder war alles abgekartet?`

Ich erstarre. Nehme die Zeitung in die Hand. Lese weiter:

`Hakim Kahraman, 27: Ist er das Radiomonster - oder war alles abgekartet? Niemand weiß die Ant-`

wort. Fakt ist: Gestern Morgen flippte der beliebte Moderator total aus. Beschimpfte Anrufer. Keiner konnte ihn stoppen. Zu einem todkranken Mann sagte Kahraman ...

Ein Stich in der Herzgegend.

Ich überfliege die folgenden Zeilen: *Ministerpräsident fordert Konsequenzen – nicht bei den Hottentotten – trotz aller Kritik will der Sender das Radiomonster wieder ans Mikro lassen. Schon am Montag soll er wieder wüten … Weiter – Seite 3.*

Ich reiße die Wasserflasche von der Zeitung. Fetze die ganze Zeitung auf. Seite drei oben: *Wer stoppt das Radiomonster?*, steht da in dicken Lettern. Dann erkenne ich nur noch, dass kein Foto von mir auf der Seite ist. Ich werfe einen Fünfer auf die aufgeschlagene Zeitung, der Kioskmann sagt noch etwas, aber ich höre es nicht mehr, greife nach der Flasche Wasser, halte mich mit beiden Händen an ihr fest und gehe weiter, ganz ruhig, ohne mich umzusehen.

Ich weiß, was ich in der Sendung getan habe, aber erst jetzt ist es wahr, erst jetzt, als es in der Zeitung steht, wo es jeder lesen kann. Jeder. Die Wahrheit, Dede, ist, *wie* eine Geschichte in der Zeitung steht.

Bevor ich um die Ecke in meine Straße einbiege, bekomme ich das mulmige Gefühl, dass eine Reportermeute vor meiner Haustür warten könnte, um die Geschichte weiterzudrehen für die Montagsausgabe. Oder die Wochenendsendungen. Wer weiß schon wofür. Ich luge um die Ecke. Niemand zu sehen vor meiner Haustür. Was bilde ich mir auch ein? Für die bin ich doch bloß ein kleiner Fisch, der durch eine kranke Aktion mal kurz auftaucht, um ein bisschen Rauschen des Medienmeeres mitzuerzeugen. Bitte. Gern geschehen.

Ich habe freie Bahn, und das ist gut so: Gehe pfeifend das letzte Stück zu meiner Haustür, schließe mit etwas zittrigen Händen auf, und als die Tür hinter mir ins Schloss fällt, herrscht Ruhe. Nur meine Schritte auf den Treppen höre ich, meine Beine wiegen schwer nach der versoffenen Nacht; habe den Kopf zwischen den Schultern versenkt und die Schultern vorgeschoben wie zwei Türme einer Burg.

In der Wohnung gehe ich erst mal ziellos durch alle Zimmer. Durch alle beide. Ich komme mir dabei vor wie ein Mann vom Sicherheitsdienst auf Kontrollgang.

Hier, zu Hause, ist noch alles beim Alten. Das beruhigt mich irgendwie. Ich ziehe ein frisches T-Shirt an. Im Bad nehme ich den alten Verband ab. Meine Wunde sieht übel aus. Aber dafür habe ich jetzt keinen Kopf. Ich will den letzten Verband aus meinem Spiegelschränkchen überm Waschbecken holen. Sehe mich im Spiegel. Zwei, drei Sekunden halte ich meinem kühlen Blick im Spiegel stand, dann klappe ich ihn auf, hole den Verband heraus und lege ihn an. So, schon wieder sauber das.

Und was jetzt?

Ich setze mich auf den Thron und weiß nicht, was ich tun soll. Bin endgültig verunsichert. Streife mir die Schuhe und Socken ab, ziehe das linke Knie an, auf das ich mein Kinn stütze, und fingere zwischen meinen Zehen herum. Ich müsste mir mal wieder die Fußnägel schneiden.

Ich bin auf null. Stehe da ohne Job, ohne *Real Radio*, ohne Ehre, mit Scham. Ohne Ping, ohne Pong. Ohne Ex, ohne Simon. Ohne Özlem. Mit Anna? Ohne mich.

Das ist das Schlimmste: Ich stehe da ohne mich. Ohne Zitate, die mir meinen Text vorgeben, die meine nicht zu Ende gedachten Gedanken auf den Punkt bringen. Auf irgendeinen. Ich würde gerade gerne ein Zitat laut aussprechen, nur, um die erschütternde Stille des Bads zu durchbrechen. Aber mir fällt keines ein. Ich spüre nichts als vollkommene Leere. Eine Leere, in die ich hineinweinen möchte, um sie zu füllen, auf dem Thron sitzend, mit dem Kinn auf dem Knie, meinen Fingern zwischen den Zehen. Aber ich kann nicht weinen. Keine einzige Träne. Solange ich auch darauf warte. Es passiert nichts. Ich sitze nur da und höre mich warten.

Irgendwann stehe ich auf und gehe wieder durch die Wohnung. Sie ist dunkel mittlerweile. Etwas Straßenlicht fällt herein. Zu wenig, denn im Wohnzimmer falle ich über meine Tischtennistasche. Sie steht schon seit dem Training mit Simon im Weg. Ich hatte nie den Nerv, sie wegzuräumen. Ich schimpfe nicht. Ich sage nicht »bekackt«. Ich nehme den Sturz hin. Ganz ruhig. Kann mal passieren.

Ich setze mich auf dem Boden neben die Tasche und ziehe meine Schlägerhülle hervor. Nehme meinen Schläger heraus, wiege ihn in der linken Hand. Streiche über die Beläge. Halte den Schläger an meine Nase. Oben riecht er herb nach Gummi und etwas nach Klebe, unten nach dem Schweiß meiner Hand, den das Holz eingesogen hat. Ich mag diesen Duft. Wische etwas Staub vom roten Belag. Wiege den Schläger wieder in der Hand, greife nach, löse meine Finger und umschließe den Griff noch einmal neu, halte ihn ganz locker jetzt, spiele mit meinem kleinen Finger über das Plastikplättchen in dem Holzgriff, auf dem steht: *All+ Butterfly Andrzej Grubba ST*. Pingpong-Lyrik. Ich habe sie schon oft gelesen.

Dann drehe ich den Schläger ein paarmal schnell in der Hand, lasse ihn rotieren, höre, wie das Holz sich an meiner Handinnenfläche reibt und spüre den leichten Luftzug, der so entsteht, in meinem Gesicht. Fahre mit dem Finger über die Schriftzüge unten auf den Belägen: *Butterfly Sriver-L* steht auf dem schwarzen, *Donic J.O. Waldner* auf dem roten Belag.

Ich wechsle den Schläger in die rechte Hand, um einen Ball aus meiner Sporttasche zu kramen: Er hat ein hässliches weißes Gesicht, einen kugelrunden, hohlen Schädel, dazu keine Haare, und in sein Gesicht steht in Blau geschrieben, nein, gestempelt: **** Nittaku PREMIUM 40 Made in Japan I.T.T.F. APPROVED.*

Ich schließe meine linke Hand um den Ball, so wie ich die rechte samt Verband um den Schläger geschlossen habe. Er ist so leicht, denke ich, wie ich es immer wieder denke, wenn ich ihn in die Hand nehme. Ich fahre mit dem Daumen über die Schweißnaht. Lasse den Ball aus meinem Handteller auf die Finger gleiten. Halte ihn dann mit Daumen und Zeigefinger hoch, von mir fern, so, als bekäme ich so einen besseren Eindruck. Sehe ihn mir dann ganz von nahem an. In der absoluten Rundung des Balles sind kleinste Macken, Farbtupfer auf dem unschuldigen Weiß des Balles, Zeugen der Vergangenheit; Narben aus fast vergessenenen, verdrängten Spielen. Der Ball lebt.

Ich reibe den Ball an meinem roten Vorhandbelag. Der kleine Ball am großen Schlägerblatt. Sie küssen sich, denke ich, wie ich es immer wieder denken muss, wenn ich die beiden so sehe. Sie gehören zusammen, der eine kann nicht ohne den anderen. Schweife kurz ab zu Anna. Zu Özlem. Simon und Charlie …

Dann wechsle ich den Schläger in die linke, den Ball in die rechte Hand, wo er sich auf dem Verband wie ein Nichts anfühlt. Ich werfe das Nichts auf meine Vorhand, und der Belag wirft ihn zurück in meine Hand. Das Ritual, das nie dasselbe wird. Nie ein Zitat. Bewegungen die sich gleichen, ohne sich zu wiederholen. Jede ist für sich.

Jetzt werfe ich den Ball in die Höhe und halte ihn mit dem Schläger hoch. Für einen kurzen Moment schwebt der Ball durch mein Zimmer wie ein Planet durchs Weltall, ehe er der Schwerkraft gehorcht und auf mein Schlägerblatt zurückfällt, von wo aus ich ihn wieder hochkatapultiere. Der Ball gehorcht, auch jeder ungenauen Bewegung, jedem falschen Befehl; gehorcht dem Luftwiderstand, dem Schlagimpuls, dem Belag, dem Staub, dem kleinsten Körnchen, ein blinder, vollkommener Gehorsam, den ich mit dem nächsten Schlag korrigieren muss. Nein, es ist kein Schlag. Meine Bewegung ist so, als ob ich eine Feder hochwerfe: behutsam, vorsichtig, mit dem Bedürfnis, die Feder nicht zu verlieren; ihrer Rückkehr schon beim Hochwerfen gewiss zu sein.

Eine Feder, mit deren Leichtigkeit ich eins sein will … eins-eins-eins, mit jedem Absturz des Balles auf meinen Schläger.

Ich halte den Ball hoch. Ping, pong, ping. Fünf-, sechs-, siebenmal. Das hier ist meine Tischtennis-Spezialmeditation. Ball hochhalten. Oder auch:

Tischtennislehre, Teil 6: Das emotionale Verhältnis des Spielers zum Spiel

Ich höre, wie mein Schläger auf die Berührungen des Balles antwortet, mit einem kurzen hölzernen Laut. Wie die beiden zusammenspielen, wie der Ball sich ins Obergummi gräbt, und das Obergummi den Ball in die Höhe spuckt wie ein Trampolin den Turner. Sehe vor mir das Schauspiel, wie eine Bewegung die andere ergibt. Wie der Ball Zeichen in die Luft schreibt, kleine und große Kurven, gerade und schiefe. Auch diese Geschichte erzählt mir der Ball, ohne in sie einzugehen … Und so rühre ich in der Luft in meinem Zimmer, in diesem Tag, in diesem Raum, in dieser Zeit. Ich liebe dieses magische Ritual, genieße es jetzt und hier.

Wenn ich einen guten Tag habe, wenn ich einen wirklich guten Tag habe, dann kann ich meine Augen schließen, als sei es ein Liebesakt, der zu schön ist, um ihn anzusehen. Wenn der Schläger, der Ball und ich eins werden, dann höre ich kein Ping mehr und kein Pong, sondern nur noch einen durchdringenden Klang, der weder Ping noch Pong ist, sondern irgendwo dazwischen, in der unendlichen Nähe dieser Silben. *Piong.* An einem guten Tag kann ich mir mit einem Schläger in der Hand blind vertrauen. Ich werde es jetzt versuchen. Die letzte Stufe der Spezialmeditation.

Meine Bewegungen wirken wie in Zeitlupe: Der Ball, den ich nicht auf den Boden fallen lassen werde, der Ball, der für einen winzigen Augenblick in seinem Zenit stehen zu bleiben scheint, wissend, dass ich ihn gleich auffangen werde mit meinem Schläger. Ich schließe meine Augen, um vor meinem geistigen Auge den Fall des Balls zu erahnen, um meine unwissende Hand an die richtigen Koordinaten zu führen ... *piong* macht es einmal ... *piong*, ein zweites Mal ... *piiing* ... und in einem Sekundenbruchteil nach diesem verräterischen *piiing* weiß ich, dass alles aus ist, dass der Ball nicht zum Schläger und der Schläger nicht mehr zum Ball finden wird. Hektisch versuche ich den Schläger trotzdem an die richtige Stelle zu halten, aber es ist nur eine Spekulation, diese blind gewählte Stelle, an der der Ball vorbeistürzt und auf das Laminat klatscht.

Für mich ist es jedes Mal ein Wunder, dass der Ball in diesem Moment nicht auseinander bricht, sondern ausspringt. Ich öffne die Augen. Die Meditation ist vorbei. Sie hat nicht funktioniert. Hat mich nur für wenige Minuten zerstreut. Mehr nicht. Falls es noch eines Beweises bedurft hätte: Heute ist kein guter Tag für mich.

Jeder kennt diese Momente, in denen man sich selbst unausstehlich findet, ohne es stoppen zu können. Selbsthass. Nichts will mir gelingen. In mir ist blinde Wut für einen Augenblick. Ich hebe den Ball auf vom Boden und schmettere ihn mit voller Wucht an die Wand, so feste ich kann, so wütend ich bin – und es macht *krrks*, fast als ob ein Genick bräche, und der kleine Schädel ist gespalten. Ich werfe den Schläger irgendwohin, die Tatwaffe. Dann stehe ich auf, gehe zum Ball, hebe ihn auf. Aus ihm strömt jetzt ein besonderer Duft: Wie ein Medikament riecht das, wie *Transpulmin*, eine Salbe zur Behandlung der Atemwege, die mir mein Baba immer auf die Brust gerieben hat, als ich klein war. Ich rieche es noch heute gerne – und muss jetzt lachen: Ich meine, das Radiomonster steht in seiner bekackten Wohnung und schnüffelt an einem kaputten Tischtennisball. Das ist doch zum Lachen. Oder?

Wer stoppt das Radiomonster? Ich habe das Gefühl, alles mit einer Axt zerschlagen zu müssen. *Nicht bei den Hottentotten.* Ich balle meine Hände zu Fäusten und hämmere sie einmal wütend vor die Wand. *Gestern Morgen flippte der beliebte Moderator Hakim Kahraman total aus.* Hämmere meine Fäuste noch einmal vor die Wand, dann die Handflächen, den Verband.

No, I don't have a gun. Ich lehne mich mit der Stirn an meinen Schrank, habe fast das Gefühl, er hält mich fest. Trete müde mit meinen nackten Füßen gegen ihn. Nichts passiert.

Mir wird klar: Sie macht keinen Sinn mehr, meine Sinnsuche. Vielleicht mache ich keinen Sinn mehr? Warum suche ich Sinn? Was genau ist es, das ich suche?

Es gleich *mein Leben.*

Ich suche es.

Und es verschwindet. Das sehe ich – aber wie ist der Zusammenhang? Weil es verschwindet, suche ich es? Ich suche es, bevor es verschwindet? Ich suche es, obwohl es verschwindet? Schon verschwunden ist? Indem ich es suche, verschwindet alles? Das heißt: Es verschwindet, weil ich es suche? Und heißt das, mein ganzes Leben macht keinen Sinn?

Mein ganzes Leben.

Das Leben, das ich führe, als Ganzes gesehen.

Ich drehe mich langsam um, bekomme mein Wohnzimmer ins Visier, lehne mich mit dem Rücken an den Schrank, der mich weiter stoisch aufrecht hält. Danke, *Akrobat!*

Ikea. Entdecke die Möglichkeiten.

Als Ganzes?

Vielleicht darf ich es nicht als Ganzes sehen.

Das ist es.

Das ist die Lösung, klar und deutlich! Es macht einfach Klick, wie in einem Meisterschaftsspiel, bei dem man die ganze Zeit keine Taktik findet, um den Gegner in Verlegenheit zu bringen; aber dann macht man einen ungewöhnlichen Schlag, vielleicht sogar aus der Not – und der Gegner einen Fehler. Auf einmal hat man seine Taktik: Nicht so wild angreifen, nicht zu viel blocken. Schupfen. Ja, selbst schupfen könnte eine Lösung sein. Und genauso macht es jetzt auch Klick beim Anblick meiner Wohnung: Es nicht als Ganzes sehen. Das Regal *Onkel.* Die *Bonde*-Kombination, Buchenfurnier, mit zwei Türen für *geschlossene Verwahrung.* Die beiden *Billys.* Das *Strömstad Dreiersofa* mit abnehmbarem

Lederbezug *Massiv*. Die *Kivik TV-Bank* mit Rollen; das *Benno CD-Gestell*; die hüfthohe *Effektiv* Aktenschrank-Kombination aus dem Katalog, auch in Buche …

Meine Augen ruhen jetzt auf *Effektiv*.

Nicht als Ganzes sehen!

Entdecke die Möglichkeiten.

Ich gehe hinüber und setze mich vor ihn. Ordner stehen drin, die nicht mehr in mein kleines Arbeits- und Schlafzimmer gepasst haben; geordnete, ordentliche Papiere von Hakim Kahraman. Sortiert, abgeheftet, abgelegt. *ZEUGNISSE* in dem einen, *BÜROKRATISCHES* in dem anderen. *HONORARE, UNIZEUGS, ANATOMIE, PHYSICUM* und so weiter habe ich auf ihre Rücken geschrieben. In großen Buchstaben, die den Ordnern ihr Gewicht verleihen. Ich erahne ein debiles Grinsen in meinem Gesicht. Ziehe einen Ordner nach dem anderen aus *Effektiv* heraus und lasse sie auf den Boden fallen.

Dabei habe ich einen einzigen Gedanken, eine Frage, die mich nicht loslässt: Wenn *es* als Ganzes keinen Sinn mehr macht, dann vielleicht ja in seinen Einzelteilen? Diese Überlegung fesselt mich: *Wenn es als Ganzes keinen Sinn mehr macht – dann vielleicht ja in seinen Einzelteilen?* Vielleicht muss ich nur die Perspektive ändern? Die Anordnung?

Gerade stürzt der Ordner *STEUERN*.

Einfach das Ganze ganz anders betrachten.

Der Ordner *ARBEITSPROBEN* folgt.

Vielleicht muss ich einfach nur die Einzelteile sehen, die das Ganze ausmachen.

VERSICHERUNGEN landet auf dem Boden.

Das große Ganze klein machen. Und wenn ich jetzt sofort damit anfange – umso besser. Ich schiebe alle Sachen, die auf *Effektiv* stehen, einfach runter: verstaubte Bücher, verstaubte CDs, verstaubte Papiere, verstaubte Stofftiere. Teddy, Pingu, Kermit. Die Sachen poltern auf den Boden.

So!

Effektiv steht jetzt nackt da.

Ich stehe auf, gehe mit maßvollen Schritten zur Abstellkammer, ziehe meinen Werkzeugkasten hervor, krame in ihm, bis ich meinen Akkuschrauber gefunden habe und einen der *Ikea*-Inbusschlüssel. *Entdecke die Möglichkeiten.* Gehe zurück zu *Effektiv*, gucke mir das Ganze etwas genauer an, bevor ich einen Kreuzschlitz auf den Akkuschrauber aufsetze und den Schieberegler auf Abschrauben stelle. Dann setze ich an der ersten Schraube an und krümme meinen Finger. Höre das unbeirrbare Summen des Akkuschraubers. Das klingt schön. Mit Leichtigkeit dreht sich mir die erste Schraube entgegen. Dann die nächste, die übernächste, von links nach rechts, immer weiter. Ich räume pfeifend die obere Reihe von *Effektiv* ab, nehme die unteren Elemente auseinander, bis je vierundzwanzig Muttern und Schrauben ordentlich vor mir liegen. Und am Ende steht nicht mehr *Effektiv* vor mir, kein halbhohes Regal, keine An-Ordnung mehr, sondern eine An-Sammlung von Brettern, die ich fein säuberlich an die Wand stelle.

Fertig!

Ich drücke ein paarmal auf den Schieberegler meines Akkuschraubers, und sein Kopf rotiert artig durch die Luft, liefert mir das Siegesgeheul über *Effektiv*. Ich ahne, dass ich immer noch debil grinse.

Ich habe nicht auf die Uhr geschaut, aber die ganze Aktion hat keine zehn Minuten gedauert. Das Aufbauen einen ganzen Nachmittag. Da, wo eben noch *Effektiv* thronte, Platz in meinem Leben einnahm, ist jetzt Freiraum. Nur die sauber gezogene Staublinie auf dem Boden und die aufgereihten Bretter erinnern an *Effektiv*. Ich stelle mich jenseits der Staublinie mit dem Rücken zur Wand, dorthin, wo eben noch der Aktenschrank stand. Ich gucke mich in meiner Wohnung um – und erschrecke mich. Obwohl *Effektiv* weg ist, hat sich am Rest nichts geändert. Mein ganzes Mobiliar steht immer noch so da, wie vorher. Wieder die bohrende Frage: *Wenn es als Ganzes keinen Sinn mehr macht – dann vielleicht ja in seinen Einzelteilen?* Ja. Vielleicht in seinen Einzelteilen. Dieser

Gedanke ist mein einziger Antrieb. Ein einziger Gedanke, der vehement auf seine Ausführung drängt.

Jetzt knöpfe ich mir die *Bonde*-Kombination vor.

Puh! Erst mal irgendwo hinsetzen, da, auf dem Boden neben der Küchentischplatte ist noch ein winziges Plätzchen frei. Ich lehne meinen Rücken an die Wand und rutsche an ihr runter, bis mein Hintern Bodenkontakt meldet. Ich weiß nicht, wie viele Stunden vergangen sind. Aber es ist tiefste Nacht geworden, Samstagnacht. Eine stille Samstagnacht.

Eines kann mir keiner vorwerfen nach dieser Aktion: Dass ich nicht gründlich war … Oh ja, ich war gründlich. Nur beim *Akrobat*-Schrank hatte ich ein wenig Mühe. Wer kennt es nicht: *Ikea,* das Überraschungsei für Erwachsene. Aber auch den *Akrobat* habe ich bezwungen.

Jetzt liegen sie vor mir, kleine, feine Haufen von Einzelteilen. Ohne Sinn, ohne Zusammenhang. Hinten an der Tür zwei große blaue Müllsäcke, auch die ziemlich voll. Und so deutlich ich in meiner Müdigkeit noch etwas erfassen kann, fühle ich mich befreit.

Einen Sinn sehe ich wirklich nicht mehr in diesen Einzelteilen. Den Einzelteilen meiner äußeren Existenz … aber … aber wie sieht es in mir drinnen aus, nach dem sich das Äußere in praktisch Nichts aufgelöst hat?

Wie sieht es in mir drinnen aus?

Ich habe ein unbestimmtes Gefühl, dass jetzt alles gut werden kann: Weil der Radio-Schock anverdaut ist und der Artikel in der Zeitung auch; weil, wenn man auf null ist, die Angst verschwindet; weil ich mir meine Wahrheit neu zusammenbastle: Ich war leidenschaftlich, vielleicht nicht immer an der richtigen Stelle – ich denke an Özlem in der *Bazooka,* den krebskranken Oster – aber ich war leidenschaftlich. Ich habe meine Zitiererei entdeckt und seitdem wenigstens versucht, eigene Worte zu finden. Es ist sehr schwierig, eigene Worte zu finden, die wirklich und wahrhaftig aus mir selbst kommen. Wer das nicht versteht, sollte es mal selbst versuchen. Ich habe mich von Wachtberg überfahren lassen mit seinem Hass-Radio, aber ich habe mich nicht verkauft, am Ende, sondern habe mich gegen den leichten Erfolg entschieden. Eine gute Entscheidung. Das war eine wichtige Entscheidung, die ich allein getroffen habe. Das ist doch was! Ich habe Fortschritte gemacht!

21

✪ Seitenwechsel ✪

Ich muss eingeschlafen sein. Mein Nacken ist so steif wie es sich Pavel mit seinem Vierer nur wünschen kann. Witzig, dass ich jetzt wieder an Pavel denken muss. An den Gott der fünften Liga. Wenn Pavel gerade die Verwüstung in meiner Wohnung sehen könnte, die ich sehe, würde er mir wahrscheinlich doch noch versuchen, einen Mercedes anzudrehen …

Meine rechte Hand meldet Schmerz, die Wunde hat sich wohl entzündet, ich habe ja keine *Betaisodona* mehr im Haus zum Desinfizieren, und dann musste ich gestern Abend den alten Verband noch mal anlegen, weil ich keinen anderen mehr hatte. Was soll's, wird schon werden. Als Mediziner verlasse ich mich mal auf die Abwehrkräfte meines Körpers.

Von meiner Hand abgesehen bin ich in guter Verfassung. Mein Kopf ist wunderbar klar. Ich weiß jetzt, dass ich es schaffen kann.

Wenn du einen Satz gewinnst, ist dir alles klar, egal, was vorher war. Wenn du verlierst, ist alles durcheinander. Dann brauchst du eine Satzpause. Dann empfindest du auch eine Satzpause. Wenn du gewonnen hast, willst du spätestens nach einem Schluck Wasser weiterspielen. Du gehst um den Tisch zum Seitenwechsel – und weiter geht es. Du änderst einfach die Perspektive. Mehr nicht. Das ist so, als ob du ein spannendes Buch liest und dann umblätterst. Du denkst nicht am Ende der Seite: Huch, eine neue Seite! Du blätterst einfach um.

Ich will jetzt weitermachen. Weil ich mich berappelt habe, ein Hochgefühl in mir. Mit diesen Gedanken stehe ich auf vom

Boden an diesem frühen Sonntagmorgen und schüttle mich, um den faulen Schlaf aus meinem Körper zu verjagen. Nach den vergangenen Tagen rechne ich heute mit allem. Was rede ich noch? Weiterweiterweiter.

FÜNFTER UND LETZTER SATZ

22

✪ Rundlauf ✪

Weiterweiterweiter: Das klingt ja schön und gut. Aber wo und wie? Nach der Noppennummer brauchte ich nur den *Attack 3* abzuziehen, und das war's. Aber kein Satz ist wie der andere. Was jetzt?

Wenn ich mich hier umsehe – dagegen ist Troja eine Neubausiedlung. Da kann ich die Müllabfuhr kommen lassen. Oder demnächst alles in Ruhe wieder aufbauen, Stück für Stück.

Aber eigentlich ist es egal. Viel wichtiger: Ich will in mir drinnen weitermachen. Das war mein Plan, gestern. Aber das ist gar nicht so einfach wie mit meiner *Ikea*-Kollektion.

Ich muss nachdenken. Und wo kann ich das am besten? Auf dem Thron. Im Wohnzimmer habe ich auch nur einen Sitzplatz übrig gelassen: Ein Stapel *Bonde*-Bretter mit meinem Kopfkissen darauf. Reicht ja für mich. Das Sofa habe ich – ausschließlich aus Platzgründen – hochkant gestellt. Insofern ist der Thron schon ganz gemütlich.

Also ab ins Bad. Ich schlängle mich dorthin, vorbei am Bettkasten; vorbei an der Matratze und dem Flurspiegel; an Teilen des Schuhschranks *Harpun*; über Haufen von T-Shirts, Unterhosen, Hosen (alles Ecke auf Ecke gefaltet von Özlem) aus meinem Kleiderschrank *Pax*. Schrauben liegen verstreut unter meinem Bettzeug. Meinen Nagelkasten habe ich umgestoßen, als ich den Drehsessel *Poäng* – na ja, zumindest den Sitz – nach vorne Richtung Tür getragen habe. Da liegen auch die anderen Werkzeuge. Und erschreckend viele Tischtennisklamotten; eine umfassende Reise durch die Tischtennismode der vergangenen acht Spielzeiten, von der Socke bis zum Trainingsanzug – mehrfach Ballonseide! – von Tuntenlila bis Türkis. (Notiz: Mal einen Sack für die

Altkleidersammlung fertig machen. Oder die Sachen dem Sperrmüll unterjubeln.)

Das Badezimmer habe ich nicht auseinander genommen. Okay, ich hätte den Throndeckel abnehmen können, aber dann hätte ich jetzt keinen Platz zum Nachdenken.

Gerade, als ich mein Bein anziehe, um zwischen den Zehen rumzumachen und nachzudenken, klingelt es an der Tür. Ist klar. Damit hätte ich rechnen können: Kaum sitze ich hier und will nachdenken, stört irgendjemand. Keine Ahnung, wer das ist, so früh am Sonntag. Es ist noch nicht mal neun Uhr.

Noch mal Wachtberg?

Oder irgendwelche heißen Reporter?

Passt mir gut, die sollen nur kommen, kann ich gleich bei denen weitermachen. Ich springe auf und finde auf Zehenspitzen einen Weg zur Tür und drücke den Summer.

Die Schritte im Treppenhaus gehören nur einem einzelnen (kein Fernsehteam!), klingen aber leichter und flinker als die von Wachtberg. Kurze, kleine Schritte. Ich weiß, wer sich so anhört.

Was will der denn hier?

»Mensch, Haki, was war das denn für eine Aktion mit dieser *Hakim-hilft*-Show? Seit wann bist du denn unter die Amokläufer gegangen?«

»Hey, Simon. Seit wann bist du unter die Frühaufsteher gegangen?«

»Ich wollte dich unbedingt zu Hause erwischen, du Titscher.« Allein seine Stimme weckt in mir wieder all die Zweifel, die ich gestern auseinander nehmen wollte. Ausgerechnet Simon taucht hier jetzt auf. In der Weltrangliste der Leute, die ich sehen will, steht er nicht gerade ganz weit vorne. Dass Simon schon auf der Treppe losquatscht wie Wachtberg, das ist echt klasse. Meine Nachbarn können ruhig alle wissen, dass ich eine geistesgestörte Anwandlung hatte. Kein Problem. Danke, Simon.

Ich spüre, wie etwas in mir entsteht, mechanisch fast, wie ein Jäger, der mit automatisierten Bewegungen sein Gewehr durchlädt; wie sich eine Wut auf Simon richtet; eine doppelläufige Schrotflinte auf Simons Nase. Es wird Zeit, dass ich den Autopiloten anwerfe. Für emotionale Notfälle. Muss fix gehen. Zackzack.

Blitzschnell fährt mein Autopilot hoch. Das System ist wirklich ausgereift. Klasse! Der Autopilot startet das komplette Fünf-Phasen-Programm. Direkt am Anfang. Es läuft konzentriert durch:

Phase 1, die Wut-Kontroll-Phase: Komm schon, Hakim, reiß dich zusammen!
Phase 2, die Wenn-der-nur-wüsste-Phase: Wenn der nur wüsste, wie meine Wohnung aussieht. Hehe.
Phase 3, milde Phase: Nett, dass er an mich gedacht hat.
Phase 4, kalte Phase: Hoffentlich hat er wenigstens Croissants mitgebracht. Fürs Frühstück.
Phase 5, Soli-Phase: Nein, du machst die Tür jetzt nicht zu, Hakim! Er ist auch nur ein Tischtennisspieler. Und dein bester Freund, nebenbei bemerkt.

Das war das Fünf-Phasen-Programm. Und was kommt jetzt? »Morgen, du Titscher.«

»Mannomann, Haki, du siehst echt so scheiße aus. Als hättest du es heute Nacht mit 'nem ganzen Zoo getrieben, haha. Und das Delphinarium als Zugabe, hahaha … Oh, Mann, was hast du denn da? Was hast du denn mit deiner Hand gemacht?«

Ich gucke auf den Verband. »Nichts Schlimmes«, lässt mich der Autopilot sagen.

»Dann geht's ja. Nee, im Ernst. Ich habe mir echt Sorgen gemacht. Warum bist du nicht ans Telefon gegangen?«

Dreimal darfst du raten, warum nicht, du Wurst.

»Komm erst mal rein, Simon.«

»Jawohl, immer hinein in die gute Stube … Oh Gott, wie sieht's denn hier aus? Wer war das denn?« Der Anblick meiner etwas derangierten Inneneinrichtung verschlägt Simon die Sprache. Das ist gut so. Für einen Sonntagmorgen redet er definitiv zu viel. Wenn mein Autopilot nicht wäre, ich könnte mit Simon herzlich wenig anfangen heute.

»Wer das war? Hmm, es liegt noch kein Bekennerschreiben vor, der BND tappt im Dunkeln. Der Mossad fordert prophylaktisch totale Vergeltung, der CIA fragt gerade seine V-Männer in terroristischen Gruppen ab, aber das kann 'ne Weile dauern.«

»Jetzt hör mal auf mit dem Quatsch, Haki. Ich meine … hast du das hier angerichtet?«

»Ich wollte mal alles in seinen Einzelteilen sehen.«

»Bitte wie?«

»Alles in seinen Einzelteilen«, sage ich mit absoluter Selbstverständlichkeit und starre ihn ernst an. Hallo, Autopilot? Was soll denn jetzt die Wahrheit an dieser Stelle? Ist das so eine Art Improvisation nach dem Fünf-Phasen-Programm? *Alles in seinen Einzelteilen?*

»Aha. Äh, alles klar, der Arzt kommt gleich.« Simon versucht zu lächeln. Es ist aber nicht sein Lächeln, sondern eine Grimasse, ohne die schüchterne Ironie in seinen Zügen.

»Komm, wir gehen … äh, klettern ins Wohnzimmer, Simon. Da ist es gemütlicher.« So gefällt mir der Autopilot schon besser. Da hat er mich wieder auf Kurs.

»Mann, Hakim, du hast ja alles, alles auseinander genommen.«

»Yope.«

»Das kriegst du nie wieder zusammengeschraubt!«

»Könnte sein«, gebe ich zu und setze mich auf den Stapel *Bonde*-Bretter. »Ich würde dir gerne einen Platz anbieten, aber … du kannst dir gerne das Sofa zurechtstellen. Oder da auf den Boden, aber es ist ziemlich staubig.«

»Danke, ich stehe lieber.« Simon lehnt sich in den Türrahmen des Wohnzimmers wie ein enttäuschter Gerichtsvollzieher.

»Und das alles wegen dieser einen Sendung, oder was?«

Klar, alles nur wegen dieser einen Sendung. Wann merkst du endlich mal was, Junge?

»Tja, Simon, in der Medienbranche geht's hart zur Sache.«

»Jetzt sag doch mal, was wirklich mit dir los ist. Du bist seit Wochen schräg drauf.«

»So?« Ich bin seit Wochen schräg drauf? Sagt dieser bekackte Typ gerade, ich sei seit Wochen schräg drauf? »Bin ich das?«

»Mensch, Haki, ich kenn dich doch – du würdest das nie bringen mit *Hakim hilft.*«

»Hab ich aber wohl, steht doch in der Zeitung.«

»Heißt das, du machst Montag weiter mit der Sendung, Hakim?«

»Nicht wirklich. Ich … ich bin gefeuert.«

»Wie, du bist gefeuert? Weil du die Sendung gemacht hast?«
»Nein, weil ich sie *nicht* weitermachen werde.«

»Was? Aber warum …? Jetzt lass dir doch nicht alles aus der Nase ziehen. Erzähl mir die ganze Geschichte mal von vorne, Mensch! Ich meine, ich bin hier als dein Freund, ja? Ich will dir helfen. Kapierst du das?«

Ich spüre, wie mir bei den Worten *Freund* und *helfen* der Atem stockt und der Autopilot auch; merke, dass ich gerade lächerlich selbstgerecht bin, sehr gerne sogar; spüre aber auch, wie die Worte *Freund* und *helfen* in mir einschlagen wie zwei Mörser, die meine Festung piesacken. Die an mir rütteln. Simon hat Recht. Damit, dass ich ihm, meinem besten Freund, doch alles erzählen kann. Können muss. Können will. Okay, das hier ist Chefsache! Das hier muss ich höchstpersönlich regeln. Ich schalte den Autopilot aus.

Genau in diesem Moment klingelt es wieder an der Tür. Simon guckt auf die Uhr und sagt: »Oh, da ist Charlie ja schon«, und rennt zum Summer, na ja, so gut man halt im Moment in der Wohnung rennen kann.

Charlie?

Wie: Charlie?

Ich stehe auf und laufe hinter Simon her.

»Was soll das heißen: Oh, da ist Charlie ja schon?« Wir treffen uns im Türrahmen des Wohnzimmers, Simon hat ihr längst aufgedrückt und ist zurück, schiebt mich beiseite und sagt: »Charlie. Du erinnerst dich? Weiblich, 1 Meter 74. Wahnsinnsfigur. Dunkle Haare, leicht gelockt. Braune Augen.«

Helle, glatte Haut wie Elfenbein. Einfache, gerade Nase. Spitzes Kinn zum durch meine Brusthaare rennen. Augenbrauen fürs Kunstmuseum, die erst zur Stirn hochsteigen, um dann skeptisch abzufallen. Charlie. Sehe sie vor mir. Ich kenne sie in- und auswendig, Simon.

Ich nicke. »Charlie. Wie … unerwartet. Wie nett.«

»Na, siehste«, sagt Simon und setzt sich so kindisch schnell auf meinen Platz auf den *Bonde*-Brettern wie bei *Reise nach Jerusalem*. Also stehe ich mitten in meinem eigenen Wohnzimmer und habe keinen Sitzplatz.

Charlie kommt. In der Weltrangliste der Leute, die ich gerade sehen will, steht sie unmittelbar einen Platz hinter Simon.

Ich: »Was sucht die hier?«

»Was die hier …? Sie hat sich verdammte Sorgen um dich gemacht. Genau wie ich. Und wir haben heute Morgen gesagt, wir müssen sofort zu dir und sehen was los ist. Weil wir nicht fassen konnten, dass der Hakim in der Zeitung unser Hakim ist. Aber sie wollte noch schnell duschen. Und da bin ich vorgefahren.«

Unser Hakim! Mein Hakim, dein Hakim – Hakim ist für alle da. Ich muss mich ablenken. Ich versuche, an Wodka-L zu denken. Wenn ich das hier überstehe, gönne ich mir einen Wodka-L. Einen doppelten.

Simon: »Aber wenn ich deinen Empfang hier sehe und was du für eine Show abziehst, dann …«

Was? Ich ziehe eine Show ab? Eben noch wollte ich diesem Kerl alles erzählen, und dafür könnte ich mir Noppen auf die Vorhand kleben. Er macht mich rasend mit seinen blinden Angriffen, mit seinem pfauigen Gehabe, wie er sich hier breit macht auf meinem Platz in meinem Wohnzimmer. Wie er die wichtigen Dinge verdrängt. Meinen Plan nämlich, der aus einer einzigen Frage besteht: Wie sieht es in mir drinnen aus? In mir drinnen … ist eine diffuse Wut. Wie auf Nebel im Wald. Ich sehe nichts und ärgere mich darüber. Ich sehe kein Verständnis in Simon. Und ärgere mich darüber. *Was du für eine Show abziehst?* Ich glaube, Simon braucht jetzt mal eine kleine Andeutung.

Ich hole tief Luft: »Ich ziehe eine Show ab? Guck dich doch mal an – großer Samariter! Du willst mir helfen? So sieht deine Hilfe aus? Hier aufkreuzen und rumpupen? Und Charlie bringst du auch noch mit. Frisch geduscht, natürlich! Merkst du denn gar nichts? Ich habe keinen Nerv, sie zu sehen. Schon gar nicht mit dir zusammen. Raffst du das? Es tut mir weh, euch zu sehen. Wenn ihr und der ganze andere Scheiß nicht wäre, wäre die Sendung bestimmt nicht so gelaufen!«

Ich gebe zu, für eine Andeutung ist es fast zu deutlich geworden – aber ich lass es raus. Und Simon sitzt nur da.

»Das ist die Wahrheit, Simon. Kapierst du? Ich weiß nicht, wie man so … so egoman sein kann wie du, um das nicht zu merken.«

Stille. Ein ungläubiger Blick. Simon in der Defensive. Leise: »Aber, Hakim … aber du hast doch gesagt, alles ist okay. Und Charlie auch. Und … und ich dachte …«

»Oh Mann, was hätte ich denn sonst sagen sollen? Mach sofort Schluss, das ist meine Ex?«

»Zum Beispiel.«

»Zum Beispiel? Und was hättest du wohl gemacht, hä? Du hättest mir 'nen Effenberg gezeigt und das war's.«

»Du hättest es etwas anders sagen können.«

»Mann, Simon, du kennst mich jetzt lange genug. Ich sage nicht immer, was ich denke oder fühle. Schon mal gemerkt? Ich meine, ich sage ja auch Charlie nicht ins Gesicht: ›Hey, du kannst mir gestohlen bleiben!‹ Und du bist kein Stück anders. Du würdest so was auch nicht sagen. Und das ist ja auch okay.«

Dann Superzeitlupe: Simon blinzelt mich an, ein-, zwei-, dreimal, sagt: »Was?«, ein stumpfes knarzendes *Was?* – und blickt dann an mir vorbei zur Tür.

Ein Räuspern in meinem Rücken, nicht gekünstelt, echt. »Ähm, soll ich … dann gehe ich wohl besser wieder …« Charlies Stimme. Belegt. Getroffen.

Und ich sage emotionslos: »Das wäre wohl besser so.«

Charlie geht.

An dieser Stelle bleibt das Bild stehen, mein innerer Bildschirm teilt sich, Splitscreen. Rechts: Charlie geht, stopp, das Band wird zurückgespult. Links, Realtimecode: Ich im Wohnzimmer mit Simon. Oh Mann! Ich hatte gerade einen Wachtraum. Die ganze Szene wird noch einmal von vorne ablaufen. Auf dem ganzen Bildschirm. In der Wirklichkeit. Nicht nur in meinem Kopf. Und sie setzt ein an der Stelle, wo ich Simon mal eine kleine Andeutung schicken will, damit er wieder runterkommt vom hohen Ross. Ich muss nur einfach wiederholen, was ich gerade auf der Videoinstallation in meinem Kopf gesehen habe. Ich hole tief Luft.

»Sorry, Simon, ich ziehe hier echt keine Show ab. Ich bin nur ziemlich am Ende.«

Wo habe ich denn *den* Text her?

»Was ist denn los, Mann?«

Jetzt! Jetzt geig ihm die Meinung!

»Irgendwas läuft schief bei mir. Aber ich weiß nicht was.«

»Bei jedem läuft mal was schief, Haki.« Ich hasse sein Mitleid.

»Ich verbocke eine Sache nach der nächsten.«

»Ach Quatsch, jetzt komm schon.«

»Ich komme nicht so gut klar damit, dass du mit Charlie zusammen bist.«

»Aber ihr … du … ihr habt doch immer gesagt, alles ist in Ordnung? Wir haben uns doch extra getroffen deswegen.«

»Was ich da gesagt habe, war gelogen.«

»Gelogen? Wie? Warum?«

»Was hätte ich sonst machen sollen?«

»Die Wahrheit sagen?«

»Vergiss es.«

»Wie: Vergiss es? Du lügst mich an? Du lügst mich einfach so an?«

»Und du ziehst einfach meine Ex ab. Das ist auch nicht gerade vom Feinsten. Ich finde dich im Moment total egomanisch. Entschuldige, dass ich das so hart sagen muss, aber … Ich meine, du nimmst auf niemanden Rücksicht, Simon. Noch nicht einmal auf deine Freunde. Immer nur auf dich selbst. So läuft das irgendwie nicht.«

»Du hast mich angelogen.«

»Ich habe dir … was vorgegaukelt. Okay? So, wie ich Charlie gleich vorgaukeln werde, dass ich mich freue, sie mal wieder zu sehen. Ich kann da einen Hebel umlegen, und dann habe ich wieder die totale Kontrolle. Okay? Keine Sorge, die gute Charlotte wird gar nicht merken, wie überflüssig sie hier ist.«

Dann Superzeitlupe: Simon blinzelt mich an, ein-, zwei-, dreimal, sagt: »Was?«, ein stumpfes knarzendes *Was?* – und blickt dann an mir vorbei zur Tür.

Ein Räuspern in meinem Rücken, nicht gekünstelt, echt. »Ähm, soll ich … dann gehe ich wohl besser wieder …« Charlies Stimme. Belegt. Getroffen.

Ich stehe in meinem eigenen Wohnzimmer, habe ein Heimspiel, Simon vor mir, Charlie im Rücken. Kann mich nicht rühren. Mich nicht umdrehen, sie nicht ansehen nach dieser Begrüßung. Gucke auf die Glasplatte des *Vinninga*-Couchtischs, der am Fuße des *Strömstad*-Sofas lehnt, und höre mich nur »Das ist wohl so« flüstern, so als hätten wir eine Lawinenwarnung erhalten, und jeder Ton könnte ein Unglück auslösen. *Das ist wohl so.*

»Nein, das ist wohl nicht so. *Ich* gehe nämlich«, schreit Simon und wuchtet sich dabei hoch von den *Bonde*-Brettern. »Ich meine, ihr erzählt mir die ganze Zeit, dass ihr kein Problem miteinander habt. Dass alles cool ist. Und dann, dann könnt ihr euch noch nicht mal in die Augen sehen. Und ich bin der unsensible Arsch, der es hätte ahnen müssen, irgendwo zwischen den Zeilen. Nein, Hakim, das waren die bekackten Affen, die nicht sagen können, was sie fühlen. Der Mensch kann sprechen. Auch Tischtennisspieler. Und ihr setzt euch jetzt hier … irgendwo hin und quatscht euch verdammt noch mal aus. Ich hätte gerne meine Freundin und meinen besten Freund zurück. Ich brauche euch nämlich beide, egomanisch wie ich bin. Und nicht dieses jämmerliche Versteckspiel. Ich meine, wir sind erwachsen. Also: Redet miteinander, bekackte Scheiße noch mal! Und ich gehe … frühstücken. Und ihr ruft mich auf dem Handy an, wenn ihr so weit seid. Okay? Okay! Ich bringe euch auch ein paar Brötchen mit.«

Als Nächstes nehme ich wahr, wie die Eingangstür zuknallt – und ich kann nur denken: Ich hätte gerne ein Croissant, Simon.

23

✪ Sweet Spot ✪

Schweigen. Ein langes, einsames Schweigen. Ist sie noch da? Ich höre Charlie nicht mal atmen in meinem Rücken. Ich höre noch nicht mal mich selbst atmen. So muss sich die Tauchweltmeisterschaft anhören.

Irgendwann räuspert Charlie sich wieder und sagt mit einer tiefen John-Wayne-Stimme: »Ich meine, wir sind erwachsen, also: Redet, bekackte Scheiße noch mal!«

Und obwohl mir gar nicht danach ist, muss ich grinsen. Ich kann es nicht ändern. Charlie hat einfach einen genialen Humor. Und ich sage, auch mit verstellter Stimme: »Und ihr ruft mich auf dem Handy an, wenn ihr so weit seid. Okay? Okay! Ich bringe euch auch ein paar Brötchen mit.«

Und sie sagt: »Ich hätte übrigens gern zwei Kürbiskernbrötchen zum Frühstück.«

»Ich hätte gerne einen Frühstückstisch zum Frühstück«, sage ich, und bin gleichzeitig völlig verwundert, dass Charlie praktisch denselben Gag im Kopf hat wie ich, nur mit Kürbiskern statt Croissant. Mit einem Schlag ist wieder ein Gefühl der Nähe da.

Ich höre sie lachen, rhythmisch, still, mit geschlossenem Mund. Ich bin nervös. Ich habe sie lang nicht gesehen. Will ich sie wirklich sehen?

Ich drehe mich um.

Da ist sie. Da sehe ich sie in den Türrahmen gelehnt stehen und weiß nicht, wo ich hingucken soll, sehe zuerst ihre Arme, verschränkt vor dem tiefen Ausschnitt einer bauchfreien Bluse, dann einen halblangen Rock, eine große Tasche, die sich an ihre Hüfte schmiegt. Die leichten O-Beine über Kreuz, wie früher: jedes

Bein für sich so wunderschön wie die Flugkurve eines schnellen Topspins. Den Kopf forschend zur Seite geneigt, die Haare zum Zopf gebunden, Augenbrauen, die von oben aufmerksam das Gesicht und die Sitution überschauen. Charlie hat sprechende Augenbrauen.

Nur ganz leicht geschminkt ist sie, wie immer, etwas Lidschatten, etwas Kajal; die Gesichtszüge glatt wie das Meer am Morgen; verborgen, was darunter sich abspielt. Ihre sprechenden Augenbrauen, dicht und dunkel, sind mein einziger Anhaltspunkt.

Charlie haut mich um. Sie sieht umwerfend aus. Von jetzt auf gleich strömt das alte Gefühl durch mich. Auf einmal spüre ich wieder, warum ich sie so geliebt habe: Wenn ich sie sehe, will ich, dass sie mich auch sieht; wenn ihre Augenbrauen Zeichen in ihr Gesicht malen, will ich sie lesen; wenn sie spricht, will ich, dass sie zu mir spricht; wenn sie lacht, muss ich mitlachen; wenn sie mich verlässt, will ich sie verlassen. Alles andere – geschenkt.

Es knistert in mir. Hochspannung! Und in diesem Zustand bin ich ihr ausgeliefert. Kein Autopilot. Kein Simon. Keine Ausrede. Keine Wut mehr auf sie. Ist es mit Exen wie mit Abwehrspielern? Kommt der Ball häufiger zurück als man denkt?

Ich denke an mein Gedicht. Ich denke daran, sie einfach in die Arme zu nehmen. Nein, das darf ich nicht! Dann wäre alles wieder beim Alten. Und da will ich ja weg. Gefühle: Widersprüche im Sekundentakt.

(Notiz fürs spätere Leben: Das niemals vergessen!)

Sie lächelt mich an. Nicht zurücklächeln, bitte nicht zurücklächeln, du machst alles kaputt, Junge! Bewegungssperre für Gesichtsmuskeln verhängen. Schnell! Befehl sofort ausfü- …

Zu spät. Ich lächle zurück.

Viel zu spät erst schaue ich weg. Und dann sage ich etwas maßlos Dummes: »Sorry, das eben, das war nicht so gemeint.« *Doch, du Idiot, du hast es genau so und nicht anders gemeint!* Aber kaum steht sie vor mir, bin ich der waschlappige Pingpongspieler wie eh und je … Auf das Stichwort *Pingpongspieler* erscheint Waldner. Zur

Begrüßung macht er ein paar Vorhandtopspin-Bewegungen, aber ein Blick von mir, und J.O. hebt entschuldigend den Schläger und ist weg.

Charlie hat Antennen für meine Schwächen. Kaum habe ich mich grundlos entschuldigt, bekommt sie Oberwasser und sagt auf ihre bekackt trockene Art: »Schöne Inneneinrichtung, Hakim.«

»Man tut, was man kann.« Ich muss wieder lächeln. Vergessen ihr: *Es ist nicht mehr so wie am Anfang*. Vergessen das Charlie-Entwöhnungsprogramm; die quälende Menge von Scheiß-auf-deine-Figur-Junge-*BigMacs*, die ich mir reingewürgt habe. Die Furze der Freiheit, die ich mir gegönnt habe, als sie weg war. Vergessen der Schnellwaschgang zur Vergangenheitsbewältigung für Fortgeschrittene in zehn Gängen ohne Schleudern. Und vergeben das mit Simon. Alles weggehaucht von ihrem einen Satz: *Schöne Inneneinrichtung, Hakim.*

»Ziemlich ... modern, aber ordentlicher als früher.« Charlie setzt nach. Dazu lächelt sie mich einfach und unbestimmt an. Sie weiß, dass die alten Reize funktionieren. Ich frage mich, ob in beiden Richtungen.

»Hast du Özlem noch?«

Ob ich Özlem noch *habe?*

»Du erinnerst dich? Die kleine Studentin, die ich dir besorgt hatte, zum Putzen.«

»Ja ... jaja, sie macht den Job noch.«

»Aber nicht besonders regelmäßig, was?«

»Die Einrichtung war mir vorher zu ... zu funktional.«

Danke, Simon, alter Freund. Jetzt stehe ich hier mit meiner Ex und parliere über mein Interieur wie irgend so ein abgebrochener adeliger Schlemil in *Schöner wohnen.*

Charlie visiert mich voll an; ohne auch nur einmal zu blinzeln, genau, wie sie es früher gemacht hat. All die entwaffnenden Gesten. Sie hat sie noch drauf. »Zu ... funktional?«, fragt sie, dabei lässt sie ihre Augenbrauen lächeln, indem sie sie scheinheilig hochzieht.

»Das ist nicht witzig«, sage ich. Sie lacht jetzt unterdrückt und geht einen Schritt ins Wohnzimmer. Auf mich zu.

Hier sind wir: Charlie und ich in meiner fein säuberlich zerlegten Wohnung in meinem fein säuberlich zerlegten Leben. Und als ob Charlie meine Gedanken lesen könnte, kommt sie noch zwei Schritte auf mich zu, legt ihre Hand auf meinen Oberarm und fragt: »Hakim, was ist denn los mit dir?« Dabei schlägt sie die Wimpern auf, den Kopf fragend zur Seite gelehnt.

»Ich bin auf der Suche.«

Ich fasse es nicht! Da ist sie wieder, die alte Vertrautheit. Von null auf hundert in einem Wimpernschlag. Starre auf ein *Edvard*-Puzzleteil. War das die Rückenlehne?

Charlie sagt: »Ja.«

Ich schaue sie an – und für einen Augenblick friert das Bild ein, als ob jemand am Videorekorder *Pause* gedrückt hätte. Gedanken in einem gefrorenen Augenblick: Sie sagt einfach nur *Ja*. Kein zweifelnder Augenaufschlag; keine Augenbrauen, die Fragezeichen auf die Stirn malen; kein verwundertes *Was denn?* Einfach nur *Ja*. Es erschreckt mich fast, mit welcher Leichtigkeit sie das Richtige im richtigen Augenblick sagt: *Ja*. Sie sagt *Ja*, ein endgültiges *Ja*, als ob sie alles wüsste, was mir passiert ist. Als ob ich nicht weiter zu sprechen brauchte, um ihr Verständnis zu gewinnen. Als ob ich jetzt schweigen könnte.

Als ob.

Kino ist als ob.

Mein Leben ist auch als ob.

Bild in Bild, Bild eins: Totale, mein Wohnzimmer; Bild zwei: Close-up, ihre Hand auf meinem Oberarm. Weichzeichner. Auf der Tonspur in meinem Kopf höre ich ihren Wimpernschlag. Dramatische Musik setzt ein, sich langsam steigernd. *Bolero*. Das kann nicht wahr sein, denke ich. Es ist wie in einem Julia-Roberts-Film. Nur dass niemand von der Maske jetzt ins Bild steigt und mir die Nase pudert. Dass keiner Cut schreit. Dass keiner mir sagt, wie ich sein soll. Was ich sagen soll. Ich würde gerne hin und her kommandiert werden. Aber … hier läuft gar keine Musik. Es gibt keinen Weichzeichner. Charlies Hand berührt meinen Oberarm. Und es fühlt sich wundervoll an.

»Mein Chef hat mich gefeuert.«

Sie sagt *Ja* – und das ist meine Antwort. Ich beginne irgendwo mit einem Satz, der gerade durch mein Gehirn geschossen sein muss.

»Weil du die Sendung gemacht hast?«, fragt Charlie.

»Nein, weil ich sie nicht weiter machen wollte.«

Charlies melancholischer Blick ruht in meinen Augen, in mir, jetzt gepaart mit einer irritiert gekräuselten Stirn, wie ein kleiner Strudel ihrer Gedanken, der nach außen dringt. Beschützt von ihren Brauen, die sich dicht über ihre Augen drängen.

Ich sage: »Die Sendung ist auf dem Mist von meinem neuen Chef gewachsen. Er hat mich gelinkt. Ich hatte ein eigenes Konzept, *Real Radio*. Er hat mich denken lassen, dass wir meine Sendung machen, und dann hat er sein Ding durchgezogen, und …«

»Aber Hakim, *du* hast doch die Leute auf dem Sender niedergemacht. So stand es in der Zeitung. Das stimmt doch?«

Ich nicke. Ich kann sie nicht ansehen. Wenn ich rede, starre ich auf meine Finger, die kleine Ringkämpfe miteinander austragen. Wenn sie redet, starre ich auf ihren nackten Bauchnabel und möchte mich in ihm verkriechen. Wie eine Schnecke im Schneckenhaus.

»Aber Hakim, die armen Leute, wie konntest du nur?«

Ob sie mich hineinlässt in das Ganzkörper-Schneckenhaus? Damit ich mich da weiterschämen kann, in aller Sicherheit.

»Wachtberg … Mein neuer Chef hat mich manipuliert. Ich dachte, es wäre eine Testsendung. Verstehst du? Ein Pilot, der überhaupt nicht gesendet wird. Ich dachte … er hat mich glauben lassen, dass das alles nicht echt ist. Und die Anrufer alle erfunden.«

»Mein Gott! Ist das wahr?«

»Und ich war so wütend, weil er mich benutzt hat. Weil ich dachte: Wenn der mich mit den gefakten Anrufen verarschen will, dann verarsche ich ihn zurück. Aber gleichzeitig ... wollte ich auch den Job. Ich wollte einen Erfolg für mich. Einen einzigen, kleinen, bekackten Erfolg. Verstehst du das? Charlie?«

»Ja.«

Ich warte einen Augenblick, aber sie spricht nicht weiter. *Ja*. Noch ein *Ja*, das mir sagt: Du darfst dich in meinem Bauchnabel verkriechen. Ich habe nie wirklich an dir gezweifelt. In der Zeitung kann stehen, was will. Ich kenne dich besser. Keine Zweifel. Unsicherheit ja, aber keine Zweifel an dir. So verstehe ich ihr *Ja*, und ihr *Ja* führt meinen Blick hoch von ihrem Bauchnabel in ihr Gesicht. Wir sehen uns in die Augen. Sie lächelt mich an. Und immer wenn Charlie etwas lächelt, entsteht ein kleiner Schatten in ihren Mundwinkeln, dort wo ihre feinen Lippen zusammenlaufen. Genau so, wie kleine Schatten in ihren Augenwinkeln entstehen. Ich erschrecke mich: Denn fast hatte ich vergessen, wie schön diese Schatten erst ihr glattes Gesicht machen. Dazu ihre karamelbraunen Augen. Wie sie mich jetzt ansieht, denke ich: Sie schaut mir auf den Grund. Sie guckt in mich hinein. Sie sieht alles besser als alle anderen. Alle anderen? Ich frage mich jetzt, warum ich ihr einfach alles erzählen kann – und Simon nicht. Oder Özlem. Ich wollte, aber ich konnte nicht. Charlie sagt einmal *Ja* im richtigen Moment, und ich bin ein offenes Buch. Und beim zweiten *Ja* werde ich fast ohnmächtig vor alten, angestauten Gefühlen, die in einem Augenblick neu erwachen.

Charlie lächelt jetzt nicht mehr. Da sind nur noch diese unglaublichen Augen, die mich genau ausloten.

»Er hat dich reingelegt. Das musst du den Medienleuten erzählen. Du musst das bekannt machen.« Sie legt ihre Hand an meine Wange. »Er macht deinen Ruf kaputt. Er macht dich kaputt. Deine Karriere.«

Ich gucke wieder hinab auf ihren Bauchnabel. Ein anderes altes Gefühl regt sich. Sie krault leicht meinen Nacken.

»Ach, ich ...«

»Hakim, du musst etwas unternehmen! Wenn das so stehen bleibt, bist du der Arsch. Und dein mieser Chef kommt davon!«

Ich starre auf meine ringenden Finger.

Sie fährt mir empört durch die Haare. Sie treibt mich in die Enge. Ein schlechtes Gefühl.

Ich sage: »Ich habe eigentlich damit abgeschlossen.«

»Bitte was? Damit abgeschlossen? Der Typ macht dich fertig – und du willst dir das angucken. Das gibt's doch nicht! Das ist echt so typisch für dich. Warum nur, Hakim? Warum lässt du alles mit dir machen? Du musst dich wehren. Du musst kämpfen. Nie kämpfst du für etwas.«

Jetzt kann ich es greifen, das schlechte Gefühl. Es bohrt sich in alte Wunden: Das Gefühl, ständig Charlies Vorwürfen ausgesetzt zu sein. Ihrer Besserwisserei.

Mit einem Ruck schlage ich ihre Hand aus meinem Gesicht und schreie sie an: »Kämpfen, kämpfen! Das mache ich doch die ganze Zeit. Aber du denkst nur an Karriere und Ruf und das alles. Hör mir doch einmal zu! Warum soll ich für den Job kämpfen? Ich habe damit abgeschlossen. Ich bin kein Radiomoderator. Verstehst du das? Ich! bin! kein! Radiomoderator! Geht das in dein hübsches, glattes Köpfchen, hmm? Geht dir das in die Birne, Charlie?« Sehe ihren offenen Mund. »Und wenn überhaupt – wie sollte ich kämpfen? Hä? Wie sollte ich noch mal kämpfen nach dieser Sendung? Hast du mal darüber nachgedacht?«

»Aber du …«

»Aber ich *was?* Es steht Aussage gegen Aussage, oder etwa nicht. Oder etwa nicht?« Nehme wahr, wie sich Schatten in ihren Augenwinkeln bilden. Andere Schatten als die Lachschatten. Trauerschatten, die unterstützt werden von Brauen, die sich ein Stück weit über die Augenhöhlen schieben wie kleine Schutzpanzer. Ich weiß: Das ist ihr echtes Trauergesicht. Es kann mich nicht aufhalten.

»Und wem werden sie glauben? Mir? Oh nein – *ich* bin das Radiomonster. *Ich* habe die Leute niedergemacht. *Ich* habe gesprochen. Und habe ich irgendeinen Gegenbeweis? Nein. Habe ich irgendeinen Zeugen, der meine Version stützt? Nein! Also spar dir deine selbstgefälligen, klugscheißigen, bekackt-dämlichen Ratschläge!«

Ganz kurz hallt meine Stimme nach. Dann stehe ich vor ihr, gespannt wie ein Katapult. Atme ihr ins Gesicht. Wenn sie mich berührt, explodiere ich.

»Jetzt sind wir wieder da, wo wir aufgehört hatten«, flüstert Charlie und senkt den Kopf. Von ihrem Gesicht sehe ich nur noch ihre Stirn, den Rücken ihrer sehr geraden Nase, ihre langen Wimpern und ihre Augen. Feuchtigkeit sammelt sich in ihnen wie in einem Blütenkelch. Die Feuchtigkeit formt sich zu Tränen. Charlies Augen versuchen, die Tränen festzuhalten, indem sie sich verengen. Aber es gelingt ihnen nicht. Eins. Sie fallen – zwei, drei – auf den leeren Ordner *ZEUGNISSE*. Vier, fünf. Sie fallen einfach, Charlie bebt nicht, schluchzt nicht. Sechs.

Ich schließe die Augen.

Öffne sie wieder. Sehe Charlie an. Die Spannung weicht aus mir.

Sieben.

Aus meinem Körper. War es das, was ich wollte? Gerade noch waren wir uns so nah wie Ping und Pong – und jetzt haben wir uns zurückkatapultiert. Ins graue Mittelalter unserer Beziehung.

Acht, neun.

Ich habe Charlie noch nie weinen gesehen.

Zehn.

Ich gehe in die Knie, um ihr Gesicht anzuschauen. Um ihr beim Weinen zuzugucken. Es ist grausam: Charlie ist so schön, wenn sie weint. Mühelos läuft gerade eine Träne über den Elfenbeinboden ihres Gesichts.

Elf.

Charlie sieht überhaupt nicht angestrengt aus beim Weinen – im Gegensatz zu jedem anderen, den ich kenne. Sie ist nicht verkrampft. Ihre Züge bleiben glatt, ihre Augen offen. Sie kann mir direkt in die Augen schauen und dabei weinen.

Zwölf.

Ihr Ausdruck sagt mir: Ich schäme mich nicht für meine Tränen. Ich weiß, dass ich sie nicht halten kann. Also lasse ich sie frei.

Dreizehn.

Ich verliebe mich unsterblich in ihr Weinen.

Höre mich sagen: »Du bist so schön, wenn du weinst.« Ich nehme ihr Gesicht zwischen meine Hände. Ihre letzte Träne läuft Richtung Verband. Die Feuchtigkeit verfängt sich in ihren Wimpern. Ich lasse ihr Gesicht nicht los. Ihre Augen lassen mich nicht los.

Dann sagt sie: »Für einen Moment dachte ich, in uns drinnen wäre noch etwas füreinander. Sehnsucht oder so. Egal, was passiert ist.«

Sehnsucht in uns drinnen? Ist in mir drinnen Sehnsucht nach Charlie?

»Ich weiß nicht«, sage ich.

»Ja«, sagt sie.

»Ich weiß im Moment nicht, was in mir drinnen ist. Ich versuche es rauszufinden, aber … mein Leben ist wie …«

»Wie dein Verband?«, fragt sie.

»Vielleicht«, sage ich, obwohl ich keine Ahnung habe, was sie meint.

»Das ist der totale Bandsalat, dein Verband«, sagt sie und lächelt sich Schatten ins traurige Gesicht. Sie scheint spüren zu können, wenn ich nicht mitkomme. »Das der hält, ist ein Wunder.«

»Ich hatte bloß keine Pflaster mehr. Und keinen frischen Verband … Aber ein Wunder könnte ich gebrauchen.«

»Ja«, sagt sie. »Ich weiß, wie das ist.« Einen Moment lang schweigt sie, dann sieht sie mir direkt in die Augen.

»Weißt du, es läuft nicht so mit Simon. Unter anderem.«

»Das tut mir Leid«, sage ich. Mir fällt nichts anderes dazu ein.

Sie sagt: »Mir auch.«

»Es war ein Unfall«, sage ich und zeige auf meinen Verband. »Ich habe in der dämlichen Sendung ein Wasserglas in meiner Hand zertrümmert.«

Sie streichelt mit ihren Händen über meine Hände, die ihr Gesicht so vorsichtig halten wie einen echten van Gogh.

»War keine Absicht.«

Sie nimmt meine Hände, steht auf und sagt: »Komm«, mich auf die Beine ziehend wie ein mäkeliges Kind. »Ich habe Pflaster in meiner Tasche.« Und so holen wir ihre Tasche und tänzeln auf Zehenspitzen ins Bad, und Charlie setzt mich auf den Thron, kniet sich vor mich, nimmt den alten Verband ab. Als sie die Wunde sieht, verzieht sie ihr Gesicht, als ob sie saure H-Milch probiert hätte. Aber sie sagt nichts. Es gibt nichts zu sagen.

Sie wäscht meine etwas entzündete Wunde aus, dabei mustert sie mich, ob ich Schmerzen habe. Ich verziehe keine Miene. Dann legt sie den Verband wieder an und klebt die Pflaster auf.

Wir brauchen nichts zu sagen.

Ihre rein geweinten Augen.

Der zerlaufene Kajal.

So sehen wir uns an. Lange, fast so, als würde der eine in den Augen des anderen den fesselndsten Film aller Zeiten sehen. Vielleicht ist das auch so.

»Warum läuft es mit Simon nicht?«

»Vergiss Simon«, sagt sie.

»Aber wir müssen ihn bald anrufen, und …« Charlies zusammengezogene Augenbrauen bringen mich zum Schweigen, sie legt zwei Zeigefinger auf ihre Lippen wie ein Pflaster, stellt sich auf ihre Kniespitzen, führt meine heile Hand hoch an ihre Brust. Ich vergesse Simon. Umfahre ihre Brüste, umspiele ihre harten Brustwarzen, die sich mir stolz entgegenrecken, greife dann fester zu, und Charlie macht die Augen zu und atmet tief ein. Ich bin steif. Charlie hält einen Augenblick inne, wirkt konzentriert, dann beißt sie sich auf die Unterlippe, lächelt, zieht mit einem

Ruck ihre Bluse über den Kopf und hält sie sich vor die Brüste, verspielt. Dann öffnet sie ihre Augen wieder und wirft die Bluse lässig zur Seite. Sie trägt einen schwarzen BH. Ich sehe ihren trainierten Bauch. Ich fasse sie an. Sie steigt auf mich. Sie küsst mich auf den Mund. Ich küsse zurück. Wir küssen uns. Unser Zungen sind wie zwei gleichschnelle Kinder, die Fangen spielen. Der eine kriegt den anderen nur, wenn der es zulässt. Ich spüre, wie sie sich an mir reibt, hoch und runter, mit einer ganz langsamen Bewegung. Ich kraule ihren Nacken.

Mein schlechtes Gewissen: Sie küsst es weg. Lässt es irgendwo in der Nähe zwischen ihr und mir verschwinden wie eine Zauberkünstlerin. Sie verzaubert mich. Mit einen Kuss, der nicht zwei zurückverlangt.

Verzaubert mich. In was? In ihren Zweit-Lover?

Das hier ist der absolute Wahnsinn. Ich darf sie nicht küssen. Wenn ich daran denke … Sie ist Simons Freundin. Und überhaupt.

Ich darf nicht denken jetzt.

Ich höre uns beide vorsichtig atmen – so, als spielten wir Verstecken. Wir sprechen nicht. Es gibt nichts zu sprechen. Wir brauchen nicht zu sprechen.

Wieder nehme ich ihren Kopf in meine Hände, ziehe ihr Gesicht ganz nah vor meins, so dass ihre Augen fast verschwimmen in meinen. Küsse ihr eines Augenlid, dann das andere. Küsse ihre Nasenspitze. Küsse ihr Kinn. Ihren Hals. Beiße vorsichtig in ihren Hals, schiebe die Träger ihres BHs über ihre Arme herab. Mit meinen Händen fahre ich ihren Rücken hoch und runter, dann greife ich nach ihrem Po und drücke ihn fest an mich als sei er aus Gold, und ich dürfte ihn nie verlieren. Küsse mich weiter nach unten, schiebe ihre Brüste zusammen, umspiele sie, lasse sie los; Charlie lehnt sich zurück ins Hohlkreuz. Ich halte sie, kostet mich gar nicht viel Kraft. Sie merkt das und lehnt sich noch weiter zurück, schiebt ihre Hüfte jetzt etwas schneller an mir auf und nieder. Ich mag das, was sie tut. Und sie weiß es.

Ich küsse ihren tiefen Bauchnabel, das kitzelt Charlie immer, und sie kommt lächelnd aus dem Hohlkreuz zurück, und lässt mich ihre Brüste genießen; ich beginne unter den Achseln und arbeite mich zur Mitte. Sie mag das, was ich tue. Ich weiß es.

Sie zieht mein T-Shirt aus, und sie leckt über meine Schultern, meine Brust, streckt ihre Zunge weit raus dabei. Ihre Zunge zu sehen, macht mich noch mehr an. Ich spüre Gänsehaut auf meinen Armen. Dann rutscht sie von mir, auf die Fliesen, lächelt zu mir hoch und knöpft meine Hose auf, zieht mich aus. Ganz. Ich spüre ihre Hände, ihre Lippen, ihre Zunge, ihre Zähne an mir. Ich schaue ihr zu und streichle durch ihre Haare, die mich an einen vollen, natürlichen Geruch erinnern – ja: an gemähten Rasen im Frühherbst; und ich gucke weg und greife nach ihren Schultern und schaue ihr zu und schaue weg und hin und weg, hin und weg – so geht es weiter, bis ich fast kommen muss. In dem Moment hört sie auf. Ich höre mich unterdrückt stöhnen, und sie sagt: »Warte«, und läuft aus dem Bad.

Ich bin nicht in der Lage, irritiert zu sein. Nicht in der Lage zu denken. Ich gehorche. Ich warte.

Und dann kommt sie wieder, leise lächelnd, den Kopf zur Seite gelehnt, die Träger des BHs hat sie wieder hoch gezogen. Dann fängt sie an zu summen. Kein Lied. Einfache Töne. Zu ihnen bewegt sie sich. Tanzt. Dreht mir den Rücken zu und greift zu ihrem Slip unterm Rock. Dabei guckt sie mich über ihre Schulter an. Ein gerader, schnörkelloser Blick, mit geraden, schnörkellosen Augenbrauen. Melancholisch vielleicht. Verführerisch sicher. Mit offenem Mund. Das kann nicht wahr sein. Ich werde gleich ohnmächtig.

Sie schiebt den Slip über ihre Oberschenkel. Er ist schwarz wie ihr BH. Ihr Rock fällt über die Falte zwischen ihren muskulösen Pobacken. Sie schiebt sich den Slip über die Knie.

Ich bin hypnotisiert.

Sie hat den Slip auf den Fliesen.

Charlie wirft mir etwas zu. Ich fange – ein Kondom. Sie nimmt keine Pille. *Pille macht dick.* Und sie dreht sich wieder um. Langsam tanzend und summend. Ich reiße die Packung auf, aber Augen habe ich nur für Charlies Rücken und ihren Po, den sie mir zeigt, indem sie den Rock immer wieder hochschiebt bei ihrem Tanz.

Ich muss sterben.

Ich muss ganz bestimmt sterben.

Aber vorher lässt sie auch noch ihren Rock auf den Boden gleiten.

Ich habe das Kondom drüber, gehe ganz dicht an sie heran, sie schiebt mir ihren Po entgegen. Ich weiß: ihre Lieblingsstellung. Und dann spüre ich mich an ihrer heißen Haut, fahre ihr mit der linken Hand übers Gesicht – und sie beißt in meinen Finger.

In dem Moment gleite ich in sie.

Wir verharren so, ganz nah beieinander, ineinander, für einen ewigen Augenblick. Ich sehe ihre Gänsehaut auf dem Rücken. Küsse das Muttermal unter ihrer Schulter, pflücke das Kleeblatt. Und dann lehnt sie sich nach vorn, hält sich an der Waschmaschine fest, streckt mir ihren Po ganz entgegen, und ich greife sie an den Hüften und ziehe mich vorsichtig aus ihr, um sofort wieder einzudringen.

Sie lässt mich das Tempo übernehmen.

Ich höre uns.

Ich spüre sie.

Sie ruft mich.

Ich versuche, mit der heilen Hand von vorne zwischen ihre Beine zu greifen.

Ich sehe erste Schweißperlen auf ihrem Rücken. Wie ich sie so oft gesehen habe. So oft … auch bei unserem letzten Mal. Plötzlich, auf einmal geht in meinem Kopf ein Film los – nein, genauer gesagt: auf ihrem Rücken, wie auf einem Flachbildschirm. Oder wie aufprojiziert. Ich spinne!

Ich stoße.

Es ist genau wie bei unserem letzten Mal. Auch von hinten. Auch im Bad.

Ich stoße und denke: Wir machen da weiter, wo wir aufgehört hatten. Für fünf Monate. Sehe uns im Café: *Es ist nicht mehr wie am Anfang*. Sehe uns streiten. Sehe uns in Paris.

Stoße.

Beim Pingpong auf einer Steinplatte.

Stoße.

Wie ich ihr den Vorhandkonter zeige.

Wie sie das Orgasmusseminar vorschlägt.

Bilder, Schnipsel, Fetzen, die jetzt rasend schnell rückwärts laufen. Und ich laufe mit, zurück, bis ich Charlie auf einer Party auf mich zukommen sehe und sagen höre: *Das war aber mutig von dir!*

Genug! Ich will das alles nicht. Ich fahre mit beiden Händen über ihren Rücken, schiebe ihre Schweißperlen zusammen wie ein einsamer alter Mann den ersten Schnee in der Nacht. Der Bildschirm verschwindet unter dem Pflug meiner Hände. Ich stoße sie jetzt fester. Sehe, wie sie den Kopf in den Nacken legt. Ich will mich nur noch auf Charlie konzentrieren. Werde schneller.

Aber dann … irgendetwas stimmt nicht. Liegt es an Charlie? Nein. Fühle ich mich schlecht. Oder schlapp? Hayır. Aber was dann …? Nicht Charlie, nicht ich – das Kondom! Was ist damit?

Zu weit?

Zu eng?

Aufgerissen?

Gefühlsunecht?

»Charlie!«

»Oh ja!«

»Hey, Charlie!«

»Jaa!«

»Hey, Charlie, Momentmomentmoment, warte mal, warte, irgendwas stimmt nicht.«

»Was? Komm, nicht aufhören, nicht aufhören.«

Ich bewege mich weiter.

»Es fühlt sich komisch an, Charlie. Irgendwas muss mit dem Tüdel sein.«

»Nichts ist mit dem Tüdel. Komm schon.«

»Vielleicht ist es gerissen.«

»Oh Mann, Hakim, wir können uns gerne schmutzige Sachen dabei sagen, aber so … was ist denn los.«

»Es fühlt sich einfach komisch an. Was ist das für eins?«

»Wie, was ist das für eins? Ein ganz normales! So eins mit Noppen.«

»Noppen?«

»Ja!«

»Seit wann nimmst du Noppen?«

»Seit … ach, Hakim, was soll das?«

Noppen? Alles dreht sich. Ich mache die Augen zu. Auf meine Monitore drängt sich der *Armstrong Attack 3*. Einen Stoß lang sehe ich Özlem vor mir. Die zerschraubte *Effektiv*-Kombination. Begreife die Bilder von eben auf Charlies Rücken: die Vergangenheit. Sehe auf Charlies Rücken, ihren Hintern – und ich habe einen einzigen Gedanken, der sich tausendmal wiederholt in einer Millisekunde, wie ein Halleffekt: Ihr Rücken ist auch Vergangenheit. Ihr Hintern ist Vergangenheit. Ihr Sex ist Vergangenheit. Charlie ist Vergangenheit. Ihr Rücken, ihr Hintern, ihr Sex – Vergangenheit.

Noppen, ausgerechnet!

Ich spüre, wie ich in die Pavel-Liga schrumpfe. Die Vergangenheit hat sich wie ein Kokon um mich gelegt. Habe mich von ihr einwickeln lassen wie eine Mumie. Was mache ich hier eigentlich? Was sage ich ihr jetzt? *Du, sorry, ich hatte mir neulich einen* Armstrong Attack 3 *gekauft, das ist ein Noppenbelag, weißt du – und der hat es nicht gebracht. Bei meiner Suche, weißt du. Und deswegen kriege ich jetzt keinen mehr hoch. Du verstehst: Noppen und Noppen, haha. Ist nicht so schlimm, oder? Wir finden bestimmt noch viele andere Gelegenheiten, meinen besten Freund zu betrügen.*

Vergiss es, Junge! Schnellschnellschnell, eine Ausrede. Eine Idee. Text, bitte. Wo ist das passende Filmzitat? Mir fällt keins ein. Verdammt.

Was soll die ganze Hektik? Ich hab das Spiel verloren. Mir bleibt nichts anderes übrig, als ruhiger zu werden, weil es egal ist, was ich sage oder tue. Ich kann nur noch ein paar Anstandspunkte sammeln und vermeiden, einfach aufzugeben.

»Was ist denn Hakim? Stimmt was nicht?«

»Ähm … ja … ich.« Was kann ich ihr sagen? Wie wäre es mit der Wahrheit?

»Hab ich was falsch gemacht, Hakim?«

»Neinnein, du bist … wundervoll. Tut mir Leid, Charlie. Ich kann das einfach nicht bringen«, sage ich und schlüpfe möglichst beiläufig aus ihr heraus, ziehe das Tüdel ab, schmeiße es in den Mülleimer. Versuche dann, gelassen und würdevoll in meine Unterhose zu steigen. Kaum habe ich sie an, spüre ich wieder Distanz zu Charlie. Als hätte ich den Abstandhalter an meinem Fahrrad ausgeklappt wie ein Schulkind. *Ich kann das einfach nicht bringen.*

»Verstehe«, sagt Charlie und dreht sich zu mir um.

»Wegen Simon«, sage ich und zapple mich in meine Hose wie eine Kaulquappe. Eine Kaulquappe mit Abstandhalter. Nicht so hastig. Ich muss souverän wirken.

»Verstehe«, sagt sie und zieht ihren Slip an.

»Er ist mein bester Freund«, sage ich und werfe ihr ihren BH zu.

»Ich weiß«, sagt sie und fängt ihn auf.

»Verstehe«, sage ich und hebe mein T-Shirt vom Boden auf. Und als ich wieder hochkomme, lächelt Charlie mich an – von schräg unten. Wie Özlem. Charlie hat sonst nie so gelächelt. Ich gehe auf sie zu und küsse sie versöhnlich auf den Mund und auf die Augenbrauen. Sie lehnt sich an meine Brust. Ich mache meine Anstandspunkte. In dem Moment klingelt es an der Tür.

Ich gucke hinunter in Charlies Gesicht. Sie hebt die Augenbrauen und lässt sie wieder in die Nähe ihrer Augen sinken. Das ist alles. Ich habe keine Ahnung, was mir das sagen soll. Kann es nicht lesen.

Ich sage: »Wenn es Simon ist … Er weiß, dass wir hier sind. Ich meine …«

»Mach auf«, sagt Charlie.

Ich reiße die Tür vom Badezimmer auf, will den Flur runter zum Summer sprinten – und trete auf die Bettdecke, knicke um und fliege in einen Haufen Hemden und *Billy*-Bretter. Ich fliege hin, weil unter der Bettdecke der Besteckkasten liegt. Aber das fällt mir natürlich jetzt erst wieder ein. Bekackte Schraubaktion!

Charlie lacht laut und sagt: »Ich hoffe, deine Dekoration ist nicht durcheinander gekommen.« Sie hat noch Zeit für einen Spruch auf meine Kosten, aber vielleicht sollte sie sich mal was anziehen? *Redet* hat Simon gesagt. Reden kann man auch, ohne sich auszuziehen.

Ich ächze und rapple mich mühsam hoch wie eine Riesenschildkröte, die lieber sterben würde als sich noch einmal zu rühren. Es klingelt noch mal an der Tür. Länger. Und so feste, dass es die Schildkröte in mir austreibt. Ich tänzle unfallfrei vor bis zum Summer, drücke auf den Schalter mit dem Schlüssel drauf und reiße zugleich die Tür auf wie einen Notausgang. Dabei kracht die Tür vor den *Poäng*-Sitz, der von mir einen Tritt kriegt, weil er im Weg liegt. Einen fulminanten 35-Meter-Fernschuss-Tritt. *Poäng* poltert durch den Flur. Ich ignoriere die Schmerzen.

»Deine Socken«, ruft Charlie – und ich gucke auf meine nackten Füße (denke: ein *Barfuß*-35-Meter-Fernschuss-Tritt), lehne die Haustür an und haste zurück. Man könnte mit Recht sagen: Ich bin nervös. Ich kann überhaupt nicht klar denken. Falsch. Ich kann überhaupt nicht denken.

Charlie, in Unterwäsche, wirft mir die Socken zu, hält mich am Arm fest und guckt mir ernst auf den Grund, bevor sie mich loslässt und ins Wohnzimmer klettert. Ins Wohnzimmer?

»Charlie, was machst du denn? Was willst du denn jetzt im Wohnzimmer?«

»Ich hole meine Tasche. Ich muss mir ja wieder ein Gesicht

malen, wenigstens ein kleines bisschen«, sagt sie und kommt schon wieder zurück, um im Bad zu verschwinden.

Ich höre Simons Schritte auf den obersten Stufen vor meiner Tür – und mir kommt ins Bewusstsein: Was sagt Charlie Simon? Was sage ich Simon? Sage ich es Simon? Oder tut es Charlie? Warum haben wir uns nicht abgesprochen? Konspirativ. Was ist in mir drinnen? Frage fürs weitere Leben. Und wo ich gerade dabei bin: Wann werde ich diese Fragen eigentlich beantworten?

»Ta-ta«, ruft Simon mir triumphierend in den Rücken, »als ich im Café saß, dachte ich irgendwie, es wäre netter, wenn wir drei zusammen frühstücken. Ich habe auch Brötchen für uns gejagt«, sagt er.

Ich versuche ein Lächeln, als ich mich umdrehe – und sehe Simon, wie er die Tüte Brötchen vor die Brust hält wie einen Pokal, den er auf einem dreitägigen internationalen Turnier gewonnen hat. Ein Bild für die Götter. Oder für die *Bäckerblume*.

24

✪ Zeitspiel ✪

»Ich hab's gerade mit Charlie getrieben. Im Bad. Na ja, bis Charlie mir gesagt hat, dass ich ein Noppenkondom drüber habe. Da ging nichts mehr. Ist 'ne lange Geschichte. Aber vorher war es phantastisch.« So was in der Richtung. So was in der Richtung müsste ich Simon sagen. Nicht ganz so direkt am besten. Etwas diskreter vielleicht. Im richtigen Moment, natürlich. Aber wenn er noch länger in der *Bäckerblume*-Stellung verharrt, muss ich ihm erst eine schmieren. Ich muss etwas sagen!

»Klasse, Simon. Hast du auch Croissants gekriegt?«

Aha. Das ist also alles, was mir beim Anblick von Simon einfällt, dessen Freundin ich vor, sagen wir, vier Minuten noch sehr nahe war. Ich muss es ihm sagen. Das bin ich ihm schuldig. Und mir selbst auch. Und was sage ich? *Hast du auch Croissants gekriegt?*

»Croissants? Nö! Hab ich nicht dran gedacht. Als ich im Café saß, zum Brunch, ich weiß nicht, da ...«

Oh verdammt, was habe ich da bloß angerichtet? Wie ist das passiert? Wollte ich das? Wollte Charlie das? Ich kann ihm jetzt nicht in die Augen sehen. Ich fixiere *Harpun*.

»... und das wurde mir alles zu kompliziert, echt.«

Aus den Augenwinkeln sehe ich, wie er seine *Bäckerblume*-Haltung aufgibt. Ich arbeite mich vor ins Wohnzimmer und murmle: »Wem sagst du das.«

Er fragt: »Was sagst du?«

Und ich spreche lauter: »Wohin stellen wir das?«

»Hmm, das ist gar nicht so einfach, Haki.«

Ich spüre, wie er in meinem Rücken tief Luft holt, wie er den

Ton wechselt. »Wie ist es … gelaufen, mit euch beiden. Hast du Charlie schon verjagt? Haha.«

»Sie ist im Bad.«

Rieche ich nach ihr? Ich meine: Riecht es hier nach Sex? Oder nach Tränen?

»Nase pudern?«

»So genau hat sie es mir nicht gesagt.«

Lagebericht: Charlie im Bad, Simon hier im Wohnzimmer mit Brötchen. Es droht eine Riesenszene – oder ein gemeinsames Frühstück. Ich setze auf das kleinere Übel. Also: Wo wie frühstücken?

Ich räume Geschenkpapier, Fotos und Tischdecken von ein paar *Effektiv*-Brettern, schiebe sie näher an den *Vinninga*-Couchtisch ohne Glasplatte heran und lege eine *Billy*-Seitenwand quer drüber. Voilà, unser Frühstückstisch. Wir müssen drum herumknien. Als ich mich aufrichte, um etwas Platz rings um den *Billy* zu machen, legt mir Simon eine Hand auf die Schulter (ich zucke zusammen) und fragt: »Und? Wie ist es denn jetzt gelaufen?«

»Was?«

»Das mit Charlie!«

Sehe Bilder von Charlie und mir im Bad im Schnelldurchlauf. Auch ihre Tränen. Da fällt mir auf: *Wie sie weint dabei*. Daran habe ich gar nicht gedacht eben. *Wie sie weint dabei* – diese Narbe war so weit weg von mir wie Waldner von der fünften Liga. Oder Noppen-Norbert. Es war keine Rache, ist so abgegangen. War keine Rache, Simon. Keine Retourkutsche.

»Ach so. Okay würde ich sagen. Unter den Umständen. Wir haben so weit alles besprochen. Du kommst also … passend.«

Es ist wahr. In mir ist keine Rache. Und wenn es keine Rache war, dann war es doch nicht ganz so erbärmlich, oder?

Simon: »Echt? Ich meine, es ist wieder halbwegs in Ordnung?«

Nein. Nichts ist in Ordnung. Aber es war keine Rache, Simon. Das musst du mir glauben. Gehören ja auch immer zwei dazu. Ist zwar ein dämlicher Spruch, aber es gibt dämliche Sprüche, die richtig sind. Trotzdem ist nichts in Ordnung.

»Naja, wir haben jetzt keine Friedenspfeife geraucht, aber wir haben uns auch nicht angeschwiegen. Das Gröbste ist aus der Welt, glaube ich. Ich meine, du weißt ja, wie prickelnd solche Gespräche sind. Also, war schon … eine gute Idee von dir, Simon. Bisschen Schockmethode, aber wirksam.«

Simon strafft seinen Rücken und kreiselt mit den Schultern, als wollte er eine ausgekugelte Schulter wieder einrenken.

Keine Rache, keine Schuld. Das heißt, ist es im Prinzip nicht Charlies Entscheidung, ob sie es ihm beichtet?

»Hakim, ich hab auch darüber nachgedacht, was du zu mir gesagt hast.«

»Schon okay.« Was kommt jetzt? Ein Problemgespräch – wenn wir gerade schon dabei sind?

»Nee, es ist eben nicht okay. Ich hab drüber nachgedacht und – du hast schon auch Recht. Ich … wollte mich entschuldigen.«

Er will sich bei mir entschuldigen? Er? Bei mir? Jetzt? Es ist ein Problemgespräch. Wenn sich jemand offiziell bei einem anderen entschuldigt, ist das definitiv ein Problemgespräch. Und da er sich gerade bei mir entschuldigt – eine bessere Gelegenheit bekomme ich nicht. Ich muss es ihm sagen. Was soll das, die Verantwortung auf Charlie abzuschieben? Ich muss entscheiden. Simon ist mein bester Freund. Und ich hatte mit seiner Freundin Sex. Ein bisschen. Ein bisschen Noppen-Sex. Das ist Fakt.

Simon: »Ich war echt … rücksichtslos. In letzter Zeit. Und hab einfach meinen Streifen durchgezogen. Mit Charlie und überhaupt. Das war nicht okay. Das war sogar beschissen. Und ich wollte dir sagen …«

Ich kann ihm nicht länger zuhören. Mit jedem Wort, das er sagt, wird es schwieriger für mich. Je mehr er sich geißelt, desto weniger weiß ich, was ich alles sagen müsste, um mich zu erklären. Kann ich alles erklären? Es ist so abgegangen. Ich muss es ihm sagen. Meinem besten Freund. Muss es ihm sagen. Jetzt. Wie bloß?

»… fände es gut, wenn wir drei das alles wieder in den Griff kriegen und uns in die Augen gucken können.« Simon guckt mir schweigend in die Augen. Er ist fertig.

Wie?

Er ist fertig?

Jetzt schon?

Ich habe mir noch nichts zurechtgelegt. Das ging zu schnell! Aber jetzt guckt er mich so erwartungsvoll an. Jetzt oder nie! Ich sage: »Du … hast nicht Unrecht«, und versuche ihn anzulächeln.

»Ja?«

»Ja … lass uns einfach nicht so … nachtragend sein.«

»Genau, nicht so nachtragend. Das ist das richtige Wort. Ich denke, Charlie sieht das auch so … hey, du hast ja doch noch ein Pflaster gefunden?«

Ich gucke auf meine verbundene Hand. Jetzt oder nie. »Äh, ja, Charlie hatte welche dabei.«

»Stimmt, sie hat immer welche dabei.«

»Ja, das hat sie.«

Jetzt oder nie. Ich kann ihn nicht ansehen. Fixiere *Edvard.* »Simon, ich muss dir auch was …«

»Was hast du eigentlich mit der Hand gemacht, Hakim?«

»Simon. Charlie und ich, ich und Charlie …«

»… haben uns ausgesprochen, und der ganze Mist ist vom Tisch.« Charlies Stimme knallt dazwischen wie ein Kernschuss aus der Halbdistanz. Sie bleibt in der Tür stehen. So Grace-Kelly-mäßig, bescheiden und doch dominant. Mit den Händen in den Hüften. Und einem neu gemalten Gesicht. Ihre Augenbrauen sind aufgerichtet wie Antennen, sie sieht sehr ernst aus, sehr konzentriert. Sie hat eine unglaubliche Selbstbeherrschung.

Für einen Moment stelle ich mir vor, dass sie auch einen Autopiloten hat. Und ich frage mich: Welches Programm läuft jetzt gerade bei ihr? Meine Charlie ist auf jeden Fall weg. Wie eine

Schauspielerin hat sie sie abgeschminkt und eine neue Persönlichkeit aufgetragen. Meine Charlie ist weg. Wie ein vergebener Matchball. Den nächsten muss man sich wieder hart erkämpfen.

Simon sagt zu Charlie: »Als ich im Café war, fand ich meine Aktion gar nicht mehr so toll; ich fand's doof, alleine zu frühstücken und auf euren Anruf zu warten und überhaupt. Und da dachte ich, wir könnten zusammen frühstücken. Ist das okay, Charlie-Barlie?« Simon, der Brötchenjäger, springt auf und geht in die *Bäckerblume*-Stellung.

Charlie-Barlie?

»Gute … gute Idee, mein Herz«, sagt Charlie und geht etwas steif, so glaube ich, zu ihm und küsst ihm viel zu zärtlich auf den Mund. Ich fixiere *Strömstad.*

Simon mein Herz?

Früher hat sie solche Kosenamen gehasst! In mir ist Eifersucht. Und Wut: Spielt sie Spielchen mit uns? Knutscht ihn ab, als sei nichts gewesen. Fast nichts. Sie muss Spielchen spielen.

Ich kann es Simon jetzt nicht sagen. Habe das Gefühl: Ich kann gar nichts machen. Außer noch ein paar Anstandspunkte. Also: Frühstück mit Charlie-Barlie und Simon-mein-Herz in meiner zerlegten Bude.

Ich knie auf dem Boden vor der *Billy*-Seitenwand-Tischplatte und sehe zu, wie Charlie und Simon den Tisch decken. Die beiden kennen sich ja bestens aus hier.

Ich rufe: »Der Besteckkasten ist unter der Bettdecke vor der Badezimmertür.«

»Jaha«, ruft Simon zurück.

Und irgendwann sitzen wir drei mehr oder weniger bequem um *Billy*. Ich persönlich würde gerade lieber mit Noppen-Norbert eine Woche ins Trainingslager fahren, als jetzt mit Charlie und Simon auch nur einen Bissen zu frühstücken. Aber mich fragt ja keiner.

Simon-mein-Herz knutscht Charlie-Barlie ab. Dafür lässt sie sich von ihm ein Brot schmieren. Und ihr Blick streift meinen.

Für einen Moment scheint ihr Autopilot auszusetzen: Sie fixiert mich, hebt ihre Brauen hilflos in die Stirn. Für einen Augenblick denke ich: Ich kann in sie hineinsehen. Da ist irgendetwas, aber ich kriege es nicht scharf. Egal, was es ist, ich würde sie gerade gerne in den Arm nehmen …

Nein, ich muss es Simon erzählen; vielleicht nicht jetzt. Aber er ist mein bester Freund. Vielleicht muss ich auch einfach beides tun – sie in den Arm nehmen und ihm alles erzählen.

Simon redet. Ich höre nicht zu, aber er merkt es nicht. Simon ist zufrieden mit sich und der Welt, weil keiner von uns nachtragend ist. Weil er als Angreifer alles richtig gemacht hat. So einfach ist das.

Nicht.

Ich sitze vor Kopf, links von mir Simon, rechts Charlie. Ich habe garantiert nichts zu sagen. Und ich habe gerade definitiv keinen Hunger. Aber … aber wenn ich jetzt hier so sitze wie ein Hauptschiedsrichter im WM-Finale, dann werde ich früher oder später auch etwas sagen müssen. Und ich weiß nicht, was ich sagen soll. Also: Was ist meine Taktik für dieses Frühstück?

Tischtennislehre, Teil 7: Taktik

Taktik im Tischtennis – das muss man sich vorstellen wie einen Wettkampf zweier Zauberlehrlinge, sagen wir Harry Potter (Daniel Radcliffe) gegen Sabrina (Melissa Joan Hart). Beide suchen den Zauberstab, der sie zum mächtigeren Zauberer macht. Diesen Zauberstab müssen sie nur finden, in die Hand nehmen und zaubern, zaubern, zaubern, bis das Spiel gewonnen ist.

Der Zauberstab muss dazu gar nicht besonders groß sein. Mit ein bisschen Taktik kann man zum Beispiel bis zur fünften Liga erschreckend viel Erfolg haben – wenn wir Pavel jetzt mal außen vor lassen. (Als Gott der fünften Liga hat er immer einen Gegenzauber.)

Bis zur fünften Liga hat nämlich jeder normale Gegner irgendeine Schwäche: schlappe Aufschläge, zu hohe Rückschläge, manche sind viel zu langsam auf den Beinen, andere können zwar schnell spielen, sind aber anfällig für Schnittbälle und so weiter. Andere haben einfach miserable Nerven. Die habe ich persönlich am liebsten. Was da zu tun ist? Siehe Wettkampfverhalten. Der Phantasie sind keine Grenzen gesetzt.

Der erste taktische Schritt ist also, die undichte Stelle im Spiel des anderen zu finden, ihn zu beobachten, jede Bewegung und Regung zu sezieren. Harry Potter und Sabrina gehen auf jeden Fall genauso vor. *Phase 1:* Spielanalyse. Das kann manchmal so lange dauern, bis man fast verloren hat. Mir fällt die beste Taktik sowieso erst in der Nacht nach dem Spiel ein. Ich gehe dann die Ballwechsel durch und mir fällt auf: Eigentlich hat der Typ meinen ganz langsamen Rückhandball nie zurückgekriegt. Hätte ich etwa … Na ja, danach bin ich erst mal wach. Prinzipiell ist es also etwas geschickter, schon während des Spiels eine Schwäche zu entdecken und den Zauberstab rauszuholen. Das ist aber gar nicht so einfach, denn der geheimnisvolle Herr der Zauberstäbe sucht sich immer wieder neue Verstecke – und außerdem ist zu bedenken, dass der kleine, hässliche, eigentlich sechstklassige Zauberlehrling auf der anderen Seite des Tisches auch einen Zauberstab sucht: meine Schwachstelle. Das macht das Ganze schon komplizierter, aber so richtig spannend wird die Geschichte mit der Taktik in der *Phase 2*, der Umsetzung.

Ich habe erkannt: Mein Gegner hat einen schwachen Rückschlag. Aber was, wenn ich keine gefährlichen Aufschläge habe? Mein Gegner umläuft immer die Rückhand und die ganze Vorhandecke ist frei – aber was nutzt mir das, wenn ich den Ball nicht dorthin gezaubert bekomme? Und warum spielt mein elender Gegner eigentlich ständig in meine Rückhand? Sieht das vielleicht so aus, als hätte ich eine akute Rückhandschwäche?

Und plötzlich zerren wir beide am Zauberstab (das Aggressionspotenzial von uns Harrys und Sabrinas ist erstaunlich), wir motzen vor uns hin und machen, wenn es ernst wird, die eine oder andere abfällige Bemerkung über den Zauber des Gegners. Oder dessen Mutter.

Dann bleibt in *Phase 3* nur noch eins: stur bleiben wie ein zypriotischer Esel, auch wenn der andere mal Oberwasser hat. Immer wieder hineinzaubern in die schwache Stelle. Das ist alles. Das kann jeder. Nicht nur Harry und Sabrina.

Also: Was ist meine Taktik, um den Frühstückstisch nicht als absoluter Verlierer zu verlassen? Am liebsten würde ich eine ordentliche Dosis Valium nehmen und sagen: »Esst ihr mal schön, ich lege mich kurz hin.« Aber was soll das für eine Taktik sein? Das ist ja so, als ob ich meinen Schläger weglege und meinem Gegner sage, fang schon mal an zu spielen. Neinnein, ich muss das systematisch angehen.

Also Phase 1: Spielanalyse. In meiner privaten Hormontabelle steht es Unentschieden zwischen Charlie und Simon. Und Unentschieden, da geht es schon los, das kenne ich nicht. Das gibt es nicht im Tischtennis. Ich meine, wenn ich Schach spielen würde: ein ordentliches Remis mit Schwarz, okay. Aber so? Ich werde mit den beiden quatschen müssen. Auch wenn neben der Wahrheit – »Hey, Simon, ich habe es eben mit Charlie getrieben!« – ein Satz wie »Könntest du mir mal die Wurst reichen?« etwas belanglos wirken könnte.

Aber … mit vollem Mund, mit vollem Mund redet man nicht. Was ist damit? Hilft mir das weiter? Vielleicht ist das die Ausrede, die ich brauche. Ja! Das ist gutes Material. Das ist es! Voller Mund – brillante Taktik. Ein großer Zauberstab. Simon ist gerade eh so redselig, da fällt meine Taktik gar nicht auf, genau rein in die Schwäche.

Und schnell hinein in Phase 2: Umsetzung. Ich fange unauffällig und in aller Ruhe an, zu frühstücken, obwohl ich gar keinen Hunger habe. Streiche mir gemütlich zwei Nutella-Brötchen und beiße hinein. Kaue ganz langsam. Noch langsamer. Bis zur vollkommenen Vorverdauung. Sprechen unmöglich. Diese Taktik ist bundesligatauglich. Definitiv.

Charlies Gesicht ist eine Wand.

Die Nutella-Brötchen sind weg, ich belege mir ein Brötchen mit ungarischer Salami und bleibe bei meiner Taktik. Dann fragt Simon mich: »Ach, Haki, das habe ich jetzt ganz verschwitzt: Was war denn jetzt los im Radio?«

Ich verschlucke mich kurz, mache dann eine entschuldigende Geste, weil ich gerade noch kraftvoll abgebissen habe und nun kaue, kaue, kaue. Ich zeige wohlerzogen auf meinen Mund und überlege, was ich sagen soll. Und kaue. Und denke, dass ich es Simon-mein-Herz nicht erzählen will. Also kaue ich immer weiter und denke nicht daran zu schlucken. Immer schön stur bleiben wie ein zypriotischer Esel.

»Sie haben ihn ausgetrickst, aber das kommt wieder in Ordnung«, springt Charlie für mich ein – ich nicke kurz, und ehe Simon nachhaken kann, lehnt Charlie sich über den Tisch und küsst ihn. So richtig. Mit Zunge.

Und mit Krümeln bestimmt.

Ich gucke Charlie in den Ausschnitt. Unbeteiligt. Kauend.

Dann lässt sie von ihm ab, und die beiden lachen laut. Ich habe die beiden noch nie so lachen gehört. Charlie und Simon ändern offensichtlich den Aggregatzustand, wenn sie zusammen sind. Zwischen den beiden fühle ich mich wie früher bei meinen Eltern.

Will Charlie mich ärgern mit der Knutscherei? Oder hat sie meinen Bluff bemerkt und es für mich getan – um Simon abzulenken? Oder macht sie es für sich? Weil sie gerade Lust auf Krümelküsse von Simon-mein-Herz hat? Ich weiß es nicht.

Mir wird langsam schlecht. Aber ich esse tapfer weiter, bis irgendwann das Frühstück zu Ende ist.

»Wollen wir los?«, fragt Charlie Simon, sobald er den letzten Bissen unten hat. Er nickt, ich nicke auch. Also suchen wir uns einen Weg zur Tür. »Was machst du jetzt mit der Wohnung und den Möbeln?«, fragt Simon mich dort.

»Mal sehen«, sage ich, überrascht von dieser angemessenen Frage nach einer Reihe unangemessener Krümelküsse.

»Wenn du Hilfe brauchst, ruf mich nicht an«, sagt Simon.

»Ich denke dran.«

»Das war echt gut, dass wir da waren, finde ich. Dass wir … ihr das alles mal besprochen habt. Und so … Also, halt die Ohren steif, Haki«, sagt Simon und will schon aus der Tür gehen, da ruft Charlie: »Oh, ich habe meine Tasche vergessen«, und tänzelt zwischen *Poäng*, *Harpun*, meiner Matratze, dem getarnten Besteckkasten und *Pax* zurück ins Wohnzimmer.

Simon guckt mich an und verdreht die Augen. Ich grinse ein dämliches Jaja-so-ist-unsere-Charlie-Lächeln, obwohl sie sonst nie etwas liegen lässt. Aber in dem Moment ist sie auch schon wieder da, nimmt mich in den Arm wie einen übergroßen Eimer Trainingsbälle, rubbelt mir über den Arm und sagt: »Bis bald.«

Ich will, dass sie mich sofort loslässt, aber dann küsse ich ihr unverschämt lange auf den Mund und sage: »So sagen wir ›Auf Wiedersehen‹ in Österreich«, und grinse Simon an.

»Aus welchem Film ist das denn schon wieder?«, fragt Simon.

Die Antwort kommt blitzschnell: »*Indiana Jones und der letzte Kreuzzug*.« Sagt Charlie. »Das ist so ziemlich am Ende, wo die Blondine Harrison Ford abknutscht.«

Was?

Wie bitte?

Sie kennt Filmzitate?

Charlie kennt Filmzitate!

Seit wann das denn? Ich muss sterben. Oder aufhören, sie anzustarren wie ein Go-go-Girl auf einer Vereinsfeier für die ganze Familie.

Sie lächelt mich an. Ich lächle sie an. Und denke: Wenn sie jetzt noch gesagt hätte, dass die Blondine Dr. Elsa Schneider ist, gespielt von Alison Doody, dann … Simon reicht es auch so. Er macht nur »Hä?« zu Charlie. Es klingt wie: *Auch du, Brutus?*

Sie gibt ihm schnell einen versöhnlichen Kuss, der mir nichts ausmacht. Als Charlie mit Simon an der Hand die Treppen hinuntersteigt, sehe ich Lachschatten in ihrem Gesicht, dazu ziehen sich ihre Brauen im großen Bogen über ihre Augen.

Sie dreht sich nicht um.

Ich schließe ganz langsam die Tür und lehne meine Stirn an sie. Ich weiß nicht, ob ich lachen oder weinen soll. Schreien oder schweigen. Mich freuen oder grämen. Jetzt einen Wodka-L auf das Ganze. Auf Charlies Abgang. Auf Simon. Nur einen. Nicht wieder übertreiben.

Lemon steht in der Küche auf der Fensterbank, ich klettere dorthin und hole die Flasche, aber wo ist der Wodka? Irgendwo bei *Strömstad*, im Wohnzimmer? Ich gehe rüber und sehe mich um. Auf der Frühstücks-*Billy*-Seitenwand liegt ein großer Zettel. Ich nehme ihn in die Hand. Auf ihm steht mit Kajal geschrieben: *Ruf mich an. Bitte. C.*

Mehr nicht. Einfach so.

Ich muss mich setzen. Auf die *Bonde*-Bretter-Sitzfläche. Spielanalyse: Charlie hat gute Nerven. Ich nicht. Wo ist der Wodka?

25

✪ Taktik Tiktak ✪

Ruf mich an. Bitte. C. Charlies Schrift, schnörkellos, saugt mich auf, ohne Hast. *Zewa wisch und weg.*

Fragen für den Augenblick: Könnte ich sie noch mal lieben? Oder, als Vorstufe: sie wirklich anrufen? Sehne ich mich nach ihr? Fühle ich mich schlecht wegen Simon? Habe ich ihn wirklich verraten? Kann ich alles nicht sagen. Ich wollte doch in mir selbst nach Antworten suchen … Also, was ist in mir?

Ich weiß nicht, es fühlt sich … dicht an. Als hätten sich meine Gefühle nach allem selbst vakuumverpackt. Hochdruckversiegelt. Deutsche Wertarbeit. Garantiert ohne Konservierungsstoffe. Bei 37 Grad Körpertemperatur mindestens haltbar bis – kein Datum. *Ruf mich an. Bitte. C.*

Wo ist der Wodka? Ach, da, eingeklemmt in den *VERSICHERUNGEN*-Ordner. Mir kommt der Slogan *Wodka-Gorbatschow – Ihre Lebensversicherung* in den Kopf. Ich finde mich nicht besonders witzig.

Jetzt habe ich Wodka und Lemon, aber kein Glas. Wo sind die Gläser …? Egal. Ich setze mich auf den Boden, den Wodka an und nehme einen großen Schluck; führe dann die Lemon-Flasche zum Mund und nehme einen kleinen Schluck aus ihr.

Ruf mich an. Bitte. C.

Ich nehme noch einen Zug aus der Wodkaflasche. Einen langen Zug.

Okay, also, Gefühle sind Fehlanzeige, dann versuch es doch mal mit dem Kopf! Die Tatsachen: Ich habe meinen besten Freund beschissen. Ich habe es ihm nicht gesagt. Wir haben zu dritt gefrühstückt. Dann sind die beiden gegangen … Hmm, manchmal sind Tatsachen sehr unbefriedigend.

Ich nehme einen kleinen Schluck Wodka und einen ordentlichen Zug Lemon.

Bevor die beiden gekommen sind, wollte ich in Ruhe nachdenken, wie es weitergehen soll. Hier habe ich keine Ruhe. Wer weiß, wer als Nächstes hier antanzt. Einer aus der Reportermeute? Oder Noppen-Norbert, weil er wissen will, ob ich seine Klebe-E-Mail gelesen habe.

Hab hier keine Ruhe. Also muss ich weg.

Ich brauche einen Fluchtweg.

Wie, Flucht?

Ich, Hakim Kahraman, flüchte?

Ja und? Ein bisschen Passivblock. Das nenne ich Taktikwechsel. Ich muss mir keine falsche Männlichkeit umschnallen wie manche Frauen sich Plastikdödel. (Notiz: Nicht sexistisch werden. Jeder so, wie er will. Oder sie.)

Also: Ich muss weg. Wohin kann ich?

Ich fingere zwischen meinen Zehen.

Türkei? Nö, ich habe gerade keinen Nerv, mir von jedem Schuhputzer sagen zu lassen, dass ich Türkisch mit einem deutschen Akzent spreche, und dass ich doch, in Atatürks Namen, und als guter Sohn des Landes, bitte mal an meinem Türkisch arbeiten soll. Ne mutlu türkçe bilene. Und ich habe keinen Nerv, mich womöglich von Zollbeamten anmachen zu lassen, weil ich Vaterlandsverräter einen deutschen Pass habe. Und ich habe keinen Nerv auf *damsız girilmez*, kein Eintritt ohne weibliche Begleitung; das gilt nämlich nur für Türken (die im Kardinalverdacht stehen, ohne Begleitung Ärger zu machen) und nicht für Touris, weshalb ich mich dann in *meinem* Land als Deutscher ausgeben muss, um in Touri-Städtchen in stinknormale Bars zu kommen. Keinen Nerv auf *Warum-Galatasaray-die-beste-Fußballmannschaft-der-Welt-ist*-Diskussionen oder wehleidige, immer wiederkehrende *Unsere-Feinde-halten-uns-schwach*-Volksreden von korrupten Parteiführern, die es selbst sind, die das Land dahinvegetieren lassen. Ich will nichts hören von Religionslehrern, die Schülerinnen predigen, es sei Sünde, wenn sie ihrem eigenen Vater die Hand geben. Ich bin im Moment nicht dazu aufgelegt, mich von fünf Autos anhupen zu lassen, wenn ich auch nur in der Nähe der Fahrbahn, sprich: auf dem Bürgersteig, gehe. Und überhaupt: »In Deutschland sind doch eh alle Nazis.« Jaja. Ich habe gerade gar keinen Nerv, gegen solche Windmühlen anzutreten. Mir reichen meine eigenen. Dann lieber ein Turnier auf dem nur Noppenspieler sind. Und ich. Hak ab die Türkei.

Wo kann ich noch hin? Ballermann – die Erinnerung wegballern. Die Sorgen wegballern. Hmmnjaa. Alleine? Hak ab.

Mich zum Mond ballern lassen? Dürfte ohne Voranmeldung etwas kompliziert sein. Hak ab.

In eine Tischtennisschule mit Sporthotel? Ich meine, nichts gegen Therapeutisches über Pingpong quatschen, aber … Aber nur unter Tischtennisspielern? Nein. Nicht jetzt. Hak ab. (Notiz: Vor der Saison eine Woche Trainingslager – extra für die Rückhand.)

Aber wohin denn jetzt?

Ich gucke auf meinen Verband.

Zu Dede? Wer weiß, wie oft ihm die Ärzte noch drei Monate geben, bevor es zu Ende ist. Ich würde ihn schon noch mal gerne sehen. Vielleicht … vielleicht kann er mir auch helfen. Ich brauche Hilfe. Vielleicht kann er mir das mit der Fisch-Wahrheit noch mal genauer erklären. Mir irgendetwas sagen, an dem ich mich hochziehen kann. Einen Wink geben, einen Weg zeigen, den ich dann gehen kann.

Aber wenn ich zu Dede fahre, fahre ich nicht nur in die Türkei, sondern auch zu meinen Eltern. Sie pflegen Dede zurzeit, weil seine Haushälterin Urlaub macht. Und weil es mit ihm bergab geht. Na ja, irgendwie würde ich mich schon freuen, sie zu sehen. Baba, Mutter – ich muss endlich ehrlich zu ihnen sein und ihnen das mit dem Studium gestehen. Dass ich aufgebe, nein: schon längst aufgegeben habe. Dass mich Medizin nicht interessiert. Ich werde meinem Vater das Herz brechen, aber wenn es die Wahrheit ist … Ich muss es loswerden. Erst einmal das, und dann den Rest.

Also: Zu Dede. *Last Minute*. Fertig aus. Wo ist mein Rucksack?

26

✪ Seitenwechsel ✪

Im Flugzeug riecht es industrie-steril wie in einer chemischen Reinigung. Die Luft ist kühl und trotzdem stickig. Die deutschen Stewardessen stehen am Eingang der Maschine und nicken die überwiegend türkischen Passagiere ab. Manche zeigen fragend ihre Bordkarte vor. Eine kleine, kugelrunde türkische Mama im Einheitslook-Mantel für kleine, kugelrunde türkische Mamas ruft in ihrem schlichten Gemüt: »Dostlar, sekizinci sıra nerede, yahu?«, und drei Männer springen auf und nehmen die kleine, kugelrunde Mama an ihren zwei Armen und außerdem ihre drei Taschen, um sie zur achten Reihe zu führen. Zwei weitere Männer fuchteln in ihren Sitzen wild mit den Armen und bieten ebenfalls Hilfe an. Bis die kleine, kugelrunde Mama in ihrem Mantel auf ihrem Platz in Reihe acht sitzt, kennen sich die Reihen fünf bis neun schon ziemlich gut. Die Stewardessen schauen dem Spektakel irritiert zu und versuchen zu lächeln, berufsbedingt.

Für die nächsten drei Stunden ist Platz 18 A mein Stück vom Flugzeug. Direkt am Fenster, weit genug weg von den Reihen fünf bis neun, wo Töchter mit Kopfhörern und rot gefärbten Haaren ihren kleinen, kugelrunden Müttern auf Deutsch Widerworte geben und Männer aufgeregt über Fußball reden und sich gegenseitig erklären, warum Galatasaray die beste Fußballmannschaft der Welt ist. Ich höre nicht weiter zu.

Die Stewardessen verteilen Kissen und gucken dabei, als ob ihre Maschine gekapert wurde, noch am Boden. Gekapert von einer geselligen, lauten, warmen Reisegesellschaft, die keinen Anlass sieht, sich in einem Flugzeug anders zu benehmen als zu Hause. Warum auch?

In mir macht sich eine merkwürdige Stimmung breit. Ich will nicht mehr hier sein, aber auch noch nicht bei Dede. Ich bin nicht bereit für ihn.

Der Platz neben mir ist frei, auf 18 C sitzt ein Mann um die 50. Schon bevor wir abheben, fällt sein Kopf in den Nacken, und er schläft ein. Auf der anderen Seite vom Gang sitzt eine dreiköpfige Familie. Ein Junge von zehn, elf Jahren, der füllige, schnurrbärtige Vater, der gerade sein Handy anschaut wie einen neugeborenen Sohn (bevor er es ausschalten muss), und die Mutter, die in die Parfumseiten des Duty-Free-Magazins vertieft ist. Der Junge lehnt sich vor und popelt, mit einer Hingabe, als wäre er ein Baby, das am Daumen lutscht. Beim Popeln rutscht dem Jungen seine übergroße Brille etwas die Nase hinunter. Er stupst sie kurz mit dem Mittelfinger seiner rechten Hand hoch, ohne den linken Zeigefinger aus der Nase zu nehmen. Ein Profipopler, denke ich, und wir heben ab. Mir fällt der Klapptisch auf den Schoß, weil der Haken lose ist. Ich klappe den Tisch wieder hoch und schaue aus dem Fenster. Draußen wird alles kleiner. Die Einzelteile. Ganz schnell geht das. Die Distanz zur Stadt tut mir gut. Manchmal ist ein Schritt zurück besser, als noch ein Schritt heran.

Ich spüre wie ich innerlich gleich zwei Schritte zurückmache und stehen bleibe. Ich muss stehen bleiben, um scharf zu sehen. Zwei Schritte zurück und stehen bleiben – genau das brauche ich. Abstand. Ruhe. Gleichzeitig konzentriere ich mich auf die anderen Leute, um mich von mir selbst abzulenken. Um nicht denken zu müssen. Um nicht zu viele Erwartungen entstehen zu lassen, an die Reise. An Dede.

Leichte Turbulenzen. Die Maschine ruckelt, als ob sie nicht fliegen, sondern über Kopfsteinpflaster fahren würde. Mein Magen schlägt im Rhythmus dazu ungelenk Purzelbäume. Ich hätte nicht so viel frühstücken sollen. Und den Wodka-L besser auch weggelassen. Aber es musste sein. Aus taktischen Gründen. Lassen wir das.

Der Profipopler verzieht lustvoll das Gesicht. Sein Anblick katapultiert mich in eine andere Zeit – in die Zeit, als ich nur etwas älter war als er. Dreizehn, vierzehn Jahre. Also eine ganze Weile nach Waldemar, seinen Bildern und der Baumfickerei. Ich lasse die Gedanken zu. Vor etwa 13 Jahren, das ist ein guter Sicherheitsabstand zu heute.

Damals also, vor 13 Jahren, war ich mir sicher, bei jedem Flug drei Wünsche frei zu haben, sobald ich über den Wolken bin. Ich hatte immer dieselben drei Wünsche:

Erstens: Dass ich über die Wolken laufen darf.
Zweitens: Dass ich nicht die Kotztüte benutzen muss.
Drittens: Dass ich mich in ein Mädchen verliebe.

Von den Jungs in der Schule, den Älteren im Tischtennisverein und natürlich von Simon hatte ich schnell gelernt, dass man sich in den Sommerferien in ein Mädchen verlieben muss, um nach den Ferien davon erzählen zu können. Das hat mich immer etwas unter Druck gesetzt. Und ich meine: Mit dreizehn, vierzehn waren Mädchen deutlich langweiliger als meine (sich damals schon anbahnende) Rückhandschwäche. Deshalb bin ich spätestens mit dreizehn dazu übergegangen, mich gleich im Flugzeug in ein Mädchen zu verlieben. Dann hatte ich meine Pflicht und Schuldigkeit getan und für den Rest des Urlaubs meine Ruhe.

Also fing ich mit dreizehn an, mich auf jedem Flug in eine der Stewardessen zu verlieben. Oder es mir zumindest zu wünschen. Egal, welche Fluglinie. Egal, wie lang der Flug dauert. Und wenn ich ehrlich bin, habe ich diesem dritten Wunsch noch lange nachgehangen. Eigentlich bis heute.

Ich schaue hoffnungsvoll auf, aber von den Stewardessen ist keine zu sehen. Nur der Profipopler geht seinen Angelegenheiten auf den Grund. Mir ist schlecht vom Wodka. Von der Ruckelei. Dem Gepopele. Ich schließe die Augen.

Und dann kommt ein Steward den Mittelgang hinunter. Ich spüre, dass er mich voll im Visier hat. Und dann erkenne ich ihn:

Es ist Waldner. Er bleibt bei Reihe 18 stehen und macht ein paar flüchtige Rückhand-Konterbewegungen. Was? Er will hier mit mir spielen? Ich mache ein fragendes Gesicht und zeige auf das Flugzeug um mich herum. Er zuckt mit den Schultern und lächelt leicht. Das soll wohl so viel heißen wie *Warum nicht?*, aber mir ist schlecht, ich sitze im Flugzeug, es gibt keine Tischtennisplatten in Flugzeugen – und deshalb winke ich ab. Aber Waldner ist hartnäckig: Vorwurfsvoll zeigt er mir drei Finger. Ja, zum dritten Mal hintereinander spiele ich jetzt nicht mit ihm. Ich zucke mit den Schultern und Waldner verschwindet beleidigt schnell. Sorry, J.O.! Ich glaube, neben Wodka-L sind meine Waldner-Wachträume zurzeit die einzige Konstante in meinem Leben. Und ich schaffe es natürlich, auch ihn noch zu verärgern. Hoffentlich erinnert er sich beim nächsten Mal nicht mehr daran. Hoffentlich gibt es ein nächstes Mal.

Die Stimme des deutschen Flugkapitäns schallt durch die Maschine, mechanisch leicht verzerrt. Er meldet die Flughöhe, voraussichtliche Flugdauer, was Kapitäne eben so erzählen, und wiederholt es dann auf Englisch. Nicht auf Türkisch, obwohl das bei diesem Flug passender wäre. Egal. Ich bin unterwegs. Ich fliege!

Bilderschnipsel und Gefühle, abgespeichert unter dem Schlagwort *Fliegen*: volle Kotztüten, taube Ohren, mein kleiner roter Mickymaus-Reisekoffer; ich im Cockpit voller Knöpfe und Schalter, mein Schrecken, als der Kapitän sich einfach zu mir umdreht und mit mir plaudert, wie ich ihm nicht zuhören kann, weil ich noch nichts von Autopiloten weiß und ihm sagen will, er soll nach vorne gucken; meine erste Stewardess; Flugzeugessen: Hähnchenkeule mit Reis, Johannisbeerkuchen; Salat mit Dressing, Cracker, Butter, Plastikbesteck und Schmelzkäse für das Brötchen; Schmelzkäse geschmolzen in der Hosentasche; der Beschluss, keinen Schmelzkäse mehr aus dem Flugzeug zu schmuggeln. Scharfe Bilder davon, wie meine Eltern streiten beim Kofferpacken, unabänderlich: »Deine Agatha-Christie-Bücher sind zu schwer!«

»Ach? Und was ist mit den tausend Geschenken für deine Verwandtschaft?« – »Willst du was gegen meine Verwandtschaft sagen?« – »Nein. Gegen die tausend Geschenke.« – »Dir passen also schon wieder meine Verwandten nicht?« Und so weiter und so fort. Bis zum Rückflug mit einem neuen Koffer zusätzlich. Für die Geschenke der Verwandten und neue Miss-Marple-Hüte, die sind ja so günstig in der Türkei.

Ich spule vor und zurück.

Meine Eltern auf dem Flug in die Türkei. Wie Miss Marple sich zu Woody Allen über die Armlehne streckt, ihre Stirn an seinen Oberarm lehnt und sagt: »Bald sind wir zu Hause.«

Und er antwortet: »Ja«, hebt seine Hand an ihre Wange, und beide schweigen vor Glück.

Was ist mit mir?

Ich schweige nicht vor Glück.

Schweige ich, um meine Gefühle wahrnehmen zu können?

Bin ich bald zu Hause? Sehne ich mich doch nach der Türkei wie meine Eltern damals und immer? Aus dem Vakuum in mir ist nichts rauszuholen.

Ich versuche, andere Bilder in mich zu lassen. Öffne deshalb wieder die Augen, starre auf meinen Verband. Und so kreise ich irgendwo zwischen Vergangenheit und Zukunft, aber in der Gegenwart bin ich nicht.

Ich kann es nicht ändern. Was jetzt zählt, ist: Ich bin unterwegs. Ich bin weg. Weder hier noch da. Unerreichbar auf Zeit. Zurückgezogen. Aus der Welt. Im Schwebezustand – direkt über den Wolken, die Berge und Täler bilden. Es sieht unecht aus. Als ob ein talentierter, junger Maler geübt hätte. Dichte Wälder, deren Wipfel eingepackt sind in milchweiße Watte; und ihre unsichtbaren, beweglichen Stämme wurzeln in seiner Phantasie garantiert Tausende von Metern unter uns in der Erde.

Wir fliegen inzwischen nicht mehr über die Buckelpiste wie direkt nach dem Start, aber mir ist immer noch übel. Ich versuche einen Trick, den mir Dede gegen Seekrankheit beigebracht hat:

Ich versuche, einen festen Punkt zu fixieren. Neben mir versenkt der Popler seinen Zeigefinger immer tiefer in der Nase. Mir wird noch schlechter. Also fixiere ich besser nicht den Zeigefinger, sondern einen der Monitore vor mir, auf dem Angaben zum Flug zu lesen sind.

Fluggeschwindigkeit: 835 km/h
Flughöhe: 10.100 m
Außentemperatur: -45 Grad, -43 Grad, -45 Grad, -44 Grad

Im Wechsel dazu wird eine Grafik eingeblendet mit einem (unserem!) Riesenflugzeug, das ein Verhältnis zur Erde hat wie Godzilla zu einem 50-stöckigen Hochhaus. -45 Grad, Godzilla über Frankfurt, 835 km/h, Godzilla über München …

Der Klapptisch fällt mir auf den Schoß. Ich klappe ihn wieder hoch. Der Popler popelt grinsend zu mir rüber und schiebt die Brille auf seinen Nasenrücken. Der Mann von 18C blinzelt nur kurz wegen des Gepolters von meinem Klapptisch und nickt dann wieder ein. Die Kälte zieht an 18A vorbei, die Bordwand ist kühl und abweisend. Aber mir geht es jetzt schon etwas besser. Dedes Trick funktioniert. Teşekkür ederim, Dedeciğim!

Dede. Die vergangenen Jahre waren eine Qual für ihn. Irgendwann konnte er nicht mehr angeln. Die sperrige Ausrüstung, die mühselige Busfahrt bis Üsküdar, das viele Gehen, das lange Stehen und Schwätzen in der Sonne mit den anderen Anglern, die nie zufrieden mit ihrem Fang sind wie Taxifahrer mit ihren Einnahmen, das wurde zu anstrengend. Aber Dede hat das Angeln nicht einfach so aufgegeben. Erst hat er sich einen Klappstuhl gekauft, damit er sich beim Angeln hinsetzen konnte. Als das nicht mehr weiter half, hat er so lange auf seine Nachbarn eingeredet, bis sie jedes zweite Wochenende ihren Sohn zu ihm schickten. Der Junge, Tolga, wollte nämlich angeln lernen – ein günstiger Vorwand für Dede, der somit jemanden hatte, der die Leine einholen und herablassen konnte, während er auf dem Stuhl saß und seine Anweisungen gab. Nach einer Weile aber musste Dede sich eingestehen, dass so zu angeln ihm mehr wehtat im Herzen als überhaupt nicht zu angeln – und als der Junge gut genug alleine angeln konnte, hat Dede sich von seinen alten Angelfreunden verabschiedet und gesagt, nun habe er genug geangelt in seinem Leben. (So hat es mir Tolga, der Nachbarsjunge, auf jeden Fall mal erzählt.)

Zum Ausgleich tat Dede das, was viele alte Menschen tun: Er kaufte sich einen neuen, großen Fernseher und eine Satellitenschüssel. Und das sollte das Beste sein, was er tun konnte, denn auf einmal hatte er *Eurosport*. Von da an guckte er zu jeder Tages- und Nachtzeit Snooker. So kam Dede zum Billardspielen. Keine weiten Fahrten, keine Hitze, im Gegenteil: ein Ventilator über dem Tisch, etwas Bewegung und eine Sportart, die viel Geschick erfordert, genau wie das Angeln. Bald fand Dede neue, alte Freunde in den Billardhallen und war glücklich, wieder etwas für sich zu haben.

Bis der Krebs kam, haben Dede und ich viel miteinander gespielt, wenn ich in der Türkei war. Er hatte seine genaue Vorbereitungsprozedur. Wenn wir an einen Billardtisch gekommen sind, hat er immer über das Tuch gestreichelt. Standbild: Dedes Hand auf dem grünen Filz, so liebevoll, als wäre es die Haut einer Traumfrau – als hätte er Angst, dass sie verschwindet, wenn er sie nicht behutsam genug berührt. Er lächelt still.

Dede: Ich werde ihn im Sterben sehen. Ohne irgendetwas ändern zu können, außer da zu sein. Das wird mir plötzlich zum ersten Mal wirklich bewusst. Für mich war er immer stark; jetzt wird er schwach und schlapp im Bett liegen wie ein Strauß verwelkter Rosen, die langsam ihre Blätter verlieren. Es wird ein schreckliches Bild sein, zerstörerisch, aber wahr. Wie das Telefonat mit Oster, das mir nicht aus dem Kopf geht. Ob er einen Enkelsohn hat, der ihn besucht?

Ich werde Dedes Tod ins Auge sehen, um etwas über das Leben zu erfahren. Vielleicht sollte ich deswegen Skrupel empfinden, oder Angst, oder irgendetwas. Aber ich versuche, ruhig zu bleiben. Ich werde Dede sehen. Alles andere wird sich finden.

Der Wolkenhimmel ist jetzt glatt gestrichen bis zum Horizont, wie ein Billardtisch. Oben blau und unten weiß. Als hätte jemand die Erde auf den Kopf gestellt. Als hätte der junge Maler ein Meer über die Wolken gemalt.

Plötzlich wird es laut zwischen den Reihen fünf und neun. Leute springen auf. Strecken ihre Arme in die Luft. Ich verstehe nicht, worum es geht. Und dann sehe ich sie: wie sie entschlossen auf die Streitenden zugeht und lächelt rund um ihre vornehme, spitze Nase. Ihr Berufslächeln. Vielleicht ist sie zwei, drei Jahre älter als ich. Wie sie kleine Gesten macht: den Kopf hin- und herwiegt, auf die Lippen beißt und die Augenbrauen dabei hochzieht; wie sie den streitenden Männern ihre offenen Handflächen entgegenstreckt, damit sie sich wieder hinsetzen. Wie sie sich kurz über die bernsteinfarbenen Haare fährt, die streng nach hinten zum Zopf gebunden sind. Aber die eine oder andere Locke lugt hervor. Wie sie all die Dinge macht, die eine Stewardess eben macht.

Aber anders.

Wie sie den Kragen ihrer Uniform hochgeschlagen hat – ganz die forsche Angriffsspielerin.

Wie sie der Mama aus Reihe acht die Hand auf die Schulter legt: Ein Schmetterling, der sich leicht auf einen Grashalm setzt. Mit hochgeschlagenem Kragen. Ein wundervoller Schmetterling.

Ich merke, dass ich die Stewardess anstarre. Ich kann sie nicht aus den Augen lassen. Ich will sie in meiner Nähe haben.

Ich stelle mir vor, wie es wäre, wenn sie mir ihre Hand auf die Schulter legen würde, und ich bekomme Gänsehaut. Ich zwinge mich, von ihr wegzugucken – gleich wandert mein Blick zu ihr zurück. Aber sie ist weg. Wo ist sie? Einfach verschwunden. Ich muss sie sehen! Ich rufe die wenigen Bilder in meinem Gedächtnis ab, die ich von ihr habe. Und wie ich sie mir noch mal anschaue mit geschlossenen Augen, spüre ich es: Der Schmetterling ist in meinem Bauch. Ohne Ankündigung, ohne Durchsage über die Bordlautsprecher. Er ist einfach da. Ich spüre, wie er mit den Flügeln schlägt.

Ich öffne die Augen. Da ist sie wieder. Die Stewardess schaut suchend durchs Flugzeug, und für einen kurzen, ewigen Moment bleibt ihr Blick an meinem hängen.

Ich bin verliebt.

Nicht, weil ich mich verlieben will und muss, wie früher. Es passiert jetzt einfach. Es ist albern, kindisch, ich weiß. Und trotzdem (oder gerade deshalb?) lasse ich mich für ein paar Augenblicke von dem Schmetterling forttragen. Meine Stewardess! Ich hoffe nur auf ein Lächeln von ihr. Kein Stewardessenlächeln, ein echtes Lächeln. Das ist alles.

Ich werde sie nicht ansprechen.

Ich werde ihr keinen Zettel zustecken.

Ich werde sie beobachten, auf ihr Lächeln hoffen und dann aussteigen und sie nie wieder sehen.

Meine Stewardess kommt den Mittelgang herunter. Eine Duftwolke weht über Reihe 18. Aber sie riecht nicht einfach nach Parfum, sondern wie eine Sommernacht, in der Grillen zirpen und Pärchen still am Strand sitzen und auf das Meer hinausblicken. Ich atme tief ein, und mit diesem Geruch von meiner Stewardess in der Nase fallen mir bald die Augen zu. Mit einem Schmetterling auf der Schulter, der mir mit seinen Flügeln Luft zu fächert.

Jemand stößt mich an. Ich öffne die Augen. Muss eingeschlafen sein; mein Hals ist steif. Es ist mein Nachbar, er sagt: »Yemek var oğlum«, und ich schrecke auf, stoße mit dem Knie vor den Vordersitz, der Klapptisch fällt runter auf meine Beine, und plötzlich ist meine Stewardess da und reicht mir ein Tablett mit Flugzeugessen. Lächelnd. Aber es geht alles so schnell, dass ich ihr Lächeln nicht einfangen kann. Und als ich vom Tablett noch einmal aufsehe, hat sie ihren Wagen schon zu Reihe 19 weitergeschoben.

War es das Lächeln, auf das ich warte? Oder hat sie mich nur ausgelacht wegen der Klapptischnummer? Egal. Es ist schön, ihre Nähe zu spüren. Es ist schön, für ein paar Stunden einfach nur unterwegs zu sein. Es ist schön, was meine Stewardess mit mir macht: Ich will im Moment gar nicht mehr wissen, was in mir los ist. Ich bin einfach nur ziellos aufgeregt, als wäre ich am Rande eines großen Turniers in ein Gespräch vertieft und hätte dabei vergessen, dass ich seit einer ganzen Weile auf meinen ersten Aufruf warte.

Als sie mir noch eine zweite Cola zum Flugzeugessen reicht, duzt meine Stewardess mich. Ich freue mich über dieses Zeichen der Intimität – so wie streng erzogene Kinder sich freuen, wenn sie ein Stück Schokolade angeboten bekommen: still, aber unbeherrscht.

Nach dem Essen komme ich mit meinem Nachbarn von 18 C ins Gespräch. Er hat 28 Jahre im Ruhrpott unter Tage malocht. Von dem gesparten Geld hat er sich ein dreistöckiges Haus in der Türkei gekauft, eine Wohnung darin war für ihn und seine Frau, für später. Bei dem großen Erdbeben 1999 ist es eingestürzt. Er versucht immer noch, eine Entschädigung zu bekommen, vom Staat. Oder seiner Versicherung. Das ist ihm egal. Er erzählt, ich höre zu. »Ich habe alles verloren«, sagt er. Ich nicke. Dann starrt er eine Weile vor sich hin. Ich ahne die Bilder in seinem Kopf und schweige. Dann gibt er sich einen Ruck und lächelt tapfer zu mir herüber, mit gutmütigen, blutunterlaufenen Augen und schiefen Zigarettenzähnen, und fragt: »Sen ne yapıyorsun Istanbul'da?«

Ich stocke einen Moment, dann sage ich, dass ich meinen Dede besuchen will: »Dedeme gidiyorum. Ziyarete.«

Mir fällt auf: Das ist mein erstes richtiges Gespräch auf Türkisch seit längerer Zeit. Es überrascht mich immer ein wenig, mich Türkisch sprechen zu hören. Es war ja immer einfach da. Ich habe einen ganz anderen Ton, wenn ich Türkisch spreche; ich klinge viel weicher. Wie ein anderer Mensch. *Dedeme gidiyorum. Ziyarete.*

»O iyi«, sagt mein Nachbar. Das ist gut.

»Evet«, sage ich und nicke ihm bejahend zu. Wir lächeln uns an. Mein Nachbar schließt seine traurigen, gutmütigen Augen und lehnt sich wieder zurück. Unsere Unterhaltung hat irgendwie ein gutes Ende gefunden.

Draußen sind die Wolken verschwunden. Ich gucke 10.100 Meter tief auf die Erde. In der Mitte windet sich ein Fluss. Links und rechts von ihm sind Parzellen zu erkennen: kleine graubraune Stücke, matt wie alte Bärenfelle; kakteengrüne Kleckser, viereckig, winzig, verwinkelt, bestellt und wild, irgendwie verwaschen. Jeder hat sich sein Stück von der Erde abgeschnitten und eingezäunt. Der Popler hat sich für die Sümpfe in seinen Nasennebenhöhlen entschieden. Und ich? Ich nehme eine Gebirgskette im Duty-free-Verkauf.

»Eine *Toblerone*, bitte«, sage ich zu meiner Stewardess. Sie will mir eine Tüte dazu geben. »Nee, danke, ich will sie sofort essen.«

»Ja dann, guten Appetit«, sagt sie, reicht mir die *Toblerone* rüber und lächelt. Sie lächelt mich an! Sie schlägt ihre Augenlider einen Moment länger nieder, als nötig wäre, zu lang für ein professionelles Stewardessenlächeln; dafür strahlen ihre Augen zu viel natürliche Neugier aus. Es ist *das* Lächeln. In diesem Moment könnte das Flugzeug ruhig abstürzen.

Ich genieße den Augenblick.

Und übrigens auch den nächsten, denn der Vater vom Popler will ungefähr den ganzen Duty-Free-Wagen kaufen. Und während die Kollegin meiner Stewardess dem Poplerpapa seine Rechte verliest (Nicht mehr als eine Stange Zigaretten pro Person und so weiter und so fort …), biete ich ihr wortlos ein Stück *Toblerone* an. Sie schüttelt erst den Kopf, nimmt es dann aber doch mit einem *Echt-lieb-hoffentlich-sieht-das-niemand*-Gesicht. Und ich lehne mich zurück, schalte das Licht in meinem Kopf aus und denke nur, nur, nur an diesen einen einzigen Ausdruck von ihr, der imposant und regungslos in meinem Kopf steht wie ein Denkmal mitten auf einem großen Platz.

Ich bin unterwegs.

Ich bin verliebt.

Ich bin weit weg von Simon, Charlie, *Real Radio* und Co.

Ich bin unterwegs.

Das ist gut. Ich habe den richtigen Abstand. Ich beobachte. Ich schweige. Das ist gut. Ich lenke mich von mir ab. Das ist gut. Das ist sehr gut.

Ich bin müde.

Ich werde wach, als die Maschine wie beim Start hilflos ruckelt und die Babys im Flugzeug anfangen zu schreien. Wir sind bereits im Landeanflug. Ich berapple mich und schaue aus dem Fenster.

Von weit oben sieht Istanbul aus wie ein riesiger, hastig gewebter Teppich, den der Besitzer achtlos auf die Erde geworfen hat; ein Teppich, in den das Flugzeug gleich hineintauchen wird. Direkt unter uns ist noch das Marmarameer. Auf ihm liegen bunte Bötchen, groß wie Traubenkerne, die schnell zu ausgewachsenen Öltankern werden, als hätten sie einen Schluck Zaubertrank genommen. Die Maschine sinkt in den Teppich hinein.

27

✪ Wegbeschreibung: ✪ Zum Heimspiel auswärts

Vor dem Flughafen summt ein Bienenschwarm von honigorangen Taxis durcheinander. Einige wespengelbe haben sich auch dazwischengemischt. Ich tauche in einen der vordersten Wagen.

»Merhaba. Eminönü, lütfen.«

Der junge Fahrer mit Boxernase nickt und fährt los. Er hat eine wirklich beeindruckende Boxernase: Sie ändert zweimal die Richtung wie eine Wurzel, die nach Halt sucht. Der Mund unter der Wurzel bleibt geschlossen. Ich weiß es zu schätzen, wenn Taxifahrer erahnen, dass ein Kunde nicht sonderlich redselig ist. Draußen steht die Sonne hoch und erhaben, einsam und allein am Himmel.

Wir sind schnell auf der Küstenstraße, die am Marmarameer entlang bis in die Stadt führt. Im Taxi riecht es muffig süß, nach altem Schweiß, kaltem Rauch und billigem Parfum. Ganz und gar nicht wie meine Stewardess. Ich habe sie leider nicht mehr gesehen beim Aussteigen.

Wir fliegen am Rand des ausgerollten Teppichs entlang. Rechts die Öltanker, links Hochhäuser, rechts schmale Parkanlagen am Meer, links die alten Stadtmauern von Istanbul, rechts eingezäunte Sportplätze, links *Kokulu yer*, die Stinkestelle. So habe ich den Ortsteil Kazlıçeşme früher immer genannt. Dort stand nämlich eine runtergekommene Lederfabrik samt Gerberei und hat die Luft verpestet. *Kokulu yer* roch immer in etwa so wie faule Eier, saure Milch und frischer Kuhfladen in einem. Irgendwann haben sie die Fabrik dann abgebaut und irgendwo anders wieder aufgebaut. Damit ist sie aus Istanbul verschwunden. In meinem

Kopf aber ist der Name geblieben. *Kokulu yer.* Und der Gestank auch.

Ich nehme Bilder in mir auf wie ein Tourist mit Videokamera im Anschlag, und meine Aufnahmen werden von wem auch immer gezeigt, ungeschnitten. Die alte Stadtmauer, überragt von mehrstöckigen Häusern, auf deren Balkons bunte Wäsche statt einer alten Kriegsflagge hängt. Eine kleine, neue Pyramide aus Glas zwischen zerfallenen Häusern, die nur noch von der abbröckelnden Farbe zusammengehalten werden. Ein Zug, aus dem Leute hängen wie reife Trauben.

Links geht es hoch zur Ayasofya, zur Hagia Sofia, rechts kommt Eminönü in Sicht, wo das Marmarameer endet und sich auf der linken Seite zum Goldenen Horn, auf der rechten zum Bosporus verengt. Da liegt eine der Postkarten-Skylines von Istanbul, in die sich die Minarette der Blauen Moschee strecken wie Arme, die nach den Sternen greifen.

Der Taxifahrer drängt seinen Şahin rüber in einen Bienenschwarm von Taxis. Eminönü, wir sind da. Ich zahle mit dem Geld, das ich im Flughafen gewechselt habe, und steige aus.

»Iyi günler«, sagt er.

»Hayırlı işler«, antworte ich.

Er wünscht mir einen guten Tag, ich ihm gute Geschäfte. Er hat wirklich eine unglaublich große Nase.

Ich drehe dem Bosporus den Rücken zu und schaue auf die Stadt. Vor mir macht sich Yenicami, die neue Moschee, breit. Rechts von ihr, im Hintergrund, erhebt sich die Blaue Moschee auf einer Anhöhe. Direkt vor mir auf einer Verkehrsinsel liegen Kanalisationsrohre, Zementsäcke und Schutt. Der Teppich ist noch längst nicht fertig gewebt.

Hier vorne sind gleich die Anlegestellen für die Fähren. Die Üsküdar-Linie fährt rüber auf die asiatische Seite, die Kadıköy-Fähre bleibt in Europa, aber setzt über das Goldene Horn über. Die dritte Linie ist die Bosporus-Linie, mit der ich zu Dede nach Kanlıca fahren will. Diese Fähren steuern im Wechsel die europäische und die asiatische Küste an. Links, rechts, links, so schippern sie den Bosporus hoch, fast bis zum Schwarzen Meer.

Ich gehe an der Üsküdar-Anlegestelle vorbei, hinter meiner Stirn surrt die Kamera weiter: Ein alter Mann, tief gebückt, als trüge er zwei Zementsäcke. Ein Vater und sein Sohn angeln zwischen der ersten und zweiten Anlegestelle. Ein Simit-Verkäufer in roter Samttracht, verziert mit goldenem Garn, bietet seine Sesamringe an. Er trägt Badelatschen an den nackten Füßen.

Auf dem schmalen Platz vor den Anlegestellen treffen sich Abgase und Fischgeruch. Links wird gehupt, direkt am Rand des Wassers schaukeln zwei Fischerboote auf und ab. Über ihnen kreisen ein paar Möwen und schreien auf die hupende Schlange von Autos herab. An Land, vor einem der Fischerboote, stehen ein Kasten Brot, ein Kasten Tomaten und ein Simit-Verkäufer in Tracht mit Chicago-Bulls-Mütze. Auf dem Boot brät der eine Mann die Fische und wirft sie zusammen mit Tomatenstreifen in ein Brot, der andere ruft: »Taze balık, taze balık« – frischer Fisch, frischer Fisch –, was mich nur kurz an *Verleihnix* erinnert. Aber vor allem an Dede.

Fische, Dede, Wahrheit.

Ich merke: Je näher ich Dede komme, desto schwieriger wird es, nicht an ihn zu denken, mich selbst von meinen vagen Hoffnungen abzulenken, die voller Fragen stecken: Wird er sich überhaupt an die Fisch-Wahrheit erinnern? Und wenn ja: Hat er damals wirklich etwas Weises gesagt oder ist es mir im Nachhinein nur so vorgekommen? Würde ich es jetzt verstehen? Wird es mir weiterhelfen? Warum schaffe ich es nicht alleine, meine Sachen in den Griff zu kriegen?

Ich kann spüren, wie meine Mundwinkel mit jeder Frage etwas tiefer sinken wie ein 80-Gramm-Gewicht im Meer. Ist es nicht lächerlich, dass ich hier bin? Was erwarte ich von diesem alten, kranken Mann? Ich denke daran umzukehren …

Nein! Bin ich verrückt?

Das ist egal, geh nach Hause, räum deine Wohnung auf.

Kann ich das einfach so?

Was macht Özlem gerade?

Soll ich Charlie anrufen?

Ich muss noch Noppen-Norberts E-Mail lesen.

Ich habe keinen Job. Ich bin das Radiomonster.

Wo wohnt Anna?

Mag ich Eva?

Was sage ich Simon?

Was suche ich?

Ich mache mich verrückt mit diesen Fragen. Völlig verrückt. Ich muss sie fern halten von mir. Ich versuche, wieder wegzudenken.

Zwei Jung-Frauen kommen Arm in Arm auf mich zu. Die eine mit kurzen blondierten Haaren redet auf ihre Freundin ein, die ein einfaches Kopftuch trägt und hohe Absätze unter ihrem Anzug. Die mit dem Kopftuch zwinkert mir im Vorbeigehen zu. Ich kann noch nicht einmal zurücklächeln.

Ruf mich an. Bitte. C.

Am Schalter für die Boğaziçi-Tour besorge ich mir ein Ticket und steige auf eine dieser alten, stolzen Fähren, die unten schwarzgrün schimmern wie der Panzer einer Eintagsfliege und darüber gipsweiß sind, mit schmalen Zierstreifen; Fähren mit orangen Rettungsringen, die am Oberdeck entlang festgemacht sind; Blumenschmuck an einer breiten, schweren Braut.

An Bord sind Briten, Spanier, ein paar Deutsche, eine Hand voll Türken und Japanerinnen mit Prada-Täschchen. Die Touristen fahren bis zur Endstation, Anadolu Kavağı, wo man Fisch essen und eine Burg besichtigen kann. Ich fahre nur zwei Stationen, bis Kanlıca.

»Çay, kahve, neskafe.«

»Orange juice, coffee, tea.«

»Cola, Fanta, Ayran.«

»Lacoste, high quality.«

Die Verkäufer wuseln umher, schon bevor die *Gürkaya* ablegt: Ausgemergelte, alte Männer, die früher bestimmt aufrechte Fischer waren und jetzt Tee servieren für kleine Japanerinnen mit großen Prada-Taschen – nur, um bei ihrer Geliebten zu sein. Auch wenn sie nicht mehr füllig und viel versprechend ist, sondern viel zu schmal für einen richtigen Fischer. Auch wenn das Land so nah ist, dass es nie aus der Sichtweite verschwindet, um sie und ihr Meer allein zu lassen.

Wer ist meine Geliebte? Ich versuche, wegzudenken.

»Lacoste, sports wear.«

Ich gehe nicht auf das Oberdeck, sondern setze mich unten auf die schmale Bankreihe, die entlang des runden Rumpfes der Fähre liegt. Das ist ein guter Platz. Mein Dede hat sich auch immer dorthin gesetzt. Ich finde es gerade schön, dieses winzige Stück Familientradition zu schaffen.

»Cola, Fanta, Ayran.«

Unter meinen Füßen spritzt die Gischt, summt und zischt. Möwen wiegen auf den Wellen. Links ist Europa, rechts Asien. In der Mitte unentschlossen der Bosporus, die Fähre und ich.

Im Mai wirkt der Bosporus oft ganz düster, als würde das Schwarze Meer seinen Arm nach der Stadt ausstrecken. Aber wenn die Sonne scheint wie heute, dann ist die Meerenge von einem geheimnisvollen, undurchdringlich dunklen Grün. Wie das Grün einer *Butterfly*-Tischtennisplatte. Dazu knallt die Sonne heute herab wie ein Schmetterball, darüber kann der Fahrtwind nicht hinwegtäuschen.

Links liegt jetzt der Dolmabahçe-Palast. Zwei-, dreimal war ich bestimmt mit Dede dort, und noch mal so oft mit meinen Eltern.

Ich schaue zurück auf das Herz von Istanbul. Ein todesbleicher Smog liegt über der Silhouette der Stadt, die selbstzufrieden am Rand der Meerenge liegt wie eine Schönheit am Strand. Sie will bewundert, aber nicht angesprochen werden.

Vogelschwärme jagen ganz dicht über den Bosporus, nicken ins Wasser und picken sich kleine Fische heraus.

Nach dem ersten Halt in Beşiktaş nähern wir uns der asiatischen Küste. Dort reihen sich jetzt Villen aneinander, mit Vorgärten bis an den Bosporus und Leitern vom Grundstück direkt ins Wasser. Zwischen den Neubauten der Neureichen stehen hier und da würdevoll Holzhäuser, die an das alte Istanbul erinnern, gefolgt von Villen im Südstaatenfarmstil mit Marmorterrassen, auf denen mein Tischtennisverein ungestört trainieren könnte. An mindestens sechs Tischen.

»Çay içenler, kahve içenler.«

Der Motor der Fähre rumort unter uns wie ein Magen, der einen Berg Bohnen zu verkraften hat. Der Wind hebt den Geruch von Jod hinauf an Deck. Ein Joghurtbecher dreht sich im Wasser. Leichte Wellen, in denen sich das Sonnenlicht bricht; leichtes Flimmern, auf und ab. Ich bin konzentriert. Autofokus. Ich nehme ein Bild nach dem anderen in mir auf.

»Orange juice, tea, coffee.«

Hinter der Bosporusbrücke sitzen alte Männer in ihren Nussschalen. Tiefbraune, gegerbte, wunderbar fertige Gesichter. Gesichter, die mich denken lassen, ich würde gerne mit ihnen aufstehen, mitten in der Nacht, und mit ihnen hinausfahren und mit ihnen auf- und abwippen, stundenlang; mit ihnen die Sonne ertragen und dass kein Fisch anbeißen will und dass die Fähren die Fische verjagen und Wellen werfen, die die Nussschalen hochheben wie ein kräftiger Bauer einen Heuballen; mit ihnen dasitzen, auf dem Bosporus, und schweigen und ihre Handgriffe meine Handgriffe sein lassen und mit ihnen die Angelschnur hinabsenken in den Tischtennistisch, gar nicht, um etwas zu fangen, sondern nur, um diese alten Fischer anzusehen, ihre kleinen, schmutzigen Flüche zu hören und ihren müden Schweiß zu riechen und ihr Leben zu schmecken wie das Salzwasser des Bosporus, das die Fähren aufwirbeln. Tropfen für Tropfen.

Istanbul macht mich immer so. Manchmal liebe ich es dafür, manchmal kann ich es nicht ertragen.

Mit Dede wäre ich gerne einen Tag auf so einer Nussschale gewesen, aber dafür ist es jetzt zu spät. Ich lehne mich zurück und schließe die Augen. Dede. Ich war schon lange nicht mehr bei ihm. Das letzte Mal vor anderthalb Jahren.

Zu dem Zeitpunkt wusste Dede seit sechs Monaten, dass er sterben würde. Aber er benahm sich nicht so: Er stand jeden Morgen um halb neun auf, wusch sich, frühstückte, las die Zeitung, schimpfte auf die korrupten Politiker. Alles wie immer. Bis auf eins: Mein Dede fing an, seinen Pyjama nicht mehr auszuziehen. Das heißt, er hatte nicht immer ein- und denselben an, sondern immer frisch gewaschene. Aber er zog keine Hemden, Hosen oder Anzüge mehr an. Aus Protest. »Was soll ich mich schick machen für den Tod?«, sagte er. Und sobald die Haushälterin, meine Mutter oder mein Baba auch nur andeuteten, dass heute ein Hemd mal eine Abwechslung wäre, wo doch Besuch käme, sagte Dede – gar nicht traurig, sondern gelassen –, er hätte genug Abwechslung in seinem Leben gehabt und der Besuch, der hätte ja wohl schon mal einen Mann in Pyjamas gesehen, oder nicht? Und so saßen wir in seinem Haus in Kanlıca: Er auf seinem Platz, in der Mitte des Zweiersofas, genau gegenüber vom Fernseher (er rückte nur für Baba und für mich zur Seite, wenn er unsere Nähe wollte), meine Mutter auf dem Dreier, mein Baba auf einem, ich auf dem anderen Sessel, und die Haushälterin lief irgendwo zwischen Küche und Wohnzimmer umher.

Gleich bin ich da.

Es gibt kein Zurück.

Ich kann mich nicht mehr davon abhalten, an Dede zu denken. Ihn vor mir zu sehen. In mir laufen meine privaten Archivbilder ab. Ich kann nichts dagegen machen.

Ich war beim letzten Mal nur vier, fünf Tage in Dedes Haus in Kanlıca. Am letzten Tag saß ich allein mit Dede im Wohnzimmer. Meine Eltern waren mit der Haushälterin zum Großeinkauf nach Üsküdar gefahren. Aus Solidarität mit Dede hatte ich meinen Pyjama angelassen. Der Tod sollte ruhig wissen, dass sich in diesem

Haus keiner für ihn schick machte. Dede saß auf seinem Platz und las in der Zeitung, ich saß in dem Sessel, der am nächsten zu Dedes Zweiersofa steht, und las in Dedes Gesicht. Tiefe Furchen hatte ihm die Zeit in 79 Jahren hineingemeißelt, lustige Furchen, die sich wie ein Lächeln aufwärts bogen um seine Augen, um seine schmalen Lippen, die Mundwinkel, die Wangen. Ein Gesicht voller kleiner Geheimnisse und Verstecke. Dann spürte er meinen Blick und tippte, ohne von der Zeitung aufzusehen, mit seiner Hand auf den Platz neben sich. Rückte dann aus der Mitte des Sofas auf den linken Sitz. Ich setzte mich zu ihm. Dede und Enkel in Pyjamas auf einem Sofa vor einem ausgeschalteten Fernseher.

Dede sagte auf Türkisch: »Alle drei Monate klopft der Tod an meine Tür. Bis jetzt habe ich ihn immer wieder verjagt.«

»Evet, Dede«, sagte ich und legte meine Hand auf seinen schmal gewordenen Oberschenkel. Ich spüre noch, wie ich innerlich zuckte bei der Berührung, denn der Oberschenkel fühlte sich an wie ein Knochen und sonst nichts.

»Aber er wird mich aus der Welt holen, so wie wir die Fische aus dem Wasser geholt haben, als du noch klein warst.«

Ich nickte.

»Du warst ein ruhiges Kind, Hakim, oğlum, als du noch klein warst. Aber nicht wie dein Vater: Dein Vater war auch ruhig, aber er war ein schwächliches Kind, ständig krank. Du warst auch ruhig, aber stark. Das ist eine gute Mischung. Ich hoffe, du bist heute noch so. Je älter die Leute werden, desto mehr verwischen diese Eigenschaften. Ich weiß nicht, wieso. Ich zum Beispiel, mein Junge, ich war ganz anders als du und dein Papa: Ich war ein ungezogener, lauter, elender Kerl, schon mit acht, neun Jahren. Ein dummer köylü, ein Dörfler, der nur vier Jahre zur Schule konnte. Lesen, schreiben, rechnen – das war's. Dann haben sie uns auf die Felder geschickt. Unsere Familie hatte in Kalanköy die größten und schönsten Olivenbaumfelder und das beste Olivenöl weit und breit. Es glänzte wie Edelstein, es floss, wie Bienenhonig fließt, und es schmeckte, wie das Baklava deiner Oma schmeckte.

Das kennst du ja alles, die Platte habe ich dir bestimmt schon oft genug vorgeleiert.« Er lachte kurz und erwartungsvoll, und ich sagte: »Es gibt Platten, die hört man immer wieder gerne, Dede.«

»Ach, Hakim, oğlum, du bist ein guter Junge. Du bist ein guter Junge. Hoffentlich findest du ein gutes Mädchen … Ich werde Allah bitten, da was zu arrangieren, wenn ich ihn demnächst treffe …«, an der Stelle lächelte er, amüsiert von seinem eigenen Humor, in Richtung Zimmerdecke.

»Damals sind wir barfuß durch die Olivenfelder gerannt und haben uns mit Oliven beworfen.« Er schüttelte den Kopf über sich selbst. Ich dachte an meine Traubenbomben aus dem achten Stock.

»Wir haben geangelt, uns geprügelt – und wenn Erntezeit war, sind wir abends auf dem Rückweg von den Feldern auf den Karren eingeschlafen, so hart haben sie uns schon ackern lassen.«

»Wie alt warst du da?«

»Ach, das ist so lange her. Was weiß ich? Zwölf, vierzehn Jahre alt vielleicht. So was hat der alte Kopf, den du hier siehst, nicht behalten.« Er guckte auf die Flecken auf seinen Händen, als wären sie an allem schuld.

»Zwischen den Olivenbäumen zu spielen, das war so schön, Hakim. Alle Dorfjungs sind durch die Felder gejagt. Die Sonne stand wie Allah selbst hoch über uns und hat alles gesehen. Wir kannten jeden Olivenbaum. Jeden Knorpel …«

Jeden Stein. Jeden Wasserlauf.

Jedes Wort spreche ich in mir mit Dede mit.

Die schattigen Plätze. Die besten Verstecke. Im Umkreis des Dorfes kannten wir alles und jeden. Uns war nichts und niemand fremd.

Dede, ich mag diese Platte. Sehr.

»Und das habe ich, glaube ich, noch niemandem erzählt: Mit fünfzehn hatte ich eine kleine Geliebte.« Er guckte mich viel sagend an, mit all den Geheimnissen und Verstecken in seinem Gesicht. »Ich habe damals einen Ahornbaum groß gezogen. Auf den Olivenfeldern.«

Ich lächelte in die Geheimnisse und Verstecke in Dedes Gesicht und fragte leise: »War sie schön?«

»Oh ja. Sie brauchte eigentlich nicht viel Zuneigung. Aber ich habe mich trotzdem immer zu ihr geschlichen und mich um sie gekümmert, das hat ihr geschmeichelt. Ich hab sie gegossen, mit Wasser aus einem Bach. Dafür hatte ich einen Eimer bei uns zu Hause mitgehen lassen. Mein Vater hat, glaube ich, sogar einen meiner Brüder dafür verdroschen. Hemde nasıl dövdü. Und wie. Aber das habe ich nicht mehr so genau im Kopf …«

Dedes Ahorn erinnerte mich ein bisschen an meine Baumfickerei. Und ich fragte: »Hast du auch … gesprochen mit deinem Baum?«

»Natürlich! Du musst mit den Bäumen sprechen. Ich hab gesagt: ›Komm, wachse, mein Kleiner, werd groß und stark. Unter deinen Ästen will ich später liegen und deinen Schatten genießen.‹ Laufend habe ich mit ihm gesprochen, mein Junge.«

»Und hast du ihn auch mal umarmt?«

»Umarmt?«

»Den Stamm umarmt, meine ich.«

»Umarmt – wie eine Frau? Nein, das habe ich nicht gemacht. Aber dafür war er auch zu klein.«

»Und als er größer war?«

»Ich weiß nicht … Nein.«

»Warum nicht, Dede?«

»Weil … mit achtzehn bin ich weggegangen aus unserem Dorf. Hab mein Land und meine Familie und meinen Baum stehen lassen. Da war er hüfthoch. Aber die Olivenernte ist ein hartes Geschäft, weißt du. Und wir waren vier Brüder. Ich war der Zweitjüngste. Du darfst die Felder nicht immer weiter aufteilen, sonst werden sie zu klein, und alle verhungern. Die Olivenbaumfelder müssen groß sein. Es darf nur einen Chef geben. Und das wurde mein ältester Bruder, Murat. Na ja, wir haben uns schnell gestritten. Ich verliebte mich in eines der Mädchen aus dem Dorf, köylü kızı, bilirsin ya. Und zusammen wollten wir weg, wir hatten die Nase voll von Olivenöl und allem. Na ja, wir haben unser Glück gesucht, in Istanbul. Und da sind wir. Bis hierhin sind wir gekommen, dein Vater ist noch weiter gegangen – wer weiß, wo du noch landest, Junge.«

»Ich weiß es nicht, Dede.«

»Willst du zurückkommen, Hakim?«

»Ich glaube, ab einem bestimmten Punkt gibt es kein Zurück mehr Dede. Ging dir das auch so?«

»Hmm … nein …und ja. Nein, weil jedes Handbreit unserer Erde habe ich vermisst, jede schwarze Olive, die ich in den vergangenen 60 Jahren gegessen habe, hat mich an Kalanköy erinnert. Aber ich bin noch immer hier in Istanbul. Also ja, du hast wahrscheinlich Recht und bist ehrlicher zu dir selbst als dein alter Dede. Bestimmt mache ich mir etwas vor, und es ist gut, dass ich mein Dorf nicht mehr sehen werde.«

»So darfst du nicht reden, Dede.«

»Ich bin bei 79 Jahren angekommen, mein Junge, ich darf reden, wie ich will. Reden ist das Einzige, was mir geblieben ist. Rumsitzen, Zeitung lesen, törichte Reden halten. Was deine geliebte Großmutter, Gott hab sie selig, alles ertragen hat …« Er starrte eine Weile in den Fernseher. Ich saß daneben und wusste nichts zu sagen.

»Zum Angeln kann ich schon seit Jahren nicht mehr mit dir gehen. Dann haben wir ja das Billardspielen angefangen. Und nicht mal mehr Billard können wir spielen, Hakim. Ich kann mich nicht mal mehr an einen Tisch stellen wie ein Mann und vor ein paar Kugeln donnern … Ich würde sehr gerne eine letzte Partie gegen dich gespielt haben.«

»Ich auch gegen dich, Dede.«

»Ich hätte dich vom Tisch gefegt.«

»Nein, ich hätte *dich* vom Tisch gefegt.«

»Sei dir da mal nicht so sicher: Vor dem Krebs war ich sehr gut in Form. Ich hatte es raus, sage ich dir.«

»Ich habe auch trainiert in Deutschland.«

»Na gut, dann stehen die Chancen fünfzig fünzig für unsere nächste Partie, tamam mı?«

»Ja, Dede, tamam, fünfzig fünfzig, aber nur, wenn ich Anstoß habe.«

»Du bist frech geworden, Hakim! Bringen sie euch in Deutschland keinen Respekt vor alten Leuten bei?«

»Nein.«

»Nein?«

»Nein.«

»Was ist das nur für ein Land.«

»Eines wie jedes andere, Dede.«

»Eines wie jedes andere? Öyle mi?«

»Ja. Öyle … Wir könnten Tavla spielen, wenn du Lust hast.«

»Lust schon, aber ich bin müde jetzt. Die Medikamente …« Das waren seine letzten Worte, bevor er zurücksank und einschlief. Ich habe ihn zugedeckt, bin zur Hauptstraße gegangen und habe ihm einen Pyjama gekauft, einen bosporusgrünen Pyjama mit schmalen marineblauen Streifen auf den Armen. Das Geschenk habe ich auf meinen Platz im Wohnzimmer gelegt. Zwei Stunden später war ich wieder auf dem Weg zum Flughafen. Dede hat noch geschlafen.

Die Fähre zieht eine schäumende Furche durchs Wasser. Aber wenn man zurückschaut, zwei- oder dreihundert Meter weit, dann schließt sich die Wasserdecke wieder über dieser Furche; mit Leichtigkeit, mit Gelassenheit, ohne Eile. Mit Gewissheit. Achtlos triumphierend, wie der Krebs über Dede.

Ach, Dede. Ich habe Angst. Davor, dass es mich umhaut, dich leiden zu sehen. Dass es mich umhaut, dich sterben zu sehen. Dass es mich umhaut, dich verlieren zu sehen. Ich spüre, wie sich langsam Tränen in meinen Augen bilden. Ich halte sie fest. Mit Mühe.

Aber vielleicht … vielleicht, Dede, kannst du mir noch mehr sagen. Über die Wahrheit. Deine Wahrheit. Die Fisch-Wahrheit. Ich habe es noch nicht verstanden, Dede. Hast du es vergessen?

Ich darf mir nicht zu viel versprechen.

Ich bin gleich da, Dede, ein bisschen muss ich noch unterwegs sein. Es wird mich umhauen. Seni seviyorum, Dede. Ich liebe dich. Ich bin noch unterwegs, aber schon bei dir.

Warum haben wir uns so lange nicht gesehen? Warum war ich nicht öfter bei dir? Ich liebe dich. Spürst du das? Warum habe ich in den vergangenen Wochen nicht ein einziges Mal angerufen?

Ich liebe dich, Dede. Ich bin ein egoistisches Arschloch. Ich komme, weil ich Hilfe brauche. Weil ich auf Hilfe hoffe. Von dir. Vergib mir das. Hörst du mich?

Ich rufe still zwischen die Olivenbäume, die jetzt in meinem Kopf sind: Ich küsse deine Hände. Ellerini öperim. Aber niemand antwortet, nur der Wind rauscht durch die Blätter wie die Wellen um den Bug.

Ich blicke wieder nach vorne – und da ist Kanlıca! 50 Minuten waren wir unterwegs. Links und rechts vom Fährhaus thronen etliche yalı köşk, noch mehr Bosporus-Villen mit hohen Zäunen drumherum. Das Fährhaus ist alt und aus Holz; *Kanlıca* steht in einem verschnörkelten Schriftzug daran.

Erst nachdem wir angelegt haben und alle Touristen von Bord gestürmt sind, setze ich mir meinen Rucksack auf, stecke die Hände in die Po-Taschen und gehe von Bord. Bin etwas wacklig auf den Beinen.

Hinter dem Fährhaus liegt ein schmaler Platz. In der Mitte stehen eine Moschee und ein kleines Mausoleum für einen General aus dem Osmanischen Reich. Mein Dede hat mir alles eingetrichtert: Gazi Iskender Paşa liegt hier, 1492-1571, geboren in Erzurum, General, ein Foto von ihm hängt auch im Topkapı Serail. Mein Dede war immer etwas pedantisch, was Geschichte angeht. Und in Istanbul steht genug davon rum, um Enkel ausgiebig damit zu quälen.

Direkt neben dem Fährhaus, am Bosporus, ist der yoğurt-yaman. Ich nenne ihn so. Kanlıca ist berühmt für seinen Joghurt, und hier gibt es den besten. Der Rahm ist süß, der Joghurt mit Puderzucker unvergesslich.

Ich sehe ein Bild aus dem Familienfoto-Archiv in meinem Kopf; ein altes Bild, ich bin acht, neun Jahre alt, vielleicht ist es sogar aus dem Sommer, in dem ich angeln gelernt habe. Damals hat Dede noch nicht in Kanlıca gewohnt, aber wir hatten eine Bosporus-Tour gemacht, bis Kanlıca zu yoğurt-yaman. Auf dem Bild sitzen meine Eltern nebeneinander, meine Mutter streichelt Baba im Nacken, Baba hat seinen Arm auf Mutters Rückenlehne. Ihnen gegenüber sitzen Dede und Oma. Sie trägt eine unglaublich große Sonnenbrille, Dede hat sich weit zurückgelehnt, spielt mit seiner *Saccharin*-Dose und lässt seinen Blick über das Wasser schweifen. Ich hocke unterm Tisch, mit dem Kopf zwischen den Beinen, direkt am Rand zum Bosporus, der ab und an ins Joghurt-Café schwappt. Ich spiele *Füße wegziehen*, und warte gerade darauf, dass das Wasser über die niedrige Mauerwand von yoğurt-yaman leckt, um aufzuspringen und meine Sandalen in Sicherheit zu bringen.

Inzwischen sind die Mauern hochgezogen, der Bosporus bleibt draußen, aber Kanlıca ist für mich immer noch ein Ort in einer anderen Welt in einer anderen Zeit.

Ich bin angekommen.

Hinter dem Platz mit dem Mausoleum und yoğurt-yaman liegt an der Mihribat Caddesi die Geschäftszeile von Kanlıca; eine Apotheke, ein Lokal, Minimärkte; am Ende der Straße hat ein McDonald's eröffnet. Die einzige Zierde hier sind immer noch die knorpeligen, knorrigen Ahornbäume, die mit ihren großen Blättern auf Kanlıcas Hauptstraße herabhängen.

Ich gehe ein Stück die Zeile entlang, dann biege ich rechts ab und sofort wieder links. Meine Schritte werden langsamer, in der Straße meines Dede schießen sich zwei Jungs von zehn, zwölf Jahren einen Plastikball zu. Der eine ist Tolga, dem Dede wie mir das Fischen beigebracht hat. Ich grüße ihn, er fängt den Ball auf und begrüßt mich aufgeregt: »Hoşgeldiniz, Hakim ağbi, hoşgeldin, Almanya'dan mı geldin? Dedeye mi geldin?«

»Evet«, sage ich heiser und leise, streichle ihm über den wuscheligen Kopf und klingle an Dedes Tür. Ich schüttle mich etwas in der Sonne vor der Haustür, als ob ich jetzt erst richtig wach werden müsste an diesem Tag. Mir ist kalt.

28

✪ Dede ✪

Es dauert eine kleine Ewigkeit, dann höre ich Schritte. Meine Mutter macht die Tür auf. Ich sage: »Merhaba, Mutter«, und in Sekundenschnelle hellt sich ihre Miene auf.

»Aaah Hakim, was machst du denn burada? Hakim, senmisin, bist du das? Heute ist Muttertag. Ich dachte schon, oğlum beni unuttu. Iyi gördüm seni!«

Sie springt aus der Tür, küsst mich links und rechts und nimmt mich in den Arm, drückt mich fest, wie es Margaret Rutherford getan hätte, drückt die Kälte und Angst aus mir wie aus einer weichen Zitrone. Ich sage erstickt: »Evet!«, lege meine Arme langsam um sie und spüre ihre Fülle und Wärme und Herzlichkeit. Es fühlt sich gut an. Meine Mutter riecht nach Zimt. Wie immer.

»Oh mein Gott, deine Hand – eline ne oldu, oğlum?«

»Nur eine Schnittwunde. Nichts Schlimmes«, sage ich und ziehe meine verbundene Hand aus den Händen meiner Mutter.

»Schnittwunde mi …? Gel gel, komm rein. Baba ist auch zu Hause. Koffer'in yok mu?«

»Yok. Sadece dieser Rucksack hier.«

Sie nimmt mir den Rucksack ab und stellt ihn in die Garderobe.

»Ich bleibe nicht lang. Uzun kalmıyacağım, onun için. Dedeyi bir daha görmeye geldim. Wie geht es ihm?«

Mutter blinzelt drei-, viermal zum Boden, sie greift sich an den Hals, ihren Mund macht sie ganz klein – in ihr Gesicht schleicht sich die Trauer und verscheucht die Wiedersehensfreude wie ein Löwe einen schwachen Konkurrenten aus seinem Revier. Sie schaut jetzt, als hätte sie einen unlösbaren Fall vor sich.

»Ach Hakim, oğlum, bir tanem. Immer schlechter, abnehmen yapıyor, yataktan aufstehen macht er auch nicht mehr. Er liegt nur noch im Bett und trinkt çay. Aber seni görünce, wenn du da bist, freut er sich. Schön, dass du da bist.«

Sie guckt mich hilflos an, als ob sie sagen wollte: Alles andere wirst du selber sehen. Und ich denke: Ja, alles andere werde ich selber sehen. Dann umarmt sie mich noch einmal, klopft mir auf den Rücken, und wir gehen durch den Flur.

Es riecht hier, wie es immer riecht: nach Mottenkugeln, nach Naphtalin. Der Flur ist dunkel ohne Fenster. Ich bin bei meiner Familie.

»Babanın morali iyi değil. Papa ist so traurig und spricht nicht. Dede Schlafzimmer'de yatıyor, babanda den ganzen Tag auf dem Sofa oturuyor. Dein Papa sitzt einfach nur da und trauert um seinen Vater, aber Dede daha yaşıyor. Er lebt noch. Aber ein Teil von Baba stirbt irgendwie mit, anlıyormusun? Sag nichts, bitte, was ihn aufregt. Tamam mı, oğlum?«

»Tamam, Mutter.«

Vor der Tür zum Wohnzimmer bleibt sie für einen winzigen Moment stehen, wie eine Schauspielerin vor einem Vorsprechen, die ihren Mut sammelt, und in diesem Moment konzentriert sich meine Nervosität: Meinen Eltern die Wahrheit sagen. Dede nach der Wahrheit fragen. Darum bin ich hier! – und dann drückt Mutter die Klinke hinunter.

»Guck mal, kim gelmis! Hakim ist da«, ruft sie meinem Vater zu, der in einem der Sessel sitzt, über dem eingerahmt Stickereien meiner Großmutter hängen. Baba stutzt erst und legt dann die Zeitung beiseite, auf den Wohnzimmertisch, auf dem ein Stapel von Mutters Rätselheften liegt.

»Hakim«, sagt er matt und winkt mich zu sich. Seine Mundwinkel aber bleiben müde unten. Wie Woody Allens Mundwinkel in einem guten Woody-Allen-Film, denke ich, und gehe auf Baba zu. Die Vorhänge im Wohnzimmer sind zugezogen. Die Sonnenstrahlen bleiben in ihnen hängen. Die Fenster sind geschlossen, auch hier riecht es nach Muff und Mottenkugeln. Mein Baba steht auf und nimmt mich in den Arm und lehnt seine Stirn an meine Schulter.

»Deden ölüyor«, sagt er leise in meine Schulter. *Dede stirbt.* Das ist die Wahrheit, und ich bin wie gelähmt von ihr und kriege kaum die Arme hoch, um sie um Baba zu legen.

»Bir şey içmek istiyormusun, Hakim?«, fragt meine Mutter mir in den Rücken. Baba lässt von mir ab und ich sage: »Bir Coca-Cola fena olmaz.« Meine Mutter nickt und geht mit kurzen, schnellen Schritten in die Küche, um mir ein Glas Cola zu bringen.

»Flug nasıl geçti?«, fragt mein Vater.

»Iyi«, sage ich – und wir beide wissen, dass wir heute nicht mehr über den Flug sprechen wollen und das Flugzeugessen und warum ich nicht vorher angerufen habe.

Wir schweigen einen Moment. Meine Mutter kommt mit der Cola und versucht, mich anzulächeln.

»Dede kendini bıraktı«, sagt mein Vater. »Gibt er sich auf jetzt.« Als er das sagt, guckt er auf Dedes leeren Platz auf dem Zweiersofa. Der Fernseher steht gar nicht mehr gegenüber. Ich nicke langsam.

Wir drei schweigen lange und bewegen uns kaum. Dann sagt meine Mutter: »Almanya'da läuft's gut?«

»Jaja«, sage ich viel zu schnell, um überzeugend zu wirken.

»Radyoda isler iyi gidiyor mu?«

»Ich bin gefeuert«, sage ich und meine Mutter sagt: »Ne?«, und selbst mein Vater blickt auf. »Dışarı attılar beni, ama das ist nicht schlimm«, setze ich schnell hinterher, und: »Sorgen yapmayın. Kein Problem.«

Die beiden sind zu überrascht, um etwas zu sagen. Mir schießt ein Gedanke durch den Kopf. *Sag's jetzt! Sag's jetzt!*, blinkt auf der Monitorwand. Und dann tue ich es einfach, ohne nachzudenken.

»Studiumu bıraktım. Ich werde kein Arzt.« Ich gucke meiner Mutter in die Augen. Sie senkt den Blick. Mehr bringe ich nicht raus. Das ist alles. Ich traue mich nicht, zu meinem Baba rüber zu schauen. Dann höre ich ihn sagen: »Schlimm değil.«

Es ist nicht schlimm, sagt er.

Ich stutze und blicke, angezogen von den Worten ohne Vorwurf, meinen Vater an. Er sieht etwas gequält aus und sagt: »Sprechen wir später darüber. Mühim değil. Mühim olan insanlık.« Das ist nicht wichtig. Das Wichtige ist das Menschsein.

Und meine Mutter sagt: »Dass du das Studium bıraktığını, das wussten wir schon.«

»Wie, ihr wusstet das schon?«

»Hakim, ayda zwei Wochen arbeitest du im Radio, radyoda çalışıyorsun. Doktorluğu magst du nicht, von Anfang an wussten wir das. Aber wir haben gedacht, hiç yoktan iyidir. Besser als gar nichts, verstehst du. Aber sonunda, das ist dein Leben. Wenn du nicht Medizin studieren willst, das ist deine Sache.«

Wie?

Keine Enttäuschung?

Keine Vorhaltungen?

Ich gucke zwischen den beiden hin und her, ungläubig, und sie lächeln mich milde an, froh, dass sie den kleinen Hakim loslassen konnten, und ich spüre, wie ein Druck aus mir weicht.

»Söylediğin iyi oldu«, sagt mein Baba.

»Ja, jetzt ist es raus«, sage ich und genieße das Gefühl, zu den beiden dazuzugehören. Es gibt nichts zu sagen in diesem unwiederholbaren Augenblick. Ich genieße. Und lächle. Und schweige.

»Dede ist oben, oğlum«, sagt meine Mutter in die glückliche Stille im stickigen Wohnzimmer. Ich stehe auf, gehe zu ihr und küsse sie, lege meinem Vater die linke Hand auf die Schulter, er legt seine darauf. Ich bin bereit für Dede. Meine Eltern haben mich bereitgemacht.

»Bis später«, sage ich, als ich die Tür zum Flur öffne. Und wie ich dabei zurücksehe, setzt sich meine Mutter gerade auf Babas Armlehne.

Jetzt Dede.

Im Flur bleibe ich einen Moment stehen, bis meine Augen sich an die Dunkelheit gewöhnt haben. Dann gehe ich durch den Flur und die Treppen hinauf. Auf der Mitte der Treppe werden meine Beine schwer. Es wird mich gleich umhauen. Was erwarte ich? *Dede ölüyor.* Dann höre ich Stimmen aus Dedes Zimmer. Und etwas Applaus.

Die Tür zu seinem Zimmer steht offen – und als ich leicht an den Türrahmen klopfe, »Dede?« sage und in sein Zimmer trete, fällt mein Blick zuerst auf den Fernseher aus dem Wohnzimmer, der jetzt hier oben steht. Ein Billardspieler geht gerade um den Snooker-Tisch und kreidet sein Queue, den Blick konzentriert auf den Tisch, und der Reporter sagt: »Extraordinary shot. This is Jimmy White at his best …«

»Gutten Tack!«, höre ich Dedes Stimme von der anderen Seite des Zimmers.

»Guten Tag, Dede«, sage ich und schaue vom Fernseher zu ihm hinüber, lächelnd, weil er mich tatsächlich auf Deutsch begrüßt. Als ich sechs oder sieben Jahre alt war, hat Dede uns in Deutschland besucht, und ich habe ihm ein paar Worte beigebracht: *Guten Tag. Wie geht es Ihnen? Gut. Schlecht. Ja. Nein. Freund. Freundin. Opa. Enkel. Wie viel kostet das? Ich-du-er-sie-es. Hier und dort. Zu teuer. Scheiße. Danke schön. Bitte schön. Sie Blödmann. Auf Wiedersehen.*

Ich sehe Dede jetzt. Er liegt unter einer dünnen Decke, den Kopf tief im Kissen versenkt. Den Fernseher kann er gar nicht sehen. Das macht wohl nichts, er kann auch kein Englisch. Ich sehe, dass sein Gesicht nur noch Haut und Knochen ist. Er trägt meinen Pyjama, bosporusgrün mit marineblauen Streifen. Seinen Körper darunter hat der Krebs ausgewrungen. Dedes Augen sind nur noch zwei Schatten in seinem matten Gesicht. Ihn so zu sehen versetzt mir einen Stich, als wäre der Anblick eine Nadel und mein Herz ein Nadelkissen.

Ob Oster auch so aussieht mit seinem Gehirntumor?

Ein Bild taucht in meinem Kopf auf, von damals, als Dede in Deutschland war: Es zeigt, wie ich den stattlichen Mann an der

Hand durch unser Dorf ziehe. Nicht er mich, wie sonst in der Türkei.

Ich gehe an sein Bett heran, aber er macht eine abwehrende Geste, hebt die Hand und schließt die Augen.

»Burası kötü bir yer.«

Das ist ein schlechter Ort? Er will wohl nicht, dass ich dem Tod zu nahe komme. Also ziehe ich einen Hocker ans Fußende des Betts und setze mich. Den Fernseher lasse ich laufen. Links neben Dede auf dem Nachttisch steht ein großes Silbertablett mit arabischen Zeichen, darauf sind seine Medikamente: *Dolantin* gegen Schmerzen, *Echinacin* zur Stärkung des Immunsystems, einige Vitaminpräparate, *Saccharin* und *Aspirin* für alle Fälle. Ich greife nach Dedes Bein und streichle es durch die Decke. Er sagt: »Wie … gätt es innen?«

»Danke, gut. Und Ihnen?«

»Gutt. Danke schönn.«

»Bitte schön.«

Zwanzig Jahre ist es her. Dedé hat kein Wort vergessen. Er lächelt mich tapfer an, wie ein guter Soldat, der zu lange im Graben gelegen hat, um nicht zu wissen, dass die Schlacht verloren ist.

»Benim için mi geldin?«

»Evet, Dede.« Ja, ich bin wegen dir hier. Ich lüge, ohne mit der Wimper zu zucken.

»Televizyonu kapat istersen, Hakim. Seyretdiğim, anladığım yok. Sadece sesini duymak … değişiklik oluyor. Yoksa … çok sakin burası.« Ich soll den Fernseher ruhig ausmachen, sagt er. Er sieht gar nicht fern, versteht auch nichts. Nur der Ton sorgt für etwas Abwechslung. Sonst ist es so still. Dede spricht angestrengt und sehr langsam; wahrscheinlich betäuben die Medikamente auch seine Zunge etwas. Seine Lippen sind bleich und spröde.

»Tamam, Dede, okay«, sage ich, stehe auf und mache den Fernseher aus, setze mich wieder hin. Ich höre ihn schwer atmen. Etwas Wind weht zum offenen Fenster herein und raschelt durch die zugezogenen Vorhänge.

Auf der rechten Seite des Bettes stehen fünf Fotos: Seine Hochzeit mit meiner Großmutter in Schwarz-Weiß, er steht ganz stramm und hat das Kinn weit hochgestreckt, sie ihren Kopf zu ihm hinübergelehnt, eine Hand auf seine Brust gelegt; meine Eltern, ausgelassen lachend bei einem Bankett, meine Mutter ist schlank, trägt keinen Miss-Marple-Hut, sondern ein schönes samtrotes Kleid; dann Atatürk, kein staatstragendes Bild, sondern eins, wo er melancholisch aus einem Zugfenster guckt; ich auf Dedes Schoß an meinem dritten Geburtstag, wie ich die Kerzen ausblase, Dede guckt in die Kamera – ein Foto mit diesem typischen 70er-Jahre-Rotstich; und Dede, wie er als Richter feierlich entlassen wird. Zusammen wirken die Fotos wie ein Altar glücklicher Momentaufnahmen. Fünf Stück in 79 Jahren.

»Keşke senle bir daha … bilardo oynıyabilseydim.«

»Keşke, Dede.«

»Güzel bir oyun.«

»Evet.«

»Sakin bir oyun.«

»Evet.«

Er sagt auf Türkisch: »Wenn ich nur noch einmal mit dir hätte Billard spielen können.«

»Das wäre schön.«

»Billard ist ein schönes Spiel.«

»Ja.«

Er sagt: »Ein ruhiges Spiel.«

»Ja.« Das hatten wir schon hundertmal, Dede! Ich merke, wie ich ungeduldig werde.

»Ich liebe es. Der Queue ist … wie eine Angel. Und die Kugeln … liegen so schön in der Hand.«

»Meine Lieblingskugel ist die rote Drei. Und deine, Dede?« Ich lächle Dede an, aber er verzieht stumm das Gesicht, stöhnt etwas, hustet und atmet dann flach weiter.

»Meine … die schwarze Acht.«

Ein Nadelstich in meinem Herzen. Der Tod ist im Zimmer. Er

lähmt mich. Ich merke, dass ich meine Augenlider nicht mehr schließe: Ich starre. Mein Mund zieht sich zusammen. Beiße mir auf die Zähne, als wollte ich *ihn* nicht hereinlassen.

Ich kann Dede jetzt nicht einfach nach seinem Rat fragen. Wie sollte ich von der schwarzen Acht auf Istavrit und das alles kommen?

Dede kämpft sich aus dem Kopfkissen hoch, sieht mich mit seinem Richterblick an und fragt: »Sag, mein Sohn, hast du mich je … gewinnen lassen?«

»Nein, nie. Jeder Sieg gehörte auch dir.«

Seine Augen ruhen auf meinen, dann verlässt ihn die Kraft, und er sinkt mit einem Stöhnen zurück. Dedes kraftloses, flehendes Stöhnen gibt den unregelmäßigen Rhythmus unseres Gesprächs vor. Ich ahne, dass er vor seinem geistigen Auge die schwarze Acht mit perfektem Tempo, der richtigen Länge und dem richtigen Effet in einer Ecktasche versenkt.

»Ja, mein Sohn, das wusste ich. Du lügst nie. Du bist aufrecht … Ich weiß nicht, wie du das machst in dieser Welt … aber du bist aufrecht.«

Ich bin aufrecht? Ich tue mir Leid. Dede auch.

»Es ist verrückt, woran man denkt … wenn es zu Ende geht, nicht? Ich plaudere hier … dummes Zeug. Als ob es nichts anderes zu sagen gäbe … Es ist verrückt.«

»Die Welt ist verrückt.«

»Das stimmt.«

»Und wenn die Welt verrückt ist, und du auch, dann bist du ganz normal, Dede.«

Dede schließt die Augen. »So oder so, ich bin ein alter, verrückter Kerl.«

»Dann sind wir alle verrückt.«

»Schön, dass du mir … Gesellschaft leisten willst.«

»Anders kann man nicht überleben.«

»Anders kann man auch nicht … in Ruhe sterben«, sagt Dede und stöhnt wieder. Das Sprechen strengt ihn an, die Schmerzen strengen ihn an. Zu sein strengt ihn an. Viele kleine Nadelstiche in der Herzgegend. *Dede ölüyor.*

»Ich sollte dir kluge Sachen sagen … Meine Erfahrungen weitergeben. Aber du bist in Deutschland groß geworden. Sana yüzgeç mi öğreteceğim?«

»Boynuz kulağı geçermiş.«

»Evet, öyle. Pingpong nasıl gidiyor?«

»Iyi gidiyor.« Ich belüge Dede gerade. Ich kann nicht anders, als meine Probleme von ihm fern zu halten. Dede fragt immer, ob ich noch Tischtennis spiele und wie es läuft. Dabei hat er mich noch nie spielen sehen. Kein einziges Mal. Aber er fragt immer danach.

»Bir Freundin'in var mı?«

»Var.«

»Gutt.«

»Evet.«

»Güzel mi?«

»Çok güzel.«

»Iyi mi?«

»Çok iyi.«

»Türkmü?«

»Türk.«

»Resmi var mı?«

»Yanımda yok.«

Ob ich eine Freundin habe, ob sie schön ist, ob sie gut ist, ob sie eine Türkin ist, das alles will mein Dede wissen. Ich sage immer Ja. Nur ein Foto habe ich nicht von ihr; logischerweise.

»Yani iyi gidiyor.«

»Çok iyi.«

»Ismi ne?«

Wie sie heißt? Ääh … »Sevgi.«

»Güzel bir isim.«

Ja, Sevgi ist ein schöner Name. Sevgi heißt Liebe.

Was treibe ich hier?

Dede schließt die Augen und rührt sich nicht mehr, aber seine Brust hebt und senkt sich. Er ist eingenickt; das *Dolantin*.

Ich bin hilflos. Ich weiß nicht, was ich machen soll. Ich kann nichts machen. Ich kann nichts ändern. Ich kann nur hier sein, Abschied nehmen. Für meine Fragen ist kein Platz in diesem Zimmer. Ich schäme mich. Ich meine, wie komme ich auf die Idee, meinen Dede nach der Istavrit-Wahrheit fragen zu können? *Oh, du liegst im Sterben, schade, aber sag mal, Dede, damals, die Nummer mit den Istavrit und der Wahrheit und dein Blick dazu, die war einmalig, aber ich hab sie leider nicht so kapiert. Und bei mir läuft es gerade nicht so rund, und ich dachte, wo du hier so liegst, hättest du Lust, ein bisschen mit mir darüber zu plaudern – ist doch netter als Snooker auf Eurosport, oder?* Ich komme mir jetzt so lächerlich klein vor. Ich kann noch nicht einmal über die Kante eines Tischtennistisches gucken. Ich bin so klein neben Dede, neben dem, was hier passiert. Ich weiß, ich habe die richtige Frage am richtigen Ort, aber darf ich sie zur falschen Zeit stellen?

Ich streichle mir nervös über den Verband.

Dede regt sich wieder, starrt einen Moment an die Decke, als würde er angestrengt nachdenken und sagt dann: »Sevgi … Die Liebe ist ein Pokerspiel, Hakim.«

Ich nicke hastig, aber ich frage nicht nach. Immerhin kaue ich seit fast zwanzig Jahren auf der Fisch-Wahrheit rum. Da kann ich noch mehr Weisheit gerade nicht gebrauchen. Ich brauche die Fisch-Wahrheit, Dede! Deshalb nicke ich stumm. Wie ein Fisch am Haken.

Er röchelt, ein Husten wirft seinen abgemagerten Körper so leicht hoch wie einen Pingpongball – Nadelstiche, Nadelstiche –, aber Dede hält das nicht auf: »Mit dem richtigen Blatt kannst du alles gewinnen. Mit dem falschen … aber auch alles verlieren. Ein Risiko bleibt immer. Ich habe zu deinem Vater gesagt: Heirate nicht unter Full House.« Er lacht über sich, hustet. »Full House, habe ich gesagt: Es gibt wenig … was besser ist, aber viel, was schlechter ist. Nur eins darfst du nicht im Gegensatz … zum

Pokern: Du darfst nie bluffen! Du kannst ... dir selbst was vormachen. Aber das Leben lässt sich nicht bluffen.«

»Okay«, sage ich, aber Dede ist das wohl zu wenig. Mit einem Ruck nimmt er meine Hand – und sein Griff ist im ersten Augenblick überraschend fest.

»Ich werde bald sterben, Hakim.«

»Ja, Dede.«

Ich erwidere den Druck seiner Hand. Starre auf die Altersflecken. Dann lässt er los und sinkt zurück. Er stöhnt, schnappt nach Luft. Ich kann nichts daran ändern. Einem Sterbenden zuzugucken ist das Schlimmste, was ich je erlebt habe. Mir ist kalt.

Nach einer Weile fragt er: »Angelst du noch?«

Ich streichle meinen Verband. »Nein, Dede.«

»Schade. Ich würde gerne sehen, wie du dich anstellst. Ob du es gut machst. Ob ich dir etwas beigebracht habe, was du deinen Kindern beibringen kannst.«

Ich nicke. Ich werde langsam ungeduldig. Ich muss jetzt irgendwie zur Fisch-Wahrheit kommen!

Dann fragt Dede: »Und du bist nur ... wegen mir hier ... Hakim?«

»Nun, äh ...«

Ich denke: Er schaut mir auf den Grund, wie es sonst nur Charlie kann.

»Das muss dir ... nicht peinlich sein. Die wenigsten Enkel ... reisen 2500 Kilometer ... um einfach ihren Dede«, er hustet, »ihren Dede noch mal zu sehen«.

Auf einmal ist alle Scham weggeblasen. Dede öffnet mich mit zwei Sätzen. *Jetzt frag ihn!*

»Ich ... wollte dich auch etwas fragen. Das stimmt.«

»Frag schnell. Bevor es ... zu spät ist.« Er lächelt mit geschlossenen Augen über seinen Galgenhumor.

»Du ... du hast mir mal etwas über die Wahrheit gesagt. Dass sie aus den Filetstücken der Wirklichkeit besteht. Fischfilet. Dass die Wahrheit das ist, woran man in seinem Innersten nicht zweifelt. Und … und du hast gesagt, dass Wahrheit satt macht. Das ist alles schon lange her, und du erinnerst dich bestimmt gar nicht mehr, aber … na ja, ich wollte, ich – ich habe nie verstanden, was du gemeint hast. Und ich wollte es jetzt wissen, weil … weil vielleicht hilft es mir jetzt weiter. Verstehst du?«

»Fische … Wahrheit«, sagt Dede und atmet und stöhnt und atmet schwer. »Ich erinnere mich, wie ich dich als kleines Kind immer auf den Arm genommen habe … unter der Dusche, wenn deine Eltern nicht da waren.«

Ich erinnere mich nicht.

»Ich erinnere mich, wie deine Oma dich auf ihre Beine gelegt … und dich geschaukelt hat.«

Ich erinnere mich nicht.

»Aber an Fische … und Wahrheit …«

»Es war der allererste Tag, an dem du mich zum Angeln mitgenommen hast.« Meine Stimme klingt verzweifelt.

»Der erste Tag angeln … Hmm …«

»Bitte, Dede, überleg noch mal, wir waren auf dem Balkon und …« Bei *Balkon* kiekse ich fast schon hysterisch. *Und was?*

»Wir waren oft auf dem Balkon, oğlum, von Mai bis September, Tag für Tag, Jahr für Jahr, bis deine Großmutter gestorben ist … Sie war eine gute Frau … Ich bin müde jetzt …«, sagt er und nickt wieder ein.

Ich sitze einfach nur da. Ich weiß nicht, wie lange.

Er wird sich nicht mehr erinnern.

Er kann sich nicht daran erinnern.

Wie auch? Welcher Dede soll sich schon an ein paar für ihn bedeutungslose Sätze von vor fast zwanzig Jahren erinnern? Was habe ich mir da nur vorgestellt?

Ich nehme mein Gesicht in die Hände und reibe mir die Augen, als müsste ich jetzt langsam aufwachen.

Das war es also.

Ich stehe auf, gehe rüber zum Fenster und gucke hinaus. Tolga und sein Freund spielen sich immer noch den Ball zu.

»Hakim?«, ruft Dede mir in den Rücken.

»Ja, Dede.«

»Aah, du bist da, das ist gut … Das ist gut. Ich dachte, ich hätte nur geträumt … von dir. Ich kann es nicht mehr auseinander halten. Die Medikamente … sind so stark.«

»Ich bin hier, Dede.« Ich setze mich auf die Bettkante. Dede protestiert dieses Mal nicht, dass ich ihm zu nahe komme. Er verzieht wieder das Gesicht. Wieder dringt Schmerz durch den Wall der Medikamente.

»Ich will nicht mehr«, sagt er.

Meine Gedanken kreisen noch immer nur um mich, und darum frage ich: »Was willst du nicht mehr?«

»Ich will nicht mehr Medikamente nehmen … nicht mehr, dass der Arzt kommt … nicht mehr betäubt sein von dem … Zeug. Ich will nicht mehr dieses Ding … diesen künstlichen Darmausgang.«

Ich nicke; große Nadeln in mir, sticheln wie Nähmaschinen.

»Ich will nicht mehr leben.«

Ich schweige.

»Ich … will nicht mehr, dass es wehtut, wenn ich aufwache.« Dede zeigt auf seinen Bauch. »Ich will mir nicht mehr jeden Abend wünschen … dass die Schmerzen aufhören … sobald ich einschlafe.«

Ich weiß nicht, was ich sagen soll. Ich greife nach Dedes Bein und halte ihn fest.

»Ich habe Todessehnsucht.«

»Du darfst nicht aufgeben, Dede«, flüstere ich wie zu mir selbst. Aber ich weiß, dass es Unsinn ist. Es gibt nichts mehr zu tun.

»Weißt du, Hakim … Ich habe nichts mehr … vom Leben. Ich will sterben. Das ist der einzige Weg, den … Allah mir gelassen hat. Ich bin ihm nicht böse. Wenn er mich … gefragt hätte, ob ich in dieser Welt leben will oder nicht … ich hätte Nein gesagt. All das Leid, die Sorgen, die Tode … Die kleinen Glücksmomente«, er hebt seinen Arm müde Richtung Fotos, »die gleichen die Trauer nicht aus.«

Ich weiß nicht, was ich sagen soll.

»Ich habe Todessehnsucht, Hakim. Ich will sterben. Ich will ... dass es vorbei ist. Das ist alles. Das hier ... ist kein Leben mehr.«

Ich kann nur nicken, obwohl ich nicht will, dass Dede so spricht. Aber weil ich nichts ändern kann, nicke ich.

»Weißt du, Hakim, was ich mir ... wirklich noch wünsche?«

»Nein, Dede.«

»Ich wäre gerne bei meinen Olivenbäumen ... in Kalanköy. Verrückt, oder? Ich wollte dort weg, da war ich noch ein junger Bursche. Ich wollte ... etwas von der Welt sehen. Immerhin bin ich bis Istanbul gekommen. Und jetzt, 60 Jahre später ... Was bleibt? Dass ich zurückwill. Ich glaube, ich wollte immer zurück. Ich bin nur im Streit gegangen ... Jähzorn ... ist kein guter Berater, Hakim. 60 Jahre lang wollte ich ... eigentlich zurück«, sagt Dede und dämmert etwas vor sich hin. »Was man sucht, findet man nicht an einem anderen Ort. Was man sucht, findet man in sich ... Ich hätte dir ... gerne unsere Olivenbäume gezeigt«, sagt er noch, dann ist er ganz weg.

Ich habe eine Gänsehaut. Ehrfurcht. Meine Hände zittern. Ich kann mich nicht rühren.

Dedes Atemzüge klingen zuerst wie ein müdes, scharrendes Röcheln. Jedes Röcheln ein Nadelstich in meinem Herzen. Etwas später dann atmet er so flach, als ob er gar nicht mehr atmete; dann röchelt er wieder. Nadelstiche in ein Nadelkissen.

Was man sucht, findet man nicht an einem anderen Ort. Was man sucht, findet man in sich. Aradığını başka bir yerde değil, kendinde bulursun.

Es gibt hier nichts mehr zu tun für mich, aber ich muss etwas tun, bevor ich gehe. Ich bleibe sitzen und starre durch den Raum, als könnte ich den Tod irgendwo sehen, wenn ich nur genau hinschaute. *Ich muss etwas für Dede tun, bevor ich gehe.* Zum Abschied. Kann mich nicht rühren.

War die Reise vergebens?

Dede so leiden zu sehen, ist die Höchststrafe. Ich muss etwas für ihn tun.

Dede ölüyor.

Ich habe Todessehnsucht.

Der Nachhall der Worte fesselt mich an den Stuhl. Bin regungslos. Höre nur Dedes Röcheln und den Wind in den Gardinen.

Irgendwann stehe ich doch auf. Ich küsse Dede auf die Stirn, mache den Fernseher an, stelle Eurosport wieder ein und gehe aus dem Zimmer. Als ich auf der Treppe bin, höre ich hinter mir die Billardkugeln aufeinander prallen. Mir stehen die Tränen in den Augen, stumm wie eine Totenwache.

»Und – nasıl durumu?«, fragt meine Mutter im Wohnzimmer.

Mein Mund ist wie gelähmt: »Er schläft«, antworte ich. Und meine kleine innere Stimme sagt: *hoffentlich.* Hoffentlich ist er eingeschlafen mit den Gedanken in seiner Kindheit, barfuß unter der sengenden Sonne, zwischen den Olivenbäumen.

Vielleicht denkt man, wenn man stirbt, an einen einzigen, den schönsten Moment in seinem Leben. Es gibt nicht zwei oder drei gleichwertige, es gibt nur einen einzigen, unumstößlichen. Ich frage mich, welcher Augenblick es bei mir wäre. Ich frage mich ernsthaft, welcher Moment es bei mir wäre, wenn ich jetzt sterben müsste.

Dede hat Todessehnsucht. Er will begraben sein in … unter … mit dem schönsten Augenblick in seinem Leben.

Mutter nimmt mich jetzt in den Arm. Ich fühle mich wie ein leerer Bankautomat, kann ihr nichts zurückgeben. Ich sage, dass ich jetzt gehen muss. Ich will nicht, dass meine Eltern mich weinen sehen. Ich weiß nicht, warum.

»Bleib doch wenigstens bu gece için«, sagt Mutter, und Baba nickt. Aber ich kann nicht bleiben, auch nicht für eine Nacht. Ich muss raus. Ich habe das Gefühl, wenn ich an diesem Ort bleibe, stirbt ein Stück von mir mit. Wie bei Baba. Ich nehme meinen Rucksack aus der Garderobe.

Wortlos umarme ich meine Eltern, dann sage ich doch noch etwas: »Ich brauche etwas Zeit für mich.« Und beide nicken, mein Baba lächelt sogar, als ob er mir auf den Grund schauen würde, wie Dede es kann und Charlie; und für diesen Augenblick ist mir mein Baba so nah wie noch nie.

Ich muss gehen.

Auf der Straße stecke ich mir die Hände in die Po-Taschen und versuche durchzuatmen, aber es geht nicht. Es fühlt sich so an, als wäre beim Abbauen ein Tischtennistisch auf mich gekippt und läge jetzt auf meiner Brust.

Ich gehe trotzdem los.

Tolga und sein Freund hocken auf dem Boden und dribbeln mit großer Konzentration ihren Plastikball über ein paar Ameisen. Ich gehe vorbei. Ich weiß nicht, wohin. Ich bin allein.

Dede ölüyor.

Ich habe Todessehnsucht.

Ich gehe weiter, so, als ob der Boden voller Tischtennisbälle wäre, die ich nicht kaputttreten möchte.

29

✪ Verlängerung ✪

»Biliyormusunuz, Almanyaya son dakika uçuşları mayısda hiç sorun değil, paskalyadan sonra, bilhassa gece seferlerinde.« Last-Minute nach Deutschland ist im Mai kein Problem, nach Ostern, sagt die Frau am Ticketschalter, schon gar nicht bei den Nachtflügen. Ich nicke nur – und sie beginnt, das Ticket auszustellen. Ich lege schon mal das Geld auf die Theke, es reicht so eben, und warte.

»Tatiliniz iyi geçti mi Istanbul'da?«, fragt sie freundlich, als sie mir mein Ticket reicht. Ob ich einen schönen Urlaub in Istanbul hatte? Ich nehme das Ticket und gehe zur Passkontrolle.

Ich bin der Erste am Gate. Das Flugzeug steht schon bereit, draußen in der Dunkelheit; groß, aber vornehm zurückhaltend. Ich hänge seit einer ganzen Weile in einer dieser Schalensitzreihen, weiß längst nicht mehr, wie ich es mir irgendwie noch bequem machen soll, und warte auf meinen Nachtflug. Es fällt mir auf, wie sauber es hier ist: Nichts liegt herum. Kein Becher, kein Bonbonpapier, kein Zigarettenstummel. Auch die Aschenbecher sind geleert. Der Boden ist blitzblank geputzt. Und obwohl sich das schwache Neonlicht darin spiegeln kann, wischt ein junger Bursche noch mal über die grauen Fliesen. Schwerfällig, träge, mit vielen Pausen, in denen er sich verschämt umguckt, sich an seinem Wagen und den Müllbeuteln zu schaffen macht, auf seine Armbanduhr schaut, still lächelt, mit Stolz auf sein Tageswerk blickt.

Im Istanbuler Flughafen gibt es keine Wartesäle. Alles ist offen gehalten; wenn man durch den Zoll ist, kann man die großzügig gebaute, jumbohohe Abflughalle überschauen, von den Duty-free-Läden bis zu den Sitzreihen des Gates, an dem ich sitze. Dazwischen, etwa 80 oder 100 Meter entfernt, sitzen zwei Typen an einer der Bars. Inmitten dieser riesigen Halle wirken die beiden ganz klein. Es ist schön, die Menschen so zu sehen.

Ich habe Todessehnsucht.

Dieser Satz geht mir nicht mehr aus dem Kopf, seitdem ich bei Dede raus bin. Er hat mich so beschäftigt, ich habe kaum registriert, wie ich bis hierhin gekommen bin. Als ob jemand auf Schnellvorlauf gedrückt hätte.

Ich gucke raus zum Flieger. Er wird gerade betankt. Ein Wagen des Catering-Dienstes steht unter einem der Flügel. Eine Frau vom Bodenpersonal spricht in ihr Funkgerät, verharrt einen Moment und geht dann mit kurzen, soldatischen Schritten auf das Flughafengebäude zu, vorbei an zwei Männern vom Gepäckdienst, die rauchen. Sie müssen ihr jetzt hinterherpfeifen oder ihr etwas zurufen, denn sie dreht sich um und winkt ihnen im Rückwärtsgehen mit beiden Händen zu. Die Männer stoßen sich an und winken zurück. Aber da hat sich die Frau schon wieder umgedreht und geht weiter, bis sie aus meinem Blickfeld verschwindet. Ich blicke zurück auf die Männer. Sie stehen immer noch da, gucken ab und zu in die Richtung, in der die Frau verschwunden ist, und rauchen weiter.

Ich habe Todessehnsucht.

Ich kann Dede verstehen. Ich denke an diesen Satz, an Dede, wie er da lag, wie ich nichts tun konnte für ihn. Ich konnte nichts für ihn tun, und er konnte nichts für mich tun. Meine Aktion hat nichts gebracht. Ich habe ihn noch mal gesehen. Das ist alles – und eigentlich gar nicht so wenig. Aber jetzt muss ich auch bei mir weitermachen.

Vergiss die Todessehnsucht.

Was ist in mir drinnen? So weit war ich vor der Reise. So weit bin ich jetzt. Also muss ich an dieser Stelle weitermachen. Ich wiederhole diesen Satz, um mich auf ihn zu konzentrieren.

Inmirdrinnen?
Inmirdrinnen?
Inmirdrinnen?
Ich weiß nicht. Ich komme nicht weiter. Betaste meine verbundene Hand. Sehe wieder Bilder von Dede, höre ihn husten, spüre seinen schwachen Atem. Was ist in Dede drinnen? Metastasen, Schmerz, Tod. Todessehnsucht. *Ich habe Todessehnsucht.* Irgendetwas hat dieser Satz, das mich an ihn fesselt.

Ein kleiner, runder Geschäftsmann in billigem Zweireiher kommt telefonierend auf mich zu, setzt sich genau gegenüber von mir hin, obwohl alle Sitzreihen frei sind, und nickt mir zu. Ich nicke nicht zurück. Der Typ spricht sehr laut in sein Handy. Nein: Er kläfft. Mit einer quäkig-tiefen Stimme, die aus seinem breiten Mund quillt. Ich kann seine schrägen, verschrumpelten braunen Zähne sehen. Ich schätze, er ist keine 40. Ich kann auch sein Zahnfleisch sehen. Er fährt sich vorsichtig über das schwarze, an den Schädel gegelte Haar, lehnt sich weit zurück beim Kläffen, so dass sich die Rückenlehne des Plastiksitzes bedenklich nach hinten biegt, und schüttelt sein Handgelenk, um auf seine goldene Armbanduhr zu schauen.

Ich stehe auf, gehe zur Glaswand und gucke hinaus in die Nacht auf die kleinen Sterne, die das Rollfeld markieren. Sehe ein Flugzeug runterkommen. Seine gleichmäßig blinkenden Lichter. Weil ich das Flugzeug nicht höre, hat die Landung etwas Leichtes, Schwereloses, Gespenstisches.

Die beiden Männer vom Gepäckdienst sind weg.

Dede wird auch bald weg sein. Aber er wird mir ein Rätsel bleiben. Ich meine, er liegt da, er stirbt, er weiß es, er spürt es, und trotzdem war er so ... selbstsicher. So entschlossen. Als ob er genau wüsste, was richtig und was falsch ist. Obwohl er diese Todessehnsucht verspürt ...

Oder vielleicht ... *weil* er sie verspürt?

Der Handy-Mann stellt sich neben mich an die Glasfront, schreit in sein Handy und lächelt mir dabei viel sagend zu. Mit einem Ausdruck, der mir wohl sagen soll: Es ist ja so schwer, gutes Personal zu finden. Ich lächle nicht zurück und setze mich wieder hin.

Dede. Dede ist entschlossen, *weil* er Todessehnsucht verspürt? Vielleicht ist sie sein Koordinatensystem in den letzten Wochen, wie es bei mir die Zitate waren. Seine Matrix. Nur dass Sehnsucht so etwas … Ursprüngliches hat. Sie ist da oder nicht. Man kann sie nicht beherrschen. Sie ist unbeugsam wie ein Gallier: sich nach dem Tod sehnen, nach dem Leben, nach einer Stewardess; der Freiheit, Gleichheit, Brüderlichkeit; nach Anerkennung, Liebe; nach einem Ort (wie Dede); danach, der Beste in irgendetwas zu sein; die Sehnsucht, unendlich begehrt zu sein; eine Geschichte zu erzählen, sie gut zu erzählen, besser, immer besser; nach eigenen Ansprüchen ein vollkommenes Bild zu malen; die Sehnsucht, ein guter Viertliga-Tischtennisspieler zu werden. Einmal wirklich mit Waldner zu trainieren. (So wie Waldner zu spielen ist ein Traum, keine Sehnsucht.)

Dede sehnt sich nach dem Tod.

Das ist sein Antrieb.

Danach kann er entscheiden.

Leidenschaft entwickeln.

Die Sehnsucht.

Wie konnte ich sie die ganze Zeit nicht wahrnehmen?

Wenn ich mich zum Beispiel nach nichts mehr sehne als danach, ein guter Viertligaspieler zu werden, dann ordne ich mein Leben danach. Das Ganze. Dann wird alles klarer.

Oder in der Liebe: Wenn ich mich nicht nach ihr sehne, dann findet sie nicht statt. Weil sie nicht in mir ist. Da kann ich machen, was ich will.

Sehne ich mich danach, ein guter Viertligaspieler zu werden? Nein. Sehne ich mich nach Liebe? Ich weiß nicht. Wonach sehne ich mich? Ich weiß nicht.

Dede sehnt sich nach dem Tod. Wonach sehne ich mich?

Sehne ich mich überhaupt nach irgendetwas?

Ich versuche, in mich hineinzuhören. Aber ich höre nur den Handy-Mann in seine Hand lachen. Ich starre ihn an. Er zieht eine Sonnenbrille mit blauen Gläsern aus seinem Jackett, setzt sie auf und wendet sich ab.

Meine Hand tut nicht mehr weh. Ich gucke auf den Verband. Ich fange an, ihn langsam abzuwickeln.

Habe ich nichts, was ich mir sehnlichst wünsche?

Wenn ich ehrlich bin: Nein. *Ich habe keine Sehnsucht!*

Ich meine: Natürlich will ich wissen, warum Charlie schreibt, dass ich sie anrufen soll. Warum Wachtberg sich besoffen hat Freitagnacht, ob es etwas mit der Sendung zu tun hatte und so weiter. Natürlich will ich wissen, wie es mit mir weitergeht. Wo ich einen neuen Job her bekomme. Warum Anna so komisch ist. Warum Eva nie anruft. Ob ich Charlie noch will. Ob Özlem inzwischen alles weiß. Und Simon. Und das alles. Aber meine Sehnsüchte sind das nicht.

Glaube ich.

Warum habe ich keine Sehnsucht mehr?

Jetzt, beim Abwickeln, merke ich, dass ich den Verband zu fest gebunden hatte. Aus meiner Hand weicht ein Druck. Der Verband ist sehr schmutzig geworden. Blutig und gelblich und gräulich vom Staub und Dreck.

Die ganze Zeit habe ich Sinn gesucht. Einen Zusammenhang zwischen all dem, was ich erlebe. Eine Richtung. Einen Zweck. Einen Zusammenhang. Ich war süchtig danach: Alles musste Sinn machen. Sinnsucht.

Aber muss alles einen Sinn machen?

Ist das Leben ein roter Faden, an dem man entlanglebt?

Warum habe ich keine Sehnsucht mehr?

Vielleicht habe ich Angst bekommen. Angst vor meiner Sehnsucht. Angst davor, einen Baum in den Arm zu nehmen und ihm alles zu erzählen. Das war keine richtige Sehnsucht. Sie war abartig. So haben es die Kinder in meinem Dorf genannt. *Abartig*. Das war nicht das, was Eltern ihren Kindern beibringen unter dem

Begriff Sehnsucht. Oder Kinder Kindern. Oder der Marlboro-Mann. Oder die Hollywood-Figuren. Und so habe ich meine Sehnsucht nicht mehr zugelassen. Habe weggehört, wenn meine innere Stimme etwas in der Richtung gesagt hat. Habe angefangen, meine Zitate auswendig zu lernen. Bis ich nicht mehr blöd aufgefallen bin. Ich habe das getan, was die mit der richtigen Sehnsucht von mir verlangt haben. Ihre Leidenschaften angenommen, ihre Entscheidungen, ihre Worte.

Das ist mein Weg. Bis hierher. Er geht weiter. Aber anders.

Ich weiß jetzt, was ich suche.

Ich weiß auch, wonach ich mich sehne.

Es ist ein und dasselbe.

Ich sehne mich nach der Sehnsucht selbst.

Nach meiner ureigenen. Sie suche ich. Sehnsuchtsuche.

Jetzt habe ich etwas für mich. Etwas Echtes. Sehnsucht ist nicht richtig oder falsch; Sehnsucht ist wahr. Ein Istavrit. Sehnsucht macht satt, Dede.

Die Wunde in meiner Hand ist tief und verkrustet. Sie tut nicht mehr weh. Ich brauche keinen neuen Verband mehr. Ich stehe auf und werfe ihn in einen der großen Mülleimer.

Andere Passagiere kommen und übertönen den Handy-Mann. Kinder rennen um die Sitzbänke, der größte Junge wirft sich auf den Boden. Die anderen Jungs und Mädchen machen es ihm nach, kreischen vor Übermut und rollen sich kreuz und quer auf dem Boden. Der Putzmann lehnt etwas entfernt auf seinem Wagen und guckt den Kindern zu, mit einer kleinen Sorgenfalte. Er guckt auf seine Uhr, streckt und reckt sich, dreht sich noch mal zu den Kindern, lächelt mild, und schiebt seinen Wagen davon.

Die Kinder und der Handy-Mann und all die anderen am Gate können jetzt treiben, was sie wollen. Ich setze mich hierhin und warte darauf, hören zu lernen. Genau! Ich werde versuchen, mir vorzustellen, wie es sein wird, meine Sehnsucht zu hören. Oder meine Sehnsüchte. Es können doch mehrere sein? Sie können auch alles komplizierter machen. Das nehme ich in Kauf. Wie das wohl sein wird?

Ich denke wieder an Dede. Dede – er hat mir doch geholfen. Nicht, wie ich gehofft hatte.

Anders.

Auf Dede-Art.

Was man sucht, findet man nicht an einem anderen Ort. Was man sucht, findet man in sich.

Aber manchmal, Dede, braucht man einen anderen Ort, um sich selbst näher zu sein.

Ich wünschte, du hättest mich nur ein einziges Mal spielen gesehen. Ich wünschte, ich wäre bei dir, an dem Ort, nach dem du dich so lange gesehnt hast: Ich wünschte, ich wäre bei dir – zwischen den Olivenbäumen von Kalanköy. Und dort würden wir unter deinem Ahornbaum sitzen, wir beide könnten ihn in den Arm nehmen, und ich würde dir ein letztes Wort auf Deutsch beibringen: Özlem heißt Sehnsucht.

Özlem heißt Sehnsucht?

Vielleicht rufe ich sie an.

Türkisch für Anfänger

In diesem Roman kommen türkische Namen, Orte und Dialoge vor. Deshalb hier eine kleine Aussprachehilfe für türkische Schriftzeichen.

c: dsch
ç: tsch
ğ: stimmloses Dehnungs-G, wird nicht gesprochen (wie im Deutschen zum Beispiel das *O* in *Soest*)
ı: i ohne Punkt, wird gesprochen wie ein stimmloses, kehliges E
s: wird immer als scharfes S gesprochen
ş: sch
z: wird immer als weiches S gesprochen (wie im Deutschen das *S* in *Summen*)

Danksagung

Mein Dank gilt:

Anke Eichner dafür, dass sie immer mindestens genauso viel Lob wie Kritik fand.

Rüdiger Kunow dafür, dass er mich mit Nachdruck zum Schreiben bewegt hat.

Thorsten Kuster, der sich als wahrer Freund erwiesen hat und mich immer zum Lachen bringt.

Elmar Pott, der mich akribisch vor Stilblüten und sprachlichen Entgleisungen bewahrte.

Kathrin Schröter, deren unerwartete Euphorie mich am Ende beflügelte.

Aslı Sevindim für viele Anregungen aus deutsch-türkischer Sicht.

Timothy Sonderhüsken, meinem unermüdlichen Lektor, für seinen Mut, ein unverlangt eingesandtes Manuskript zu verlegen.

Jona Teichmann, die sich zum Testlesen Zeit nahm, die sie nicht hatte, um kluge Fragen zu stellen, die ich nicht immer beantworten konnte.

Und meiner Liebsten dafür, dass sie ist. Ohne sie wäre dieses Buch nicht in Ihren Händen.

John Williams

5 Pubs, 2 Bars, 1 Nachtclub

Pulp Fiction meets Short Cuts!

Welcome to Cardiff! Hier, im Hafenviertel der Hauptstadt von Wales, leben Tyra und Maria, die Gelegenheitshuren mit Herz und Verstand; Mikey, ein kleiner Kaufhausdieb, der so gerne ein richtiger *bad boy* wäre; Mandy, die alle Hände voll zu tun hat, um ihre beiden Liebhaber voneinander fern zu halten; und ein paar alte Kerle, die fest entschlossen sind, einen Piratensender auf die Beine zu stellen …

»Ein Roman wie ein Streifzug durch die besten Clubs und Kneipen der Stadt!«

Knaur Lemon

Matthias Triebel

Nachttrümmer

Another day comes by, another day goes ...

Die Tage vergehen wie im Flug, und nur das Wochenende zählt: Zwei Twentysomethings, Karla und Christoph, treiben durch die Nacht – wertvolle Stunden, in denen gelacht und getanzt, geflirtet und getrunken wird. Immer auf dem Sprung, immer auf der Suche: Wer bin ich? Und warum? Und gibt's hier noch mal was zu trinken?

Ein bemerkenswertes Debüt –
schnell, heftig und immer erfüllt von der Poesie der Großstadt.

Knaur Lemon

Nick Hornby

About A Boy

Roman

Will ist 36 und lebt in London ein ruhiges, gemütliches Leben, bis er eines Tages den zwölfjährigen Marcus und seine frisch geschiedene Mutter kennen lernt. Schnell werden der trendbewusste Womanizer und der Junge, der so uncool ist, dass seine Mitschüler ihn links liegen lassen, die besten Freunde – und langsam lernt das ungleiche Paar, was es heißt, erwachsen zu werden …

»Witzig, klug und erzählerisch beeindruckend!«
Süddeutsche Zeitung

Knaur
Lemon